NINGUNA MUJER LLORARÁ POR MÍ

Ninguna mujer llorará por mí

JOSÉ ANTONIO GURPEGUI

Papel certificado por el Forest Stewardship Council®

MIXTO
Papel procedente de
fuentes responsables
FSC
www.fsc.org   FSC® C117695

Penguin
Random House
Grupo Editorial

Primera edición: octubre de 2021

© 2021, José Antonio Gurpegui
Representado por Antonia Kerrigan Agencia Literaria (Donegal Magnalia, S. L.)
© 2021, Penguin Random House Grupo Editorial, S. A. U.
Travessera de Gràcia, 47-49. 08021 Barcelona

Printed in Spain – Impreso en España

ISBN: 978-84-666-6984-9
Depósito legal: B-12.990-2021

Compuesto en Comptex & Ass., S. L.

Impreso en Black Print CPI Ibérica

BS 6 9 8 4 9

Para Mikel, mi hijo,
que en su inocencia inspiró esta novela

1

Ninguna mujer llorará por mí

Reconociste a Simón nada más verlo. Abandonabas el aula al terminar tu clase cuando alguien pronunció tu nombre: «Merche». Te giraste y allí estaba él. Había perdido el pelo pero conservaba la mirada pícara de adolescente, su cara de suaves rasgos aniñados y la misma sonrisa agradable y sincera. Os abrazasteis con cariño. «Simón, no me lo puedo creer. ¡Cuánto tiempo, cuánto tiempo!». Los dos recordabais con exactitud la última vez que os visteis: una tarde-noche lluviosa de otoño intentando encontrar taxi al salir del cine. Ahora, en el pasillo de la facultad, especulabais sobre el tiempo transcurrido desde aquel encuentro casual, «¿Diez años?»; «¡O más!»; «Imposible, siete u ocho como mucho»; «Más de diez años. Ya te digo que sí». Simón tenía razón, la última vez que coincidisteis fue en 2005, hacía exactamente catorce años. Sorprendente que no recordaras el año exacto; tu memoria, en especial para acontecimientos señalados, es prodigiosa, y aquella fue la última vez que Pepe, tu marido, te acompañó al cine. Él prefería el fútbol —socio del Real Madrid desde el día que nació— y los toros —heredó de su padre un abono de barrera en el tendido 1 de Las Ventas—, incluso musicales como *Los Miserables*; decía que el cine no le emocionaba, que todas las películas eran predecibles. En el taxi te preguntó quién era «ese Simón», y respondiste que un viejo amigo de la facultad.

Más sorprendente que Simón apareciera de improviso por la facultad fue el motivo, el por qué te buscaba: «Tu padre quiere verte». Te quedaste sin palabras y volvió a repetir: «Sí, tu padre quiere verte»; no reaccionaste e insistió por tercera vez: «Es urgente que me acompañes. Te digo que tu padre quiere verte». Nunca conociste la identidad de tu padre y habías soñado con escuchar esa última frase incluso antes de tener uso de razón. Recuerdas un día que estabas jugando con una muñeca y preguntaste por tu padre y *amatxu* —nunca fue mamá ni madre— te dijo simplemente que se había marchado muy lejos; volviste a preguntar con la candidez propia de tus cuatro años: «¿Por qué se ha marchado mi papá, es que no me quiere?». No respondió. En algunas ocasiones, cuando renacía tu interés por el paradero de tu padre, tan solo lograbas excusas o justificaciones imprecisas y confusas entre sí... evasivas con las que te mentían pero no engañaban. Comprendiste que aquel asunto era un tema delicado cuando en tu catorce cumpleaños pediste como regalo, inocente, conocer quién era tu padre; *amatxu* se desquició y, desolada y con los ojos acuosos, abandonó la casa y no volviste a verla hasta el día siguiente.

A partir de entonces te refugiaste en la soledad de tu cama, y por las noches permitías que tu imaginación se recreara esbozando su figura: ni alto ni bajo, moreno unos días y castaño o rubio en otros, de ojos grandes, tal vez usara gafas, y nariz... la nariz era lo más difícil de imaginar. A su vez lo situabas realizando todo tipo de trabajos: unas veces era profesor, otras médico, otras militar... aunque también podía ser maquinista de tren, o titiritero si tu espíritu estaba juguetón. Y le construías una casa con un gran salón desde donde se veían los árboles de un parque cercano. Esas ensoñaciones resultaban agradables; en cambio, si tus fantasías lo situaban viviendo con otra familia, acariciando a otros hijos, tardabas en conciliar el sueño.

Cuando alcanzaste la mayoría de edad, tu *amatxu* consintió en hablar: tu padre os abandonó el mismo día en que naciste —el 20 de noviembre de 1975— y jamás se volvió a saber nada de él. Tampoco entonces te convenció; lo único positivo en aquella conversación fue conocer su nombre, Antonio Sánchez. Continuaste reclamando información. ¿Quién era Antonio?, ¿cómo era?, ¿por qué os abandonó?, ¿a qué se dedicaba?... Nunca nadie dijo nada. Los mil intentos y delirantes estratagemas para averiguar los motivos de su abandono, de la misteriosa huida de tu progenitor, solo cesaron con el solemne funeral de tu abuelo.

Bartolomé Tellechea Basterrica murió un día antes de tu decimonoveno cumpleaños. Para la tropa era el teniente general Tellechea; sus hijos se referían a él como «el general» y le trataban de usted; para la abuela fue siempre Bartolo —o Bartolomé, cuando se enfadaba y se ponía seria—; sus compañeros oficiales lo conocían por Tolo el Astuto; *amatxu* lo llamaba *aitá*, y también tú utilizabas ese mismo apelativo paternal en vasco. Tu abuelo había nacido con el siglo y resultaba fácil establecer su edad en relación a cualquier acontecimiento. Como todos los Tellechea sería enterrado en el señorial panteón de la FAMILIA TELLECHEA: un mausoleo de enmohecida piedra negruzca con una cruz en el centro —colgando la estola con el texto FORTES FORTUNA ADIUVAT, La fortuna favorece a los valientes—, flanqueada por dos arcángeles adoradores, en el cementerio de Vista Alegre en Bilbao. Allí descansaban desde hacía siglo y medio los restos del general Heliodoro Tellechea, ayudante de campo de Zumalacárregui, muerto en la batalla de Montejurra en noviembre de 1835; del joven capitán Crucito Tellechea, veinticinco años, herido defendiendo Cavite en Filipinas y víctima del paludismo cuando en agosto de 1899 regresaba a España a bordo del mítico Alicante; y de su hermano gemelo —tu bisabuelo— Martín Tellechea, fallecido de insuficiencia renal en Sidi Ifni en 1939, comandante de la 4.ª compañía en el Desastre de Annual, que lavó su honor durante el desembarco de Alhucemas al punto de que el general Sanjurjo lo calificó de «heroico y bragado militar»; y de su hijo, el venerado tío abuelo Emiliano, muerto por el «fuego amigo» de la Legión Cóndor en Galdácano el 11 de junio de 1937, durante la toma de Bilbao. También descansaban allí los restos de «La niña Merceditas Tellechea Tellaeche [que] subió al cielo a los 4 años de edad», fallecida a causa de la escarlatina el 27 de diciembre de 1948; y dos primos muertos demasiado jóvenes de forma trágica: T T, como le llamaba cariñosamente la familia —de veintitrés años, el 4 de enero de 1980—, y Maca —Macarena Tellechea O'Reilly, a quien considerabas más hermana que prima, tu mejor y tal vez única amiga—, de veinte años, el 7 de julio de 1993.

La comitiva con el féretro del general partió desde el hospital Gómez Ulla a primera hora de la mañana. Al furgón fúnebre le seguía el coche del tío Martín, el primogénito, con la tía Upe, la abuela y tu *amatxu*, la menor y única mujer de los seis hermanos Tellechea; después el coche del tío Fernando con la tía Sheila, y el tío Vidal con la tía Montse; el tío Javier, tu padrino, y la tía Remedios llevaban a la tata, que había criado a todos los vástagos Tellechea y era como una más de la familia; les seguía el Renault Laguna del tío Ignacio, que se empeñó en que le acompañaras con el pretexto de contarle «cómo le ha sentado la vida en la universidad a la chica más guapa»; un pequeño autobús con los primos —excepto Adriá y Ferrán que estudiaban en Estados Unidos—, algunas amigas de la abuela y Jacobo, hijo del comisario Manuel Ballester, quien fuera buen amigo del *aitá*, que se apuntó al autobús en el último momento porque a su coche le falló la batería; y, después, una galaxia de estrellas peregrinando en una veintena de coches: amigos y compañeros de armas de los tíos Martín y Vidal, que también vestían sus uniformes de gala en Intendencia y Regulares.

Inacito, como familiarmente llamaban al tío Ignacio sus hermanos y cuñadas, era el menor de los varones y fue mellizo de la malograda Merceditas. Los Tellecheas acudíais a él en los malos momentos en busca de consejo y refuerzo espiritual y humano por su condición sacerdotal: era padre escolapio en el colegio que la orden tenía en la calle Hortaleza y allí vivió hasta su cierre en 1989, cuando le trasladaron a Zaragoza de donde vino para el funeral. Comenzó la conversación de forma distendida —incluso excesivamente jovial dada la luctuosa circunstancia del momento— bromeando sobre lo incómodo que resultaba conducir con sotana. Después te preguntó por la universidad, por los chicos, si tenías algún «amorío serio», y bromeó al comentar cómo sería tu vida sin el general, con la *amatxu*, la abuela y la tata bajo el mismo techo. Había nevado mucho ese otoño, y el paisaje de un blanco impoluto al coronar Somosierra era espectacular y sereno. «En estos campos tuvo el general su bautismo de fuego justo el mismo día que la abuela traía al mundo al tío Martín, nos lo recordaba cada vez que pasábamos por aquí; y se ganó los galones de teniente coronel por méritos de guerra con apenas treinta y siete años»; «¿No fue en Lérida?»; «Lo de Lérida fue más tarde, allí fue donde se hizo famoso por su astucia. Cuando años después de terminada la guerra le ascendieron a general de brigada, el *Arriba* le dedicó un artículo titulado "El zorro de Lérida" y decía que aquella victoria se debió en buena medida a su "perspicacia y sagacidad"». Inacito contó que el general luchó en la columna de Ricardo Serrador, «el mejor amigo de mi abuelo Martín», y que en aquellos campos ahora nevados a punto estuvo de salvar la vida a Onésimo Redondo. Siguió hablando de política; pensaba que España «cavó su fosa» cuando entró a formar parte de la Comunidad Europea y estaba contento porque «los socialistas tienen los días contados». Los nacionalistas habían abandonado a Felipe González y seguro que habría adelanto electoral. «Será la primera vez que vote. Pero no sé a quién»; «Con que no sean rojos cualquiera vale».

Fue entonces cuando tu tío desveló el verdadero motivo de su interés en que le acompañaras durante el viaje apartándote del resto. *Amatxu* le había pedido consejo y ayuda porque tu reciente empecinamiento en conocer la identidad de tu progenitor era para ella «una tortura insoportable». Inacito hablaba con voz pausada y aterciopelada, a veces apartaba la vista de la carretera para enfatizar alguna frase con la determinación de quien está totalmente convencido de sus palabras. En el horizonte se divisaron las torres de la catedral de Burgos cuando se refería al orgullo del linaje Tellechea, y la entereza con que afrontabais el peso de la historia y el compromiso con los antepasados. Oías y no escuchabas, era la misma perorata que se había contado cien veces en las reuniones familiares. Sin saber cómo, sin pensarlo dos veces, preguntaste: «¿De verdad abandonó mi padre a la *amatxu* el día que nací yo?»; tardó unos segundos en contestar, como si sopesara la trascendencia de su respuesta: «Así fue». El tío Inacito podía ser un carcamal retrógrado chapado a la antigua, pero era un hombre de honor y palabra, incapaz de mentir en un tema tan serio.

Llegasteis a Bilbao a la hora prevista. Entraste en la catedral de Santiago abriendo la pequeña comitiva de familiares, portabas solemne la Laureada de San Fernando prendida en un pequeño cojín que colocaste sobre el féretro. Tenías reservado un lugar en el segundo banco de la derecha, detrás del tío Vidal. Ofició el obispo y otros cinco sacerdotes, pero fue Inacito quien pronunció la homilía. Estabas aturdida y prestaste la atención justa para saber que hablaba de los valores personales y la moral, y como «el general fue ante todo un hombre de honor y siempre un sabio». Citó la Primera a los Corintios (3:18): «Nadie se engañe a sí mismo; si alguno entre vosotros cree ser sabio en este mundo, hágase ignorante y así llegará a ser verdaderamente sabio». Tu mente saltaba de un pensamiento a otro como los cubitos coloreados de un territorio a otro cuando tus primos jugaban al Risk. Observaste los galones del tío Vidal, tenían una estrella de cuatro puntas en la intersección de lo que parecían ser dos sables cruzados y una corona en la parte superior. Los galones del tío Martín, junto a la abuela en el primer banco de la izquierda, eran similares pero con dos estrellas en vez de una. Los dos hijos militares llevaban fajín de un rojo tan intenso como la sangre. «Daos fraternalmente la paz». El tío Vidal se dirigió al banco del tío Martín, le estrechó la mano con una palmadita en el costado y regresó su sitio.

Recordaste lo ocurrido en ese mismo momento del saludo de la paz durante el funeral de tu prima Maca. De aquello hacía poco más de un año y también ofició aquella misa de difuntos el tío Inacito. A diferencia de ahora que guardaron las formas, tus tíos Vidal y Martín se abrazaron en medio del pasillo, les flaquearon las piernas y cayeron de rodillas llorando como niños. Durante unos segundos interminables nadie reaccionó y solo se escucharon los sollozos inconsolables de aquellos dos hombretones vestidos de uniformes color caqui. El *aitá* cruzó sus manos y bajó la cabeza en actitud de dar gracias a Dios. Algunos asistentes intentaron calmarlos pero no había fuerza humana que lograra separar los brazos musculosos entrelazados. El tío Inacito bajó del altar y todos se apartaron pensando que él lograría hacerles recobrar la compostura, pero también él se arrodilló y llorando se unió al abrazo. Nadie intervino, estuvieron así durante un tiempo indeterminado hasta que cada uno regresó al lugar que les correspondía. *Amatxu* observaba al *aitá*, sollozaba y dos lagrimones se escaparon rápidos por la mejilla, la palidez natural de su piel te pareció todavía más blanca con el luto riguroso, y cuando te vio observándola sonrió y dijo que lloraba de felicidad.

El funeral del *aitá* estaba siendo mucho más solemne y pomposo que el de Maca y todo ocurría según lo previsto. Durante la comunión el coro de voces blancas entonó un *Te Deum*. «El Cuerpo de Cristo»; «Amén». Inacito puso la sagrada forma en tu lengua y te acarició con dulzura. Con la hostia pegada al paladar regresaste a tu bancada y te arrodillaste. Sentiste la luz del Espíritu Santo iluminando tu ser, tu existencia. Todos te consideraban la hija perfecta: buena estudiante —fuiste la tercera mejor nota de la selectividad—, ajena a cualquier rebeldía adolescente —aprendiste del *aitá* que «quien obedece no se equivoca»— y, utilizando una expresión de la tata, «nunca diste que hablar». Todo lo contrario que tus primos: Martinchu estuvo detenido por apalear a unos comunistas que pegaban carteles en las elecciones que ganó Suárez y fue investigado por el asesinato de los abogados de Atocha aunque nada tuvo que ver; Palma y Claudio acabaron en un centro de desintoxicación; Carlos, «Charli», se fugó de casa el verano anterior y nada sabían de él... Lo que todos ignoraban era que en tu interior despreciabas y odiabas a tu madre, a quien considerabas un ser infame. Habías idealizado y ennoblecido a tu padre pese a que os había abandonado; por el contrario considerabas a tu *amatxu* una mujer mentirosa y egoísta. Tú eras la única egoísta y además mezquina por desagradecida. En ese momento te sentiste indigna de ella, que sacrificaba cada día de su vida por ti.

Rogaste a Dios con todas tus fuerzas que te ayudara a encontrar el camino. Fue como si Él en su infinita sabiduría respondiera a tus preguntas en aquel preciso instante haciéndote ver la mentira de tu vida: las virtudes que otros veían en ti eran en realidad una defensa, una autoprotección. Entendiste que preferías la soledad de la lectura y el conocimiento que guardan los libros a discotecas y otras diversiones juveniles para que tu naturaleza tímida y reservada no se viera públicamente expuesta a situaciones embarazosas. Seguiste hablando con Dios hasta que empezaron a sonar los acordes del himno nacional; seis militares cargaron con el féretro del *aitá*, y comenzó un sonoro y prolongado aplauso. *Amatxu* te indicó que volvieras a encabezar la procesión de familiares con la medalla, pero tú le entregaste el cojín y te prendiste a su cintura como si fuera un salvavidas en medio de la tempestad. Juraste no volver a dudar de ella durante el resto de tu vida y tampoco volverías a preguntar sobre tu padre. Y con tu espíritu reconfortado abandonaste el templo.

Todos esos recuerdos afloraron cuando, espoleada por el mensaje de Simón, dejaste en tu despacho el material de clase y al salir agarraste en volandas el *tote* de Balenciaga, que era como un apéndice de tu persona. Ni por un segundo pusiste en duda las palabras de tu viejo amigo anunciándote que tu padre quería verte. En otro tiempo te conoció como nadie volvió a lograrlo jamás y sabía de primera mano la importancia, lo que significaban para ti aquellas palabras. Tenía el coche en el parking del moderno edificio de los juzgados. Te desagradó el pestilente olor a tabaco incrustado en la tapicería, tan repugnante como en casa de tu *amatxu*. En la radio Pablo Casado exigía al presidente Pedro Sánchez que adelantara las elecciones, y pediste a Simón que la desconectara.

Conociste a Simón en tu segundo año de universidad. Tú estudiabas Filología inglesa y él estaba en cuarto de Filosofía. Ocurrió en la facultad esperando recoger en el servicio de reprografía unos apuntes de Historia de la lengua inglesa. Eras la última en la infinita cola de estudiantes cuando oíste a tu espalda: «Volvió a fallar mi *noesis*, mi intuición». Te sorprendió la ocurrente expresión y giraste la cabeza. Su aspecto roquero te resultó gracioso y contestaste con despecho «Mejor *phronesis*, sabiduría, que noesis», y respondió «¿Lo tuyo es una *eikasía* ontológica o epistemológica?», ¿conjetura del ser o del saber?; no conocías el significado de *eikasía*. Fue el inicio de una conversación que se prolongó durante tres horas en la cafetería universitaria. La primera impresión que te provocó el aspecto de Simón no se correspondía con la realidad; era un tipo inteligente, locuaz, intuitivo y, sobre todo, muy divertido. Os citasteis para el sábado y aunque revolviste tu armario resultó imposible encontrar una sola prenda que no desentonara con su forma de vestir. A la semana siguiente os veíais a diario al terminar las clases. Era dos años mayor que tú, hijo de viuda, el tercero de cuatro hermanos. Tocaba el bajo en un grupo de rock llamado Los Hurricane Rock United, que nunca grabó un disco, y compartía piso por la zona de Tetuán con dos estudiantes de Ingeniería de Caminos —el Ferni, de nombre Fernando, y otro apodado el Espía, por su aspecto sombrío y gesto taciturno— repetidores de un curso sí y otro también. Dependía de una beca para seguir estudiando —sus notas eran casi tan buenas como las tuyas—, y del dinero que ganaba con su grupo en alguna que otra verbena popular y trabajando de camarero en las fiestas más populosas y concurridas, donde mejor pagaban.

Te enamoraste de él sin saber cómo. Tal vez porque sabía escucharte, o porque con él sentiste unas ganas de vivir como nunca antes, o, como solía decirte, porque apareció en tu vida en el momento oportuno. Además de la música, su otra gran pasión era el cine y gracias a él conociste en la Sala Doré a Billy

Wilder, Buñuel, Kurosawa... La primera vez que te besó fue viendo *Qué bello es vivir* de Frank Capra: al final de la película, cuando James Stewart en medio de una fuerte nevada suplicaba a Dios que le devolviera a su mujer y sus hijos repitiendo «Quiero volver a vivir, quiero volver a vivir, quiero volver a vivir», le cogiste intuitivamente de la mano; Simón se giró y te besó, y te gustó. Fue como si una descarga eléctrica te atravesara de la coronilla hasta el talón y escuchaste levitando a la hija pequeña de Bailey decir en la escena final «cada vez que suena una campanilla le dan las alas a un ángel». En su piso de estudiantes Simón fue el primero, y único hasta que te casaste con Pepe, que acarició todo tu cuerpo; pero reprimiste tu deseo y venciste su insistencia enfebrecida para ir un paso más allá.

Al ser viernes a media tarde la salida de la A-2 estaba muy cargada, sin embargo se hallaba despejada en sentido Madrid; llegasteis al Gregorio Marañón en apenas media hora. Durante el breve recorrido Simón te puso al tanto de todo: tu padre era Tony Mera —Antonio Sánchez Mera—, leyenda viva del fotoperiodismo bélico español. El nombre no te decía nada, pero sí recordabas hasta el mínimo detalle del pasaje que rememoró; aunque hubiera pasado casi un cuarto de siglo, ¡cómo olvidar vuestra última cita! Simón afirmó que Mera fue la persona que se os acercó en el Tuareg, el pub en los Bajos de Aurrerá, el día que terminasteis los exámenes aquel curso de 1995, y preguntó si os podía tomar una fotografía. «De ninguna manera. ¡Ni se le ocurra!»; «No seas tonta, si no la va a ver nadie»; aparecer junto a un melenudo vistiendo cazadora negra de cuero sin mangas y con tachuelas, patillas a lo Elvis, tatuajes en los brazos y una cadena colgando en el pantalón era un riesgo que no podías correr. «Creo que hacéis una pareja estupenda»; «Todo lo estupenda que usted quiera, pero no me la juego». Simón insistió, sería un buen recuerdo una fotografía de los dos, pero no consentiste. Al final tomó bastantes instantáneas de él solo. Te hicieron gracia sus gestos obscenos y ridículos: sacando la lengua como en el emblema de los Rolling Stones, tocándose los genitales en actitud provocadora, poniendo cuernos con los antebrazos cruzados, o aquella otra en la que parecía hacerte una peineta con ambas manos...; en todas ellas muy hosco. «¡Por qué haces esas tonterías, tú no eres así!»; «Soy hijo del rock and roll. Soy libre. No lo entiendes porque la libertad te da miedo». En la despedida el fotógrafo inició un intento de besarte las mejillas, pero marcaste distancias tendiéndole la mano y mostrándole con tu desapego el disgusto y malestar por su intromisión; aunque acababan de conocerse Simón lo abrazó como si fueran viejos amigos.

Ya sin el fotógrafo Simón se enfadó como nunca antes, «¿Te avergüenzas de mí? ¿No soy lo suficiente bueno para ti?»; «Prefiero evitarle un disgusto a mi madre». Tus excusas fueron inútiles; resultaba imposible convencer a alguien que vivía a impulsos, sin considerar consecuencias ni secuelas. La discusión fue poco a poco subiendo de tono. Lo que para ti era un asunto menor, una anécdota, para él representaba una cuestión cardinal. Pensaste que su enfado se debía a tu negativa a acompañarle a su piso para «celebrar de verdad el final de curso»; sabías de sobra que el disgusto por tu tozudez en no terminar lo que empezaban besos y caricias en dos cuerpos medio desnudos estaba garantizado. Conforme avanzó la discusión el problema parecía trascender lo relativo al fotógrafo o tus negativas amorosas. Podías entender y aguantar sus reproches por tu determinación en llegar entera al altar; pero no estabas dispuesta a que nadie te dijera lo que debías o no debías hacer, o a consentir que nadie juzgara tu vida, y con claro despecho lo dejaste plantado frente a su combinado de ginebra Larios. Cuando llegaste a casa fuiste directa a tu cuarto. Tenías que pensar; debías pensar. Tal vez tuviera razón cuando decía que no podías vivir de acuerdo a lo que otros esperaban de ti, pero era justamente eso lo que estaba demandando: que vivieras según lo que él esperaba de ti.

Con la cara enterrada en la almohada oíste a *amatxu* reclamarte para la cena; mentiste diciendo que tenías mal el estómago y preferías acostarte. Maldijiste una y otra vez al fotógrafo entrometido y estúpido por arruinar una tarde preciosa. Las emociones encontradas no te dejaban pensar con claridad. Recordaste al *aitá*, el general; decía que había dos tipos de personas: los necios que vivían siguiendo los sentimientos del corazón y al final eran unos desgraciados, y quienes tenían una vida tranquila por elegir lo que resultaba más conveniente y vivían felices. Lo ocurrido aquella tarde, razonaste, tenía que suceder tarde o temprano. Sus protestas en la cama por no llegar hasta el final nunca sonaron tan graves como las de aquel día por la dichosa fotografía. Erais tan diferentes, os enfrentabais al mundo de forma tan distinta que la ruptura resultaba inevitable: tú eras reflexiva, él intuitivo y pasional; tú tímida, él extrovertido; tú disciplinada y metódica, él caótico; tú familiar, él independiente; tú sensata, él alocado; tú realista y reservada, él optimista y jovial... Su reacción cuando le robaron la entrada para el concierto en Madrid de los Guns N' Roses era buen reflejo de su personalidad: con doscientas setenta y cinco pesetas en el bolsillo se fue en autostop a París, donde el grupo actuaba una semana después; «Como decía el gran Bogart, "Siempre nos quedará París"». Los vio en el Palais Omnisports de París-Bercy con los trescientos cincuenta francos que le dieron en el hospital Cochin por 450 cc de sangre. Probablemente no sentirías por nadie lo que en aquellos momentos sentías por Simón y nunca volverías a entregar tu corazón como se lo habías entregado a él; pero de todos los hombres del mundo era quien menos te convenía.

Tenías que terminar con aquella relación, debías terminar aquella relación. Era imposible que funcionara esa pareja dado que erais personas tan distintas.

Intentaste olvidarlo pero su presencia ocupó cada minuto de aquel insípido verano. Tu sensación de vacío se alimentaba con las imágenes de recuerdos que no lograbas desterrar: la canción que compuso para ti, el sabor de su sangre en tu boca al pincharse con una rosa en el parterre del Parque del Oeste, su alocada teoría de que Kant era bipolar, su divertida costumbre de introducir frases de películas en las conversaciones... Te temblaban las piernas el primer día del nuevo curso cuando, ilusionada por el reencuentro con Simón, subiste los seis escalones de la facultad. Exhalaste con fuerza para liberar la ansiedad, y sentiste por primera vez el aguijón de la inseguridad. Los recuerdos de Simón te habían vencido pero la derrota tenía un sabor dulce. Sin necesidad de que lo pidiera, ibas dispuesta a entregarle tu cuerpo como le habías entregado tu corazón. Ni rastro de él en la cafetería, tampoco en la biblioteca, ni en el seminario de filosofía. Recorriste los pasillos de la facultad de arriba abajo y de abajo arriba, pero no apareció, ni ese día, ni esa semana, ni la siguiente. Fuiste al piso de Tetuán preparada para pedirle perdón y lanzarte a sus brazos; sonó la chicharra del timbre, «María, están llamando»; «Estoy con la niña»; «Voy». Abrió un hombre en pantalón deportivo, habían alquilado el piso en agosto y no sabía nada de los anteriores inquilinos. Fue tu primera gran desilusión, o mejor dicho, el primer gran contratiempo, en la vida. No apareció en todo el curso. La melancolía y la pena comenzaron a reflejarse en tu aspecto físico y una noche te acostaste deseando que la muerte te abrazara durante el sueño. La luz del nuevo día te hizo ver lo estúpido de tu comportamiento y te propusiste olvidar a Simón al precio que fuera. Poco a poco dejó de preocuparte y al siguiente verano ya habías retomado tu vida agradablemente rutinaria, aunque nunca lograste olvidarlo por completo.

Y ahí estabas de nuevo con él, en un coche apestando a tabaco camino del Gregorio Marañón para conocer a tu padre, pensando cómo el destino tiene sus propios códigos. Durante los treinta minutos del recorrido, además de informarte sobre tu padre, Simón continuó poniéndote al día. Pocos días después de vuestra discusión volvió de nuevo al Tuareg y el camarero le entregó un sobre que habían dejado para él. Era el reportaje fotográfico, lo remitía Tony Mera y bajo el nombre estaba su número de teléfono. Simón le llamó para agradecer el detalle, quedaron en tomar una cerveza, y a partir de entonces continuaron viéndose de forma regular hasta convertirse en buenos amigos. Como Mera viajaba constantemente le dejó su casa cuando Simón perdió el trabajo durante la crisis de 2008; y allí estuvo hasta que volvió a encontrar empleo. Fue entonces cuando su buena amistad se convirtió en una suerte de relación paterno-filial en la que uno y otro se cuidaban mutuamente. Durante las últimas Navidades, como siempre hacían, cenaron juntos en Nochebuena, y Tony le comentó que no se encontraba muy bien. Convinieron que probablemente se trataba de alguna indigestión por los excesos de aquellas fechas y no le dieron especial importancia, pero el malestar continuó y después de Reyes fue al ambulatorio. El médico pidió una analítica y todo se precipitó con los resultados. Le diagnosticaron cáncer de pulmón, y tenía metástasis en hígado y huesos. «Tiene todo cogido, todo. Lo raro es que siga vivo todavía». Había ocurrido en unas pocas semanas y desde entonces Simón no se había separado de su lado. «Nadie se ha portado conmigo como él. Me trataba como a un hijo». Los médicos ya le habían desahuciado y el peor desenlace era cuestión de tiempo, de poco tiempo. Aquella misma mañana, cuando le permitieron el paso a la

UCI, Tony le hizo un gesto con la mano para que se acercara: «Quiero despedirme de Merche, es mi hija», dijo en un hilo de voz. Simón no necesitó preguntar a quién se refería y sin mediar palabra salió en tu busca. Sabía dónde encontrarte; te vio un par de veces en televisión y bajo el nombre de Mercedes Tellechea, catedrática de Sociolingüística, aparecía la universidad donde trabajabas.

En el Gregorio Marañón no debiste esperar hasta la hora de visitas para ingresados en la UCI. Simón consiguió que te dejaran pasar y tuvo la delicadeza —siempre fue muy cuidadoso con los pequeños detalles— de dejarte entrar sola cuando os entregaron una bata verde y protectores de pelo y calzado.

La luz era tenue. Un pequeño volumen alargado se perfilaba sobre la horizontal de la cama, estaba cubierto hasta el cuello. El olor aséptico de los productos químicos te resultó desagradable. Notaste sequedad en la boca y recordaste los *mentolines* en el bolso que dejaste fuera con Simón. El ridículo gorro desechable era demasiado pequeño y sentías su presión en la piel. Un cadencioso bip, bip, bip, de la máquina que controlaba la frecuencia cardiaca, era el único sonido en la habitación. En el lateral de la cama colgaba una bolsa de plástico transparente medio llena de un desagradable líquido de color parduzco. La máscara del oxígeno le ocupaba casi toda la cara, los ojos demacrados, la frente cetrina, despejada y brillando como la cera, y el cabello negro alborotado, gris en las sienes. Los pelos de las cejas eran muy largos, también los que asomaban por los oídos. Respiraba con dificultad en una suerte de prolongado y suave ronquido agónico. Tenía una vía de suero en el escuálido brazo izquierdo, la arteria braquial azulada se perfilaba nítida sobre la piel escoriada como un río serpenteando en una superficie reseca. Sus dedos eran largos y huesudos, las uñas estaban bien cuidadas. Si la muerte tenía un rostro debía ser ese; pero no te sentiste perturbada porque de alguna manera estaba sereno y tranquilo, como en un plácido sueño.

Entró una enfermera para controlar el gotero, «Antonio, Antonio, despierta, que tienes visita»; en aquellas circunstancias te desconcertó la naturalidad con que hablaba y su tono elevado. Abrió los ojos y giró lentamente la cabeza, creíste ver la mueca de una sonrisa tras el plástico traslúcido de la mascarilla. Los ojos eran de color avellana, como los de José Javier, y pensaste que Pepe ya no podría repetir la pesada bromita sobre la paternidad de ese hijo. La enfermera te acercó una silla y abandonó la habitación. Los dos intentabais comunicar algo con la mirada aunque ninguno sabía el qué. Solo se escuchaba el bip de la máquina y su respiración ronca. ¿Debías acariciarle la frente? ¿Cogerle la mano? Tu mente había recreado un encuentro con él de mil maneras distintas, pero ninguna se parecía a esa. Viéndole así no tenían sentido las preguntas maceradas durante años por si el destino os situaba cara a cara. Solo os mirabais, sin más. Hizo ademán de quitarse la máscara pero estaba muy débil, te incorporaste y fuiste tú quien se la apartó de la cara. Sus labios eran finos y estaban amoratados, los pómulos totalmente hundidos y surcados por un laberinto de microscópicas venillas que llegaban hasta la nariz aguileña y delgada, también con pelos excesivamente largos. Nadie le había afeitado desde hacía días, el cuello era delgadísimo y la nuez prominente. Parecía querer decir algo y acercaste el oído. El hediondo aliento fétido te provocó una arcada que subió rápida desde el estómago; te apartaste, tomaste aire fresco y volviste a inclinarte sin respirar. No lograbas entender lo que susurraba, creíste escuchar «Mi hija, mi hija, eres mi hija», pero tal vez fue solo una ilusión. El bip aceleró su frecuencia y entró presurosa la enfermera. Te recriminó que le hubieras quitado la máscara del respirador, volvió a colocársela, le preguntó si tenía otra flema, él negó con la cabeza, y te ordenó abandonar la habitación visiblemente molesta. «Desahuciado», utilizó la enfermera cuando una compañera preguntó por el pequeño alboroto que se produjo, «El pobre hombre está desahuciado y va ella y le quita el oxígeno. Es que hay gente que no tiene corazón».

Simón sugirió tomar un café o llevarte a casa, pero declinaste ambas propuestas y tomaste un taxi. Necesitabas estar sola y sabías que el mejor lugar era tu propia casa. Pepe, como cada viernes desde hacía años, tenía su partida de mus en el club Argos y no llegaría hasta las nueve; tampoco estarían tus hijos, José Javier llegaría a las tantas, Iñaki entrenaba con los del equipo de ajedrez y Begoña pasaba los fines de semana en casa de *amatxu*; Daniela, la asistenta rumana, no regresaría hasta el domingo por la tarde. Te acostaste pronto, no te apetecía hablar con nadie. Intentabas poner orden en tu cabeza sin conseguirlo, pero no te importó porque a la mañana siguiente, ya preparada, volverías al hospital.

Primero llegó Iñaki, lo oíste trajinar en la cocina, se parecía a ti en su obsesión por el orden y dejaría todo tan limpio como lo encontró. Después Pepe, hablaba alegre por el móvil: «Pues no te jode el farolero, es un bocarrana, me echa un órdago con dos pitos, con dos putos ases, y me pilla con tres reyes pito, un solomillo llevaba yo... Vaya robaperas». Abrió la puerta del cuarto y comprobó que estabas en la cama; encendió el televisor en el salón y a los quince minutos ya oías retumbar sus ronquidos. Te resultaba imposible conciliar el sueño y no lograste dormir más de una hora seguida, Pepe se acostó poco antes de las dos, José Javier llegó pasadas las cinco.

Te levantaste a tu hora habitual, las 7.00, y sin ducharte preparaste café. En la mesa de la cocina conectaste el ordenador portátil y tecleaste «Tony Mera». Antonio Sánchez Mera, artís-

ticamente conocido como Tony Mera, fotógrafo español auto-
didacta, nacido en Madrid el 25 de marzo de 1954. Vivió en
París entre 1975 y 1995. Ese año fue herido en la guerra de
Bosnia y poco después se instaló definitivamente en España.
Como reportero gráfico había cubierto los conflictos bélicos
más importantes desde la Revolución Sandinista de 1979 para
Libération, y después la guerra de las Malvinas (1982), Líbano
(1983), Yugoslavia (1991), Ruanda (1994)... para el *New York
Times*; en el año 2000 comenzó a trabajar en Magnum Photos
y estuvo en Afganistán, Chechenia, Congo... y también como
freelance en los principales periódicos y revistas nacionales e
internacionales. La lista de premios y reconocimientos tenía
más de cincuenta entradas; el primero el National Geographic
Photo Contest en 1980, el más reciente el Leica Oskar Bar-
nack Award. En España, el Premio Nacional de Fotografía, el
Ortega y Gasset de periodismo en categoría gráfica, el LUX
en categoría de reportaje social, el PHotoESPAÑA... Era uno
de los promotores del Premio Internacional de Fotografía Hu-
manitaria Luis Valtueña y la ONU le había nombrado «Enviado Especial de la UNESCO por la Paz». Volviste a teclear
«Tony Mera fotos» y se desplegó una página con sus trabajos.
Casi todas eran en blanco y negro, algunas recogían el conflicto
armado pero la mayoría reflejaban sus consecuencias: jóvenes
con piernas amputadas, niños africanos jugando en un tanque
destruido, el llanto de unas mujeres musulmanas velando un cadáver... Oíste la cisterna del baño y cerraste la conexión.

Subiste con paso firme los escalones de la empinada escalinata coronada con las letras del Hospital General Universitario
Gregorio Marañón y en el ascensor pulsaste el tercer piso. La
recepción en la planta era diminuta y preguntaste por el horario de visitas en la UCI, la enfermera quiso saber por quién
preguntabas, «Antonio Sánchez Mera»; «¿Tony Mera?»; «Sí,

soy su hija»; «Espere un momento». La enfermera se dirigió a la puerta de una consulta, te miró, llamó y entró. Al poco salió un médico joven, alto, con el pelo rizado, y se dirigió a ti, «¿Dice que es usted la hija de don Antonio Sánchez Mera?»; «Sí, lo soy» —la enfermera observaba desde una distancia razonable—; «En su historial no consta que tenga familia»; «Lo soy». Era la tercera vez que te identificabas como su hija. El médico no tenía buenas noticias. El carcinoma de Pancoast lo había invadido todo y tu padre había fallecido a media noche.

* * *

Aterrizó en el aeropuerto de Hewanorra en Santa Lucía a la hora prevista. El calor era sofocante, como ocurre en el Caribe, y el oficial aduanero se esforzó en pronunciar el nombre de la titular del pasaporte: Mercedes Tellechea Tellaeche. Recogió la maleta, salió de la pequeña terminal y tomó un taxi. Había reservado en el Harbor Club de Gros Islet y el conductor intentó ser amable diciendo que era un buen hotel. Merche, como la llamaban familiares y amigos, no contestó. Había buscado toda la información necesaria en Google y sabía que debía recorrer casi toda la isla desde el aeropuerto, en la punta sur, hasta Gros Islet en el norte. Escogió aquel hotel por su proximidad a la casa del poeta Derek Walcott, premio Nobel de Literatura en el año 1992. El motivo del viaje era recoger una carta que su padre, el fotógrafo Tony Mera, a quien conoció agonizando el mismo día de su muerte, dejó en casa del escritor. Había contactado con él, o mejor dicho, con su esposa Sigrid Nama porque Walcott ya había fallecido, gracias a Joaquín Ayuso. Ayuso, compañero del departamento de Filología inglesa, coincidió con Walcott durante un curso de verano en El Escorial y tenía su dirección de correo electrónico.

La relación de Merche con su colega Joaquín era singular por lo atípica, más de confidentes que de compañerismo o amistad propiamente dicha. Cuando coincidían y ninguno de los dos estaba ocupado comentaban en la intimidad del despacho cómo les iba la vida. Una y otro se sentían libres para exponer su punto de vista como se hace con un desconocido a quien no se volverá a ver. A veces conversaban sobre cosas triviales, en otras ocasiones sobre asuntos de más enjundia. Escuchaban al otro —o la otra— y expresaban sus opiniones sin presuponer nada y mucho menos juzgar; tal vez por eso se abrían y sinceraban sin temor. Merche, por ejemplo, sabía que a Joaquín le había tocado el gordo de la lotería hacía unos años, o que mantenía una secreta relación íntima y tormentosa con una joven profesora del departamento a quien había dirigido su tesis, y ella también le abría su corazón regurgitando asuntos familiares de toda índole. Fue por esa complicidad y por la humana necesidad de verbalizar los sentimientos, que Merche le confesó su inquietud por una carta escrita por su padre poco antes de morir. El padre fue reportero gráfico, concretamente fotógrafo de guerra, y, entre otras cosas, le decía que cada cinco años el día 20 de noviembre, cumpleaños de Merche, le había dejado una carta en el lugar donde se encontrara en ese momento. La última de ellas, primera de un supuesto rosario que podía llevarla por todo el mundo, estaba depositada en Santa Lucía. A Joaquín, fantasioso por naturaleza, todo aquel asunto le resultó tan atractivo que se ofreció a escribirlo como si fuera una novela. Incluso propuso un título tras leer la primera —o última— carta del padre agonizante: *Ninguna mujer llorará por mí*. Merche accedió. Tal vez en agradecimiento por proporcionarle el correo de Walcott, o más probablemente porque pese a ser —o al menos parecer— una mujer resuelta y segura de sí misma, intuía que necesitaría algún compañero para el viaje iniciático, en expresión de Joaquín, que estaba a punto de iniciar. Ella puso dos condiciones: que sería la única lectora de la novela y que cambiaría su nombre real por el ficticio de Merche. Joaquín aceptó.

Merche necesitó solo tres correos para concertar el viaje a Santa Lucía. En el primero de ellos se daba a conocer y preguntaba por la carta que supuestamente había dejado para ella su padre. Contestó Sigrid informándole que Walcott había fallecido hacía tres años, pero que guardaba la carta de referencia y podía enviársela por correo si así lo deseaba. Merche prefería desplazarse en persona y en el segundo correo proponía las fechas de la Semana Santa; Sigrid no tenía ningún viaje programado antes del verano, así que cualquier día le resultaba adecuado. El tercer correo confirmaba su llegada para el 16 de abril.

Merche se recostó en el asiento del taxi; estaba agotada por las veinte horas de viaje, con una larga escala en San Juan de Puerto Rico, y tan excitada como temerosa por las consecuencias que pudieran derivarse del viaje —y no se trataba solo de aquel en concreto— que estaba iniciando. El lujo del Harbor se parecía al de cualquier buen hotel en Saint-Tropez; el taxista le llevó la maleta hasta el mostrador de recepción. La habitación en el cuarto piso era amplia y luminosa; frente a sí tenía toda la bahía de Rodney y el puerto deportivo a sus pies. Después de muchos viajes había ideado su propio método para evitar el *jet lag*: dormir al llegar a su destino fuera la hora que fuera, así que se acostó de inmediato y, al instante, se durmió sintiendo el tacto amoroso de las sábanas planchadas. Se despertó a las 6.30 de la mañana, solo media hora antes que cualquier otro día en España. Deshizo la maleta y se enfundó en ropa deportiva. El gimnasio del último piso estaba muy bien equipado y las vistas, con pequeños bungalós desparramándose por la suave ladera verde de una colina con el mar a sus pies, eran increíblemente hermosas. Pedaleó durante quince minutos en la bicicleta estática, corrió otros quince en la cinta, y después otros quince de elíptica; terminó con cinco series de veinte flexiones en el banco de abdominales. Todavía no eran las ocho cuando entró en el comedor. Preparó un plato de fruta con mango, melón y piña; en otro salmón ahumado con tomates cherry frescos y cogió un yogur natural y una bolsita de té verde. El día era luminoso y se sentía fuerte y optimista. Sacó la carta que le entregó Simón al finalizar el acto de homenaje a su padre en el Ateneo de Madrid y volvió a leerla.

Madrid, 5 de febrero de 2019

Querida hija:

Esta es la última carta que te escribo, mi despedida. Nunca imaginé que fuera así, pero los médicos dicen que lo mío ya no tiene remedio. Hace unas semanas me diagnosticaron cáncer con metástasis y me he negado a recibir tratamiento porque soy de los que piensa que no tiene sentido retrasar lo inevitable. Ha llegado mi hora y he aceptado que ya no le intereso a la vida. Durante estos últimos dos o tres días estoy obsesionado con la idea de pedirte perdón por mi ausencia, por mi silencio durante estos años. Desconozco si hay o no motivos para hacerlo y nunca lo sabré.

Cuando me dijeron el mal que tenía pensé en darme a conocer y contarte todo, contarte mi verdad, pero no he sido capaz de reunir las fuerzas suficientes. ¿Quién soy yo para presentarme sin previo aviso? ¿Con qué pretexto puedo dar ahora la vuelta a tu vida como si fuera un calcetín? No tenía ni tengo ningún derecho. Ninguno. Si no lo hice en el 95, cuando regresé a España, menos debía hacerlo ahora. Aparecer de improviso, cuando mi suerte ya está echada, y resucitar antiguos fantasmas tan solo puede causarte un dolor innecesario. Malgasté demasiado tiempo odiando y con el único propósito de vengarme, porque sentía que me habían robado tu vida. Pero ahora todo adquiere una nueva dimensión, sin odio, sin venganzas, ni tan siquiera desprecio, si acaso hay un culpable, soy yo. Sí, siempre he sido un cobarde y debo reconocerlo aunque duela. La sola idea de que no me escucharas, de que me ignoraras o incluso rechazaras, me aterraba y me ha tenido inmovilizado. Incluso en este momento en que todavía conservo mis facultades, a punto de ir al hospital para no regresar nunca más a esta casa, prefiero escribirte a enfrentarme con la posibilidad del rechazo. En estos momentos ya nada importa, pero me gustaría pensar que hice lo correcto. Sé que vives en la creencia de que os abandoné el día que naciste, me lo dijo el bueno de Simón. Cuando estoy escribiendo estas líneas ni tan siquiera él sabe que soy tu padre; lo sabrá en el momento oportuno.

A lo largo de todo este tiempo, desde que salí de España cuando naciste, he ido contándote mi vida, mis temores, mis alegrías y mi amor por ti en cartas que te he escrito cada cinco años el día de tu cumpleaños allí donde estuviera. Tal vez las escribí como un desahogo personal para sentir que tenía una hija y que no habían logrado robármela del todo, y se convirtió en una costumbre con el loco propósito de que algún día pudieras leerlas. Me gustaría recordar los lugares y a quien se las entregué, pero me falla la memoria, si te interesan podrás recuperarlas una por una. La última la dejé en Santa Lucía, en el Caribe, en casa de Derek Walcott, que fue premio Nobel de Literatura.

Estoy confuso, ni siquiera en estos últimos momentos tengo claro qué debo hacer. Tal vez lo más sensato sería destruir esta carta con las pocas fuerzas que me quedan y que todo discurriera de forma natural como hasta ahora. No quiero que mi último aliento sirva para crear discordia, cambiarte la vida, o que Simón, como un hijo para mí, piense que nuestra relación fue una farsa.

Pero al mismo tiempo también me gustaría que me conocieras, que no vivieras en la mentira de que tu padre no te quiso y os abandonó. Tengo derecho a ello, todos los condenados tienen derecho a un último deseo y ese es el mío. Aquella España del año 75 nada tiene que ver con esta, y las cosas no fueron exactamente como es probable que pienses.

Tampoco yo soy el mismo y apenas si reconozco aquel joven ingenuo al que subieron a un tren con destino a Francia hace más de cuarenta años. Al principio quería vengarme, después que se hiciera justicia, ahora no me importa ninguna de las dos cosas, es lo mejor para morir en paz. Imagino que tras mi muerte se publicarán obituarios, con los reconocimientos que he tenido, los premios y bagatelas que en su momento alimentaron mi vanidad y me llenaron de orgullo. Tonterías, todo eso es humo, porque ningún periodista escribirá sobre mis emociones y mi cobardía, sobre mis ilusiones y mis miedos, que vienen a ser lo mismo... Ahora, cuando ya es demasiado tarde, veo la auténtica realidad de mi vida, voy a morir y ninguna mujer llorará por mí.

TU PADRE

Marcó el número de Sigrid en el teléfono de la habitación y observó el suave balanceo de los veleros amarrados en los pantalanes del puerto deportivo. Respondió una voz varonil y esperó un rato hasta escuchar la voz alegre y amigable de la viuda del poeta. Sigrid pidió hablar en español; había vivido unos años en Málaga en la década de los setenta y después practicó con una asistenta de la República Dominicana durante los años que Walcott enseñó en la Universidad de Boston. Quedaron citadas para comer a las 12.30. Sigrid se ofreció a recogerla en el hotel, pero Merche no quería resultar un incordio e insistió en tomar un taxi. Un suave camino empedrado descendía hasta un conjunto de cuatro pequeñas edificaciones junto al mar.

—Hola —gritó Merche bajando la cuesta—. Holaaa —repitió.

Apareció una mujer rubia y alta con cara sonriente. Vestía pantalón blanco y un gran blusón estampado que llegaba casi hasta la rodilla; la misma mujer que aparecía en muchas de las fotografías que había encontrado en Google cuando buscaba información sobre Walcott. Andaba con lentitud y abría los brazos en bienvenida. Tenía los ojos azules y no era fácil precisar su edad: no menos de sesenta y cinco, tampoco más de setenta y cinco.

—Hola, ¿eres Merche? Soy Sigrid. —Hablaba con marcado acento extranjero pero su español era bueno.

—Hola. Casi no llegamos, el conductor se ha perdido tres veces.

—Ya estás aquí, que es lo importante.

Bordearon la edificación más grande y se sentaron en un gran porche. Frente a sí tenían todo el océano y el día estaba tan despejado que se divisaba en la lejanía la isla de Martinica. En la mesa había una jarra grande con agua de limón, un cuenco pequeño con anacardos y un sobre de color sepia.

—Tu español es muy bueno.

—Hablo siempre cuando puedo. Me gusta mucho la España. Y la comida de la España. ¡Qué pena no tengo chorizo!

—Habría traído si lo hubiera sabido.

—Ummm, qué rico. Asado, lo comí en Pamplona asado. En los *sanfernandos*.

—Sanfermines.

—Eso, los sanfermines. Fuimos en el 97, no, en el 98, con los Miller. No me recuerdo pero es lo mismo. Yo estuve en la España el año 77. Todos íbamos a la España aquellos años. Y el *ham*, qué rico el *ham*. Y la tortilla de *potato*. Me gusta mucho la España y la tortilla. Y también estuvimos en Madrid y el *Escurial*.

—Escorial. Si quieres puedo cocinar una tortilla. Es muy fácil.

—¿De verdad? Me gustaría muy mucho. Junior, Junior. —Apareció un hombre joven de piel negra. Sigrid preguntó en inglés si tenían lo necesario para preparar una *spanish omelette*, pero él desconocía qué hacía falta.

—*Oil, eggs, potatoes, and onion if you like that taste* —contestó Merche.

—*Do we have enough wine?* —preguntó Sigrid.

Junior aseguró que tenían de todo, vino incluido, preguntó si necesitaban algo más y desapareció. Era el empleado de Sigrid y ejercía de chófer, cocinero, jardinero, cuidaba la propiedad y reparaba lo que se estropeaba. Continuaron hablando de España y de otros temas intrascendentes. Sigrid contó que había nacido en Düsseldorf pero que a los cinco años sus padres emigraron a Estados Unidos. La primera vez que viajó a «la España» fue en 1970, cantaba con los Up With People, Viva la gente, pero pronto se desilusionó y abandonó el grupo. Después de unos años alocados conoció a Derek, y vivieron en Boston hasta que le concedieron el premio Nobel en 1992. Entonces compraron ese terreno, lo edificaron, y pasaban unos meses en Estados Unidos y otros en la isla. Ahora tan solo le ataba a Santa Lucía el recuerdo de Derek y el museo que en su memoria estaban construyendo en Castries. Merche le informó sobre algunos detalles del homenaje a su padre hacía poco menos de un mes en el Ateneo de Madrid, que le incineraron como fue su deseo y que poco antes de morir le puso al tanto de las cartas que había ido escribiendo cada cinco años desde que nació. Omitió cualquier otro comentario, consideró inevitable el pequeño engaño respecto a la historia de las cartas y preguntó por la relación entre «mi padre» y Walcott.

—Hacía un reportaje sobre premios nobeles para *Time*, venía por dos días y al final se quedó una *settimana* con nosotros. Él y Derek se, se... ¿cómo dice *get on very well*?

—Se llevaron muy bien.

—Eso, se llevaban muy bien desde que se conocieron. Tu padre era mucho divertido y muy buenos *jokes* contaba. *How do you say «jokes»?*

—Chistes.

—A Derek le gustaban los *jokes* y las personas divertidas. Tu padre sabía todos. También nos habló de ti y nos enseñó fotografías; y de sus nietos. Dijo que tenía unos nietos *really nice.*

—¿También os habló de sus nietos?

—Oh, sí. Estaba con muy *orgullo* de su familia. Cuando hablaba de vosotros la cara como con luz. El mayor, el mayor nieto, ¿cómo llama...?

—José Javier. Bueno, Javi, como le llama todo el mundo. Yo soy la única que le llama José Javier.

—Eso Javier, él decía Javier, decía que como él, que era como él. Bueno, aquí es la carta.

Sigrid deslizó el sobre color sepia que había permanecido en la mesa durante la conversación. Merche lo miró, lo cogió y sin abrirlo lo guardó en el bolso. Quería leer la carta con tranquilidad en la soledad de su habitación.

—¿Preparo la tortilla?

—Sí, sí. *Wonderful.*

La cocina era pequeña y conectaba con un gran salón lleno de cuadros y libros. Junior había dejado en la encimera un cartón de huevos, unas cuantas patatas, dos cebollas y una botella de aceite de maíz. Sigrid era de ese tipo de personas que saben hacer sentir a los invitados como en su propia casa, y se comportaba con Merche como si fueran amigas de toda la vida. Merche se movía con la naturalidad de quien se encuentra en su elemento y trajinar en la cocina le produjo una sensación de familiaridad y cercanía con Sigrid. Le pidió que picara la cebolla mientras ella pelaba las patatas.

—Sigrid, ¿qué recuerdas de mi padre?

—El humor. Tony era tanto divertido, muy muy divertido. Y sus ojos, unos ojos bonitos. Bonitos bonitos. Ah, recuerdo una otra cosa. Derek decía que no era como otros fotógrafos que llegaban y hacían fotos sin más. El primer día que vino estuvo hablando con Derek *for hours*; hizo las fotografías al día siguiente. También a mí hizo fotografías y me las envió. Era mucho generoso.

—Me gustaría verlas, ¿las conservas todavía?

—Seguro. —Sigrid abrió uno de los cajones en la mesita del salón y cogió un sobre grande blanco—. Son *precious*.

Merche volcó las patatas en la sartén, se lavó y secó las manos. Sigrid abrió una botella de vino tinto y, asumiendo que Merche también bebía, sirvió dos copas excesivamente generosas. El sobre contenía una decena de fotografías, todas de gran formato en blanco y negro. Era la primera vez que tenía en sus manos una fotografía tomada por su padre. Jugaba mucho con la luz, con los grises y los perfiles. Sigrid conservaba todavía la frescura de su juventud, pero en aquellas fotografías resultaba incluso más bella, como si hubiera rescatado una hermosura perenne y sosegada. Estudió la de un primer plano: la luminosidad en su mirada, la sonrisa bondadosa, la armonía del gesto, incluso el ángulo desde donde estaba tomada, le conferían esa cualidad de calidad que tiene lo que parece sencillo pero solo los elegidos son capaces de plasmar.

Comieron la tortilla en el porche, el ambiente era tan distendido que Merche incluso se atrevió a beber vino, algo que ocurría en contadas y muy especiales ocasiones. La relación de Merche con el alcohol siempre fue compleja; nunca llegó a emborracharse, pero su ingesta le provocaba un singular efecto desinhibidor de consecuencias a veces impredecibles. La conversación saltaba de un tema a otro sin rumbo fijo, compartieron trucos de cocina, hablaron de arte y literatura, de las fiestas españolas —Sigrid guardaba un pañuelo rojo de los sanfermines—; Merche recuperó del móvil algunas fotografías de los chicos, Sigrid también tenía en su teléfono algunas fotografías de cuando él estuvo en la isla y recordó que guardaba un paquete de cigarrillos que había olvidado Tony Mera. Fue a buscar el tabaco olvidado y dejó a Merche su «celular» para que viera las fotografías.

Las primeras eran en el mismo lugar en el que ella estaba ahora sentada y habían sido tomadas sin que el poeta ni el fotógrafo fueran conscientes. Encima de la mesa había varias botellas de cerveza, un par de cámaras fotográficas, una concha que hacía las veces de cenicero y el paquete de cigarrillos con el mechero encima. Los dos parecían concentrados en la conversación y el fotógrafo tomaba notas en un bloc de papel; en otra Walcott leía de un libro y Mera, con un cigarrillo en la mano izquierda, escuchaba mirando al océano. La última era de Mera sonriendo mientras se encendía un cigarrillo y el humo le perfilaba la cara. Otras eran más divertidas, con los dos en bañador sentados junto a la piscina y sonriendo. En una de ellas Walcott tenía la cabeza ladeada y la boca abierta en una carcajada franca e interminable, y Mera, también riendo, le apuntaba con ambos índices en un gesto muy divertido y de total complicidad.

—¿De qué se ríen en esta foto? —preguntó Merche cuando Sigrid regresó con un paquete de Ducados casi entero y también el pañuelo rojo *sanferminero*.

—¿Quién sabe? Son tontos, dos tontos. Como niños. Así son los artistas.

—Parece que lo pasan muy bien.

—Sí, como niños. Se reían por *jokes* y del posmodernismo.

—¿Del posmodernismo?

—Sí, dos tontos; son dos tontos. «*The answer is social realism*», decía tu padre; y Derek corroboraba que sí, que «*The answer is social realism*».

—No entiendo.

—Yo tampoco entiendo. Eran tontos, dos tontos riendo como dos niños. Así son los artistas. No hay que entenderlos, son así.

Sigrid propuso abrir una segunda botella de vino, pero Merche dijo que de ninguna manera. Aunque solo había tomado tres o cuatro copas de vino se sentía demasiado expuesta y, además de ser muy tarde, estaba cansada. Junior la llevaría al hotel y al día siguiente Sigrid pasaría a recogerla para visitar Morne Fortune, la colina donde estaba enterrado Walcott.

Y así fue, a la mañana siguiente las dos mujeres se encontraron en el hall del hotel. Sigrid se emocionó al ver a Merche, siempre atenta a los pequeños detalles, con un hermoso ramo de flores para honrar al poeta. La distancia entre Gros Islet y Castries era de apenas doce kilómetros, pero la carretera era de doble sentido y tardaron media hora. Pasaron junto al puerto e iniciaron el ascenso de una empinada colina, atravesaron una zona residencial y aparcaron en una pequeña explanada. Comenzaron a subir el sendero hasta la cima. El pequeño paseo había merecido la pena. Merche superó la pequeña valla de madera y colocó el ramo de flores en la losa de mármol blanco, junto a la placa dorada con el nombre del poeta. La vista desde allí era maravillosa: todo Castries, su acogedora bahía y el puerto comercial con dos impresionantes trasatlánticos.

—Merece la pena ganar el Nobel para que te entierren aquí —bromeó Merche.

—Así pienso yo igual —rio Sigrid.

—¿Era Derek creyente?

—*Don't understand* creyente...

—Sí, que si creía en Dios.

—Ah. No, no creía.

—*Do you mind if I pray?*

—No. *Do as you wish.*

—Padre nuestro, que estás en los cielos...

2

El vacío de la existencia

Simón encontró tu dirección de correo electrónico en la web de la universidad y te escribió informándote sobre el homenaje que estaba organizando en memoria de tu padre. Respondiste pidiéndole su número de teléfono, le llamaste y te puso al corriente del acto que se iba a celebrar en el Ateneo de Madrid el 25 de marzo, el día que hubiera cumplido sesenta y cinco años. Pretendía anunciar que Tony Mera tenía una hija, pero te negaste en redondo. «De acuerdo, pero tienes que venir. Era tu padre. Si no quieres estar en la mesa de presidencia te reservaré un sitio en la primera fila». También te contó que había incinerado sus restos tal como era su deseo. Superado el espinoso tema de dar a conocer la paternidad de Mera y el puesto que debías ocupar en el homenaje, entablasteis una conversación más personal: vivía en la plaza de Embajadores, no llegó a terminar la carrera, era el encargado de la sección de librería en El Corte Inglés de la calle Preciados, nunca se casó y el único ser vivo a su cargo era un perro callejero de nombre Elvis.

Llegaste al Ateneo veinte minutos antes de iniciarse el acto y, a excepción de las butacas en las dos primeras filas con el cartel de RESERVADO, el aforo estaba casi al completo. Te sorprendió y agradó la popularidad de tu padre. Ocupaste una butaca libre en la penúltima fila junto a un hombre de cara afilada, escaso pelo, barba rala y rasgos suaves; desde allí podías ver toda la sala y pasar desapercibida como querías. Tu padre sonreía en la gran fotografía estratégicamente dispuesta en uno de los laterales con la leyenda al pie TONY MERA (1954-2019). Con un cigarrillo entre los dedos ocres cargaba un rollo en una Leica, otra le colgaba del cuello. La instantánea era en color, por su gesto parecía que fue tomada sin avisar y por el aspecto físico debía rondar los cuarenta años. La expresión de su cara te resultaba familiar, era exactamente igual que tu hijo José Javier: el mismo entrecejo y perfil del cabello con entradas pronunciadas; la mirada noble y la nariz curvilínea en la punta; los pómulos definidos; el mismo tipo de labios rosados y el inferior carnoso, y, en especial, el mentón angulado con un gracioso pliegue en la barbilla.

José Javier nació en 1997, el mismo año que terminaste la carrera y falleció tu abuela. A ti te gustaba el nombre de Javier por el cariño especial que sentías por tu padrino, pero no podías negar a tu marido la ilusión de llamar a su primogénito «José». Conocías a Pepe de toda la vida, era el mejor amigo de tu primo Martinchu y sus padres eran íntimos del *aitá* y la abuela desde siempre. Los domingos, después de la misa en la basílica de la Concepción, la chavalada Tellechea subía la calle Goya hasta la cervecería Cruz Blanca para tomar el aperitivo antes de la preceptiva comida familiar en casa de los abuelos. También se unían algunos amigos, en ocasiones incluso el humorista Tip, y en las mañanas soleadas de primavera superabais con creces la veintena. Pepe nunca faltaba a la cita dominguera, era abogado y trabajaba para una compañía de publicidad. Su familia poseía todo un edificio en la calle de Narváez y varios pisos en Jorge Juan, además de locales comerciales y tres o cuatro naves en polígonos industriales. Era hijo único y fue el primero de la *cuadri* que tuvo coche. Siempre estaba pendiente de ti y te cuidaba como si fuera un primo más.

Al mediodía de tu veintiún cumpleaños recibiste un impresionante ramo de rosas rojas; el sobrecito no tenía remitente ni nota, tan solo una entrada para ver *Malena es un nombre de Tango* en el cine Palafox. Pasaste la tarde como en una nube intentando llenar con ensoñaciones aquellas siete horas eternas en que los recuerdos vencieron a los propósitos. Cuando el portero rasgó la entrada notabas los latidos del corazón intentando escapar por la garganta. Ocupaste tu localidad y casi de inmediato Pepe se sentó en el asiento contiguo, escondiste tu desilusión y mentiste al afirmar «estaba segura de que eras tú». Después os acostumbrasteis a ir juntos al cine los martes por la tarde y en Navidades te propuso esquiar juntos en Chamonix; declinaste su oferta en favor de un viaje a muy buen precio en Astún anunciado en las paredes de la facultad. Pepe se parecía a ti en lo metódico y ordenado; era inteligente, sabía cómo tratar a una mujer y, además, tenía el sentido del humor que a ti te faltaba. El verano siguiente sus padres murieron en un desgraciado accidente de aviación en Cuba.

El funeral se celebró un viernes 25 de julio, y las conversaciones mientras esperabais la llegada de los ataúdes giraban en torno a la liberación de Ortega Lara unas semanas antes. Hacía calor y la abuela buscó refugio en el interior fresco del templo, tú la acompañaste mientras *amatxu* y los tíos continuaron esperando en el exterior. Finalizada la misa, cuando los asistentes le daban el pésame, fue la primera vez que de verdad te fijaste en Pepe como hombre. Era alto, fuerte, de pelo muy moreno engominado, ojos oscuros y penetrantes; cuando entraba en algún local atraía la mirada de las mujeres. Tu prima Maca estaba en lo cierto, se parecía a Bertín Osborne, y sonreíste recordando cómo coqueteaba con él y tenía intención de «quitárselo a la

Victoria Abril», con quien se rumoreaba que salía cuando ella rodaba *El Lute: camina o revienta.* Aunque una voluptuosa talla cien hiciera parecer a Maca más mujer, todavía erais unas adolescentes risueñas y él os doblaba la edad. Pepe era un hombre práctico, y en la primera cita más amorosa que amistosa entendió que solo levantarías la barrera de tu integridad pasando por el altar y te pidió matrimonio. Pensabas que *amatxu* y la abuela se opondrían en redondo a una boda con alguien tan mayor, pero ocurrió lo contrario, se alegraron como si fuera la mejor noticia que pudieras darles: «Uy, hija, vaya tontería, más me pasaba el abuelo a mí». El tío Inacito os casó la semana que cumpliste veintidós años y la fiesta en una de las discotecas del tío Fernando pasó a ser tema recurrente en las celebraciones familiares. Antes de primavera recibiste un lujoso pergamino con la bendición papal por el matrimonio que Pepe enmarcó y colgó en vuestra habitación. A finales del siguiente verano nació José Javier.

Tu primogénito es distraído y alocado, prefiere siempre a nunca, no es buen estudiante e incluso llevándolo a un colegio privado repitió dos cursos y en unos meses se presentará a la selectividad junto a Begoña, tres años menor. Pero a él nada de eso parece importarle, vive en su propia realidad, siempre sonriendo, siempre alegre y despreocupado. Nunca dijo «no» a algo que se le ordenara, pero tampoco recuerdas que obedeciera en una sola ocasión. No por mala fe o rebeldía, simplemente por descuido. Te cuesta reconocerlo, pero José Javier es tu debilidad, tu talón de Aquiles. Es un seductor nato, un embaucador que sabe cómo conseguir lo que quiere, y lo mejor es que todo el mundo se lo da con agrado. Todos menos Pepe, él se enfada, discute, le riñe, le retira el móvil durante una semana, le deja sin asignación todo un mes, y José Javier le contesta «pues bueno» y continúa como si tal cosa, tan feliz como un pingüino en primavera, sin importarle la regañina o la pérdida de lo que fuere. Eso es lo que de verdad desespera y saca de quicio a tu marido. Ninguno de los dos logra entender la naturaleza de su compleja relación: Pepe quiere que su hijo sea una proyección de sí mismo; José Javier tiene auténtica devoción por su padre, durante años intentó sin éxito que se sintiera orgulloso de él y ese el origen de su rebeldía y dejadez. De tus tres hijos él es el único que te preocupa. Iñaki ha salido a la rama Tellaeche, calcula y planifica las cosas sin implicarse afectivamente, es casi dos años menor que José Javier y estudia primero de ADE en ESIC, sin duda tendrá éxito en lo que emprenda. Begoña es muy hábil y astuta, la más independiente de los tres, sabe cómo manejar cualquier situación y aprovechará las oportunidades que le brinde la vida. Pepe dice que su hijo mayor es un «Viva la Virgen» y tu *amatxu* lo llama cariñosamente el «sin penas», pero ninguno de los dos lo conoce en realidad. Tu José Javier es un ser gaseoso, bondadoso, quien mejor corazón tiene, y como bien imaginas, a quien la vida le reserva mayor cuota de sufrimiento. Optimista compulsivo, no sabe enfrentarse al mundo porque carece del mínimo sentido práctico de la vida. A los diez años le detectaron una deficiencia en el habla y durante cinco lo trató un logopeda. El problema está solucionado, pero cuando algo le preocupa o emociona resurge la pronunciación errática —convierte algunas consonantes en «d»—, como una infección mal curada. Se cree un hombre pero continúa siendo un niño, peor, continúa siendo un adolescente soñador viviendo en una fantasía de quimeras imposibles, y temes que nunca llegue a madurar. De tus tres hijos ha sido el único que preguntó por el abuelo materno, y con tanto dolor como culpa mentiste diciéndole que era piloto del ejército y murió en un accidente de aviación.

Todos esos recuerdos y emociones ocupaban tu mente mientras esperabas el inicio del acto en el Ateneo. Fueron llegando quienes tenían reserva en las primeras filas: Almodóvar, que te pareció muy bajito y con sobrepeso, entró con Ouka Leele y Rossy de Palma; reconociste a Javier de Juan, a quien compraste un cuadro en tu última visita a ARCO; Pedro J. hablaba con Ansón; el grupo más numeroso era el de Sabina, que hacía corrillo con Maruja Torres, Benjamín Prado y García Montero; los últimos en llegar fueron los políticos, Herrero de Miñón, que se sentó junto a Julio Anguita, Cristina Narbona y Josep Borrell... y más caras conocidas de la televisión y la farándula. A punto de comenzar el acto un espontáneo subió y colocó una bandera republicana que algunos, bastantes, aplaudieron y nadie retiró. Los murmullos cesaron cuando lo pidió Simón desde el atril.

Ahora vestía traje con corbata y ejercía de maestro de ceremonias. Seguía resultándote atractivo, no porque fuera especialmente guapo, nunca lo fue, sino por su oratoria, por su innata habilidad para cautivar con el lenguaje. Siempre encontraba la palabra apropiada, el verbo preciso, la frase acertada e imaginativa en el momento oportuno. Comenzó enfatizando que aquello era una celebración, que estabais festejando la feliz vida de un amigo, «como todos sabéis, de un padre para mí», y que Tony no perdonaría a quien se lamentara o entristeciera. Entonces dio paso a una presentación de PowerPoint alternando imágenes del propio Mera con otras tomadas por él mientras un cuarteto interpretaba en vivo *Música nocturna de las calles de Madrid* de Boccherini. Después hablaron quienes ocupaban la presidencia: Alfonso Guerra dijo que era «el hombre más íntegro que he conocido, y la izquierda española tiene una deuda pendiente con él y su familia»; Juan Luis Cebrián lo definió como «referente obligado del fotoperiodismo español»; Francisca Sauquillo, el pelo color ceniza, recordó su astucia durante los años de clandestinidad, «vestía traje cuando organizaba las reuniones clandestinas en la sacristía del padre Llanos, decía que así pensarían que iba a misa, y lo que hacía era fundar la Unión de Juventudes Maoístas»; el último, a quien Simón presentó como «Gerva», llevaba su intervención escrita y la primera parte fue eminentemente profesional, según él, aunque a Mera se le conocía en todo el mundo por «la famosa fotografía del jeep en Nicaragua» y se le consideraba «un fotógrafo de guerras», había evolucionado a lo largo de los años y en su trayectoria podían distinguirse «tres fases claramente diferenciadas: el Mera de los conflictos bélicos, el Mera del compromiso social y el Mera humanista»; terminó leyendo emocionado la «Elegía a Ramón Sijé». Después participó el público recordando anécdotas compartidas y vivencias comunes.

Uno, que no dijo su nombre, contó que su piso de Pigalle era conocido por la colonia española como la «pensión de goma», porque allí cabía todo el mundo. Otro, que pasó un buen rato hablando con Simón antes de comenzar el acto y se presentó como Teodoro —«Teo, el Rojeras con más kilos y menos pelo», apostilló bromeando la Sauquillo—, recordó una noche «el último domingo antes de que muriera Franco», que se corrieron una buena juerga, «se puso de cerveza hasta arriba, nunca lo vi tan contento, le dije que no adelantara la celebración, que Paquito el dictador todavía no era fiambre y no se sabía qué podía pasar»; Tony afirmó que su vida estaba a punto de cambiar y él le contestó: «No te jode, como la de todos»; acompañaron a un amigo a Cuatro Caminos y allí «se puso a mear», unos de la social «que siempre andaban tocando los cojones, le gritan que pare y echan mano a la pipa», él que los ve «empieza a reírse y les dice: "Joder tío, mátame cuando acabe que no quiero entrar en el infierno con los pantalones meaos"», la carcajada del público fue monumental, «y los cabrones se llevaron al Tono, para mí siempre fue Tono, detenido a la DGS», la carcajada se tornó en abucheo. Después intervino Almodóvar, «la Movida también tuvo su exiliado y ese fue Tony Mera», y recordó cuando le ofreció trabajar con él pero «el muy malandrín me dio calabazas». El más emotivo fue Julio Anguita recordando su entereza cuando los americanos entraron en Bagdad. Finalizadas las anécdotas, Simón volvió a ocupar el atril, encendió un cigarrillo con descaro y dijo: «ahora, cabronazos, espero que vayáis todos a emborracharos recordando a Tony». El cuarteto, que intervenía después de cada testimonio de los oradores, comenzó los compases de *La Internacional*, algunos se pusieron en pie y levantaron el puño mientras cantaban.

Los asistentes comenzaron a salir; el hombre de cara afilada, escaso pelo, barba rala y rasgos suaves se despidió con claro semblante de estar emocionado por el acto. Tú continuaste sentada esperando con intención de felicitar y agradecer a Simón por la impecable organización. Poco a poco el salón se fue quedando vacío cuando alguien se sentó inesperadamente a tu lado. «Hola, tú eres Mercedes, la hija de Tono, ¿verdad?», dijo quien se presentó públicamente como Teodoro. «Yo era muy amigo de tu padre. Te quería mucho. Me alegra mucho saludarte y haberte conocido». Lo imprevisto siempre te ha desconcertado y solo reaccionaste cuando estaba a punto de salir: «Disculpe, señor, ¿podemos vernos en otro momento?», te giraste en tu butaca. «Volveremos a vernos. No sé cuándo pero nos veremos. Seguro. Cuídate».

Un nutrido grupo de asistentes rodeaban a Simón y como parecía que aquello se alargaba decidiste marcharte. Él gesticuló con la mano indicando que esperaras y se deshizo rápidamente de todos. «¿Pensabas largarte sin despedirte?»; «Te conoce todo el mundo. Por lo que veo eres muy popular». Simón sonrió displicente para contrapesar la ironía, pero tus palabras no tenían doble intención, ciertamente pensabas que era una persona querida y te alegrabas por él. «Tengo algo para ti. Encontré esto en casa de Tony... de tu padre, quiero decir». Te entregó un sobre con la inscripción «Para mi hija Merche. Entregar tras mi muerte».

* * *

La escala en San Juan de Puerto Rico, de regreso a España, fue de treinta minutos. En la clase ejecutiva los asientos eran espaciosos y la sobrecargo le ofreció una copa de cava, pero Merche prefirió Coca-Cola. Había reservado comida vegetariana y decidió tomar también espárragos verdes al vapor incluidos en el menú regular. Santa Lucía resultó ser todo un descubrimiento y Sigrid, una mujer encantadora; cualquier duda que hubiera podido tener al principio se había disipado por completo: seguiría adelante fueran cuales fueren las consecuencias. Había leído la segunda carta tan solo una vez, en el momento en que llegó al hotel el mismo día que se la entregó Sigrid. El asiento a su lado estaba vacío, y cuando el capitán comunicó que ya habían alcanzado la altura de crucero recuperó la carta de su bolso y la leyó con más tranquilidad.

Santa Lucía, 20 de noviembre de 2015

Querida hija:

¡Felicidades! No todos los días se cumplen cuarenta años. Según las estadísticas la esperanza de vida en España es de unos ochenta años, así que disfruta cuanto puedas de la otra media vida que te queda. Ese sería mi consejo si pudiera hacerlo en persona.

Este año tu cumpleaños me ha tocado en Santa Lucía, ni más ni menos que en el Caribe. *Time* me ha encargado los reportajes gráficos para una serie sobre premios nobeles. Debía haberme ido hace dos días, pero este Walcott es un tipo increíble y me ha invitado a pasar una temporada en su casa. De aquí iré a Guatemala para Rigoberta Menchú; siempre me alegra volver a Centroamérica, donde empezó mi nueva vida hace ya no sé cuántos años.

He vuelto a reorientar mi trabajo. Pensaba que olvidándome de las guerras me sentiría más tranquilo, pero no fue suficiente. Lo vi claro estando en Somalia para cubrir la hambruna de 2011 y allí me sucedió como a san Pablo cuando se cayó del caballo camino de Damasco. Te cuento cómo ocurrió.

Fue haciendo un reportaje sobre un centro de distribución de alimentos que la FAO tenía en Cadale. Desde Mogadiscio había unos doscientos kilómetros y el viaje demoraba más de seis horas. Debíamos salir a las cinco de la madrugada, pero el vuelo había sido agotador y me quedé dormido. Cuando me avisaron de recepción bajé rápidamente y como no tenía tiempo pedí que me envolvieran el desayuno preparado en la mesa para llevármelo. Volví a dormirme en el 4x4 y me desperté al sentir detenerse el vehículo. El día clareaba, el conductor y el escolta eran musulmanes y debían rezar sus oraciones. Desenrollaron las alfombras y se arrodillaron mirando al este; el sol despuntaba y me dirigí hacia una choza no muy lejos del camino. Parecía vacía y me asomé, por curiosidad más que otra cosa. El interior estaba en penumbra y encendí el mechero: una mujer famélica cubierta con cuatro harapos raídos y apoyada en la pared mantenía un cuerpo diminuto en su regazo como esperando que empezara a mamar, pero el pequeño tenía ladeada la cabeza, y el rictus de los labios con el brazo caído eran muestra de que el niño estaba muerto; junto a ellos, boca abajo, había otro cuerpo infantil también desnudo y esquelético, tenía las piernas abiertas, los brazos pegados al cuerpo y la cabecita cubierta con un trapo mugriento. La mujer me miró sorprendida y asustada como si yo fuera un fantasma. ¡Aquella fotografía valía un Pulitzer! Corrí al coche, cargué la cámara con un ISO 1600 y regresé a la choza. Todo seguía igual y la expresión de la mujer continuaba manifestando la misma incredulidad. Con las prisas y la excitación había olvidado el trípode en el maletero, pero el sistema de estabilización de mi cámara es increíble y con la velocidad de obturación adecuada podía conseguir una buena instantánea, me arrodillé y las tomé a pulso a 3,2 segundos. No sé cuántas tomas hice, sin parar hasta escuchar el claxon del coche avisando que habían terminado los rezos y reemprendíamos la marcha.

De vuelta en el jeep me sentí eufórico por haber capturado la imagen que llevaba buscando desde aquella de Nicaragua en 1979 que me valió el National Geographic. Tenía la fotografía perfecta: la composición de las figuras, la iluminación con la primera luz del amanecer colándose por la abertura de entrada, la paja en el suelo, la pared de barro agrietada, la mirada penetrante de la mujer, las moscas en la boca del niño lactante, el cadáver desnudo a medio cubrir en el suelo... aquella instantánea valía un World Press, era tan impactante como la del hombre del tanque de Jeff Widener y me garantizaba un lugar junto a Capa y Mc-Curry. En el campamento de la FAO, tomé fotografías de los médicos y cooperantes, de niños malnutridos y adultos que apenas se tenían en pie, de soldados pretenciosos, del proceso de distribución de alimentos, de la mezquita y la playa inmensa... pero solo pensaba en regresar a Mogadiscio y revelar el negativo, mi negativo. Resultaba peligroso viajar por la noche y pernoctamos protegidos por los militares. No podía dormir y salí de la tienda. La única luz la proporcionaban las fogatas donde la gente se amontonaba para protegerse del frío. A la mañana siguiente, volviendo a la capital, aparté la mirada cuando pasamos junto a la choza, prefería no pensar en la mujer y sus hijos. No sé muy bien qué pudo ocurrir durante mi paseo nocturno entre aquella pobre gente que me sonreía al pasar, pero me sentía mal, como si estuviera robándoles qué se yo qué. Palpé por enésima vez el carrete en mi bolsillo para asegurarme de que seguía allí, repitiéndome que era un profesional, que así me había portado y nada debía avergonzarme.

En el hotel revelé de inmediato las fotografías de la choza, deseché las borrosas o mal iluminadas, y del resto coloqué las seis mejores encima de la cama. Eran muy buenas, las mejores que nunca tomé, con el hijo muerto en brazos la mujer recordaba *La Piedad* de Miguel Ángel. Su mirada era sobrecogedora y por primera vez me emocionó mi propio trabajo: había atrapado el alma de la nada, el vacío de la existencia. Pero no estaba feliz, continuaba sintiéndome mal conmigo mismo. Me había colado como un furtivo en la choza de aquella mujer y la utilicé para mis propios fines. Cuando disparaba la cámara no sentía nada por ella ni por sus hijos muertos, mi única preocupación era un buen encuadre aprovechando aquella primera luz perfecta para un contrapicado que intensificara la tragedia de la pobre desgraciada.

Miré a mi alrededor, la habitación del Diplomatic tenía aire acondicionado, conexión a internet, una buena provisión de agua, refrescos y licores en el pequeño refrigerador bajo el televisor, y era incluso mayor que el primer apartamento que alquilé en París. Me tumbé en la cama y observé cada detalle de las imágenes, continuaba sintiéndome incapaz de empatizar con aquella mujer. A lo largo de mi vida había visto atrocidades tan aberrantes que nunca podrías ni tan siquiera imaginar, me había habituado al horror infinito en la cara de demasiada gente, y mi corazón se había endurecido hasta el punto de no sentir tan siquiera lástima. Conocía el egoísmo y las miserias del alma, lo ruin y mezquino que un hombre puede llegar a ser, el grado de avaricia de quienes explotaban a los más débiles, y me engañaba pensando que yo era distinto y estaba al margen de todo eso. Que la gente te reconozca y felicite por el compromiso social y los valores humanos de tu trabajo no te convierten en una buena persona. El semblante sorprendido de aquella mujer, que no era nadie, mirando fija al objetivo me enfrentó a la impostura de mi vida: también yo vivía del dolor y sufrimiento humano alimentando el morbo de una sociedad indulgente y complaciente.

Pero no era eso lo que me reconcomía por dentro. Cuando el día anterior corrí al coche para coger la cámara fotográfica, vi el pequeño hatillo con el desayuno que no había tomado, pensé en dárselo a la mujer, eso es cierto, pero estaba tan obsesionado con encontrar un ISO 1600 que lo olvidé por completo. De regreso a Mogadiscio, noté un bulto al sentarme, era el hatillo olvidado del desayuno, olía a demonios y la comida se había estropeado. Intenté tranquilizarme pensando que los niños ya estaban muertos y que aquella mujer no tenía fuerzas ni para comer. No sirvió, me sentí despreciable viendo que no era mejor que aquellos para quienes un cigarrillo vale más que la vida de un ser humano. La habitación del hotel tenía un balconcito, hice un pequeño montón con las fotografías y los negativos y les prendí fuego. Me quedé contemplando las llamas azuladas preguntándome en qué me había convertido, y así desapareció cualquier rastro de una mujer que no fue nadie y a quien nadie echaría en falta pero que cambió mi vida.

Desde aquel día solo me interesa la belleza y la bondad, el mundo está lleno de gente buena y generosa, pero esos no parecen importarle a nadie. Al principio todas las publicaciones rechazaron mi nuevo trabajo intentando hacerme ver lo equivocado de mi decisión y no logré publicar una sola fotografía durante meses. Ahora voy poco a poco saliendo adelante. Me tranquiliza pensar que ya no participo en el juego perverso de un mundo hipócrita que necesita ver las desgracias y la miseria ajenas. Es la forma de perdonarme a mí mismo.

No sigo, toda esta perorata es improcedente en el día de tu cumpleaños. Lo que quería decirte es que he dado un giro radical a mi carrera profesional, esta vez de verdad porque dejar de cubrir conflictos bélicos tras lo del chico del Líbano fue quedarme a medio camino. Pensé que con eso sería suficiente pero no lo fue, y siento que la decisión tomada tras Somalia ha sido la correcta. Tan buena como cuando en su día decidí regresar a España. Solo me queda reunir la fuerza suficiente para presentarme en tu casa y darme a conocer. Lo pienso cada día, eso y cómo dejar de fumar, pero siempre encuentro alguna excusa para aplazar la decisión. Las dos, dejar de fumar y presentarme en tu casa. El año pasado conseguí que Alfonso Armada me invitara al club Argos y conocí a Pepe, tu marido. Estaba jugando al mus y me acerqué de mirón, me sentía nervioso y me temblaban las piernas como cuando escuchaba balas silbando a mi lado. Uno de los de la partida era amigo de Armada y cuando terminaron de jugar nos tomamos unas cañas. Tu marido y yo contamos unos cuantos chistes, sabe muchos y son buenos de verdad. Alfonso me confesó algo que ya sabía, que tiene dinero para asar una vaca y que se le dan bien los negocios. Me pareció un buen tipo, estoy seguro de que es un buen marido y un buen padre.

Te dejé la última carta en México, hace cinco años cubrí la información del asesinato de decenas de emigrantes inocentes a manos de narcotraficantes. Estuve en la Casa del Migrante que llaman Posada Belén, en Saltillo. La dirige un jesuita, el padre Pedro Pantoja, conocido como Papachín, él la guarda.

Te quiere y piensa en ti cada día,

TU PADRE

Pepe estuvo muy ocupado y no pudo recoger a su esposa en el aeropuerto como siempre hacía cuando regresaba de un viaje. Merche se presentó en el comedor de su casa en el momento que Daniela retiraba los platos del postre. Ausencias como aquella eran tan habituales que su familia la saludó como si en vez de cruzar un océano regresara de comprar el pan al otro lado de la calle. Pepe preguntó «cómo fue la cosa», Merche respondió que bien y eso fue todo. Durante el vuelo de regreso organizó su agenda para planificar el próximo viaje a México. La fiesta del

Primero de Mayo y la del día siguiente, Comunidad de Madrid, caían en miércoles y jueves; saliendo el mismo día 1 dispondría de al menos cinco días, más que suficiente. Pero ahora sí debía ser clara con su marido y contarle la verdad. No por la premura del nuevo viaje, o porque como esposa sintiera la mínima obligación de hacerlo, sino porque era lo correcto. Estando decidida a llegar hasta el final, México no sería el último destino.

Pepe era un hombre bueno y tradicional. Se preocupaba por que a su familia no le faltara de nada; no le gustó que Merche decidiera dedicarse a la docencia universitaria al poco de casarse, pero la conocía bien y sabía que nadie lograría cambiar un ápice cualquier decisión que tomara su joven esposa.

—Ya eres doctora como querías. ¿Qué necesidad hay de seguir en la universidad? —dijo al felicitarla por el *cum laude* de su tesis.

Merche sonrió y no contestó. Javi tenía entonces poco más de un año y esa misma semana le habían confirmado que estaba embarazada de Iñaki. Para una mujer tan resuelta y determinada como ella ni tan siquiera la maternidad supondría impedimento alguno para su progresión profesional. En su vida las cosas ocurrían demasiado rápido: terminó la carrera con veintiún años; se casó a los veintidós recién cumplidos; fue madre y consiguió una plaza de profesora ayudante con veintitrés; se había doctorado y volvía a estar embarazada con veinticuatro, probablemente sería titular en unos meses... Para celebrar la maternidad y el doctorado Pepe la sorprendió llevándola a cenar a Zalacaín. Dieron buena cuenta de una botella de Dom Pérignon y al acostarse ella buscó sexo; él accedió aunque hacerlo en estado de gestación le pareció una perversidad. En aquellos tiempos las relaciones íntimas eran aceptables, aunque no pudieran compararse ni en frecuencia ni intensidad con las que llegarían unos años más tarde —durante la década entre sus treinta y cuarenta años— que Merche recordaba como la más feliz y completa de su vida.

Durante los primeros años de matrimonio Pepe se mostró como un buen esposo y padre. Era un hombre activo y dinámico dedicado a sus negocios inmobiliarios, y asesoraba legalmente a varias empresas. El chalet donde vivían estaba en una de las mejores zonas de Madrid y tenían otros dos: uno en Cercedilla para esquiar los fines de semana en invierno —Javi fue dos años consecutivos campeón junior de España de Slalom; cuando cambió al snowboard no consiguió ningún trofeo—; y otro en Sancti Petri —con piscina, pista de tenis y un jardín inmenso— donde pasaban el verano. En Semana Santa viajaban al extranjero. A los cinco años de casados ya estaban acomodados en la inevitable rutina de cualquier matrimonio que incluso ha celebrado sus bodas de plata, pero ninguno se quejó. Por encima de su carácter y determinación Merche necesitaba sentirse amada, cuidada, segura... y Pepe cumplía sobradamente con esas tres necesidades; con eso era suficiente. Para él, Merche satisfacía social y familiarmente el tipo de mujer que debe acompañar a todo triunfador; también le resultaba suficiente.

Durante la Semana Santa de 2005 Merche decidió que ese año la familia no viajaría al extranjero. Estaba muy ocupada corrigiendo trabajos de alumnos, dirigiendo tesis, preparando conferencias acordadas, repasando un seminario sobre lenguaje sexista para juristas, ultimando un libro y, sobre todo, publicando artículos en revistas de prestigio. Se rumoreaba que en un par de años podían convocarse oposiciones a cátedra y quería estar bien preparada cuando llegara ese momento. Pepe propuso la alternativa de bajar a Cádiz de jueves a domingo, le vendría bien descansar unos días sintiendo el aire fresco del mar tras meses encerrada en su estudio. Daniela se quedaría con los niños y viajarían en avión, que era lo más cómodo y rápido. Era un organizador excelente, y Merche sentía que necesitaba esos cuatro días de descanso, pero separarse por primera vez de sus hijos —Begoña acababa de cumplir cuatro años— era algo impensable. Finalmente acordaron viajar en AVE hasta Sevilla y de allí en taxi a Sancti Petri; se llevarían a los niños y a Daniela para que Merche no tuviera que ocuparse de nada.

El Viernes Santo fue muy soleado y Pepe reservó mesa para la pareja en La Carpa, frente al puerto. El almuerzo fue agradable, Pepe especuló sobre la última vez que habían comido fuera los dos solos y Merche le recordó el día —cuando le comunicó el embarazo de Begoña— y el lugar —el restaurante La Manduca—. Después de comer dieron un paseo por los pantalanes y Pepe encendió un Partagás. Merche cambió de lado intentando evitar el humo denso del tabaco cuando Pepe le señaló casualmente un velero con el nombre de Mi Merche, meciéndose en las amorosas aguas del puerto. Las letras doradas, como escritas a mano, brillaban en el reluciente casco azul.

—A veces no me importaría perderme por el mundo en un barco como ese —dijo ella con aspecto de estar cansada—. Salir a navegar sin tener nada planeado, dejar que el viento te lleve a donde quiera.

—¿Y eso? —preguntó Pepe.

—Por la universidad. Es demasiado exigente, demasiada presión, genera mucha ansiedad. Cuando eres titular piensas que ya está todo hecho y es entonces cuando empieza lo peor. Las cátedras son muy competitivas, no hay para todos.

—¿Y a ti qué más te da? Para qué necesitas la cátedra. Tienes un buen trabajo y a tu familia no le falta de nada. ¿Cómo mejoraría tu vida siendo catedrática?

—¡Cómo se nota que no eres universitario! Tengo un compañero de trabajo, Joaquín Ayuso, enseña literatura de los Estados Unidos y ocupa el despacho contiguo al mío, lleva más de

veinte años de titular. Es buena persona y un profesor magnífi-
co, pero no entiende cómo funciona un departamento universitario, y nunca le sacarán una cátedra. Le tengo cariño y me apena verle amargado y reñido con el mundo.

—Todo eso suena a pura vanidad.

—No, no es vanidad, se trata de orgullo profesional —enfatizó como si le hubieran molestado las palabras de su marido.

—¿Acaso hay diferencia entre vanidad y orgullo? Son dos
caras de la misma moneda.

—También yo podría decir que eres avaricioso. ¿Cuántos pisos tienes?, ¿veinte?, ¿treinta? ¿Cuánto has invertido en bolsa?
¿Quinientos mil?, ¿un millón? Ni tú lo sabes. Y los fondos, y los
locales comerciales... Y aun así sigues invirtiendo y comprando
más pisos. ¿Para qué? Cada inversión que haces te crea más problemas, pero quieres superarte, los humanos somos así. No necesitamos a nadie para buscarnos problemas. Yo nunca hubiera
podido casarme con un hombre pusilánime, con un aventurero
sí, pero con un pusilánime nunca. Y tú tienes algo de aventurero.

—¿Yo «aventurero»? —Pepe enfatizó la palabra aventurero—. Para nada. Pero estamos hablando de ti. Últimamente te
veo nerviosa, como inquieta. Eras una mujer tranquila, segura
de sí misma, y ahora te irritas con facilidad, incluso te pones
agresiva conmigo por querer ayudarte.

—¡Yo no me pongo agresiva! —respondió con un tono elevado que ratificaba lo que intentaba negar.

—Ven. —Pepe la rodeó en un abrazo fuerte y prolongado—.
¿Qué te pasa?

—No lo sé. —Merche se encontraba segura y confortable en
el refugio del abrazo.

—Esa respuesta no sirve. Piensa, debe haber alguna razón.

—Es la maldita cátedra. Imagino que es como si hubiera comenzado una carrera y debiera llegar a la meta —Merche reco-

bró el tono dulce y sereno—, como si estuviera en una competición que debo ganar. Mi abuelo, el *aitá*, decía que los cuatro pilares de la felicidad eran «saber decir no; si hay que hacer algo, hacerlo ya; no vivir pensando en agradar a los demás, y estar dispuesta a dar la vida para acabar lo que se empieza».

—También te diría que llegarías a catedrática.

—No seas tonto. Estamos hablando en serio. —En cada frase su tono era más amable.

—Yo también hablo en serio, nunca he hablado tan en serio. Ni cuando te pedí matrimonio pensando que rechazarías a un vejestorio como yo.

—¡Qué tontos sois los hombres! Somos siempre las mujeres quienes escogemos.

—Tú llegarás a ser catedrática, no tengo ninguna duda, pero no tengas tanta prisa. Toma tu tiempo, disfruta de la vida y de tu familia. No estás en ninguna carrera. Eres joven y actúas como si no te quedara tiempo.

—No lo sé. A veces pienso que en mi vida todo ha ocurrido demasiado rápido, y ahora no puedo parar en esta carrera hacia no sé dónde. Todavía no he cumplido treinta años, ya tengo tres hijos y estoy preparando unas oposiciones para una cátedra que ni tan siquiera sé si convocarán.

—¿Quieres que te diga lo que pienso? Quieres ser catedrática para demostrar a tu familia, a tu *amatxu*, que eres la hija perfecta. Necesitas que tu familia esté orgullosa de ti; que te reconozcan como la mejor Tellechea. Así es, la hija y la sobrina perfecta. Te vendría bien hacer caso al general en lo de «no vivir pensando en agradar a los demás». A veces pienso que te casaste conmigo porque sabías que les parecería bien a todos. Esa carrera de la que hablas no es contra nadie, es contra ti misma.

—Yo siempre te he querido, siempre. —Ahora hablaba como en un susurro.

—Nunca has considerado lo más importante, tu felicidad... nuestra felicidad. Siempre has pensado en la de los otros y nunca en la tuya. ¿Eres feliz?, dime, ¿eres verdaderamente feliz?

—Tengo unos hijos sanos y preciosos, un marido que me quiere, estoy bien de salud, tengo todo cuanto necesito. ¿Cómo no iba a serlo? Sería una desagradecida si dijera que no.

—No me has respondido.

Merche se giró y le miró directamente a los ojos, tenía la mirada serena y el cabello abundante alborotado por el viento, lo peinó con sus dedos. Le abrazó por la cintura y se puso de puntillas para besarle en la mejilla.

—Sí. Soy muy feliz. Sabes cómo hacerme feliz. Tengo el mejor marido del mundo.

—Y yo una mujer joven y guapa. Todos mis amigos me envidian por eso. —Pepe la elevó como si fuera una pluma hasta su altura, la miró durante unos instantes, la besó y sonrió manteniendo el silencio—. Y también inteligente; la mujer más inteligente que conozco. ¿A que esperabas eso?

—¡Qué tonto eres! Siempre has sabido cómo tratarme —dijo Merche en tono complaciente.

—Tengo una sorpresa para ti.

—¡Una sorpresa! —exclamó Merche alegre, con ojos chispeantes, haciendo fuerza para regresar al suelo y en actitud de haber concluido el tema de su cátedra.

—Mira si estas llaves abren esa portezuela —indicó Pepe señalando al Mi Merche.

Merche se quedó literalmente boquiabierta sin saber qué decir o hacer. Pepe le animó a que se descalzara para subir a la embarcación.

—¿Esto es babor o estribor? —preguntó mientras se dirigía con paso inseguro a la otra punta por el lado derecho.

—Creo que estribor —respondió Pepe todavía en tierra quitándose los zapatos.

—¿Y ahora dónde estoy, en la popa o en la proa? —preguntó cuándo llegó al final.

—En la proa. ¿Te gusta?

—Me encanta; es precioso. —Inició el regreso por babor, se aferró al timón y gritó—: ¿A dónde quiere que vayamos, mi capitán?

—Al fin del mundo y más allááááá —contestó Pepe subiendo al barco—. Mira qué bonito es por dentro. Abre la puerta. Es un Clipper Oceanis con doce metros de eslora y cuatro de manga. Tiene un motor Volvo de cincuenta y cinco caballos.

A Merche no le interesaban los detalles técnicos. Se fijaba en la madera brillante de los camarotes, en los gruesos cojines azules en la bancada de la mesa principal, en el rinconcito donde estaba dispuesta la electrónica... Le gustaba el barco, y que lo hubiera bautizado con su nombre la conmovía, pero la conversación que acababan de tener significó la certeza absoluta de que verdaderamente la amaba; y sintió una emoción casi tan intensa como cuando nació Javi.

—Esta será nuestra habitación —anunció alegre al entrar en el camarote de proa que incluso tenía un pequeño baño incorporado.

—Tú decides, el barco es tuyo —contestó Pepe ocupando toda la puerta de entrada.

—Ven —alentó Merche tirando de él hacia la cama.

—Tengo guardada una botella de champán para la ocasión.

—Olvídate del champán y ven conmigo —dijo quitándole la camisa. Y por primera vez se entregó en cuerpo y alma a un hombre.

Hicieron juntos el cursillo del patrón de embarcaciones de recreo y aquel mismo verano salieron todos los días a navegar.

Lo hacían como ella quería, sin rumbo fijo, y algunas noches incluso fondeaban en mar abierta si hacía buen tiempo. El chaleco salvavidas naranja era casi más grande que Begoña; Javi no perdía oportunidad de ponerse al timón y, dotado para cualquier deporte, lo hacía con la destreza de un marinero curtido; Iñaki no lograba acostumbrarse al barco, en las primeras salidas vomitaba por la borda y tardó más de lo normal en acostumbrarse al balanceo. Merche recordaba aquel verano y los años siguientes como los mejores de su vida. Según Pepe, la mejor edad de una mujer era cuando estaba en los treinta y para ella lo fueron. La cátedra fue convocada tres años después y se convirtió en la catedrática más joven de la especialidad.

Pepe comenzó a cambiar cuando cumplió los sesenta. Sucedió de forma imperceptible, sin que ocurriera nada especial, probablemente sin que él lo pretendiera. Sus prioridades cambiaron y solo le interesaba el mus de los viernes por la tarde en el Argos, los toros durante la feria de San Isidro y los partidos del Real Madrid. Abandonó el esquí y durante el último verano ni tan siquiera pisó el Mi Merche II. Se había vuelto egoísta y solo pensaba en él. Para Merche la diferencia de edad resultaba determinante más por cuestiones psicológicas que físicas y comenzó a ver de otra forma a su marido: le aburrían sus chistes repetidos una y cien veces; en otro tiempo no le importaba el olor de sus cigarros puros en la ropa pero ahora le resultaba asqueroso; tampoco soportaba que se quedara dormido viendo la televisión y mucho menos los ronquidos que retumbaban como truenos. La pasión se escapó por la puerta trasera sin que ninguno de ellos supiera cuándo, y los encuentros amorosos eran esporádicos y más por obligación que deseo. Pero el matrimonio no estaba en peligro, ni mucho menos. No había terceras personas, a su manera continuaban queriéndose y, sobre todo, se necesitaban uno al otro: Pepe para evitar la soledad; Merche por la seguridad. Lo más importante y definitivo para garantizar la eternidad de su vínculo era que ninguno de los dos imaginaba una vida sin el otro, y cuando eso ocurre no hay fuerza divina ni tentación humana capaz de romper el nexo. Era como si cada uno bailara con su propio ritmo la misma melodía cadenciosa.

Hasta la noche del jueves no encontró Merche el momento apropiado para hablar de sus planes tras el viaje a Santa Lucía. Pepe refunfuñaba mientras en la televisión los políticos estaban enzarzados en un debate electoral. Javi no llegaría hasta media noche, Iñaki había quedado con unos compañeros para preparar unas presentaciones de clase y Begoña estaba en su habitación con el Facebook. Ninguno de sus hijos molestaría durante la importante conversación que Merche debía tener con su esposo.

—El primero de mayo vuelvo a viajar —dijo Merche sin apartar la vista del televisor—. A México.

—¿Y eso? Nunca lo haces tan seguido.

—No es por trabajo. —Merche hizo una larga pausa pero Pepe no reaccionó—. He conocido a mi padre.

—¿Quééé? —La miró boquiabierto—. ¿Qué me dices?

—Pues eso, que conocí a mi padre. No pude hablar con él pero lo conocí. En el hospital. Justo el día antes de fallecer.

—Para, para, para. ¿Qué me estás diciendo? —Con el mando a distancia anuló el sonido.

—Simón, un antiguo compañero de la facultad, vino a buscarme hace unas semanas porque mi padre quería conocerme. Estaba en el hospital y falleció al día siguiente.

—¿Y?

—Dejó una carta escrita para mí y me decía donde había otra carta anterior, por eso el viaje a Puerto Rico.

—No entiendo. ¿Qué decía la carta? —preguntó Pepe cada vez más desconcertado.

—Me escribía una carta cada cinco años el día de mi cumpleaños y la dejaba allí donde se encontrara. La primera estaba en Santa Lucía, ahora debo ir a México y después no sé dónde me llevará.

—Vamos a ver. ¿Me estás diciendo que has conocido a tu padre, que ha muerto, que te ha ido dejando cartas repartidas por el mundo y que ahora tienes que buscarlas como si fuera una yincana?

—Más o menos —contestó Merche con naturalidad.

—¿Y quién era tu padre?

—Tony Mera. ¿Sabes quién fue Tony Mera?

—Primera vez que escucho el nombre.

—Era reportero gráfico. Fotógrafo de guerra; y bastante conocido. Era famoso.

—¿Y qué más?

—Creo que era un buen hombre. Estoy empezando a conocerlo ahora leyendo sus cartas. Por eso debo recuperarlas.

—¿De qué murió?

—Por el tabaco, fumaba mucho. Un cáncer de pulmón. Tú lo conociste.

—¿Qué dices?

—Lo que oyes, que lo conociste en el club Argos.

—No entiendo nada...

—Os presentó Alfonso Armada y estuvisteis contando chistes.

—Alfonso... en el Argos... Joder, es verdad. Aquel fotógrafo amigo suyo que había estado en no sé cuántas guerras...

—Sí.

—Es cierto... es cierto..., joder joder, lo recuerdo perfectamente. Sabía unos chistes cojonudos... y lo bien que los contaba. Joder, no me lo puedo creer. Joder, ¡qué cabrón!

Pepe se recostó en el sillón y suspiró, después se giró y sus ojos reflejaron ternura y preocupación. Los dos mantuvieron la mirada, hacía mucho tiempo que no se miraban cara a cara, a los ojos, como en aquel momento. Pepe meneaba suavemente la cabeza con gesto pensativo, como intentando organizar sus pensamientos.

—¿Y qué vas a hacer? ¿Qué vas a decirle a tu familia, a tu *amatxu*, a los tíos...?

—De momento buscaré las cartas. Quiero conocer mejor a mi padre. A los niños se lo diré en su momento... y ya veremos con *amatxu*.

—Aquí me tienes para lo que haga falta. Si quieres puedo acompañarte en los viajes.

—Lo sé Pepe, sé que puedo contar contigo para todo. Pero esto debo hacerlo sola. Necesito tiempo para ir asimilando y entendiendo todo. Desconozco en qué terminarán todas estas cartas pero debo conseguirlas. No tengo otra opción. —Merche continuó desvelando pequeños detalles de Sigrid, del viaje a Santa Lucía, de un acto de homenaje a su padre fallecido en el Ateneo y de su antiguo compañero Simón—. ¿Recuerdas una persona que se nos acercó un día cuando salimos del cine? La última vez que vimos una película juntos.

—No.

—Sí, hombre. Llovía a cántaros y buscábamos un taxi. Me preguntaste quién era y te dije que un antiguo amigo de la facultad.

—No sé, me quiere sonar algo pero no recuerdo bien...

—Ese es Simón, conoció muy bien a mi padre. Fue quien organizó lo del Ateneo; eran buenos amigos.

—No entiendo por qué esperó tu padre hasta su muerte para darse a conocer.

—Yo tampoco. En la carta dice que le daba miedo mi rechazo, pero no sé. Es todo muy extraño. Tal vez el sentimiento de culpa por habernos abandonado, o lo mismo porque las cosas no fueron como me han contado toda la vida. ¿Quién sabe?

Pepe se levantó tendiendo la mano para que ella hiciera lo mismo. La abrazó y Merche se sintió reconfortada y tranquila en su regazo. En la televisión los políticos gesticulaban como marionetas mudas.

3

La buena gente del mundo

Resulta obvio que eres la profesora con mayor proyección y prestigio de la especialidad, y cada año recibes una decena de invitaciones para impartir conferencias en todo tipo de congresos. Los alumnos te respetan, admiran y sienten por ti un cariño especial. Algunos compañeros pronostican que serás la primera rectora de nuestra universidad; te conocen poco, ni por todo el oro del mundo aceptarías un cargo burocrático. Lo único que realmente te interesa y apasiona es el lenguaje: lo estudias, lo analizas, lo enseñas y todavía te sobrecoge el poder infinito de la oratoria. Te fascina la capacidad retórica de tarotistas y videntes para embaucar con la palabra a los espíritus más cándidos e inocentes: «Dime cariño»... «¿Cuála cuñá te faltó, mi cielo, la pilingui de tu hermano?»... «La dices que...». Lo mismo te ocurre con los charlatanes que venden en televisión fregonas, sartenes o ralladores de hortalizas. Por alguna extraña razón te recuerdan a tu tío Inacito, también él utilizaba el lenguaje con la precisión de un cirujano el bisturí.

Te cautivaba su forma de sermonear tras la lectura del evangelio. Era un excelente orador y, como pensaba que cuando algo funcionaba no se debía cambiar, se servía del mismo sistema cada domingo: comenzaba con un tono dulce, mostrándose próximo y amigable utilizando alguna divertida anécdota que le había ocurrido, hasta que, sin saber cómo, hablaba con tal vehemencia y pasión que sobrecogía incluso a los feligreses más recelosos: «La salvación, queridos hermanos, la salvación, ni más ni menos que la salvación de nuestra alma es de lo que estamos hablando, queridos hermanos, y con eso no se puede jugar, no debemos jugar, no tenemos derecho a jugar, porque estamos hechos a imagen y semejanza de Nuestro Señor Jesucristo, porque Dios quiere que nos salvemos y es nuestra obligación salvarnos, queridos hermanos». Alargaba la «s» al pronunciar «Dios», y como decía toda la frase sin respirar las venas de su cuello se hinchaban conforme subía progresivamente el tono hasta que sus palabras retumbaban como truenos entre los muros de la iglesia. Y repentinamente guardaba silencio. Un prolongado silencio que se podía cortar, mientras con su pañuelo limpiaba a conciencia la saliva en la comisura de los labios y el sudor en la frente. Después recuperaba el tono apacible, paternal, para concluir con algún tipo de mensaje positivo.

La homilía en el funeral de su ahijada Macarena, de Maca como la llamabais en la familia, fue distinto a las demás. Nada quedaba del Inacito jovial y seguro de sí mismo; era un hombre derrotado y abatido. Estaba muy desmejorado físicamente, con ojeras y había envejecido diez años en cuatro días. Hablaba de forma pausada, le tembló la voz al comenzar: «En ocasiones como esta, incluso a mí me cuesta entender y aceptar los caminos que escoge Nuestro Señor para ponernos a prueba». Viste como le corrían lágrimas furtivas por la mejilla cuando decía «¿Por qué, por qué ha muerto nuestra Maca?». Recobró parte de su energía al preguntarse «¿Hasta cuándo deberemos seguir pagando con sangre joven el tributo que se cobra esta sociedad perversa, sin valores éticos ni morales?» y concluyó, a punto de romper a llorar, «La muerte de nuestra pequeña tiene que servir para algo, no puede haber sido en vano. Con su muerte Dios nos quiere decir algo. Os invito a que reflexionéis sobre ello: sobre el sinsentido de rencillas familiares, de peleas entre hermanos y pasajeras ambiciones personales. Lo ocurrido con Maca, con nuestra princesita, no puede haber sido en vano».

Tú venerabas a Maca. Siempre juntas, inseparables aunque fuerais tan distintas como la noche y el día, como el yin y el yang. Nació en diciembre del año anterior al tuyo y protagonizaba todos tus recuerdos de infancia. De niñas era ella quien decidía los nombres de las muñecas, si os gustaba el tobogán, los columpios o la rueda; quien pegó en tu piel rosada la primera calcomanía y te enseñó cómo hacer pompas con el chicle; en vuestros juegos infantiles hizo de madre, enfermera y maestra... La seguías como un corderillo desvalido y nunca cuestionabas ninguna de sus ocurrencias. Tu pequeña cicatriz en la frente es el recuerdo, el primero de tu vida, de un domingo de carnaval cuando os vestisteis de mujer.

Tenías cinco años casi recién cumplidos y ocurrió durante la sobremesa de una comida familiar a la que faltaron el tío Inacito y el tío Javier. En el salón tus tíos Martín y Vidal discutían acalorados por lo que acababa de suceder en los cuarteles y el Congreso. «¡Por Dios dejadlo ya! ¡Por Dios, ya vale. Me vais a matar! ¡Bartolomé, ordénales parar!», gesticulaba la abuela muy alterada; tu tía Upe sollozaba con la mirada perdida en el suelo, Montse tenía el gesto descompuesto y la *amatxu* meneaba disgustada la cabeza. El general escuchaba con semblante grave, Martín dijo algo y el general saltó como disparado por los muelles del butacón orejero: «¡Al Rey. Nosotros nos debemos al Rey y siempre haremos lo que ordene el Rey! ¡Nos debemos a España y a la Corona! Y el Rey es España. Nunca lo olvides. Nunca. Vidal hizo lo que ordenó el Rey». A Maca le asustó la voz grave del abuelo y corrió fuera del salón; tú, como siempre, la seguiste. Os escondisteis en la habitación de la abuela, sentadas en el suelo, las piernas entre los brazos y la cabeza descansando en las rodillas.

Entonces Maca tuvo una de esas ocurrencias que la hacían única: os maquillasteis ojos y labios, rebuscó por los cajones de la cómoda y utilizando calcetines del abuelo hizo cuatro grandes bolas que os colocasteis a modo de pechos, sacó del armario unos zapatos de medio tacón de la abuela, utilizó una silla para alcanzar el altillo donde encontró un par de sombreros y, finalmente, te colocó un bolso en el antebrazo, otro para ella. Maca corrió gritando por el largo pasillo hacia el salón y tú la seguiste, también chillando. Cuando aparecisteis fue como si por unos instantes se hubiera congelado el tiempo; el silencio os inmovilizó sin saber cómo continuar, estabais expuestas a la mirada de todos con la cara como un cuadro de Picasso, la boca abierta, el alma pura y la conciencia sin estrenar. De repente el *aitá* rompió en una gran carcajada que te pareció una bendición celestial, se arrodilló y extendió los brazos para que fueras hacia él; te apresuraste, perdiste el equilibrio y tu cabeza chocó contra la mesita del café. La sangre comenzó a brotar como agua en un manantial y te llevaron rápidamente al hospital donde el incidente se solucionó con cuatro puntos de sutura. Una gasita blanca con esparadrapo rosa en tu frente era la única evidencia del accidente cuando el *aitá* te exhibió como un trofeo en la sala de espera donde aguardaban todos. Su cara de pánico al verte caer era ahora de felicidad plena, y con los ojos enrojecidos por la tensión y la emoción, repetía sin parar: «Mi cachorrita es una Tellechea de verdad, lo habéis visto, lo habéis visto todos, ¿no? Martín, Vidal, vosotros también lo habéis visto. Ni una lágrima por el golpe, ni con los puntos, ni una sola lágrima. Lo habéis visto todos. El doctor ha dicho que nunca vio una niña tan valiente. Una auténtica Tellechea. Es más Tellechea que todos vosotros juntos».

Otro episodio que recuerdas con claridad ocurrió pocos años después, en el colegio durante el recreo. Una compañera de clase comenzó a canturrear «Merche no tiene padre, Merche no tiene padre, Merche no tiene padre...» invitando a las demás a unirse en la tonadilla. Maca la derribó de un empujón, le agarró la coleta, y de no haber intervenido sor Teresa todavía estaría arrastrándola por el patio. En alguna ocasión has pensado que tu espíritu reservado se forjó en aquellos años infantiles del colegio cuando las niñas hablaban del trabajo de sus padres y tú preferías mantenerte al margen y pasar desapercibida. Si no quedaba otro remedio engañabas diciendo que era militar, o médico, o lo que se te ocurriera en ese momento, y te las ingeniabas para cambiar de conversación o marcharte.

Maca también es la protagonista en todos tus recuerdos de adolescencia. En ocasiones eras cómplice de sus travesuras, como cuando vigilabas que no la vieran entrar de puntillas en la habitación de sus padres para sisar monedas en el recipiente donde guardaban los cambios. En otras simplemente la imitabas. Con ella intentaste fumar el primer cigarrillo, y juntas estabais cuando, con apenas quince años, lio su primer canuto en medio del estanque del Retiro. Todavía escuchas su risilla nerviosa intentando mezclar la piedrecita de hachís con el tabaco sin tener claro qué hacer con el billete de metro. Cuando finalmente consiguió componer algo que se parecía a un cigarrillo lo encendió y fumasteis las dos. Tú solo diste una calada por compromiso y no soportaste el picor en la garganta; ella se puso fatal y acabó vomitando en el agua la hamburguesa que acababais de comer. Se acercó un hombre remando al ver que Maca echaba hasta la primera papilla y preguntó si estabais bien. «Sí, sí. Estamos bien, mi prima se ha mareado por el movimiento de la barca»; el hombre meneó la cabeza desaprobando lo que ocurría y se alejó. ¡Qué cosas tiene la memoria! La imagen que guardas de aquel momento es la de carpas glotonas y gordas como tiburones tragando los trocitos de patatas y la carne todavía sin digerir flotando en el agua. Un mes más tarde Maca ya no necesitaba mirar la palma de la mano para hacer toda la componenda de tabaco, hachís y papel.

Su temperamento era alegre, descarado, insolente. La considerabas tu modelo, tu referente, la admirabas y soñabas con llegar a ser como ella algún día. Nadie la dejó nunca callando, sobre todo cuando consideraba que tenía razón. El año que terminó COU comprasteis en Comestibles Paquita abundante Coca-Cola, ron, cerveza y ganchitos para celebrar el final de las clases. La reunión de amigos sería donde siempre: en el recoleto espacio próximo a la entrada del parque de Eva Perón tras unas magnolias lo suficiente frondosas para ocultaros de miradas inquisitoriales. En mitad de la fiesta llegaron unos municipales y os pidieron los documentos de identidad con intención de multaros por consumir alcohol en la calle. Maca se encaró con el policía fornido de aspecto chulesco cuando te pidió la identificación, «Mi prima Merche solo bebe Coca-Cola»; «He dicho que todo el mundo el carnet, y quien no me lo entregue va a comisaría»; «Y yo le digo que mi prima no ha bebido nada. Merche, no le des el carnet»; «Mira guapita, no te pongas chula que va a ser peor»; «Aquí el único chulo es usted y no me llame guapita. Deme su número de placa que lo voy a denunciar yo»; «Tengamos la fiesta en paz. Los carnets de identidad y me vaciáis los bolsillos en el banco». La discusión fue subiendo de tono, os quejabais por la «discriminación» que suponía multaros solo a vosotros y no a dos indigentes, sentados en otro banco con cartones de vino El Tío de la Bota en el suelo. Se armó una buena escandalera y llegó una nueva patrulla con un sargento regordete de aspecto tranquilo. Los agentes se alejaron unos metros de vuestro grupo para deliberar. Enrique, Mikel y Vichu aprovecharon para arrojar lejos las piedrecitas de hachís que guardaban, y los curiosos que observaban comenzaron a gritar que dejaran a los chicos en paz y se dedicaran a detener delincuentes de verdad. «Estoy hasta los cojones de niñatos de papá como vosotros», les reprochó el policía fornido requisando las bebidas y dejando los ganchitos. Los cuatro agentes cargaron con los botellones y se fueron por donde habían venido sin identificar a nadie. Maca les hizo una peineta cuando ya no podían verla y dijo: «Venga, cien pelas cada uno para ir a la Paquita».

Ya entonces sus formas sugerentemente redondeadas la hacían muy atractiva para los jóvenes imberbes del Colegio del Pilar que se pavoneaban con sus motocicletas frente al vuestro de Nuestra Señora de Loreto. Tú sentías una cierta atracción por Mikel, pero él se derretía por tu prima siempre con blusa ajustada y falda hasta mitad del muslo. A la tía Sheila que su hija «vistiera tan corta» le ponía de los nervios, pero al tío Fernando le resultaba gracioso y no le importaba. Sin ser una estudiante brillante no tuvo problemas para matricularse en Psicología. Esa carrera se impartía en el campus de Somosaguas y desde su casa tardaba más de una hora en llegar. Apenas un par de semanas tras comenzar el curso se presentó de improviso en casa del *aitá* con un anuncio arrancado de la marquesina de la parada de autobuses frente a la facultad: «Se busca compañera para piso a diez minutos andando del campus. Muy soleado (5.º piso). 15.000 pts/mes. Agua, luz y teléfono aparte. En total seremos cuatro». Tal vez por intuición, o porque te necesitaba más que tú a ella, Maca siempre buscaba tu complicidad en las situaciones importantes y aquella lo era: quería independizarse de sus padres y tenía la excusa perfecta. De nada sirvieron tus intentos de convencerla para que esperara al año siguiente, cuando también tú entrarías en la universidad y entonces buscaríais un apartamento para las dos. Sentadas ambas en tu cama marcó el número de teléfono del anuncio y te cogió la mano con fuerza. La conversación apenas si duró un par de minutos. Maca asentía y únicamente preguntó algún detalle sin importancia: «Sí, sí. Me quedo con la habitación»... «Seguro que me la quedo. Si queréis voy esta tarde y entrego el dinero». Te pareció precipitado su compromiso para convivir junto a personas desconocidas en un lugar que ni tan siquiera había visto; «Tú siempre tan desconfiada. La chica era majísima y muy simpática. Ella y otra del piso están en el Consejo de Estudiantes. Mi habitación la ocupaba antes una borde remilgada»; «¿Y tus padres?»; «Mi madre dirá que no, como siempre, pero ya convenceré a mi padre». Así era Maca, imprudente, impulsiva y alocada.

Hasta las Navidades regresaba a casa de los padres el viernes por la tarde y pasaba con ellos el fin de semana, pero a partir de febrero apenas si se le vio el pelo porque, según decía, tenía que estudiar para los exámenes. Fue entonces cuando comenzaste a visitarla en su piso de estudiantes las tardes de los sábados; incluso lograste que el *aitá*, por evitar que viajaras sola ya oscurecido, consintiera en que te quedaras a dormir con ella alguna noche. Lo cierto es que en aquel piso se estudiaba poco. El novio de Ana —la compañera de San Sebastián que hacía Económicas—, un tipo alto y desgarbado con el pelo teñido de amarillo, vivía allí casi de continuo y ponía a todo volumen música de Eskorbuto y los Sex Pistols; y las Lauras, que estudiaban Ciencias Políticas —una de La Rioja y la otra de León—, habían convertido el salón de la casa en el confesionario de quien tuviera alguna queja o reivindicación estudiantil. En ese mismo edificio había otros dos pisos de estudiantes en el rellano del 1.º, uno frente a otro, donde se organizaban fiestas casi todos los fines de semana. La primera vez que acompañaste a Maca a una de ellas te previno sobre la «conveniencia» de evitar mencionar que la vuestra era una familia de militares.

Solo estuviste en tres de aquellas fiestas porque, además de sentirte incómoda rodeada de mucha gente, no te gustaba nada de lo que allí ocurría: preferías Danza Invisible o La Unión, a Barricada y Siniestro Total; todos eran mucho mayores que tú y bromeaban por tu forma de vestir; la gente cogía pedazos de pizza sin importarles manosear el resto y los vasos estaban muy sucios; el ambiente era irrespirable por el tabaco y los cigarrillos de marihuana pasaban de mano en mano... y, sobre todo, porque Maca ya no era la misma. Continuaba con su frescura y desvergüenza, pero en vez de ser protagonista, la líder a quien nada le importaba, actuaba intentando complacer y preocupada por agradar. Había perdido la seguridad que tanto envidiabas y todos la llamaban «la Bombi» y parecía no importarle.

La última fiesta en la que estuviste fue un Primero de Mayo. Llegaste a media tarde y nadie contestó al timbre en el 5.ºA. Aprovechaste la salida de un vecino protestando entre dientes por el ruido ensordecedor de la música y subiste directamente a los pisos de los chicos. Aquella mañana fueron todos a la manifestación organizada por la CNT con motivo del Día de los Trabajadores, y después compraron pollos asados para comerlos en casa. La mesa del comedor estaba llena de carcasas, unas repeladas y otras a medio consumir, y por donde se mirara, incluso en el suelo, platos con huesos y servilletas de papel estrujadas. No preguntaste por Maca, imaginaste que la verías en cualquier momento, y abriste un cartucho de vasos de plástico para extraer uno. Cogiste una botella grande de Coca-Cola que estaba abierta y te resultó asquerosa la sensación grasienta en la mano. Intentabas encontrar una servilleta cuando Laura de La Rioja se te acercó, «Hola ge-ne-ra-li-ta. Si buscas a la Bombi está en el otro piso con unos compañeros de clase». Su tono de sorna y desdén no te ofendió, indudablemente ya conocía la tradición militar de los Tellechea y lejos de preocuparte te agradó que así fuera. La Laura de León estaba en el rellano y ni se inmutó cuando pasaste junto a ella, «La lucha está en la calle, tío, en la calle. Hay que concienciar al pueblo. Tenemos que pasar a la acción», le decía a uno de ojos vidriosos que aplicaba la llama del mechero a la mezcla en el cuenco de su mano; «Tienes razón, ya es hora de hacer algo sonado».

En el otro piso había menos gente, estaba bastante más limpio y sin rastros de desperdicios ni pelusillas negruzcas en el suelo. Miraste en la cocina, todo estaba ordenado y una pareja conversaba tranquilamente, «El de psicología del trabajo, el Prieto, ese sí que es un hueso»; «Ya. Me han dicho que sabe un montón, pero que con él, como no estudies no apruebas». Conocías la distribución y te encaminaste hacia el salón. Maca saltó de alegría al verte y en su abrazo clavó el volumen de los pechos en tu estómago, «Tía, tenías que haber venido a la mani, no veas lo bien que ha estado. Ya les he dicho a estos lo que se han perdido». Te presentó a Rosi, Kiko y Cristina, que te saludaron; el cuarto, Julio, tenía un espejo sobre sus rodillas y con más torpeza que pericia manipulaba cocaína con una tarjeta de crédito. Kiko se incorporó con actitud de estrecharte la mano, pero sentías los dedos pegajosos y contra lo que era tu costumbre le plantaste un beso en la mejilla. «Haz otra raya para mi prima»; «No, de verdad que no»; «No seas tonta, que no pasa nada. Pruébalo»; «Que nooo, paso de probar nada». El espejo comenzó a circular, «Venga, pruébalo, ya verás que subidón da»; «Déjala tranquila, si no quiere, no quiere. Ya está»; «Ya habló Don Kiko»; «A veces te pones muy pesadita. Yo tampoco lo voy a probar»; «Pues a mí esto no me hace nada. No siento nada»; «Rosi, es que no das ni tiempo, espera un poco y ya me dirás».

Nunca imaginaste que aquella sería la última vez que verías a Maca con vida. En el autobús de regreso pensaste que tu prima iba directa al precipicio e hiciste el firme propósito de llamarla al día siguiente y hablar seriamente con ella. No fue necesario, «Espera, espera, no cuelgues que está entrando por la puerta. Un beso y cuídate mucho, mi niña», oíste decir al *aitá*, «Es tu prima Macarena». Cerraste la puerta de tu habitación para que nadie escuchara y Maca, nerviosa y excitada, comenzó preguntándote qué te había parecido Kiko, «a mí me vuelve loca y estoy decidida a salir con él»; el joven tenía aspecto bonachón y su forma de ser tranquila se parecía a la tuya, «Mucho mejor que los otros. El curso que viene ni se te ocurra seguir en ese piso». Ella no escuchaba, hablaba de Kiko con un entusiasmo inusual: le gustaban los cómics, jugaba al pádel, era de Santander... Querías introducir en la conversación el tema de la cocaína, pero en su agitación hablaba sin parar y colgasteis sin mencionarlo.

Pasaron semanas hasta su nueva llamada para «presentarte oficialmente a Kiko como mi novio»; «Me alegro mucho. Una persona como él es lo que te hace falta»; «¿Tú crees que le gustará a mi madre?»; «Seguro que sí». Estabas muy ocupada preparando el inminente examen de selectividad; aplazasteis el encuentro para otro momento. La siguiente llamada fue tan solo cinco días más tarde: Kiko la había dejado. La intensidad de su tristeza era mayor que su anterior alegría. No lograste entender muy bien los motivos, lloraba desconsolada y sus frases no resultaban coherentes. «Nos vemos esta tarde y hablamos»; «No, déjalo, prefiero estar sola y tu examen es el lunes»; «De verdad, quedamos esta tarde en Moncloa. Olvídate de mi examen»; «Yo te diré cuándo quedamos, ahora prefiero estar sola y no quiero ver a nadie. Solo quería hablar contigo».

Volvisteis a hablar el 2 de julio, recuerdas la fecha con precisión porque la selectividad terminó el día anterior. Maca volvía a estar animada; las Lauras estaban organizado un viaje a «Iruña» para San Fermín y pensaba apuntarse, «Anda, anímate, vente. Que tengo ganas de hablar contigo. He conocido a un chico de León amigo de Laura. Lo vamos a pasar genial»; «¿Te deja tu madre?»; «Seguro que no, con eso ya cuento, pero convenceré a mi padre». Maca nunca entendería que en tu vida jamás participarías en cualquier cosa organizada por las Lauras, pero te costaba negarle algo y utilizaste el pretexto de quedarte hasta conocer la nota de selectividad. Los argumentos de Maca eran más consistentes que tus razones «Vaya tontería, sabes de sobra que sacarás sobresaliente»; te sentías acorralada cuando encontraste la excusa perfecta para evitar decir no: «Vale, si me deja el *aitá* voy y así hablamos». Todo sucedió tal como estaba en el guion: tu nota en selectividad fue sobresaliente y tu *aitá* reaccionó tal como esperabas, «Si fuera como en mis tiempos encantado de la vida. Anda que no me corrí buenas juergas con los navarricos los años que estuve allí destinado siendo teniente... ¡Incluso me revolcó una vaquilla en la plaza!», pero ahora es «una fiesta para borrachos y depravados». Durante años, incluso ahora, continúas sintiéndote culpable por «abandonar» —esa fue la palabra que utilizaste— a tu prima Maca.

Lo que sucedió en Pamplona nunca llegó a aclararse del todo. Según la sentencia: «El grupo de ocho jóvenes había consumido abundante alcohol y distintas sustancias estupefacientes —concretamente hachís, cocaína y heroína fumada— en el mirador del local de ocio llamado El Caballo Blanco. Doña Macarena Tellechea O´Reilly, natural de Madrid, de diecinueve años de edad, sin que haya podido establecerse que fuera claramente incitada a ello, comenzó a hacer equilibrios al borde de la muralla. Animó a los demás para que se unieran a ella, comenzando todos a saltar y dar vítores a San Fermín. La finada, afectada por los estupefacientes que había consumido, se trastabilló y accidentalmente se precipitó al vacío desde una altura de treinta y cinco metros sin que haya sido posible probar de forma concluyente la intervención de terceras personas. Falleció en el acto a causa de la caída a las 23.05 horas del 7 de julio de 1993». Esa fue la versión judicial, corroborada palabra por palabra y sin excepción por todos los implicados. Nadie acabó en la cárcel y la sentencia se limitó al pago de una ridícula multa administrativa. Sin embargo, la declaración de dos testigos, una pareja local planificando su boda, fue radicalmente distinta.

La pareja de novios se acercó hasta la muralla buscando un lugar para «hablar tranquilos de nuestra boda. Era un grupo de siete u ocho chavales. Maitane dijo que se estaban poniendo buenos porque el tufo del hachís llegaba hasta nosotros», estaban a unos veinte o treinta metros de distancia. Hablaban en voz alta, todos muy eufóricos, y se reían sin parar; «la chica más baja se apartó para mear tras un árbol, y comenté la suerte que tienen los tíos que pueden hacerlo en cualquier sitio». Desde el grupo una voz femenina gritó: «"Venga, Bombi, súbete a la muralla, a ver si puedes volver por la muralla", y comenté que de verdad se parecía a la Bombi». Logró subirse al tercer o cuarto intento y todos corearon «Bombi. Bombi. Bombi». «Y Gorka gastó una broma a cuenta de que el mote de la chica fuera Bombi que no me gustó», pero ella debió sentir vértigo porque «se puso a cuatro patas y se bajó». Todos la abuchearon, y la chica iba haciendo eses «y le dije a Maitane que aquella cría llevaba un pedo de impresión». Empezaron a bromear y retarse para subir a la muralla; aplaudieron y vitorearon al primero que se encaramó al borde del precipicio, después fueron subiendo todos los demás, «la última fue la chica que Gorka había dicho que tenía un pedo de impresión», tuvieron que tirar de sus brazos para ayudarla a subir, «uno soltó que le pesaban mucho las tetas y los demás se rieron». Cuando estaban todos arriba comenzaron a votar coreando «San Fermín, San Fermín y Maitane dijo que vaya panda de gilipollas».

Fue entonces cuando «vi como empujaban a la niña del pedo, la única que no saltaba»; «¿Cómo fue el empujón?»; «Salieron un par de brazos del grupo y la empujaron»; «¿Brazos de hombre o mujer?»; «Creo que de mujer, estoy casi seguro de que fue una mujer»; «Por favor, intente recordar y sea más preciso»; «Había poca luz, a mí me pareció que era el brazo de una mujer»; «Entonces no puede asegurarlo al cien por cien»; «Señor letrado, el testigo ya le ha respondido»; «¿Habían bebido ustedes?»; «Lo normal en San Fermín...»; «¿Cuánto es lo normal en San Fermín?»; «Bueno... bebimos vino durante la corrida en la plaza, un katxi, un vaso de plástico de cerveza en Navarrería y un cubata en El Caballo Blanco»; «¿Pudo influir la ingesta de alcohol en su percepción de la realidad?»; «Yo sé lo que vi. Estaban en corro, uno se levantó y de un salto se subió la muralla, le aplaudieron y él levantó los brazos como Rocky»; «¿Y cuando estaban todos arriba empezaron a saltar?»; «Sí. Gritaban San Fermín, San Fermín. Fue entonces cuando Maitane comentó que vaya panda de gilipollas; como le he dicho antes»; «¿Y qué ocurrió entonces?»; «Vi como alguien empujaba a la chica que llamaban Bombi y oí el grito»; «¿El empujón fue con una o con las dos manos?»; «Con las dos manos, me parece»; «Eso es importante, intente recordar»; «Creo que con las dos manos. Sí, con las dos manos, estoy casi seguro. La chica bajita no saltaba, vi el empujón y me pareció que fue con las dos manos»; «¿Y era hombre o mujer quien la empujó con las dos manos?»; «Protesto, el testigo no ha precisado que fuera exactamente con las dos manos»; «Se admite la protesta»; «Disculpe señoría. ¿Era brazo o brazos?, ¿eran de hombre o mujer?»; «Señor letrado, el testigo ya ha contestado a esa pregunta»; «A mí me pareció que eran los brazos de una mujer».

«Al parecer ustedes también habían bebido»; «Estuvimos en la corrida de toros con la peña y tomamos un par de vinos en la merienda»; «¿Eso fue todo?»; «Creo que sí»; «No puede dudar, tiene que estar segura»; «Sí... sí... Bueno, también un katxi de cerveza por Navarrería»; «¿Eso fue todo?»; «Sí, eso fue todo»; «¿No es cierto que tomaron un cubata en El Caballo Blanco?»; «Cierto, lo había olvidado. Además del vino y el katxi de cerveza tomamos un cubata, eso fue todo»; «¿Y cuánto vino bebieron durante la corrida?»; «Señoría, la testigo ya ha contestado que un par de vinos»; «Por favor, señor letrado, cíñase a los hechos que se están juzgando»; «Disculpe señoría. ¿Era hombre o mujer quien empujó?»; «No lo sé muy bien. Había poca luz y menos la bajita todos saltaban. Me parece que quien la empujó era hombre»; «Intente recordar»; «Todos saltaban con los brazos en alto y giraban sobre sí mismos. Unos estaban de cara, otros de frente y otros de perfil. A mí me pareció que fue un chico quien bajó los brazos y empujó a la bajita»; «¿Recuerda si el empujón fue con uno o dos brazos?»; «Con un brazo, vi un brazo de hombre salir del grupo, y después vino el grito cuando caía y ¡pum!, el golpazo».

Lo ocurrido con Maca fue más sentido y llorado que la también trágica muerte de T. T. La genética Tellechea parecía predispuesta a engendrar más varones que hembras, y el nacimiento de una niña siempre era motivo de especial alegría y regocijo. Maca fue la primera en una nueva generación de Tellecheas y se convirtió de inmediato en la «princesita» de tus tíos de igual forma que al año siguiente tú serías la «cachorrita» del general. Su espíritu descarado y bullicioso, su innata ternura e inocencia, conquistaban rápidamente a quienes la conocían. Por la razón que fuere contagiaba su alegría, tus tíos la adoraban como si fuera un fetiche y ninguna niña en el mundo recibió tantos besos y achuchones. El día de su muerte el *aitá* rogaba a Dios que se lo llevara pronto para evitarle esos sufrimientos; el dolor se clavó en el tío Martín como si hubiera perdido a su propia hija; el tío Vidal no paraba de repetir «hay que hacer algo, hay que hacer algo» abrazando desconsolado al tío Fernando, el verdadero padre. La tía Sheila responsabilizó a su marido por la muerte de la hija y se marchó a Irlanda llevándose a los otros hermanos. Regresaron al año siguiente para el funeral del *aitá*, para entonces los problemas de Sheila con el alcohol habían empeorado considerablemente y resultaba obvio que no podía hacerse cargo de sus hijos: Claudio y Palma, los «mellis», tenían un aspecto deplorable, y cuando el tío Inacito conoció el motivo los ingresó inmediatamente en El Patriarca, y a Emiliano, el menor, lo metieron en el internado del Colegio Montfort. Unos meses después Sheila regresó sola a Irlanda, al poco tiempo se le perdió la pista y nadie se preocupó en localizarla.

Para ti la muerte de tu prima también fue una verdadera tragedia, incluso ahora sigues perpetuando aquel momento como el peor episodio de tu vida. La conocías mucho mejor de lo que se conocía ella misma y sabías que su descaro era un escudo, y su desvergüenza una máscara para esconder quién sabe qué miedos y frustraciones. No importa si su muerte fue un accidente, una broma pesada que se le escapó a alguien de las manos o se trató de un asesinato; han pasado veinticinco años desde aquello y todavía sientes un escalofrío cuando palpas la pequeña hendidura en la frente. Tienes el alma gangrenada porque continúas sintiéndote culpable, convencida de que Maca seguiría viva si tú hubieras actuado de otra forma. Podías haber hecho más, mucho más; incluso en algún momento te mortificas como si tú misma la hubieras empujado: le guardaste los primeros paquetes de cigarrillos porque su madre le registraba la ropa y de ti nadie sospechaba; cuando los fines de semana la colabas a hurtadillas en tu dormitorio, ni el abuelo, que las cogía al vuelo, imaginaba que era para esconder la borrachera; la primera vez que consumió en la barca del Retiro pensaste que como todos lo hacían no podía ser tan malo...

¡Disfrutabas siendo su coartada, su cómplice imprescindible para unas locuras cada vez menos infantiles! Enmudeciste en el piso de Húmera el día que en el baño viste unas gotitas de sangre en el lavabo y, en la repisa, una jeringuilla, una goma y una cucharilla quemada junto al encendedor olvidados por el novio punki de Ana; te callaste el día que esnifó cocaína —no ibas a cuestionarla delante de sus amigos—; cuando estaba destrozada tras su última ruptura amorosa solo te preocupaba sacar la mejor nota de selectividad... Siempre encontrabas la excusa perfecta, una justificación ideal para no encarar un problema que, en el fondo, sabías que terminaría mal.

Simón fue la única persona a la que abriste tu corazón y conoció hasta el último detalle de tu relación con Maca y la importancia que tuvo en tu vida. «Ojala pudiera dar marcha atrás»; «¿Hasta cuándo?»; «Hasta todo»; notabas la respiración de Simón con la cabeza apoyada en su pecho y en tu sien sentías los latidos acompasados de los dos corazones. Esperabas su veredicto. El cigarrillo entre sus dedos estaba consumido hasta la mitad y la ceniza amenazaba con caer; se lo cogiste pero no lograste alcanzar el cenicero y una mancha de polvo grisáceo ensució la cubierta del *Tractatus Logico-Philosophicus* de Wittgenstein, que estaba a medio camino. Vertiste el desperdicio en el cenicero y, sin saber por qué, diste una calada al cigarrillo, tosiste y volviste a colocarlo entre sus dedos. Simón continuaba jugando con tu cabello como buscando una fórmula para tranquilizarte. Y la encontró: «Tu prima quería comerse el mundo, y el mundo se la comió a ella».

* * *

La distancia por carretera entre México D.F. y Saltillo era de ochocientos cincuenta kilómetros y Merche decidió viajar en avión. En el bolsón del asiento delantero encontró, arrugada como un acordeón, una hoja recortada de algún diario olvidada por otro pasajero. El artículo llevaba por título «Se ahorca deprimido por el desamor», lo firmaba un tal Jaime Requena, pero no figuraba ni el nombre del diario ni la fecha. Lo estiró y conforme leía, su cara reflejaba sorpresa e incredulidad:

Matamoros. TAM. Deprimido porque su mujer lo abandonó, el Trompas de la colonia La Amistad, de oficio pesero, se emborrachó y escapó por «la puerta falsa» del suicidio ahorcándose con un cable de luz en la segunda planta de su casa.

El chofer que se quitó la vida de esa manera, agobiado por la separación de su concubina llevó el nombre de Javier Corona de treinta y seis años, quien vivía en la calle Durazno del sector señalado. Todo apunta que «El Trompas» se marianós para darse valor y así poder arrancarse la existencia. La policía informó que el reporte lo realizaron familiares y vecinos a eso de la media noche.

Cuando llegó el personal de Protección Civil tratan de introducirse al domicilio con el propósito de revisar a la persona en espera que tuviera hálitos de vida. Sin embargo, fueron humillados y amenazados por un hombre llamado Antonio que se dijo hermano del occiso. El sujeto llorando por la muerte de su hermano, les gritaba a los elementos «si se acercan al cuerpo voy a sacar mi 38 súper».

Los agentes de Protección Civil se sintieron atemorizados pero hallaron el cuerpo de Javier Corona colgado de una viga y atado al cuello un cable de energía eléctrica.

Merche lo alisó con cuidado en la bandejita delantera, y lo utilizó de marcapáginas en el volumen de *La sombra del viento* de Ruiz Zafón, comprado en un quiosco del aeropuerto Adolfo Suárez justo antes de embarcar rumbo a México. La historia de Daniel, el protagonista de la novela, le resultó tan apasionante que olvidó por completo los ejemplares de *El País* y *El Mundo* que al salir de la sala VIP cogió en volandas, interesada por las fotografías de portada. La aeromoza que empujaba el carrito de las bebidas le preguntó qué deseaba tomar, y pidió una Coca-Cola. Bebió un sorbo, reclinó el asiento y cerró los ojos intentando conciliar el sueño aunque el tiempo del vuelo fuera menos de una hora.

Aterrizó a las 19.15 y aún a esa hora el calor en Saltillo era agobiante, cercano a los 40 °C. Le resultó fácil contactar con el padre Pedro Pantoja, o mejor dicho, con un tal Javier Martínez que era el coordinador del centro de migrantes Posada de Belén Saltillo. Encontró la dirección con una sencilla búsqueda en Google, «Juan de Erbaez 2406, Landín, 25070 Saltillo, Coah., México. Horario: Abierto 24 horas. Teléfono: +52 844 111 3273». Telefoneó en ese mismo instante y el señor Martínez le comunicó que Papachín, como todos llamaban al padre Pedro, no se encontraba presente en ese momento. Merche preguntó si podría recibirla el primer día de mayo y Martínez le dijo que hacía más de diez años que Papachín no abandonaba Saltillo.

El aeropuerto estaba al norte de la ciudad y pidió al taxista que la llevara a la Posada de Belén. No fue necesario indicarle la dirección; por la 40 se tardaba unos cincuenta minutos, y entre veinte y treinta por la 40D, que era de peaje. Merche no dudó un instante: por la de peaje. Pasaron junto al Sheraton Four Points, donde estuvo a punto de reservar, pero lo hizo finalmente en el Quinta Real. Enfilaron la ciudad por el boulevard Venustiano Carranza, las edificaciones eran bajas, la mayoría de un solo piso. En la coqueta iglesia de El Calvario tomó la 57 hasta la calzada Emilio Carranza; poco antes de llegar a la estación de tren giró a la izquierda para tomar la calle del General Carlos Salazar y desde allí, directos, hasta la confluencia con Juan de Erbaez donde estaba la Posada de Belén. Todo en veintiséis minutos.

En la pared encalada, junto al portalón metálico con una de las dos hojas entreabierta, habían pintado en grandes letras azules CASA DEL MIGRANTE SALTILLO y, seguido, un bonito mural con un gran tren y la cara digna de un hombre con bigotes negros y sombrero campesino; enfrente los Abarrotes Yaan con propaganda y los colores rojo y blanco de Coca-Cola. Merche tenía sed y tiró de su maleta hasta la tienda para evitar pedir una bebida en el centro nada más llegar. Consumió la mitad del botellín de un solo trago y lo dejó en el mostrador. La dependienta la siguió con la mirada sin perder detalle hasta que Merche desapareció tras el portalón; era la primera vez que una señora elegante de aspecto distinguido, con una maleta de ruedines, entraba en el edificio vecino.

La puerta daba acceso a un gran patio de tierra rodeado de varias edificaciones, todas ellas pintadas con colores vivos y llamativos. Nada más entrar, una gran nave con techo metálico y en su frontal la leyenda:

QUE PARA TODOS HAYA SIEMPRE PAN
PARA ILUMINAR LA MESA
EDUCACIÓN PARA ILUMINAR SU IGNORANCIA
SALUD PARA ESPANTAR LA MUERTE

TIERRA PARA COSECHAR FUTURO

TECHO PARA ABRIGAR LA ESPERANZA

Y TRABAJO PARA HACER DIGNAS LAS MANOS

Un grupo de jóvenes jugaban alegres y despreocupados con un balón sin percatarse de su presencia. Únicamente dos perros que dormitaban perezosos ladearon la cabeza al escuchar el sonido extraño de los ruedines. Pasada la nave había un edificio de dos plantas pintado de azul, verde y amarillo con una gran balconada en el segundo piso, y un porche hacia donde Merche encaminó sus pasos.

—Buenas tardes. Quisiera ver al padre Pedro Pantoja.

—¿Papachín? Uy, Papachín no está ahora aquí —respondió con sonrisa franca y amable una mujer baja y regordeta, de cara redondeada, con dos trenzas que le llegaban casi a la cintura.

—¿Y cuándo vendrá?

—Ay, señorita, eso no lo sabe *naide*. Lo mismo aparece ahoritita mismo por la puerta que llega a las tantas. Solo Dios lo sabe.

—¿Y el señor Javier Martínez?

—Ese sí. Javier, Javier, una señorita pregunta por usted —gritó en dirección a una puerta en el fondo.

—Un momentico, ya voy —contestó una voz.

Todo esto ocurría en una gran sala con mesas, que por su aspecto parecía un comedor. Merche se convirtió en centro de atención para todo el mundo. La presencia de alguien como ella en un lugar como aquel no podía pasar desapercibida y poco a poco se formó un grupo de curiosos que la observaban sin recato. Incluso quienes jugaban en el patio olvidaron el balón y, agolpados en la puerta de entrada, miraban hacia el interior. Ella les sonreía y ellos mostraban sus dientes calañados. Extrañamente no se sentía incómoda.

—Perdone, señorita, estamos preparando la cena —irrumpió un hombre, secándose las manos en el delantal, que había llegado hasta ella sin que lo viera venir—. Usted dirá.

—Soy Mercedes Tellechea. —El hombre no reconoció el nombre—. Hablamos por teléfono, le llamé desde España.

—Ahhh, sí, la hija de Tony. No te esperaba tan pronto. —Se giró y le dijo a la señora de las trenzas largas—: Es la hija del fotógrafo español.

—Es la hija del gachupín bueno —gritó la mujer a sus compañeras que preparaban las mesas para la cena.

—Ay, señorita, ¡qué bueno era su papá, qué bueno era su papá! Ya nos enteramos de lo que ocurrió. ¡Qué pena, qué pena! Era tan bueno —se lamentó otra que por su aspecto podría ser hermana de la primera.

—Venga, venga, sigan a lo suyo. Y ustedes no me sean pinches pendejos —espetó Martínez dirigiéndose a los que miraban desde la puerta—, largo de aquí que esta milonga no es negocio suyo.

Le hicieron caso con cierta desgana, y quienes preparaban las mesas se giraban de tanto en cuanto para no perder ripio.

—Por favor, siéntate, tienes que estar cansada. ¿Quieres tomar algo?

—No, gracias. Estoy bien —respondió Merche sentándose.

—Papachín no está aquí. Ha salido para ayudar en una caravana de centroamericanos que viajan al norte. Llevamos unos meses de locos, como en un sinvivir.

—¿Y cuándo volverá?

—Ni idea, pero seguro que volverá. A las diez, a las doce, de madrugada... Volver, volverá, pero nadie puede saber la hora. Llena el coche con las madres que llevan niños y va trasladando al norte a las que puede. Así es Papachín —se justificó Martínez complacido de que las cosas sucedieran de esa forma.

—Esperaré.

—Eso está padre. ¡Cenará con nosotros!

—No quiero molestar. Me quedaré aquí sentada hasta que llegue.

—De ninguna manera. Lupe, la señorita se queda a cenar —anunció dirigiéndose a la señora que lamentó la muerte de Mera.

—Tenemos meros tamales, los mejores del mundo, señorita, están de rechupete —contestó con claras muestras de alegría.

—Perdona, ¿cuál era tu nombre?

—Mercedes, todos me llaman Merche.

—Merche, a mí puedes llamarme Javier.

—Tengo un hijo que se llama Javier, José Javier, aunque todos le llaman Javi. Por más que lo intente únicamente yo le llamo José Javier, incluso a veces me confundo y también le llamo Javi.

—En este mundo lo bueno abunda. Si no te importa te dejo un momentico que debo terminar con la cena.

Se alejó por donde había venido y, de camino, comentó algo a la mujer de las trenzas. Ella la miró, y sonrió aprobando con la cabeza. Sin previo aviso comenzó a entrar gente y las mesas del comedor se fueron llenando. Había tantos hombres como mujeres, de distintas edades aunque la mayoría muy jóvenes, y todos con rasgos centroamericanos. Al pasar a su lado le hacían una pequeña reverencia de respeto con la cabeza e incluso los más risueños, dos jóvenes de piel cobriza y el pelo recogido en coleta, se acercaron y le estrecharon orgullosos la mano; el gesto fue repetido por unos cuantos más. En la parte derecha habían unido tres mesas y nadie las ocupaba. Unos cuantos entraron por la puerta de donde salió Javier, y al poco reaparecieron con cuencos grandes de ensalada, recipientes con arroz y fuentes de tamales, que colocaron en las mesas vacías. Junto a Merche se sentaron dos hombres jóvenes y una mujer —las otras dos sillas quedaron libres— que entraron presurosos justo en el momento que, sin previo aviso, todos se pusieron de pie en silencio a la vez que una voz potente desde el fondo pronunciaba:

—Bendice señor estos alimentos que son fruto de tu bondad y el trabajo del hombre. Nos acordamos de nuestros hermanos que esta noche no podrán saciar su hambre. Bendícelos, ellos también son hijos tuyos. Amén.

—Amén —repitieron todos al unísono.

—Hola, me llamo Merche, ¿cómo os llamáis vosotros?

—Nelson.

—María.

—Carlos Alberto.

—Yo soy española, ¿vosotros?

—Honduras —contestaron al unísono Nelson y María.

—El Salvador.

—Parecéis muy jóvenes ¿qué edad tenéis?

—Veintiuno.

—Diecinueve.

—Veinte.

—Yo tengo hijos de vuestra edad.

Merche intentaba confraternizar con ellos, pero por vergüenza o timidez no eran muy locuaces. Cabizbajos, se miraban entre ellos sonriendo y arqueando las cejas como estudiantes evitando las preguntas del profesor. Observó qué hacían los demás para comportarse de igual forma. Actuaban muy ordenados: los de las mesas más alejadas se acercaban con el plato donde estaban los alimentos, cogían lo necesario, y regresaban a su sitio; después los de la fila siguiente, y así sucesivamente. Cuando se agotaba algún recipiente lo sustituían por otro colmado de arroz, ensalada o tamales. Este sistema no tenía nada que ver con el utilizado por los cooperantes internacionales en Somalia. Durante los días que estuvo en España tras el viaje a Santa Lucía, Merche consiguió hacerse con el ejemplar de la FAO donde aparecían las fotografías que refería la carta de su padre. En ellas, funcionarios blancos, parapetados tras unas ollas gigantescas, llenaban con una pasta humeante de mijo y sorgo las escudillas, cuencos fabricados con calabazas secas, cacerolas y cualquier artilugio que pudiera contener aquella papilla, que portaban hombres famélicos y mujeres desnutridas alineados en una hilera interminable y vigilados por soldados blandiendo largas porras de madera.

Cuando estaba a punto de llegarle el turno a la fila de Merche, apareció la señora de las coletas con un plato rebosante de comida.

—Tome *m'hijita*. Los he preparado especiales para usted.

—No, por favor. No debía haberse molestado.

—Nada, nada. Su papá de usted era una persona muy linda. Se lo merecía todo. Yo le quería mucho. «Don Tony, no fume tanto», le decía; pero él ni al caso. Un cigarrillo tras otro, uno tras otro. Tómese el tamalito, *m'hijita*, lo he preparado especial para usted.

—Muchas gracias. Pero de verdad que no debía haberse molestado.

—Si quiere traigo más arrocito.

—No es necesario; hay más que suficiente. No voy a poder terminar todo.

—Ay, sí, *m'hijita*. Tómese usted todo, que está muy flacucha. Lupe está preparando la recámara de la enfermería para que pueda descansar a gustito esta noche.

—De verdad, no es necesario, de verdad. No quiero molestar. Espero a que llegue el padre Pedro... Papachín, y me voy.

—Ay, no, *m'hijita*. Usted no puede irse tan pronto. No

haga eso; todas quieren conocerla. Queríamos mucho a su papá de usted. ¡Quédese unos diitas! ¿Sabe cómo se come el tamalito? Se quita la hoja y se toma lo de dentro, tiene carnita. Al suyo le he puesto más carnita. Y un poquitito de ají, que a don Tony le gustaba el picante.

La buena mujer desató con destreza el nudo de la liza, tomó el cuchillo y apartó delicadamente la hoja de chala. Se elevó una nubecilla de vaho, el aroma era exquisito, Merche añadió unos granos de arroz a la mezcla y lo probó.

—¿Está rico, *m'hijita*? ¿Está rico? —preguntó la mujer, conocedora de la respuesta, con su cara de luna llena cortada por una sonrisa de oreja a oreja.

—Buenísima. Muy muy rica.

—No se vaya tan pronto, *m'hijita*. Quédese unos diitas con nosotras.

—¿Cómo se llama?

—Larsenia, pero todos me llaman Lars.

—Yo me llamo Mercedes, Larsenia, pero todos me llaman Merche.

—Ya lo sé, *m'hijita*, ya lo sé. Su papá nos hablaba mucho de usted. No se vaya, señorita, quédese unos diitas con nosotras.

La mujer se alejó con paso cansino, arrastrando los pies como si la bondad fuera más pesada que el plomo. Los tres compañeros de mesa comían rápido, con los ojos fijos en el plato y observándose entre ellos de reojo. Comenzaron a repartir el postre en unas cestas de mimbre; el primero llevaba tejocotes y el segundo capulines. Merche cogió media docena de los últimos pensando que eran cerezas, pero el sabor agridulce cuando lo masticó reveló el error al identificar la fruta, se sacó con discreción la pulpa machacada y la escondió bajo la hoja de chala. Fue la primera vez que los jóvenes la miraron directamente y rieron entre dientes. Ella hizo un gesto de complicidad y ellos le regalaron una candorosa sonrisa. El comedor fue vaciándose poco a poco. Sus compañeros de mesa se levantaron a la vez, como si hubieran acordado el momento, y desaparecieron a paso rápido hablando entre ellos. Todavía quedaban algunos rezagados cuando Javier se acercó a Merche.

—Acabo de hablar con Papachín. Está haciendo el último transporte y como mínimo no llegará hasta las dos de la madrugada. Le hemos preparado la habitación de la enfermería para que pueda descansar esta noche.

—No, de verdad que no. No quiero molestar. Me voy al hotel y regreso mañana por la mañana.

—¡Pero, mujer, cómo vas a ir a un hotel! La enfermería está vacía y la cama es cómoda.

—Muchas gracias, de verdad que te lo agradezco mucho, pero tengo reservado un hotel. Tomaré un taxi para que me lleve. Mi *aitá* decía que las visitas son como el pescado...

—Como quieras. Pero nada de taxi. Yo no puedo llevarte, acaba de entrar un grupo de hondureños y me dicen que a media noche llegará otro con media docena de guatemaltecos. Ya le digo a José que te acerque en un momento. ¿En qué hotel te estás quedando?

—No lo sé, de verdad que prefiero tomar un taxi. —Merche mintió por no pasar la vergüenza de mencionar el nombre de Quinta Real, el hotel más caro y lujoso de Saltillo.

—De ninguna manera, eso sí que no. Ahora mismo llamo a José y te lleva a donde mandes. Tengo que dejarte porque tengo mucho trabajo. Nos vemos mañana.

—¿A qué hora vengo? —Merche se había tranquilizado al no revelar el nombre del hotel.

—Dice misa a las ocho y después resuelve temas pendientes. Si vienes antes de las diez seguro que estará todavía aquí. ¡José, José, Josééé!

—Mande.

—Ándele, paparruchas. Lleve a la señorita donde ordene. No se demore que está cansada.

José condujo seguro hasta Adrián Muguerza, pero no imaginaba ni por asomo el destino final en la confluencia con el boulevard Luis Donaldo Colosio.

—Señorita, ¿le importa si paso un momento? Conozco este hotel desde chamaco, pero nunca he puesto el pie.

—Por supuesto, José. Acompáñame.

El mozo miró con indolencia la vieja ranchera embarrada, aparcada bajo la visera de madera que confería dignidad y lujo al hotel. El hall era tremendo, el techo como la bóveda de una catedral. La recepción era singular, no tenía el habitual mostrador sino una mesa de estilo chippendale para dispensar a los clientes un trato más íntimo y personal. Incluso Merche, acostumbrada a los mejores hoteles, se sorprendió del lujo y la pompa.

—Ven, José, siéntate a mi lado... Vamos, siéntate —insistió ante la indecisión de su acompañante.

José ocupó el sillón con brocados en los brazos sin decir palabra. El trámite de registro fue muy rápido: la recepcionista preguntó el nombre de la clienta, le pidió el pasaporte y una tarjeta de crédito para los extras, introdujo en el lector la llave magnética, cuando la escupió se la entregó en una cartulina con la contraseña de internet y ordenó al mismo mozo de la entrada que subiera el equipaje a la suite Rivera. José observaba sin perder detalle. Estuvo tentada de invitarle a visitar la habitación, pero pensó que hacerlo sería una inmoralidad por su parte y recordó el consejo de su abuelo, «Ante la duda, no». Merche utilizó el baño, deshizo la maleta y programó el despertador en su teléfono móvil; eran las 22.35 y lo ajustó a las 6.30. También activó el cronómetro revertido para ocho horas y llamó a recepción para un *wake up* a las 06.45. Se lavó los dientes y se acostó, llevaba veintitrés horas sin dormir.

Se despertó a las 3.26 y pensó que era buena hora para llamar a España; habló primero con su esposo y después con Javi. Estaba desvelada y recordó las fotografías en las portadas de los periódicos. Un terrorista del ISIS, en Kabul, se había hecho pasar por reportero y había detonado la bomba que llevaba adosada en su cuerpo causando la muerte a nueve periodistas. Los dos diarios recogían la noticia en portada e incluían la misma instantánea fotográfica. *El País* la había titulado «El ISIS pone a la prensa en el punto de mira» y se veía a un hombre mayor con aspecto y vestimenta afgana ofreciendo la mano a un periodista de traje y camisa azul, tendido en el suelo y rodeado de cadáveres; *El Mundo* publicaba la misma fotografía pero con mayor perspectiva, además del hombre afgano socorriendo al periodista herido, se veía a otro hombre junto al trípode de una cámara con un cadáver en el regazo y otro a sus pies bajo el título «Los cuerpos entrelazados de los periodistas yacían en el suelo...».

Merche intentó imaginar las veces en que su padre se habría jugado la vida para finalmente morir por el tabaco. También él, pensó, fue un ingenuo que no supo ver los disfraces del peligro, siempre acechando donde menos imaginamos. Conectó su ordenador y ojeó los correos recibidos el día anterior, ninguno era importante y volvió a quedarse dormida. Como en una ensoñación escuchó primero el despertador, después el final de la cuenta atrás del cronómetro y, por último, la llamada de teléfono. Ninguno logró despertarla. Saltó de la cama a las 7.38 como si le marcaran las nalgas a fuego. Pidió un taxi urgente, y se vistió todo lo rápido que pudo.

Cuando llegó al destino el padre Pedro, con un alba impoluta y estola color verde, celebraba misa en la misma sala que la noche anterior fue comedor. Merche llegó a tiempo de escuchar la última frase del sermón, «... y por todo ello, pese a nuestras desgracias, debemos estar agradecidos». Asistió al resto de la liturgia maldiciendo haberse quedado dormida. El oficiante hablaba de forma pausada y tanto su mirada como su compostura general reflejaban paz y tranquilidad interior. Era exactamente igual que en las fotografías de internet: alto, fuerte, con pelo rizado que ya empezaba a encanecerse. Se armó un pequeño revuelo en el momento de darse la paz, algunos incluso cruzaron delante del altar, y todos querían abrazar al padre Pedro. Merche comulgó, como siempre, y la sonrisa del sacerdote al ponerle en la mano la sagrada forma manifestaba que la había reconocido.

—Bueno, bueno, bueno. Así que tú eres la famosa Merche, la hija del gran Tony. Sentí mucho lo de tu papá —comentó cuando Lupe y Lars comenzaban a desmontar el improvisado altar.

—¿Famosa?

—Oh, sí. Tu papá hablaba mucho de ti. Estaba muy orgulloso de tener una hija catedrática que salía en televisión. He llamado a Simón antes de la misa y me ha platicado que eres toda una eminencia.

—¿Conoce a Simón?

—De tú, llámame de tú. Claro que conozco a Simón. Vino tres años después de tu papá y estuvo un par de meses con nosotros. Lupe quería casarlo con su hija y él le decía, «Ay, mamasita, que a mí las mujeres *m´án dao mu* mala vida»; y ella insistía «Los ojos me arranco si no he sabido hacer de mi Jovita una mujer como manda Dios» —reía el cura sin disimulo.

—No sabía que Simón hubiera estado aquí.

—En la vida se desconocen más cosas de las que imaginamos. Bueno, a lo importante; sé a lo que vienes. La carta ha estado bien guardada todos estos años desde que me la entregó tu papá. Me hizo prometer que si no venías a recogerla en un plazo de veinticinco años la quemara, pero yo estaba seguro de que llegaría este día. Nunca tuve la menor duda. —El padre Pedro se levantó el alba, introdujo la mano en su bolsillo y le entregó un sobre doblado—. Tómala.

—¿Qué le contó mi padre? —El sobre era grueso y Merche acarició suavemente con las yemas de los dedos las letras de tinta negra: «Para Merche, mi hija».

—Eso no tiene importancia. Ya tienes lo que buscabas. Venga, a leerla. Seguro que te mueres de ganas.

—Por favor, dígame qué le contó mi padre.

—Qué me contó tu papá, qué me contó tu papá —repitió el cura con gesto pensativo; meditó durante unos segundos y prosiguió—. Me platicó de ti, de lo que te quería y de la pena que sentía porque no te vio crecer. De que muchas noches tomaba la firme resolución de presentarse al día siguiente en tu casa y revelar su identidad, pero por la mañana el miedo al rechazo era mayor que sus deseos, y lo dejaba para mejor ocasión. De sus nietos; de Javi, que decía que era como él; de Iñaki, que por lo visto es muy bueno en ajedrez; de Begoña, que le resultaba seria y distante. Y de tu marido, de Pepe, decía que parecía buena persona, ¡que tenía plata para asar una vaca! —Rio por primera vez en el discurso—. Se alegraba por tu buena suerte, por tener unos hijos estupendos, un esposo que te daba la mejor vida, un buen trabajo, el reconocimiento social... no te falta de nada. Y precisamente por eso temía darse a conocer, porque haciéndolo tu vida podía ponerse patas arriba y convertirte en una desgraciada.

—Una desgraciada, ¿por qué podía convertirme en una desgraciada?

—Por el pasado. A veces, sobre todo en temas de familia, es mejor dejar las cosas como están y no mirar atrás.

—No entiendo.

—También me habló de Simón. —El padre Pedro intentó reconducir la conversación—. De lo que pudiera pensar cuando supiera la verdad. Al principio entabló relación con él para conocerte mejor y, de alguna forma, tener un hilo de unión contigo, pero poco a poco le fue cogiendo cariño y al final se convirtió en un hijo. Le preocupaba mantenerle engañado, pero no podía revelar la verdad. Tengo pendiente una larga conversación con Simón.

—¿Por qué podía hacerme una desgraciada?

—¿Quién sabe? A veces las personas reaccionamos de forma...

—Dígamelo —interrumpió Merche—. Usted sabe todo.

—¿Qué es todo? Solo Dios conoce todo.

—Por qué nos abandonó. Eso es «todo». Esa pregunta ha marcado mi vida.

—No, hija. Tu vida la has marcado tú, y yo no debo hacer nada.

—Usted puede, Papachín. Únicamente quiero saber por qué desapareció el día que nací. Por favor. Necesito saberlo.

El padre Pedro la miró con indulgencia. Merche creyó estar a punto de conocer la respuesta que había buscado toda su vida. En el patio comenzaron a llegar los primeros peregrinos con petates, mochilas y grandes bolsones de fieltro, para emprender la marcha rumbo al norte.

—Hija, yo no soy nadie para decir nada. Traicionaría la memoria de Tony; y no puedo ni debo revelar las confidencias cuando es el corazón quien habla.

—¿Se lo dijo en confesión?

—Oh, no, no, no, en absoluto. Tu padre no era creyente. Tenía muchas virtudes pero Dios no lo iluminó con la gloria de la fe —sonrió el cura intentando empatizar.

—Por favor, padre. Papachín, dígamelo —suplicó Merche.

—Hija, no puedo hacerlo. —El tono del padre Pedro le recordó a Merche el de su tío Ignacio al concluir sus homilías—. Debes ser tú quien encuentre lo que buscas. Muchas veces para comprender el principio hay que comenzar por el final, o al menos conocerlo.

—¿Y dónde estoy yo, en el principio o en el final?

—Ahorita debo marchar. —El padre Pedro rehusó responder—. Esa gente —señalando al numeroso grupo congregado en el patio— me necesita más que tú. Son los sin poder, los ciudadanos negados; no tienen nada ni a nadie y me debo a ellos. Ahorita debo ir.

—Padre, ¿puedo hacer algo por usted o por el centro?

—Lee tranquila tu carta y después te vas. Este no es lugar para ti. Vuelve con tu esposo, con tus hijos, y encuentra tu camino. Todos debemos recorrer el nuestro. Ahorita tengo que irme. Se está haciendo tarde y ya tienes lo que viniste a buscar.

—Padre, bendígame —pidió Merche arrodillándose.

—Pido a Dios Nuestro Señor que te bendiga con la sabiduría necesaria para separar el trigo de la paja —su mano izquierda posada en la cabeza de Merche y la derecha en gesto santificante—, y valentía para sobreponerte a las adversidades. Que Nuestra Madre Celestial ilumine y guíe tus pasos. *In nomine patri...*

El padre Pedro se reunió presto con quienes esperaban para emprender la marcha. Merche se sentó en una silla junto al crucifijo y abrió el sobre.

Saltillo, 20 de noviembre de 2010

Querida hija:

¡Felicidades! Estoy en Saltillo, llegué con la intención de pasar una mañana para conocer lo que estaba haciendo Papachín y llevo tres meses por aquí. Vine a México a finales de agosto para cubrir los asesinatos de emigrantes que estaban cometiendo los Zetas, un cártel de narcotraficantes. Hace tres años, en 2007, abandoné por completo los reportajes de guerra, ya no soportaba más sangre y más maldad.

Aquel año tenía programado un viaje para cubrir la guerra del Chad, pero surgió la posibilidad de cambiarlo por otro al Líbano y no lo dudé. Había estado allí a comienzos de los ochenta, durante la invasión israelí, fue el primer reportaje que hice para el *NYT* y era una buena forma de reencontrarme con el país. Tropas españolas de la Fuerza de Interposición de la ONU en el Líbano estaban acuarteladas en Sahel al Derdara, cerca de Khiyam en el sur del Líbano, como parte de la misión de paz de las Naciones Unidas, y Landaburu me propuso un reportaje para *Cambio 16*. Aquello entraba en mi campo profesional y acepté el trabajo porque llevaba tiempo pensando en retirarme a la retaguardia y olvidarme de las trincheras. Pasaría cinco días con el ejército en el Campamento Cervantes, iba a ser algo fácil, gratificante y, sobre todo, sin escuchar disparos o explosiones. Ya estaba harto de eso.

Los soldados españoles llevaban con cierta vanidad sus cascos azules y, como todos eran muy jóvenes, unos críos, el ambiente era alegre y bullicioso. La tragedia ocurrió un par de días antes de irme: una patrulla en misión rutinaria sufrió un atentado en Jiam y murieron seis chicos. La noche anterior había conocido en la cantina a un chaval de Dos Hermanas, de apenas diecinueve años aunque por su cara aniñada parecía que tuviera quince o dieciséis, con toda la gracia y desparpajo del mundo, contaba los mejores chistes que he escuchado jamás y cantaba flamenco como el mismísimo Camarón. Se había ofrecido voluntario y llevaba cuatro meses en el Cervantes. Desbordaba vida y alegría, y me comentó que al día siguiente le tocaba salir de patrulla. Su cara desprendía luz, era muy fotogénico, podía tomarlo como centro de mi reportaje, y decidí acompañarles en la misión de la mañana siguiente. Me levanté pronto, preparé todo el material y me subí con ellos en el blindado medio de ruedas. Cuando estábamos a punto de abandonar el campamento vino corriendo un sargento obligándome a salir del vehículo. Protesté, ya me había empotrado en dos patrullas anteriores sin ningún problema. Según el sargento, el general Martín Ambrosio me reclamaba urgentemente. Le contesté que lo vería al regresar, pero los sargentos son muy cabezones cuando tienen que cumplir órdenes y me obligó a acompañarle. Quedé citado con el sevillano para la noche y, cuando me desprendía del casco, bromeó aflamencando el bolero «Ya no estás más a mi lado, corazón. En el alma solo tengo soledad»; le seguí la guasa «¿Y si ya no puedo verte. Por qué Dios me hizo quererte. Para hacerme sufrir más?».

Seguí al sargento hasta el puesto de mando acordándome de la madre que parió al puto general, y de toda su parentela, cuando supe que la urgencia por verme era porque mi director había solicitado una videoconferencia conmigo a media mañana. Estaba precisamente hablando con Landaburu cuando llegó la noticia de que habían explosionado un coche bomba al paso de la patrulla española en el cruce entre Maryayún y Jiam. Todavía no se conocía el verdadero alcance cuando apagué el monitor. A las siete se supo que habían muerto cinco soldados y otros tres estaban heridos; el más grave, el chaval sevillano que habían evacuado al hospital. Volvieron los recuerdos más dolorosos de Bagdad con Julio y maldije todo lo sagrado y divino, aunque quienes nos hemos dedicado a esto sabemos los riesgos que corremos, notaba que ahora algo había cambiado en mí. Nunca me preocupó meterme hasta las entrañas en las refriegas porque pienso que el destino reserva nuestra hora cuando nacemos.

Hija, debo confesarte que las únicas veces que he entrado en una iglesia han sido cuando te he seguido sin que lo notaras (en una ocasión, estando detrás ti, incluso te giraste y me diste la paz), pero aquel día recé. Si había un dios debía salvarlo, otra vez lo de Bagdad no, no podía dejarle morir, no podía cortar una vida llena de sueños e ilusiones. El chico pensaba comprar una cocina nueva a su abuela con lo que iba a ganar y, si sobraba algo, el televisor más grande para que viera *Los hombres de Paco* y *Camera Café*, que le parecía muy graciosa. Frente al mástil de la bandera juré que creería en Dios si se salvaba, pero el cielo está vacío y nadie escuchó. En cuanto a mí, pienso que mi hora no estaba marcada para aquel día y el destino utilizó la tozudez de un sargento para salvarme. Así es la vida.

Después de aquello decidí no volver a ninguna zona de conflicto bélico; lo que ahora me he propuesto es mostrar y denunciar las tragedias humanas de los más desgraciados y desfavorecidos. Llegué a México para cubrir los asesinatos de los narcos y lo que vi en Tamaulipas a finales de agosto me revolvió el estómago; alguien me habló de un cura que ayudaba a los emigrantes y me vine para aquí. Ya estaba bien de que el protagonismo fuera siempre para la peor escoria, aunque yo no la conociera, el mundo tenía que estar lleno de gente buena, y también la buena gente del mundo tenía que conocerse. Papachín es jesuita y abrió este centro hace más o menos un año. Le he estado ayudando en lo que he podido, pero dentro de poco regresaré a España. Bueno es Simón si no paso con él las Navidades.

La última vez que te vi fue el pasado junio en un torneo de ajedrez que jugaba Iñaki, «Ajedrez en el Cole», me parece que se llamaba. Tu hijo, mi nieto, es bueno con el juego de las figuritas, muy inteligente. Yo no tengo ni idea de cómo se juega, tan solo sé que el objetivo es matar al rey. Según contaba mi madre quien jugaba de maravilla al ajedrez era mi tío Cipriano, mira que si Iñaki ha salido a él. Cuando le pusieron la medalla de campeón me sentí tan orgulloso de mi nieto que me acerqué decidido a presentarme y poner fin a tantos años soñando con un abrazo tuyo, pero no sé por qué en el último momento me quedé tan inmóvil como una estatua de sal.

La carta anterior la tienes en China, en Jilin. La guarda Xiuhui, fue mi intérprete hace cinco años cuando estuve allí por la explosión de una fábrica petroquímica. Pensaba regresar de nuevo a Jilin desde México tras cubrir los asesinatos de los emigrantes, pero no ha podido ser y no creo que regrese nunca más.

Nunca te olvida,

Tu padre

Merche levantó la cara y vio la imagen de Jesucristo crucificado mirándola. Lars y Lupe limpiaban una de las estancias y no la vieron salir al patio. No tenía fuerzas para enfrentarse a la despedida y se marchó como una furtiva cuando una hilera de siete u ocho personas, cargando en sacos amorfos todo cuanto tenían, atravesaba la puerta siempre abierta. Caminó recto hasta la calle Álvaro Obregón sin atreverse a mirar atrás, y allí esperó que pasara un taxi.

Ni el relajado ambiente del Admirals Club en el aeropuerto de México D.F., tan distendido como en cualquier otra sala VIP, conseguía calmar la intranquilidad de Merche. Algo que no alcanzaba a entender ni podía precisar la mantenía inquieta y preocupada. Repasó mentalmente lo vivido durante los tres días en México sin lograr entender el motivo de su aparente desazón. Sacó del bolso la carta que le entregó Papachín y volvió a leerla. La referencia a Iñaki, o el saber que su padre estuvo a punto de darse a conocer no eran una causa de peso para la extraña congoja que le aguijoneaba el estómago. Durante el despegue observó por la ventanilla los edificios de una sola planta, organizados como casillas en un tablero de ajedrez, en los barrios próximos al aeropuerto. El avión giró hacia el este descubriendo un gran embalse y, justo antes de atravesar la barrera de nubes que ocultó todo, una cruz blanca en lo alto de un cerro. Reclinó la amplia butaca y cerró los ojos intentando no pensar en nada. Fracasó. ¿Era el próximo viaje a China? ¿Haber perdido la homilía al quedarse dormida? ¿El destino de los jóvenes hondureños en su camino a Estados Unidos? ¿Que Papachín no le hubiera revelado el motivo del abandono de su padre? Esos y otros interrogantes se planteaba cuando como una ciencia infusa le reveló el motivo de su malestar: el comentario sobre la visita de Simón al centro de refugiados. ¡Efectivamente, ese era el motivo de su desasosiego y ansiedad! Se preguntó cómo había podido ignorar a Simón desde el acto del Ateneo, sin duda tenía abundante información que podía serle muy útil. Se había lanzado a conseguir las cartas sin una planificación previa, sin considerar cualquier otra opción más allá de recuperarlas.

Desvelada la clave comenzó a ver las cosas con mayor claridad. La impaciencia por conseguir las cartas de su padre le había cegado impidiéndole valorar cualquier opción que no fuera el hacerse con ellas lo antes posible. Además de Simón, estaban *amatxu* y tal vez sus tíos. Ahora disponía de más información y ninguno de ellos tenía la fuerza moral y física de otros tiempos para negarse a contestar sus preguntas. Debía ser cauta y actuar con tacto; todos ellos eran muy mayores, ancianos realmente, y debía evitar remover viejas heridas que pudieran causar dolor. Todos los Tellecheas, incluso el tío Vidal, habían pagado con intereses la cuota de sufrimiento que la vida reserva a cada mortal.

El sobrecargo, un hombre maduro de aspecto muy refinado, le preguntó por su elección para el almuerzo. No había mirado el menú y se ofreció a regresar más tarde. Merche apuró el último sorbo de Coca-Cola y pidió otra. Su espíritu había recobrado la tranquilidad y mentalmente intentaba elaborar un plan de actuación. Se sintió relajada y cerró los ojos recordando los buenos años de la familia, cuando siendo una niña el *aitá*, siempre sentado en su butacón orejero, la colocaba sobre sus rodillas y ella se acurrucaba en su pecho escuchando los latidos acompasados.

4

El recuerdo más doloroso

Pepe esperaba en el aeropuerto cuando regresaste de México. De camino a casa le pusiste al tanto de los pormenores del viaje, le hablaste de Papachín y del centro de refugiados, de la cena y los tres jóvenes centroamericanos, «¿Pero has sacado algo en claro?»; «Papachín me entregó la carta. La siguiente está en China»; «¿Chinaaa? —Pepe apartó la vista de la carretera y te escrutó con incredulidad—. ¿Qué hacía en China?». Os cruzasteis con Iñaki que salía de casa; José Javier continuaba durmiendo y tú también te acostaste. Por la tarde telefoneaste a Simón y os citasteis a las 11.00 del día siguiente, domingo, en la terraza del chiringuito junto al Ángel Caído del Retiro.

El domingo amaneció soleado, te levantaste a tu hora habitual y preparaste ensaladilla rusa y redondo de ternera. Pusiste una lavadora con las prendas que habías utilizado en México y recorriste las habitaciones de tus hijos para incluir también su ropa. Iñaki tenía la suya doblada en la silla y dormía como un bendito; el olor en la de José Javier te hizo recordar que debías pedirle a Daniela que comprara *peusek*, el polo apestaba a tabaco y te costó encontrar uno de los calcetines perdido bajo la cama; en la de Begoña, vacía, no había nada para la colada. Oíste la cisterna en el baño de vuestra habitación y poco después el sonido del agua en la ducha. Al rato apareció Pepe por la cocina; por si se alargaba tu encuentro en el Retiro le informaste de la ensaladilla en el frigorífico y de la carne en el horno, «la calientas cinco minutos a ciento ochenta grados, no más, que se reseca».

La ducha siempre resultaba un buen reconstituyente. Desconectaste el secador de pelo para escuchar mejor a Pepe anunciando que salía a por el periódico; desde la cocina Iñaki avisó de que ya no quedaba yogur líquido; José Javier continuaba durmiendo. No sabías muy bien cómo vestirte para la cita. Te sentías nerviosa más por el propio reencuentro que por lo que Simón pudiera contar de tu padre. El primer par de vestidos te parecieron demasiado formales. Optaste por unos vaqueros que resaltaban las femeninas curvas de tu cintura, y una sugerente blusa de lino blanco con un delicado fruncido. Cambiaste el sujetador negro que habías escogido en primera opción por otro de Victoria´s Secret color crema comprado durante tu último viaje a Nueva York. Un par de minutos frente al espejo, primero de frente, después de perfil, el izquierdo y el derecho, acreditaron que habías acertado; para disipar cualquier duda te observaste de espaldas estudiando el contorno más atractivo de tu anatomía, y revalidaste definitivamente la elección. Un poco de rímel en las pestañas y suave carmín rosa para los labios.

Llegaste con diez minutos de antelación y Simón ya estaba allí con el perro tumbado a su lado, absorto en las páginas de *El Cultural*, el suplemento literario de *El Mundo*. «¿Qué libro me recomiendas?»; «Por fin, querida mía, ya era hora de que nos viéramos y habláramos con tranquilidad». Simón pidió un segundo café y tú, Coca-Cola. «Bueno, cuéntame qué ha sido de tu vida todos estos años», dedujiste por su expresión que estaba considerando si debía o no ofrecer una respuesta; «No es que no tenga perro que me ladre —dijo acariciando la cabeza de Elvis, que apenas si te observó de soslayo al sentarte sin mostrar interés—, pero por lo demás no hay mucho que contar». Relató su vida durante el último cuarto de siglo en poco más de un suspiro: había tenido alguna que otra «aventurilla» amorosa pero «nada importante»; nunca llegó a terminar la carrera de filosofía; trabajó de camarero, pintor, instalando pladur, como recepcionista nocturno de hotel... «dando saltos de un sitio a otro sin rumbo fijo» hasta terminar en El Corte Inglés, donde llevaba una vida «razonablemente satisfactoria».

«¿Y tú qué? Hasta ahora el único que ha hablado he sido yo»; «Tampoco yo tengo mucho que contar». Simón pidió el tercer café cuando acababas de referir tus viajes a Santa Lucía y México. Llevabais más de una hora de conversación sin abordar el motivo de la reunión: información sobre tu padre y saber por qué Simón desapareció tras el enfado del Tuareg. Te armaste de valor y preguntaste por lo segundo antes que por lo primero y su respuesta se alargó bastante más de lo imaginado. Terminasteis hablando del concierto que Ennio Morricone daba dos días más tarde en el WiZink Center.

Pepe y los chicos tomaban el postre cuando llegaste a casa. El plato grande de ensaladilla rusa había desaparecido por completo, lo habitual estando José Javier en la mesa. Todavía quedaba un buen pedazo de carne en la fuente y trinchaste un trozo pequeño, «Al final te ha quedado seca. Ya te dije que no más de cinco minutos»; «¿Qué tal te ha ido»; «Bien», respondiste lacónica sirviéndote abundante salsa. Cuando se levantaron de la mesa únicamente Iñaki metió su cubierto en el friegaplatos. No te importó quedarte sola, incluso agradeciste que así fuera. La soleada cocina te recordó el desahogado y bien iluminado salón de la casa en la calle de Velázquez, donde viviste hasta el día de tu boda. Era un espacio amplio, epicentro de la familia Tellechea, en el que tenían lugar todo tipo de reuniones y celebraciones. El mobiliario, a excepción del cómodo sofá y una mesa supletoria donde comían los más pequeños, tenía su propia historia. El aparador de nogal perteneció por generaciones a la familia de la abuela; la vajilla fue el regalo de boda del general Alfredo Kindelán y la cubertería del mismísimo Serrano Suñer; el butacón orejero perteneció al abuelo Martín y se trajo directamente de Sidi Ifni; la gran mesa de caoba salió de Gizon Zuzena, el caserío de los Tellechea en el valle de Atxarte, que siempre heredó el primogénito. Según leyenda familiar en torno a aquella mesa se reunieron Sagastibelza, Prudencio de Sopelana, el navarro Guergué y el entonces jovencísimo Iparraguirre, entre otros, y decidieron que fuera el general Maroto quien abrazara a Espartero en Vergara terminando así con la Guerra Carlista. Fuera o no cierto la mesa continuaba desarrollando esa misma función parlamentaria cuando alguno de los hermanos plateaba cualquier asunto y la familia al completo decidía «lo más conveniente». En esas ocasiones la tata, después de servir el café, pastoreaba a los pequeños hasta la salita de la televisión y los hermanos podían tratar sus temas con tranquilidad.

La tata había nacido en un caserío de Echarri-Aranaz y con apenas dieciséis años, huérfana de padre, comenzó a trabajar con la familia. Era una mujer de tanto carácter como pecho: católica, apostólica y romana, pensaba que el Concilio Vaticano II fue el origen de todas las desgracias de la sociedad moderna. Se recogía el cabello en un moño, como una rosquilla preñada, que cubría con un velo durante los servicios religiosos. Murió el mismo día de su noventa cumpleaños mientras escuchaba misa; su vida se extinguió como la llama de una vela consumida, sin haber pisado nunca un hospital. Nadie le conoció novio ni pretendiente alguno, y corría a su cargo la intendencia de la casa: era ella quien decidía qué se compraba, la cantidad y cómo se cocinaba. También el cuidado de los vástagos Tellecheas, a quienes trataba como si fueran hijos suyos: se preocupaba de que salieran bien peinados y aseados cuando iban al colegio, les asustó con su gusto por el melodrama escenificando cómo el lobo devoró a caperucita, sanó erosiones en rodillas o codos, se obsesionaba con que todos llevaran los zapatos relucientes como espejos —«A un señor se le conoce por sus zapatos», solía decir—, repasaba camisas y chaquetas por si faltaba algún botón... y también repartía regañinas por las naturales travesuras en los niños. Cuando la tata utilizaba el euskera —«*Ez pa yeiz geldik yoten zapatillakin ipurdiyen emanko dubet*»—,* los tíos temían más a su alpargata que a la regla de don Vicente, el maestro, que la utilizaba para calentar palmas de manos y yemas de dedos más que para trazar rectas. El *aitá* era el único que entendía ese idioma, y cuando estaban los dos solos hablaban en «vascuence».

—*Jeneral, Pernandok asko kezkatzen dut, gio ta geizkiyo ikustendot.*

—*Eta zer nei dezu nik eittie, sekule eztut kasoik ein guai are gutxiyo.*

—*Gor ein, Jeneral, gor ein. Gor ein, miye aldiz esan duzut, eta zuk ezta kasoike. Biziye biereztan bezala bizitzen danien, pasatzen da pasatzen dana.***

En algunas ocasiones los tíos también visitaban al *aitá* de forma individual. Tal vez por tu propia naturaleza curiosa, o por la necesidad de conocer algo sobre el origen de tu padre sabías arreglártelas para escuchar cuanto se hablaba en aquel salón lleno de luz. El tío Fernando contaba sus peleas con la tía Sheila;

* «Como no estéis quietos os doy con la zapatilla en el culo».
** «General, me preocupa mucho Fernando; cada día lo veo peor. / Y qué quieres que haga, nunca me ha hecho caso y ahora mucho menos. / Mano dura, general, mano dura. Mano dura cuando chico, se lo dije mil veces, y usted ni caso. Cuando se vive la vida como un sin dios pasa lo que pasa».

el tío Javier tenía problemas económicos, y los tíos Martín y Vidal, asuntos relativos a la vida militar. Incluso en la adolescencia te impresionaba el saludo de estos tíos cuando visitaban al *aitá*: si vestían de paisano se cuadraban y decían buenos días o buenas tardes, «mi general»; cuando iban uniformados lo hacían al estilo militar con un «a sus órdenes, mi general», se llevaban la mano a la frente, y el taconazo sonaba seco como un disparo.

Los dos estudiaron en la Academia de Zaragoza, Martín con Emilio Alamán y Vidal con Manuel Vicario. El general Alamán solía visitar al *aitá* cuando pasaba por Madrid; había sido uno de los defensores del alcázar de Toledo, donde se conocieron cuando el cuartel fue liberado; la relación del *aitá* con el general Vicario era incluso más estrecha: habían nacido el mismo año, coincidieron en Pamplona antes de la Guerra Civil y los dos formaron parte de la UME, la Unión Militar Española, en unos años especialmente complicados. En el aparador de nogal había tres fotografías color sepia enmarcadas en plata: a la izquierda una de la boda del *aitá* vestido de militar con la abuela; en el centro otra saludando a Franco, y a la derecha, con el general Vicario en sus años jóvenes con las gorras echadas hacia atrás, los dos con un cigarrillo en los labios y sonriendo como buenos camaradas. Manuel Vicario era padrino del tío Vidal y la casualidad quiso que le nombraran director de la academia de Zaragoza el mismo año —1976— que ingresó el malogrado T T.

Contaba la tata que los dos hermanos eran inseparables «en sus años mozos». Vidal admiraba todo lo que hacía Martín, incluso aseguraba que «se hizo militar para ser como su hermano mayor». La relación entre ellos se enfrió tras la muerte de T T, primogénito del tío Martín y el mayor de los primos. Tenías cinco años cuando ocurrió y apenas si puedes ponerle cara; sus compañeros de academia le llamaban «Tolito», por Bartolomé, y Tolo o T T en la familia. De aquel día trágico recordabas el alboroto en casa cuando llegaron el tío Martín y la tía Upe con la noticia: «Un accidente, mi general, un desgraciado accidente. Limpiando la pistola, una bala en la recámara, y el disparo con la mala suerte de, de...»; la abuela y *amatxu* tenían los ojos enrojecidos; la tata lloraba desconsolada; el general con la cara de mármol descompuesta y la mirada crispada. A media tarde llegó el tío Vidal, que había viajado desde Melilla, y se abrazó a su hermano. «Llévese usted a la niña». La abuela, que hasta el final de sus días trató de usted a la tata, no quería que escucharas lo que allí se hablaba. También recordabas frases sueltas sin sentido para ti: «Martín, es la realidad. Hay que afrontarla»; «Vuelves a mentir, no has parado de mentir desde que has cruzado la puerta»; «Dejadlo ya, me vais a matar entre los dos»; «Se acabó el tema, hay una versión oficial y esa será la nuestra»; «¡Pero padre, mi general, le digo que la he escrito yo. Esa es mi versión, no la realidad!».

El día anterior a tu boda, sin saber muy bien por qué, le preguntaste a la tata qué ocurrió verdaderamente con tu primo T T y ella, bien por la excitación de la boda, por los años transcurridos, o porque era de naturaleza locuaz, te contó la historia de aquel desgraciado primo y otras nonadas de tus tíos que también desconocías.

El nacimiento de T T fue como una bendición para la familia. Le correspondía a él seguir la tradición familiar, ni más ni menos que la séptima generación de Tellecheas militares, y se dio por supuesto que ingresaría en la Academia Militar de Zaragoza. Después tendría algún destino en África, como lo tuvieron su padre, su abuelo, su bisabuelo... y terminaría de general de brigada o teniente general en Madrid; «Este va a llegar a jefe del Estado Mayor, ya lo veréis», aseguraba el tío Martín levantando al primogénito por encima de su cabeza como si fuera un talismán. «Pero el chiquillo era especial», ya desde pequeño se le notaba un «no sé qué, que solo yo veía». Era buen estudiante y más aficionado a la lectura que a los deportes; el último año de colegio se organizó una representación teatral para recaudar fondos y organizar un viaje de estudios por Andalucía. La obra escogida fue *La venganza de Don Mendo* y le asignaron el papel de don Pero, el duque de Toro. Fue entonces cuando T T descubrió su verdadera vocación, «el chico quería ser actor, pero tu tío Martín no estaba por la labor». Finalmente llegaron al acuerdo de que ingresaría en la Academia Militar de Zaragoza y, si al terminar continuaba con su idea de dedicarse a la farándula, el padre no se opondría.

El hijo cumplió su palabra aunque los años de cadete no fueron nada fáciles: sus formas e inclinaciones sexuales no eran precisamente bien vistas en el estamento militar. Ya en el hotel de Sevilla, durante el viaje de estudios, un profesor le sorprendió junto a Juanjo González —que interpretó a don Mendo en la representación— en una situación tan comprometida como embarazosa, pero calló y no dijo nada. En la academia militar, el general Juan Bautista Sánchez, que la dirigía, tuvo noticia de las habladurías que corrían por el cuartel sobre la vida sexual del cadete Tellechea e informó al entonces comandante Vidal, destinado en Regulares de Melilla: sus compañeros de armas le llamaban «Tolito» y frecuentaba la zona del Tubo con el primer bailarín del Plata. Prefería contárselo a él y no al padre del joven, ya coronel en el Ministerio de Defensa, por la confianza que le daba haber sido su superior en un destino previo. El tío Vidal se comprometió a informar a su hermano. Nunca lo hizo. Ya antes había insinuado al respecto y Martín, ciego ante algo evidente para todo el mundo, no estaba dispuesto a admitir que su primogénito no fuera «un hombre hecho y derecho». Cuando T T obtuvo el grado de caballero alférez cadete, Vidal lo reclamó para el Tabor de Alhucemas en los Regulares de Infantería N.º 2. El joven seguía empeñado en ser actor e invocó el pacto acordado con su padre: los años en la academia de Zaragoza habían terminado y reclamó su carta de libertad para convertirse en actor. Sin embargo, «técnicamente» no se podía decir que hubiera terminado los estudios militares, pues se daban por oficialmente concluidos tras dos años en una academia de armas.

En el caso de T T, se decidió enviarlo a la base Alfonso XIII en Melilla y su personalidad cambió por completo. Nada le interesaba y perdió el respeto de suboficiales y tropa porque no escondía que «era de los de la acera de enfrente». Su tío era su superior directo y trató por todos los medios «de hacerle entrar en razón, incluso contrató a un par de fulanas para ver si eso... ya sabes... si le cambiaban el gusto...», pero no tuvo éxito. T T comenzó a relacionarse con un joven marroquí nacido en Nador de nombre Chaufik, un conocido chapero que se había visto metido en todo tipo de asuntos turbios de drogas y contrabando. Tolito alquiló un pequeño apartamento al final de la avenida Castelar, cerca del cementerio, que ocupaba con su nuevo amigo los fines de semana.

Unos desconocidos metieron un viernes de noviembre a Chaufik en una furgoneta y lo llevaron hasta un descampado por la Cañada de Hidum, donde le propinaron una buena paliza. Cuando T T llegó al hospital el marroquí había entrado en coma y los médicos apenas si le dieron un mínimo margen de esperanza más por compasión, viendo la angustia del joven teniente, que por criterios facultativos. T T abandonó el hospital como un endemoniado y se dirigió directo a casa de su tío y comandante. Se encaró con él y perdió los nervios y la compostura como sobrino y subalterno respectivamente. Desempolvó viejos fantasmas personales y familiares vomitándolos sin el mínimo decoro o respeto, maldijo su linaje y la vida militar, «y Dios sabe qué más cosas salieron por aquella boca», pero lo más grave fue el señalarle como responsable único de la agresión. El comandante negaba que tuviera nada que ver en todo aquello; «Si fue o no verdad, hija mía, solo él lo sabía. Pero lo cierto es que el Chaufik aquel debía ser un pájaro de cuidado». T T no pudo aguantar la presión y en la media noche de aquel sábado se descerrajó un tiro en la boca. «No veas el panorama que se encontró Vidalín cuando llegó al apartamento. Tu primo Tolo desnudo tirado en el suelo con la cabeza deshecha, la pared con salpicaduras de sangre, plastones de cerebro y trozos de huesos clavados en el techo. Un chandrío de cuidado». La policía conocía perfectamente la identidad del teniente muerto y avisó al mando militar.

El comandante Tellechea llegó antes que el juez y se hizo responsable del «traslado inmediato del *herido* al hospital militar», sus órdenes se cumplieron al instante. Un agente de la policía local mostró un sobre dirigido al juez. Resultó obvia la solicitud del oficial al extender el brazo frente a él con la mano abierta; el agente miró a su compañero y este asintió con la cabeza para que entregara el sobre. Vidal lo guardó en el bolsillo de su guerrera sin mirarlo siquiera. El policía, sorprendido, hizo ademán de pedirlo de vuelta, y un capitán de la Policía Militar con el apellido Gil en la cinta de identificación, en la «galleta» como denominan coloquialmente, le miró desafiante llevándose el dedo índice a la boca indicando silencio. El comandante Tellechea ordenó a ese mismo capitán que la brigada de limpieza dejara el piso sin el menor rastro de lo que allí había sucedido, y se marchó.

Cuando poco antes de amanecer llegó el juez pensando que encontraría un cadáver, tal como habían anunciado los municipales, el apartamento estaba incluso pintado. Nunca se supo el contenido del sobre, el tío lo rompió sin abrirlo camino del cuartel, dejando un rastro de diminutos trozos de papel que revoloteaban en el aire como confeti en una celebración. La muerte del teniente Bartolomé Tellechea Domínguez se fechó el domingo 23 de noviembre de 1980 a las 8.45 de la mañana a causa de un disparo fortuito cuando en el cuartel limpiaba su arma corta reglamentaria. Contra todo pronóstico, Chaufik superó el coma tras unas semanas en el hospital y regresó a Nador; nunca más se volvió a saber de él.

«Al pobre Martinico la muerte de su hijo le cambió la vida, qué pena», se lamentaba la tata; después vino lo de la bomba de ETA en mayo de 1981. El teniente coronel Martín Tellechea debía haber viajado en el coche atacado, pero un asunto sin importancia le retuvo en el despacho y se libró de una muerte segura. Volvió a salvar milagrosamente la vida unos años más tarde, en el verano de 1989, cuando los terroristas atentaron en la calle Ciudad de Barcelona. Recordabas perfectamente aquel día, estabas en Dublín estudiando inglés, *amatxu* telefoneó con la noticia de que habían «asesinado a dos militares» que acababan de tener una reunión con el tío Martín en el Cuartel General del Ejército de Tierra. Él debía acompañarles en el mismo coche que fue ametrallado, pero de nuevo la fortuna propició un cambio de planes en el último momento y volvió a salvarse. Sus compañeros juraban que nunca conocieron a nadie con tanta suerte, pero lo cierto es que desde la muerte de T T, Martín nunca volvió a ser feliz. También para él la familia era lo más importante, y la suya estaba totalmente deshecha. Cuando empezaba a sobrellevar lo de T T, ocurrió lo de Charli, el gemelo de Leire, que se largó en el verano de 1992.

Charli era un joven hosco, reservado, muy dado a temas esotéricos y acontecimientos paranormales. Un par de semanas antes de la inauguración de las olimpiadas de Barcelona dijo que había conseguido un buen trabajo en la Ciudad Olímpica y se marchó. Durante la competición no recibieron noticias suyas, normal en Charli, pero a mediados de agosto, con las olimpiadas terminadas, comenzaron a preocuparse. El tío Martín echó mano de todos sus contactos en Barcelona, era como si a Charli se lo hubiera tragado la tierra. De todas formas algo debió inquietar al joven porque a finales de septiembre envió una postal desde Almería con el texto «Por favor, no me busquéis. Dejadme vivir mi vida». En Navidad Leire recibió una inesperada llamada: Charli le comunicó que estaba en Chile, se había unido al grupo Nueva Acrópolis y «había encontrado la luz y la felicidad».

«Nueva Acrópolis», era la primera vez que tus tíos Martín y Upe oían el nombre pero en menos de cuarenta y ocho horas tenían información más que suficiente. Se trataba de un movimiento a medio camino entre la filosofía y la religión, que algunos consideraban secta. Su sede en Madrid era un bajo en la calle de Pizarro, y allí se presentó el matrimonio con objeto de recuperar a su hijo fugado. De nada sirvieron las dotes de persuasión de la tía Upe ni las amenazas del tío general en su intento de comunicarse con Charli. Tampoco tuvo éxito el viaje de Leire a Chile. Cuando Upe murió en 2007, Leire contactó con la sección española del grupo para que comunicaran a su hermano el fallecimiento de la madre; se desconoce si lo hicieron o no, lo cierto es que Charli no dio señales de vida.

Leire vive ahora con un programador informático, tiene mellizos y fue una de las activistas más beligerantes durante el 15M. Desde que tuvo uso de razón abrazó todos los movimientos alternativos y «anti» que salían al paso, desde los antitaurinos hasta los antidesahucios pasando por los antinucleares, antiglobalización, antiminas personales o antivacunas. En las últimas elecciones generales se presentó en las listas de Unidas Podemos pero no salió elegida. Su relación con Martinchu, su hermano mayor que primero militó en el PP y ahora en Vox, es inexistente. Miguel, que nació entre Martinchu y Leire/Charli, ha intentado en más de una ocasión reconciliarlos «al menos por papá, no se merece esto al final de su vida», pero ninguno de los dos está dispuesto a ceder y así es imposible.

El tío Vidal pensaba de forma distinta a su hermano: era íntimo de Carlos Sanjuán y si no formó parte de la Unión Militar Democrática fue por la radical oposición del general, su padre; estuvo a punto de entrar en política, pero cuando Felipe González nombró ministro del Interior a Barrionuevo y no a Sanjuán, como se daba por hecho, decidió continuar en la vida castrense. Mandó en uno de los tabores cuando su Grupo de Regulares fue destinado a Kosovo en 2002 y estando allí diagnosticaron alzhéimer a su mujer, la tía Montse. Regresó y pidió el paso a la reserva. Todos sus hijos están muy bien situados: Adriá fue el *hereu* de los negocios inmobiliarios de su abuelo materno en Barcelona, en alguna ocasión él y tu marido Pepe han realizado algún negocio juntos con excelentes resultados; Ferrán es director en una sucursal del BBVA en Alcalá de Henares; Inma siempre tuvo buen gusto y se dedica a la decoración de interiores, está casada con un arquitecto de origen argentino, viven en Tarragona y la vida les sonríe; Coro, la menor, es un poco alocada y la más independiente de la familia, es dueña de la agencia de viajes El Viajero Intrépido dedicada al turismo de aventura, lo mismo te lleva a dormir colgado en un acantilado a doscientos metros del suelo, que a conocer Afganistán o Yemen.

Martín y Vidal se distanciaron bastante tras la muerte de T T y a raíz del 23F dejaron de tener cualquier trato —en Navidades la familia de Martín venía en Nochebuena y Vidal en Nochevieja—. Tras la muerte de Maca los hermanos recuperaron la buena relación de su juventud. Al tío Martín los varapalos de la vida y los años han terminado por modelar su personalidad autoritaria y solo espera «el momento en que me junte con mi Upe. A ver si llega pronto ese día»; el tío Vidal cuida con paciencia infinita de la tía Montse, perdida en nadie sabe qué mundo, obsesionada en limpiar miles de veces con la palma de su mano la superficie de la mesa camilla donde la sientan. Los dos hermanos comen juntos todos los miércoles en el club social del centro deportivo que tienen los militares en La Dehesa y se consuelan mutuamente.

* * *

Amanecía cuando el avión de Qatar Airways aterrizó en Pekín; los trámites de aduana fueron rápidos y Merche apenas si tardó un par de minutos en cambiar trescientos euros para gastos menores en la oficina de American Express. Llegaba a China con el billete de vuelta «abierto» al no haber logrado contactar ni tener noticia alguna del paradero de Xiuhui, depositaria de la última carta. Buscó en Google alguna referencia introduciendo y combinando de cien y una formas distintas palabras clave como Xiuhui, Jilin, China, Intérprete, Traducción, Castellano, Español... sin éxito en ninguna combinación. Tampoco obtuvo información alguna en sus llamadas a distintas agencias que ofrecían servicios de intérprete tanto en Pekín como en Jilin, ni en los departamentos de Español en universidades de la zona. Asumió que desde España nunca lograría contactar con la tal Xiuhui, se encomendó a Dios y emprendió el viaje con el único contacto de una amable diplomática en la embajada española en China.

Se acostó de inmediato, según su rutina, y durmió durante cuatro horas. Cuando se despertó telefoneó a casa y por la tarde visitó la Ciudad Prohibida y la plaza de Tiananmén. A la mañana siguiente caminó hasta la embajada española. Había buscado el recorrido en Google Maps y lo llevaba impreso en una cuartilla; cruzando el puente elevado sobre Sanlitun Road vio la bandera española. Uno de los guardias civiles que controlaban la entrada pensó que Merche acudía a la embajada con intención de votar en las elecciones municipales que se celebraban dos días más tarde y avisó que el plazo estaba cerrado. Aclarado el motivo de su presencia, el otro guardia civil comprobó por comunicación interna que efectivamente tenía una cita concertada y le indicó que Educación, donde la esperaba la señora Conde, estaba en el tercer piso. En su desesperada búsqueda de información contactó con la consejera de Educación de la embajada, de nombre Gisela Conde, quien se ofreció a ayudarla en su búsqueda.

Gisela tenía más o menos su misma edad y la recibió con la cordialidad de quienes se conocen desde hace tiempo. Estaba preparando un café de bienvenida cuando alguien golpeó con los nudillos en la puerta abierta del despacho.

—Pasa Leo. Te presento a Merche, la profesora de la que te hablé.

—¿Cómo van las cosas por la madre patria? ¿Para cuándo tendremos gobierno?

—Yo de política no sé mucho; si estuvieran mi marido o mi hija te pondrían al tanto en un periquete.

—Leo es consejero de Información, le he invitado a la reunión pensando que tal vez pueda ayudarnos —informó Gisela.

—¿Cómo dijiste que se llamaba? —preguntó Leo a su compañera.

—Xiuhui, y era intérprete de español en Jilin en 2005 —intervino Merche.

A ninguno de los dos le sonaba el nombre y comenzaron a explorar distintos vericuetos para localizar a la intérprete.

—¿No tenemos ningún registro de intérpretes? —preguntó Gisela.

—Que yo sepa, no.

—Fue lo primero que pregunté cuando llamé a la embajada —afirmó Merche— y me dijeron que no disponían de listado alguno.

Surgieron nuevas propuestas, algunas próximas al desvarío, pero incluso estas las había investigado Merche.

—¿Y preguntar a empresarios españoles que hayan necesitado ese tipo de servicios? —sugirió Leo.

—No lo había pensado —dijo Merche considerando que la propuesta de Leo era una alternativa coherente—. Como mi padre, también los empresarios necesitan intérpretes. ¿Pero a quién llamar?

—Sergio puede echarnos una mano en eso —propuso Gisela.

—Está de viaje en la zona franca de Guangzhou, tiene pendiente un tema por la feria de importación del mes pasado. Regresa mañana, me indicó que estaría de vuelta para el fin de semana. Voy a llamarle. —Leo manipuló con pericia su teléfono móvil y los tres aguardaron expectantes la respuesta—. «¿Qué pasa, tío, cómo llevas el karaoke?; ...; Ja, ja, ja. Oye, mira, que te llamo por si conoces a alguien que tuviera una intérprete de español en Jilin de nombre Xiuhui; ...; Vaya hombre. Ni idea. Qué faena; ...; Una profesora española. La tal Xiuhui fue intérprete de su padre cuando estuvo por aquí hace años; ...; No, no. No trabajaba para ninguna empresa, era fotógrafo; ...; ¡No jodas, tío! ¿De verdad?; ...; ¿Y cuándo regresas?; ...; Vale, entonces buscas el número y nos vemos el lunes, a ver si tenemos suerte; ...; Cuídate, chaval, sobre todo con el karaoke».

La mirada inquieta de Leo y el tono de voz en la despedida evidenciaban buenas noticias. Sergio era el consejero de Economía, no reconoció el nombre de Xiuhui, pero cuando le dijo que había sido intérprete de un fotógrafo recordó a un conservero navarro que negociaba con espárragos, a quien siempre acompañaba una intérprete que también trabajó para un fotógrafo.

—A ver si hay suerte. Hace años que no sabe nada del esparraguero pero tiene su número de teléfono y lo mismo él puede proporcionar alguna pista.

—No imagináis cómo os agradezco lo que estáis haciendo por mí. Me gustaría invitaros a comer.

—De ninguna manera. Estamos aquí para ayudar. ¿Dónde te alojas? —preguntó Gisela.

—En el Sheraton, está cerca de aquí, podemos vernos a la hora que os venga bien.

—Muchas gracias, pero no imaginas el trabajo que tenemos —se excusó Sergio.

La conversación derivó hacia China y los chinos a quienes Leo comparó con los rabanitos porque eran rojos por fuera y blancos por dentro. Gisela preguntó cuándo pensaba ir a la Gran Muralla y ante la indecisión de Merche, interesada únicamente en el asunto de la intérprete, se mostró firme y entre los dos lograron convencerla para que la visitara al día siguiente.

El minibús de la excursión esperaba en la puerta del hotel a las 8.30. Un matrimonio francés de avanzada edad con quienes había coincidido desayunando ocupaba los asientos tras el conductor. Después peregrinaron por media docena de hoteles recogiendo nuevos pasajeros; en el último se incorporó una pareja joven que hablaba en español, pero Merche prefirió no identificarse como compatriota. No le apetecía entablar conversación con nadie; se decidió a contratar la excursión a la muralla tan solo como recurso para dejar pasar el tiempo lo más rápido posible hasta el momento de tasar los quilates de su suerte cuando regresara Sergio. La Gran Muralla le pareció tan grandiosa como la Ciudad Prohibida y subió sin prisa el tramo de escalones hasta la primera torreta. Descartó continuar la escalada del segundo tramo y permaneció disfrutando del paisaje y observando las procesiones de turistas, ascendiendo y descendiendo, hasta que la pareja de españoles se detuvo de regreso en su misma torreta. Aunque los dos eran jóvenes parecían cansados, se sentaron despreocupados en el suelo y se besaron. Se veían tan enamorados el uno del otro como de la propia vida, y le resultó imposible discernir cuál de los dos estaba invirtiendo más en aquella historia de amor.

—¿De dónde sois?

—Yo de Madrid, ella de Murcia —contestó el chico—. ¿Y usted?

Merche sintió un pellizco en el corazón. Se veía y sentía joven, pero lo cierto era que cada vez más gente la trataba de «usted», la única distinción que confiere la edad. Su compañero Joaquín estaba en lo cierto cuando entre veras y bromas sentenciaba que «lo peor de ser profesor es que nuestros clientes tienen siempre la misma edad y nos engañamos pensando que los años tampoco pasan para nosotros».

Al llegar a Pekín el matrimonio de franceses se apeó en el Pearl Market; Merche no estaba interesada en imitaciones y era la única pasajera cuando el minibús estacionó junto a la puerta del Sheraton. Eran las 4.45 de la tarde, se sentía cansada y los planes para el resto del día consistían en tomar una ducha, llamar a casa, comer un sándwich vegetal, finalizar un ensayo para *Educational Sociolinguistics*, al que se habría dedicado de no ser por la excursión, y acostarse. Por ese orden. Mientras esperaba la llegada del ascensor oyó a la cantarina recepcionista, «Missis Telatea, Missis Telatea», ondeaba un sobre en su mano izquierda y con la derecha le hacía gestos inequívocos para que se aproximase. Lo abrió, sorprendida, allí mismo. Contenía una nota con el nombre de Sergio Pérez, el consejero de Economía con quien había contactado Leo, y su número de teléfono; la recepcionista le informó que acababa de llamar preguntando por ella no hacía ni cinco minutos.

Merche telefoneó de inmediato. Una voz varonil como la de un locutor radiofónico respondió al tercer tono. Sergio había regresado de Guangzhou antes de lo previsto, encontró a la primera el número del industrial navarro y Leo le proporcionó el nombre de su hotel. El conservero se llamaba José Antonio Sádaba, y la empresa HOPE —Hispano Oriental Productora de Espárragos—, tenía la total certeza de que su intérprete había trabajado también para un fotógrafo español. El prefijo del número era 948, y se despidió deseándole «toda la suerte del mundo». Se armó de valor y marcó el número que le proporcionó Sergio. Respondió una mujer con voz amable. Efectivamente aquel era el domicilio del señor Sádaba, ella era su esposa. «Toño, es para ti. Desde China». En ese preciso instante se alarmó al considerar que no había dedicado un solo segundo a planificar la conversación. No hubiera sido necesario, cuando dijo que era «hija de Tony Mera, un fotógrafo español» sobró cualquier otra explicación.

—Así que tú eres hija del fotógrafo. —El señor Sádaba conocía perfectamente quién era Mera—. El nombre de tu padre no se le caía a Xiuhui de los labios durante los años que trabajó para mí como intérprete.

El conservero hablaba sin parar. Había telefoneado a Xiuhui cuando escuchó en la radio la noticia del fallecimiento de Mera; ahora la intérprete se dedicaba exclusivamente a las traducciones y continuaba viviendo con su hijo en Jilin. «Apunta. Te doy su número», ofreció por iniciativa propia. Merche echó mano del bolígrafo y la libretita con el anagrama del hotel dispuestos oportunamente en la mesilla de noche junto a la cama, después de anotarlo lo repitió despacio para asegurarse de que la emoción no le había jugado una mala pasada.

—Ah, se me olvidaba. No vas a tener problemas con el idioma. Habla un español perfecto, mejor que tú y que yo; solo se nota que es china cuando se pone nerviosa y pronuncia las erres como eles. Suena muy graciosa.

Merche agradeció la ayuda y él mostró sus condolencias por la pérdida del padre. Pulsó el círculo rojo de finalización de llamada en la pantalla y se deslizó lentamente, como si fuera la última hoja mustia desprendida de un cerezo en otoño, hasta apoyar su espalda en la pared. Dos lagrimones arrastraron en sal la tensión y la ansiedad de la última semana. Reprimió su deseo de marcar inmediatamente y disfrutó del sosiego recuperado: llenó la bañera, se sumergió en el agua tibia, y allí estuvo hasta que sintió frío. Cubrió su cuerpo con una amplia y mullida toalla blanca y enrolló el pelo en otra más pequeña. Cogió el teléfono con intención de llamar a casa; pero cambió de idea y marcó el número de Simón, a quien había visto el domingo anterior.

—Hola, soy yo —bastó para identificarse—. He conseguido el número.

—¿El de la china? Ni por un segundo dudé que así sería. ¿Has hablado con ella?

—Todavía no. Quiero pensar bien qué decirle.

—Simplemente le pides la carta y ya está.

—Bueno, ya veremos. Te llamo porque he estado dando vueltas a la conversación del domingo.

—¿Dando vueltas...?

—Sí, no sé. Me quedé... no sé cómo decirte. Creo que tienes razón, sin estar presente mi padre siempre me ha condicionado. Me he preguntado mil veces cómo hubiera sido mi vida si aquel maldito fotógrafo no hubiera aparecido en el Tuareg. No imaginas cómo lo maldije durante años. Y ahora resulta que era mi padre.

—No des más vueltas al asunto. Las cosas son como son. No creo que hubiera cambiado mucho.

—Yo no estoy tan segura. Estaba dispuesta a todo si hubieras aparecido el curso siguiente.

—Ja, ja, ja.

—No, no te rías. Es cierto. ¿No crees que aunque parezca que controlamos nuestra vida es la vida quien nos controla a nosotros?

—Para nada; déjame a mí la filosofía. Simplemente hay personas que creen no merecer el amor.

—No seas tonto. Ahora no estoy de broma. ¿De qué película es esa?

—Me has pillado. De *Into the Wild*; aquí se tradujo por *Hacia rutas salvajes*. Pero a ti te viene al pelo.

—¿De verdad me ves así?

—Olvídalo. Son ocurrencias mías.

—¿Tú te arrepientes de algo que hayas hecho? No sé, si pudieras cambiar algo, ¿lo harías?

—¡Que si me arrepiento! ¡Cada día de tres o cuatro cosas!

—A mí me pasa lo mismo. Quienes dicen que no cambiarían nada de lo que han hecho personifican la estupidez humana.

—Lo malo es que la vida se escribe con bolígrafo y no con lapicero que se puede borrar.

—También la tinta se puede borrar.

—Cierto. Pero siempre queda rastro y también se borran los renglones.

—Y si pudieras, ¿cambiarías tu decisión de abandonar la carrera y no volver a verme?

—Olvídalo... de verdad. Esta conversación no tiene sentido.

—Para mí sí lo tiene.

—¿Serviría para algo?

—... No. No lo sé. Imagino que no. Pero me gustaría saberlo.

—¿Saberlo o escucharlo?

—¡Qué sé yo...!

—Si te digo la verdad, no lo he pensado nunca. Aquel verano me contrató Ramoncín para tocar con su banda y no lo dudé. Eran tres meses de gira por España; después vinieron los conciertos en Sudamérica; las grabaciones... Cuando me quise dar cuenta, ya estaba viviendo otra vida. He pensado mil veces si hice todo aquello para olvidarte. Fue un año... unos años muy locos. Pero bueno, a ti no te ha ido mal, se te ve muy feliz. Y me alegro.

—Tampoco es oro todo lo que reluce.

—Bueno, cuéntame tus planes.

—¿Qué planes?

—Con la china.

—Ah... con Xiuhui... La llamaré ahora y a ver qué pasa. Espero regresar a España en tres días... cuatro como mucho. Podemos quedar y comemos juntos.

—A ver si mi secretaria logra hacerme un hueco en la agenda.

—Siempre tan bromista. Dime cuándo quedamos.

—Llámame cuando estés en España.

—Lo haré. ¿Qué estabas haciendo a estas horas?

—Leyendo.

—¿Qué lees?

—Casualmente una novela de argumento universitario. Lo mejor es el título, *Dejar de recordar no puedo*.

—Ja, ja, ja. Eso me ocurre a mí.

—Eres una malvada.

—¿Qué haces mañana?

—Después de votar iré al Rastro; o lo mismo me subo a la sierra con Elvis.

—¿A quién vas a votar? ¿A Carmena?

—Imagino que sí. Yo nunca fui de los tuyos.

—No estás muy hablador. Te dejo con tu lectura y no te molesto más. Gracias por escucharme. Siempre es agradable hablar contigo.

—Rendido a tus pies, querida. Un admirador, un esclavo, un amigo, un siervo...

—Eres un ganso. Esa me la sé. La dice López Vázquez en *Atraco a las tres*. Nos hablamos a la vuelta.

Merche colgó con el espíritu animado como delataba la sonrisa risueña en los labios. Había hablado con Simón tumbada en la cama y, despreocupada, comenzó a marcar el número de Xiuhui anotado en la libreta, pero al pulsar el cuarto número se levantó y ocupó con gesto serio la silla en la mesa escritorio junto al televisor. Marcó de nuevo, y como si la providencia le hubiera iluminado interrumpió la llamada antes de que sonara el primer tono. Conectó el ordenador portátil y buscó en Google «Flights Beijing-Jilin»; el acceso resultaba imposible. Tras cuatro intentos fallidos llamó a recepción: Google estaba bloqueado en China, un informático del hotel le facilitaría otra vía de conexión. El empleado apenas si tardo medio minuto en establecer el acceso a la red y se desplegó una tabla con diez vuelos directos entre Pekín y Jilin; la duración era de dos horas. Uno de Air China salía a las 12.40, le pareció una buena hora, quedaban doce plazas libres, lo seleccionó y cumplimentó las casillas sin llegar a cerrar la reserva. Tomó aire y marcó decidida.

—Nï häo. Gàosù wǒ.

—Buenas tardes. Soy Merche, la hija del fotógrafo Mera. Quería hablar con la señora Xiuhui.

—Ah..., sí... Buenas noches... Soy yo. Dígame.

—El señor Sádaba me ha proporcionado su número de teléfono.

—Hablé con Toño hace unas semanas. Me informó sobre la muerte de Tony... Lo siento mucho.

—Le llamo porque mi padre le dejó una carta dirigida a mí y me gustaría recuperarla. —Durante unos instantes su interlocutora permaneció callada—. ¿Me escucha? Le decía que me gustaría recuperar la carta que mi padre le dejó para mí hace unos años.

—Sí, sí. La escucho... Tengo la carta. ¿Cómo puedo hacérsela *llegal*?

—Estoy en Beijing.

—¿Beijing? —La voz de su interlocutora no pudo disimular la sorpresa.

—Mi intención es viajar a Jilin mañana para recogerla.

—Bueno... eso es un poco complicado. Estoy muy ocupada y no tiene sentido que viaje hasta aquí únicamente para *recogel* la carta. Dígame cómo se la puedo hacer *llegal* y yo la enviaré.

—Me gustaría ir personalmente, si no le importa. Así podré conocerla...

—Es tontería *venil* aquí. Dígame una dirección y yo la envío.

—Disculpe mi insistencia. De verdad que prefiero ir yo para recogerla. He visto un vuelo de Air China a las doce cuarenta; podría estar donde me indique a primera hora de la tarde, a partir de las cuatro. Si no es molestia para usted iría a su propio domicilio.

—No, no. En mi casa no. Mañana estaré fuera en una reunión importante.

—Todavía no he reservado hotel. Cuando lo haga puedo volver a llamarla y quedamos en el hotel si le viene mejor.

—No es necesario. Como es domingo me *acelcalé* al *aeropuelto* y allí mismo le *entlego* la *calta*. Así podrá *reglesal* en el siguiente vuelo.

—Como usted quiera. Entonces nos vemos mañana en el aeropuerto.

—Sí. Es *lo mejol*.

—¿Cómo la conoceré?

—No se *pleocupe*, yo la *leconocelé*.

—De acuerdo. Hasta...

Xiuhui cortó la conversación con tal premura que Merche no pudo concluir la despedida. Miró con desdén el teléfono móvil sintiéndose incómoda por el cariz de la conversación. La intérprete de su padre había sido tan formal como distante y, sobre todo, le intranquilizó la renuencia a entregar la carta en mano. Procedió a cerrar el vuelo ya seleccionado con vuelta a las 17.45. Realizó el último trámite y pulsó «Confirmar». Los pitidos del iPhone, casi de inmediato, indicaban la recepción de un SMS del banco con la clave final de autentificación. Lo miró pensativa y volvieron a sonar los bip, bip, bip apremiándole a abrir el mensaje. Como si una luz divina la iluminara retrocedió las pantallas del ordenador hasta el primer paso y rehízo toda la reserva, esta vez con regreso dos días más tarde. Después buscó hotel en Jilin; se decidió por el World Trade Winning, que disponía de piscina y gimnasio además de estar bien situado en el centro de la ciudad.

Ya había anochecido cuando se dejó caer en la cama con los brazos abiertos como si con ese gesto abarcara toda la satisfacción que sentía. Las cuatro últimas horas habían discurrido con la celeridad y vértigo de una liebre huyendo despavorida del galgo más codicioso. Recordó que no había tomado nada desde el desayuno. Durante el regreso el minibús hizo la pertinente parada para el almuerzo, incluido en el precio; Merche no tenía mucha confianza en la comida china y tomó únicamente una Coca-Cola. En cualquier caso se sentía tan pletórica que ni tan siquiera quedaba espacio para un sándwich vegetal. Dio media vuelta, cerró los ojos y se quedó dormida.

Se despertó cuando amanecía. En el gimnasio siguió su rutina de aparatos y antes del desayuno contestó algunos correos electrónicos. En el comedor volvió a coincidir con el matrimonio francés de la excursión. Las tiendas de la planta baja del hotel estaban abiertas pese a ser domingo y compró una delicada orquídea para Gisela y sendas corbatas de Hermés para Leo y Sergio con envío a la embajada para el lunes. En la nota que acompañó a la flor escribió: «Espero que podamos vernos pronto en Madrid. Un abrazo y muchas gracias». Le escribió a Leo: «Muchas gracias por tu interés. Un saludo». Finalmente en la de Sergio: «Muchas gracias por la inestimable ayuda. Un saludo». Consideró la posibilidad de comprar un delicado pañuelo de seda con estampaciones florales para Xiuhui pero finalmente siguió el consejo de su abuelo, «Ante la duda, no».

El vuelo despegó y aterrizó a la hora prevista. Una mujer de suaves rasgos asiáticos y considerablemente más alta que quienes esperaban en la salida, vestida con lo que Merche pensó que era un kimono, la observaba desde una distancia prudencial. La intuición le indicó que era Xiuhui y se dirigió hacia ella con determinación. Las dos mujeres se saludaron con un apretón de manos y la china preguntó si había tenido un buen vuelo volviendo a insistir sobre la inutilidad del viaje, porque ella le hubiera enviado la carta. Merche argumentó que tras quince horas entre Madrid y Pekín, dos más hasta Jilin eran como un paseo y le propuso tomar un té en el mismo aeropuerto. La invitación pareció sorprender a Xiuhui y finalmente accedió. Durante el breve trayecto Merche intentó confraternizar, pero Xiuhui respondía con monosílabos y apenas si hilvanaron media docena de frases. La imagen corporativa del Dio Coffee era casi idéntica a la de Starbucks; ocuparon una de las tres mesas vacías y pidieron té.

—Me alegro de conocerla, es usted más joven de lo que pensaba.

—Siento mucho lo de Tony. —Xiuhui no reaccionó ante el halago—. Toño no supo *decilme* la causa, pero busqué en *intelnet* y vi que fue un cáncer.

—Fumaba mucho. Esa fue la causa. ¿Para qué vino mi padre a Jilin?

—Por una fábrica *petloquímica* que explotó. Hubo mucho miedo y *desconcielto* porque las autoridades no *avisalon* hasta días después y el agua estaba envenenada.

—¿Murió mucha gente?

—Por *suelte* no hubo muchos *mueltos* pero la población estaba en pánico.

—Habla muy buen español. ¿Dónde lo aprendió? —Merche intentó de nuevo empatizar.

—*Glacias*. ¿Llegó tu *padle* a *conocelte*?

—¿Qué quiere decir? —preguntó sorprendida por el comentario.

—Si al final llegó a *conocelte*. Hablaba mucho de ti. Decía que *cualquiel* día se daría a *conocel*, que se *plesentaría* en tu casa y *dilía* que era tu padre.

—Nos conocimos justo antes de...

—Entonces murió feliz. —Xiuhui interrumpió mostrando por primera vez un esbozo de sonrisa—. Me *aleglo* mucho por él. Se está haciendo tarde. ¿A qué hora tienes el vuelo?

—Pasado mañana. Quiero conocer la ciudad y he reservado dos noches en el World Trade. Si me entrega la carta no la molesto más.

—La he guardado todos estos años. Se lo prometí... me hizo *jural* que la guardaría al menos veinticinco años. —Xiuhui sacó el sobre del bolso colocado junto a su taza de café.

—¿Veinticinco años?

—Sí; y que si para entonces no había venido a buscarla, la *destluyela* sin leerla.

Xiuhui alargó el brazo y le entregó un sobre con la inscripción «Para mi hija Merche»; parecía remisa a soltarla. Entonces, de forma inesperada, la china se levantó asegurando que tenía una reunión urgente. Le bastó un lacónico «adiós» sin volver a estrechar las manos. Merche, sorprendida por lo repentino de la despedida, no supo cómo reaccionar y permaneció sentada. La vio alejarse con un andar elegante, esperando, en vano, que se girara para un último saludo. Miró el sobre junto a la tetera de cerámica, una de las esquinas estaba levemente rasgada, como si en algún momento hubiera tenido la tentación de abrirlo y se hubiera arrepentido. Merche introdujo el dedo índice por la apertura y lo rasgó definitivamente.

Jilin, 20 de noviembre de 2005

Querida hija:

Estoy en Jilin, es la primera vez que vengo a China. Cuando lo de Tiananmén estaba en Mauritania cubriendo la guerra con Senegal. Hace unos días la agencia recibió el soplo de que algo grave había sucedido en China y esta vez no me iba a perder lo que fuera. En la calle se nota la tensión porque hay noticias de que algo ha ocurrido río arriba, pero las autoridades todavía no han dicho una palabra sobre la posible causa. Esta mañana han cortado el suministro de agua y corren rumores de que están evacuando a gente en algunas aldeas. Ayer quise llegar a un complejo petroquímico en el norte, pero nada más salir de Jilin un destacamento de militares cortaba el paso y tuvimos que dar media vuelta. Xiuhui, una intérprete que me han proporcionado los mismos que dieron el chivatazo, está intentando contactar con alguien que pueda introducirnos de alguna forma en la zona afectada. El partido controla todo y nadie se atreve a hablar.

Éramos unos ingenuos cuando murió Franco, una pandilla

de ilusos. Salí de España pensando que en cuestión de meses cambiaríamos el mundo y estaba convencido de que la solución para una sociedad más justa era el comunismo. Por eso luchó y murió gente en mi familia, pero será por la edad o por lo que llevo visto que tengo la sensación de haber estado equivocado. No sirven ni el comunismo libertario del tío Cipri ni el de mi padre que, sin saberlo, era estalinista. Se conocieron en la Asociación de Albañiles de la UGT, lucharon juntos al comienzo de la guerra y cuando padre apoyó a Negrín, el tío Cipri dejó de hablarle y cada uno siguió su propio camino. Madre, tu abuela, estuvo toda su vida atrapada entre su marido y su hermano, dos hombres orgullosos y con mucho carácter. No recuerdo si en cartas anteriores te he hablado de mi familia. Tu abuela se llamaba Trini y vivió toda su vida en el barrio de Tetuán. Tu abuelo se llamaba Pascual y había nacido en la provincia de Cáceres, en Acebo. Padre comenzó a trabajar en el olivar de don Serapio —siempre se refirieron al dueño como don Serapio— en cuanto le salieron los dientes, como todos sus hermanos. Pero apenas si les daba para vivir y la familia se vino a Madrid cuando padre tenía catorce años. Encontró trabajo de albañil y se afilió a la CNT donde conoció al tío Cipri que le presentó a su hermana, tu abuela Trini. Padre luchó en la guerra con el batallón del Campesino y lo apresaron en la batalla de Lérida, lo llevaron a Cuelgamuros —padre nunca lo llamó Valle de los Caídos— y allí terminó de redimir la condena en 1949. Volvió al andamio y a la lucha obrera con Marcelino Camacho, amigo de mi hermano Benito, y aunque no llegaron a juzgarle en el Proceso 1001 pasaba más tiempo encerrado que en casa. Mis primeros recuerdos de niño son las visitas del sábado a la cárcel con un hatillo de embutidos en el que no podía faltar chorizo picante y una botella de Fundador. Ni tan siquiera pude despedirme de él cuando me fui de España porque lo tenían preso en la política de Segovia. Padre murió en octubre de 1981, fue víctima del aceite de colza, yo estaba con los del Frente Farabundo Martí para la Liberación Nacional en El Salvador y fue imposible localizarme; no asistir a su entierro es el recuerdo más doloroso de los años que viví fuera de España. Madre murió un año después, en 1982, según dijeron los médicos no tenía nada que ver con la colza, fue de neumonía, pero yo creo que fue de pena por verse sola sin el marido y ninguno de los cinco hijos. Maruchi, la mayor, se había metido a monja ——imagínate, una monja en la familia— y estaba de misionera en Burundi; a Tiburcio se lo llevó una angina de pecho en el 65; Benito era el que estaba más unido a padre, y salió por piernas en el 67 rumbo a Argentina cuando los de la social lo ficharon por ser uno de los fundadores de Comisiones Obreras; lo siguió la Juani unos meses después cuando la despidieron de Renfe; yo era el menor de todos y estaba en Francia. Regresé para el funeral de madre, fue la primera vez que pisaba suelo español desde el día que naciste tú. Felipe González había ganado las elecciones y Paquita Sauquillo, que siempre me tuvo mucho cariño, me ofreció un puesto en no sé qué ministerio, pero apenas hacía unas semanas que había comenzado a trabajar para el *Times* y preferí continuar en París.

Volví a ver a tu madre hace un par de años en el parque de Berlín, tu hija Bego empujaba una pequeña sillita con su muñeca y ella caminaba al lado. Continúa siendo tan hermosa y bella como siempre, con la misma clase y elegancia; nunca he conocido a una mujer con su clase y estilo, no la clase y el estilo de los nuevos ricos, sino la que se lleva en los genes, y no había perdido un gramo de su encanto natural. Eso fue lo que me llamó la atención la primera vez que la vi en la facultad de Derecho en el 74. Franco había ejecutado unos meses antes a Puig Antich, y el partido nos envió a Teo el Rojeras y a mí a la universidad para organizar los grupos de apoyo universitarios. Estábamos reunidos en un aula con los más comprometidos preparando lo que iba a ser la estructura universitaria, cuando se abre la puerta y aparece ella con sus zapatos de tacón y su vestido ajustado, elegante como si fuera a una boda, y se sienta en la segunda fila. Si hubiera entrado un fantasma no nos habríamos quedado tan pasmados, todos con la boca abierta sin decir palabra hasta que soltó Teo: «¿Y tú, princesa, qué haces aquí?», y ella le responde: «¿No es aquí la clase de Penal?». La carcajada fue monumental, pero no creas que se amilanó, se volvió y se enfrentó a todos. Una compañera a la que llamábamos «la molotov» se le encaró por su aspecto de niña bien y tuve que separarlas. Acompañé a tu madre hasta la salida para evitar males mayores y hablamos un rato en el pasillo hasta que logré calmarla. Una semana más tarde coincidimos en la parada del F en Cuatro Caminos. La vio Teo, «Mira quién está ahí, la princesa del otro día», y yo la saludé como si fuéramos viejos conocidos y Teo se molestó porque me pasé todo el trayecto hablando con ella. Después las cosas fueron surgiendo de forma natural sin que ninguno de los dos fuéramos conscientes de que en aquellos años España todavía no estaba preparada para soñar.

También coincidí con tu tío Vidal; fue en Kosovo hace tres años. Cebrián encargó a Alfonso Armada un reportaje sobre la compañía Capitán Tassara de los Regulares, que estaba allí con la fuerza pacificadora. Alfonso me pidió que le acompañara recordando viejos tiempos. Yo me había jurado no volver a la antigua Yugoslavia, pero después de lo que hizo por mí en Sarajevo no podía negarme y además iba a ser cosa de un par de días. Al llegar nos recibieron con la sorpresa de que era el comandante Tellechea quien estaba al mando, y además quería darnos la bienvenida. Desde luego que me negué en redondo, yo era solo el fotógrafo, pero Alfonso insistió tanto que al final me vi saludando a tu tío. No me reconoció, me presenté como Antonio, y ni de lejos imaginó quién era yo. Se comportaba con los soldados más como padre que como mando, y se jactaba con los tecnicismos del moderno equipamiento bélico que tenía su compañía. El peor momento fue cuando me echó la mano por el hombro, como si fuéramos viejos amigos, mientras recorríamos las instalaciones del destacamento y me preguntó en cuántas ocasiones había temido por mi vida. Hubiera reconocido esa voz entre un millón aunque pasaran mil años, sonaba como la primera vez que la oí. Le contesté que solo en una ocasión pensé que me iban a matar, pero de eso hacía muchos años y prefería no recordarlo. Cuando revelé las fotografías en Madrid me quedé observando una que él quiso hacerse con nosotros. Ya en el positivado vi que la fotografía era de pésima calidad, una auténtica birria. La tomó con mi Leica un teniente cumpliendo las órdenes del superior y nos cortó las piernas a la altura de la rodilla y desplazó el encuadre a la derecha. El comandante Vidal posaba orgulloso en actitud marcial, Alfonso sonreía y yo, indiferente con los ojos cerrados. Tu tío me había pedido que se la enviara de recuerdo, pero la rompí en una docena de pedazos y los tiré a la papelera. Por esos caprichos que tiene el destino, uno de los trozos cayó en el suelo y lo cogí, era la cara arrogante de tu tío Vidal. Así, sin uniforme, sin galones, sin soldados, me pareció un pobre hombre. Mi primer impulso fue rasgar el pedazo en tantos trozos como la fotografía, pero no lo hice. No sentía nada por él, ni tan siquiera desprecio, si acaso pena al recordarlo pavoneándose delante de sus soldaditos ingenuos e inocentes en la crueldad de las guerras para sentirse alguien. Sigo sin perdonarle, pero sentí que el odio que me acompañó durante años se había evaporado como el agua de un suelo fregado. Y en el fondo me alegré. Se vive mejor sin odiar a nadie, y a partir de aquel día comencé a dormir a pierna suelta... hasta lo de Bagdad.

Pensaba que en mi vida había un antes y un después de lo que ocurrió en Sarajevo pero lo que de verdad me marcó sucedió en Bagdad. Aún hoy no puedo quitarme de la cabeza a Julio y no sé si son peores los recuerdos durante el día o las pesadillas de la noche. Fue a comienzos de abril de 2003, Harald del periódico *Verdens Gang* me dijo que había conocido a un joven reportero español empotrado con los de la 3.ª de Infantería americana. Lo busqué y cuando me presenté me confesó que, para él, yo era una leyenda y que me consideraba el modelo de lo que quería llegar a ser. Pasamos unos días juntos y en la noche del día 6 nos informaron del ataque que la 3.ª y los marines iban a realizar sobre Bagdad a la mañana siguiente. Todos queríamos acompañarles pero no había suficientes chalecos antibalas; iba a ser la primera misión de Julio y no le importaba ir a pecho descubierto. Me costó convencerle para que se quedara en retaguardia, en el centro de comunicaciones de la 2.ª Brigada, y solo porque le prometí que le dejaría mi chaleco en cuanto regresara para que él pudiera trabajar en primera línea en la siguiente salida. Estando en Bagdad nos informaron de un misil que había caído en el centro de comunicaciones y que había víctimas mortales, tuve la certeza absoluta de que Julio era una de ellas y no me equivoqué. Cuando al día siguiente pasó lo de Couso en el Hotel Palestina ya no tenía fuerzas para sentir nada. Fue como si en mí ya no quedara sitio para otra llaga y si lo había ya no escocía, como si tanta muerte me hubiera inmunizado contra el dolor y los sentimientos. Me acordé de Juantxu, de Jordi, de Luis, de Miguel, de Ricardo, de Christian... los conocí a todos, eran tan jóvenes, tan llenos de vida, asesinados por nada y para nada y de alguna manera llevaba a todos ellos conmigo.

(Tengo que cortar. Acaba de llegar Xiuhui, parece que ha encontrado a alguien dispuesto a llevarnos por el lago Songhuahu. Continuaré cuando regrese.)

He estado fuera tres días. Xiuhui es una joven increíble, se las ingenió para que unos contrabandistas nos escondieran en su barcaza y cruzando el lago logramos atravesar el perímetro de seguridad en torno a la petroquímica. Llegamos a un lugar con una docena de construcciones del ferrocarril que habían sido evacuadas, nos esperaba un campesino para llevarnos hasta la misma valla de la petroquímica. Ha sido un desastre ecológico, el río estaba cubierto de peces muertos y un lateral del edificio estaba chamuscado y con derrumbes que parecían causados por alguna explosión interna. Cuando llegué pensaba que iba a encontrarme con un nuevo Chernóbil y lo de aquí no llega ni a caricatura de aquello.

Después el campesino nos llevó de regreso a las construcciones de los ferroviarios y los contrabandistas tardaron tres días en volver a recogernos. No teníamos nada que comer y apenas si nos quedaba agua. Estos días con Xiuhui han sido sorprendentes, es una mujer decidida y con muchos recursos. Me contó que cuando iba a alguna reunión clandestina se vestía al estilo tradicional chino para que pensaran que iba a alguna celebración o alguna boda. ¡Lo mismo que hacía yo! Te imaginas, usaba las mismas artimañas que yo para que nadie sospechara. Estuvo en las manifestaciones de estudiantes en Tiananmén y junto a ella murieron cuatro compañeros de su mismo instituto. Ella se libró haciéndose pasar por muerta, la apresaron cuando retirando los cadáveres vieron que estaba viva y pasó dos años en un campamento de reeducación. Después la desterraron a Jilin y tuvo prohibido regresar a Pekín durante los siguientes cinco años. Ahora ya la han dejado tranquila, pero todavía debe presentarse todos los meses en la prefectura de policía. Pertenece a una organización política clandestina, los mismos que nos dieron el chivatazo y me pusieron en contacto con ella, pero es muy prudente y no habla mucho de ese tema. Escuchándola me veía a mí mismo durante los años setenta en España, antes de que muriera el dictador, cuando estaba convencido de que podíamos cambiar el mundo y al final es el mundo quien nos está cambiando a nosotros. Conociendo a Xiuhui siento como si tuviera un alma gemela en China.

La última carta la escribí en Chechenia y se la entregué a Stanislav Markelov, es un joven periodista que escribe para la *Novaya Gazeta*, pero se le conoce más como activista antifascista que lucha en favor de los derechos humanos. Ese chico tiene un futuro brillante y llegará a ser alguien importante en Rusia, no tengo la menor duda.

Aunque no lo sepas siempre te tengo en mi corazón y mis recuerdos, sobre todo en los momentos más peligrosos. Te quiere,

TU PADRE

Merche abandonó la terminal levitando, y como si fuera parte de un sueño mostró al taxista la pantalla de su teléfono con los caracteres chinos de la propia página del hotel, que supuestamente decían «Por favor, lléveme al World Trade Winning Hotel Jilin. Gracias». El taxista leyó sorprendido y repentinamente su cara mostró una sonrisa iluminada mientras repetía «Winning Hotel, Winning Hotel» al introducir la pequeña maleta en el portaequipajes.

Cruzaron el puente Jiangwan e inmediatamente giraron a la izquierda hasta toparse con un elegante y altísimo edificio. Desde su habitación en la planta 27 se apreciaba con nitidez el meandro del impresionante Shonghua por donde navegaban al menos una veintena de embarcaciones de distintos tamaños. Junto a la cristalera había una mesita y un sofá con aspecto cómodo, y Merche se dejó caer considerando el error de quedarse unos días en Jilin. No le apetecía pensar en nada, ni tan siquiera releer la carta de su padre, y cerró los ojos. No hubiera podido precisar durante cuánto tiempo estuvo adormilada hasta que la despertó el timbre estridente del teléfono. Contestó con desgana y extrañeza.

—*Hello*.

—¿Merche?

—Sí, ¿quién es?

—Hola. Soy Xiuhui. Si quieres podemos vernos esta *talde*.

—Me encantaría. Puedo ir a la dirección que me indiques.

—No te preocupes. Yo *pasalé* por tu hotel. ¿Te viene bien a las ocho?

—Perfecto. Te estaré esperando a las ocho.

—Hasta luego.

—Adiós.

El tono más cercano y amable de Xiuhui reconfortó el espíritu languidecido de Merche. En España eran las 11.00 de la mañana, una buena hora para telefonear, y al seleccionar la opción de «Recientes» dudó entre telefonear a Pepe o a Simón, los dos nombres que figuraban en las posiciones superiores. Finalmente se decidió por su marido. La conversación apenas si duró tres o cuatro minutos. Merche le dijo que ya tenía la carta, Pepe se alegró y le preguntó cuándo pensaba regresar y ella contestó que el jueves o viernes. Después hablaron de temas domésticos: Javi todavía no había ido a dormir; Iñaki ya se había marchado al club de ajedrez; Begoña estaba en casa de *amatxu* y no regresaría hasta el lunes, así que él tenía intención de tomar cualquier cosa en el Argos después de votar y probablemente iría a la corrida en Las Ventas, aunque fuera de rejones, si no surgía nada más interesante.

Merche consultó en el iPad los últimos correos electrónicos y el tiempo voló hasta las 19.50. Se apresuró para lavarse los dientes, refrescarse y cambiarse de ropa; cuando se abrió la puerta del ascensor en el lobby vio a Xiuhui hablando con la recepcionista y la llamó desde la distancia. La observó con mayor detenimiento, como solo las mujeres saben hacerlo: vestía según la forma tradicional china enfundada en un elegantísimo y entallado *qipao* largo de seda azul. Los zapatos de tacón estilizaban todavía más su natural figura esbelta y armónica, un pequeño bolso colgaba de su hombro izquierdo. Ocuparon un sofá con forma de alubia próximo al piano blanco de cola. El gesto de Xiuhui era más amable y Merche elogió el bonito vestido.

—*Cleo* que no he sido muy amable contigo esta mañana y *quielo* pedirte disculpas.

—Mujer, no son necesarias. Todo ha sido muy correcto y por mi parte te agradezco que hayas guardado la carta de mi padre todos estos años.

—¿La has leído?

—En el mismo aeropuerto nada más marcharte. —Confiaba

en que Xiuhui continuara el diálogo, aunque resultaba obvio que estaba deseando conocer el contenido y guardaba silencio a la espera de que fuera Merche quien expusiera los detalles—. Me comentaba que estaba en China para cubrir unos escapes tóxicos en una central petroquímica y algo de unos contrabandistas.

—Fue en Yaoshao. Pasamos tres días inolvidables. Los dos solos, esperando que aparecieran los contrabandistas que nos habían llevado allí para traernos de vuelta a Jilin. No teníamos nada que comer y solo una botella de agua. Yo, muerta de miedo contando los años que pasaríamos en la cárcel si nos cogían los militares, y él, preocupado por quedarse sin tabaco y contando los cigarrillos que le quedaban. A mí me tranquilizaba verle tan calmado, tan optimista. Decía que sería injusto que pasara algo malo por un reportaje que no valía un pimiento y me aseguraba que no me preocupara, que no me dejaría sola si las cosas se *tolcían*. Era tan inteligente y divertido... Fueron tres días inolvidables que me cambiaron la vida.

—¿Y qué hicisteis esos días?

—Tuvimos mucho tiempo para hablar y conocernos. Me habló de ti, de tu madre, de su trabajo recorriendo guerras por todo el mundo, y de los años en España luchando contra la *dictadula* de Franco. Nos reímos mucho cuando comprobamos que los dos habíamos tenido vidas parecidas estando en la clandestinidad; él luchando contra el fascismo y yo contra el comunismo. ¡Qué cosas tiene la vida! Me gustaba su tono de voz, y cómo hablaba, y su mirada, me gustaba mucho su forma de mirar... sus ojos tenían tanta vida. Por las noches, cuando más miedo tenía, me susurraba canciones al oído, «Ay Ba, ay Ba, ay Babilonio que mareas...», «Cartagenera morena, dorada con luz de luna...» —entonó Xiuhui—. Y con esas tonterías y su cuerpo protegiéndome para que no pasara frío me dormía acurrucada contra él. Me hizo sentir tan feliz que incluso dejó de preocuparme si quienes aparecían eran los contrabandistas o los militares.

—¿Y ahora a qué te dedicas?

—Hago traducciones. Tengo mucho trabajo con las traducciones. Estoy traduciendo *Las hijas del capitán* de María Dueñas, y para cuando termine me han encargado una novela de Julia Navarro. Solo me piden traducciones de mujeres; no es que me importe, pero también me gustaría traducir algún clásico.

—Busqué tu nombre entre los intérpretes pero no te encontré.

—Después de Toño no volví a trabajar de intérprete. Está bien pagado pero pasaba mucho tiempo viajando, fuera de casa, y tengo un hijo pequeño que me necesita. ¿Qué ocurrió cuando te conoció Tony?

—No sé muy bien qué responder. —Merche se quedó pensativa, como reflexionando para ofrecer la respuesta correcta—. Vi a mi padre solo una vez, en el hospital, la misma noche que murió. Pero no pudimos hablar. Cuando regresé al día siguiente ya había fallecido.

—Te quería mucho. Estaba obsesionado contigo, con conocerte, quería que supieras qué ocurrió en realidad.

—¿Y tú lo sabes? —Merche sintió un vuelco en el corazón.

—No. Nunca lo contó. Sé que tuvo algo que ver con tu familia y la suya y que el día que naciste tú murió Franco. Pero nunca llegó a revelar qué pasó aquel día. Era como si esos recuerdos fueran un secreto que nunca contaría a nadie.

—¿Por qué?

—No lo sé y tampoco me importaba.

—¿Y después qué ocurrió?

—Vaya pregunta. ¡Qué *oculió*! ¡Lo que tenía que *oculil*! Me enamoré como una mujer se enamora solo una vez en la vida. Él también me quería, pero no como nosotras queremos ser amadas... ya me entiendes. Me entregaba su cuerpo con la pasión que solo un hombre de verdad sabe hacerlo y nunca he vuelto a sentir lo que sentí con él... pero su alma la guardaba para ti. Era como si compartiéndola con otra mujer te traicionara. Se marchó a los diez días y me juró que regresaría, y lo hizo en cuatro ocasiones durante los años siguientes. Una semana, quince días, un mes, la última vez casi tres meses, pero tarde o temprano había alguna guerra que no se podía perder, y volvía a marcharse dejándome sola. Me dediqué a mejorar mi español como si fuera una forma de tenerlo más cerca... Mi vida giraba en torno a Tony esperando la próxima visita. Para mí, en aquellos años, ayer era su última visita y mañana la siguiente. Me *tolturaba* saber que nunca podría vencerte porque tu recuerdo era demasiado fuerte y me aterrorizaba pensar que cualquier día os conocierais y se olvidara de mí. La última noche que pasamos juntos en el tercer viaje, no sé por qué, no sé cómo, tal vez por esa intuición que tenemos las mujeres cuando escuchamos al hombre que amamos, hizo un comentario sobre el miedo y el fracaso que me hizo ver las cosas claras: llamar a tu puerta, como aseguraba en cada viaje, sería la última cosa que haría en la vida. Nunca daría ese paso, nunca te conocería, porque aunque no fuera consciente temía más tu rechazo que a la propia muerte. Desde ese momento acepté gustosa que primero estaba su hija y después yo, pero tú eras un fantasma, una ilusión y dejaste de preocuparme. Incluso llegué a quererte pensando que así estaba más cerca de él.

Xiuhui permaneció callada y Merche no supo muy bien qué decir. Se dejó llevar por el impulso de aproximarse y le cogió las manos en un gesto de cariño, de comprensión y complicidad. Sintió la respuesta positiva por la otra parte y la abrazó sin decir palabra, Xiuhui se emocionó y le devolvió el gesto; así permanecieron durante unos instantes. Después se separaron, las manos entrelazadas, mirándose fijas a los ojos; miradas tiernas y femeninas de reconocimiento mutuo sin necesidad de comunicación verbal.

—¿Hasta cuándo permanecerás en Jilin? —preguntó Xiuhui recobrando la compostura.

—Tengo un billete de regreso a Beijing para el martes a las diez.

—Ahora debo marcharme, prometí a mi vecina que recogería a Huan yue antes de anochecer. He estado todo el día en una reunión para tratar un tema de Hong Kong este verano y estoy muy cansada. Si te parece podemos comer juntas mañana. En mi casa.

—Nada me gustaría más, pero no quiero...

—Esta es mi dirección —interrumpió Xiuhui entregándole una tarjeta que sacó de su bolso—. Vivo en Longtan, a unos cuarenta minutos de aquí. Muestra la tarjeta al taxista y no tendrás problema. Si te parece podemos vernos a las dos.

Merche estudió la tarjeta. Una de las caras estaba escrita en chino, el reverso en español. Bajo el nombre figuraba «Intérprete/Traductora», vivía en la calle Hanyang y en el ángulo inferior derecho figuraba el número de teléfono que ya conocía y una dirección de correo electrónico. Xiuhui se levantó y Merche la acompañó hasta la salida. En la despedida se abrazaron de nuevo y Xiuhui reiteró que mostrando la tarjeta al taxista no tendría ningún problema en llegar a la dirección indicada.

Ya estaba anocheciendo, el sol se escondía entre los edificios como un gigantesco plato anaranjado y las barcazas navegando por el Shonghua componían una imagen de postal. Buscó en su maleta el bañador incorporado en el último momento y se embozó en el mullido albornoz blanco doblado en la estantería del baño. La piscina era lo suficientemente grande como para poder hacer unos cuantos largos y la tenía toda para ella; el techo lo ocupaba un gran espejo de las mismas dimensiones que la piscina y la gran cristalera en la pared lateral permitía ver los edificios iluminados al otro lado del río. Su objetivo era hacer cincuenta largos y perdió la cuenta al llegar al número veintisiete; continuó nadando hasta sentir que sus brazos perdieron el vigor necesario para impulsarla.

Cuando despertó por la mañana desechó la idea de bajar al gimnasio y continuó en la cama más tiempo del habitual. Pidió el desayuno en la habitación, conectó el ordenador y cerró el billete de regreso a España para las 17.30 del día siguiente. Intentó trabajar en su ensayo pero le resultaba imposible concentrarse, y mató el tiempo saltando de un canal a otro en la televisión china. El taxista reconoció sin problema la dirección en la tarjeta de Xiuhui y cuando llegaron al destino señaló con gestos ostensibles el portal junto a una sucursal del Banco de China en el chaflán de dos calles.

Xiuhui abrió la puerta sonriente con ademán de bienvenida y duda entre el apretón de manos o los besos de rigor; Merche le atrapó la escueta cintura y la abrazó. El piso era diminuto, se pasaba directamente al salón con una pequeña cocina incorporada; el espacio estaba bien aprovechado con una mesa de comedor y cuatro sillas, en un rincón el escritorio con el ordenador, una estantería llena de libros en la parte superior y un sofá bastante ajado frente al televisor.

—Huan yue no tardará en llegar. Quiero que lo conozcas —dijo Xiuhui mientras trajinaba unos woks humeantes.

—¿Puedo cotillear tus libros? —preguntó Merche cogiendo el ejemplar de *Las hijas del capitán* abierto junto al ordenador.

—Por supuesto.

—Mi madre no se perdió un solo capítulo de *El tiempo entre costuras* cuando la serializaron para la televisión porque le re-

cordaba a su infancia cuando su padre fue destinado a África.
—Merche se detuvo en el diploma de la Universidad de Jilin en
Changchun en el que figuraba la fecha 24 de abril de 1973, otro
del Instituto Cervantes tenía la misma fecha; era su nacimiento—. ¿Has viajado alguna vez a España?

—No, nunca. Tony y yo planeamos ese viaje... pero al final
todo se quedó en agua de verduras.

—Agua de borrajas —corrigió Merche.

—Lo peor del español son las expresiones, no los verbos, las
expresiones. Tú cómo dices, ¿me importa un pimiento, me importa un pepino o me importa un rábano?

—Nunca me he parado a pensar en eso. Surgen de forma
natural.

—¿Te gusta el picante? A Tony el picante le volvía loco.
Cuando cocinaba para él siempre decía que me quedaba corta
con el picante.

—No mucho. ¿Puedo ayudarte en algo?

—Gracias, pero aquí no hay sitio para las dos.

—Cuéntame cosas de mi padre —dijo Merche ya sentada en
el sofá, observando la sala.

—No sé. ¿Qué quieres que te cuente?

—Lo que se te ocurra.

—Era muy divertido y bromista. Me tomaba el pelo porque
decía que cuando me enfadaba no pronunciaba bien las erres y
parecía más china. A veces incluso en los momentos más íntimos se quedaba inmóvil como una estatua sin moverse hasta
que yo decía —Xiuhui se giró para que viera su expresión y
adoptó un gesto concentrado—: «El perro de Roque no tiene
rabo porque Ramón Rodríguez se lo ha cortado», y cuanto más
me confundía más se reía y más feliz parecía.

—¿Cómo era, qué recuerdos tienes?

—Era un buen hombre. —Xiuhui se giró y continuó manipulando con destreza los alimentos—. Se preocupaba por los demás. Decía que en las guerras sale lo peor de las personas... algunas veces se despertaba a media noche gritando, alterado por las pesadillas. Entonces se levantaba, se tumbaba en el sofá y fumaba un cigarro tras otro con la luz apagada. Si intentaba tranquilizarle me decía que lo dejara, que quería estar solo, y a la mañana siguiente era como si no hubiera ocurrido nada y se mostraba más contento que... más contento que...

—Más contento que unas castañuelas.

—Eso, más contento que unas castañuelas. Solo se entristecía cuando hablaba de ti. Decía que Franco le había jodido hasta en el mismo día de su muerte. En su cuarto viaje... no, no, en su tercer viaje, era en invierno, me dijo que estaba decidido a darse a conocer. Que ya no odiaba a Franco aunque continuaba pensando que fue... cómo decía... «un malnacido», ni tan siquiera odiaba ya a tu familia...

—¿A mi familia? —interrumpió Merche sorprendida y un chispazo de luz le hizo recordar la mención a su tío Vidal en la carta.

—Sí, a tu familia. Algo debió pasar con unos tíos tuyos, pero nunca lo contó. Estaba metido en un partido político, la ORT, Organización Revolucionaria de los Trabajadores, creo que se llamaba, ¿y sabes lo mejor?... era de ideología maoísta, ni más ni menos que maoísta, y se estaba acostando con una mujer que se había pasado la vida luchando contra Mao. Lo más gracioso era que los dos habíamos tenido las mismas vivencias, los mismos miedos, pero me parece que eso ya te lo he contado.

—En su carta me decía que estuviste en Tiananmén.

—Tiananmén... ufff, qué recuerdos. De eso hace muchos años. Entonces yo era muy joven, la misma edad que tu padre cuando entró en la ORT. Igual de soñadora, igual de ingenua. Lo de Tiananmén fue una masacre. Pensábamos que podíamos cambiar la historia, pero ya ves, todo sigue igual. Yo creo que nos ayudamos el uno al otro.

—¿Qué quieres decir?

—Pues que los dos entendimos que la vida, el mundo, tiene su propia... cómo se dice... dinámica, sus propios ritmos, sus propios tiempos, y que lo verdaderamente importante es la felicidad. Y los dos fuimos felices juntos, muy felices, pero ocurrió lo que tenía que ocurrir, que la felicidad no es eterna. Lo peor es que entendemos eso demasiado tarde. Sigo *lecordando* cada minuto que pasé con Tony, y los tres días en Yaoshao, escondidos en un sótano y temiendo que nos encontraran los militares mientras él me cantaba canciones al oído, como los más felices de mi vida.

—¿Por qué termino vuestra relación?

—Yo quería a Tony, estaba enamorada de él. —Xiuhui acababa de verter arroz en un hervidor eléctrico y se giró para mirar directamente a Merche—. Su cuarta visita fue la más larga, la más intensa. Estuvimos juntos todo el verano, yo me había liberado de ti y Tony dijo que arreglaría los papeles para que regresáramos juntos a España en otoño. No podía ser más feliz. Tenía ya todo preparado, me sentía llena, cuando me llamó desde México posponiendo el viaje prometido. Me sentí, me sentí tan... *Kělián,* desdichada, no se puede traducir al español, y colgué el teléfono sin decirle nada. Volvió a llamar pocos minutos después, los suficientes para darme tiempo a poner en orden mis sentimientos y pensar cómo sería nuestra vida juntos. Lo vi *clalo*. Primero estabas tú, eso ya no me importaba, y después la fotografía y no sé cuántas cosas más que tampoco me importaban... Tony lo era todo para mí, pero para él yo era otra pieza en el rompecabezas de su vida. Me sentía plena, ya me había dado todo lo que podía darme... pero yo, qué podía darle yo. En mi situación, conociéndole más de lo que se conocía él mismo, la *aleglía* y euforia de los primeros meses no tardaría en desaparecer... y me convertiría en una carga, en un lastre, y *telminaría* siendo el hombre más infeliz del mundo. Él necesitaba sus guerras, sus tiros... ponerse al límite para así sentirse... no sé, más vivo, más valiente que nadie. Así de tontos son los hombres, prefieren la muerte al amor. Le hablé tranquila. Le pedí que no *regresala*, que me dejara seguir con mi vida y nunca volviera a ponerse en contacto conmigo. Renunciar a compartir la vida juntos sería mi gran prueba de amor hacia él. Así de tontas somos las mujeres. No sé si hice bien o mal, a veces me arrepiento, otras creo que fue lo *mejol*. Pasé unos años muy duros hasta que pude recuperarme, pero nunca logré olvidarlo. Aprendí a alejarlo de mi vida, de mi cabeza, viendo a otros hombres... pero Tony nunca salió de aquí —dijo Xiuhui golpeándose con suavidad el pecho en el punto del corazón.

Xiuhui habló tranquila, en sus palabras, en su tono no había un ápice de resentimiento. Solo en la última frase su voz sonó afectada por unas pasiones que por su recurrente frecuencia nunca llegaron a ser recuerdos. Ninguna de las dos se atrevía a romper el silencio cuando la chicharra del timbre sonó ronca y estridente. A Xiuhui se le iluminó la cara y alcanzó la puerta en tres zancadas. Cruzó un par de comentarios en chino con una mujer y cuando se apartó apareció Huan yue. Vestía un uniforme azul con un pañuelo rojo anudado al cuello y una gorrita tipo Mao. Xiuhui le dijo en español que aquella mujer se llamaba Merche, eran amigas y podía besarla. El niño, de unos diez años, no lo dudó, lanzó la gorra sin saber dónde y corrió alegre hacia ella. Era hermoso, bellísimo, inquieto, juguetón, dicharachero y locuaz; al hablar mezclaba el chino y el español. Tenía dificultad para pronunciar las «erres» y Xiuhui le corregía, sin mirarle, modulando la pronunciación con voz acompasada y el hijo intentaba corregirse sin mucho éxito. Huan yue, cándido y risueño, sometió a Merche a un interrogatorio sumarísimo de tercer grado sobre la vida en España. Ella contestaba complacida, sonriente y feliz con él, ligero como una pluma, en sus rodillas. También le preguntó si se quedaría para su cumpleaños la semana siguiente, mientras Xiuhui preparaba la mesa; Merche contestó que ya le gustaría, pero que no podía. Xiuhui había preparado pollo *gong bao*, según aseguró el plato favorito de Tony, acompañado de arroz blanco que utilizó Merche, después del primer bocado, para mitigar el picor y el ardor del jengibre y el picante. Durante la comida Merche estudió con disimulo cada rasgo de Huan yue. Su apariencia general era indudablemente oriental, pero el perfil de la cara era más alargado de lo habitual y los ojos no tan rasgados como en los de su raza. El detalle que realmente le inquietó, y en el que centraba su atención, era lo que parecía ser un esbozo de comisura en la barbilla. Mientras Xiuhui preparaba té, frotó el pelo de Huan yue como si fuera una carantoña en un par de ocasiones, pero no logró discernir con precisión el contorno de la cabellera. Sirviendo un brebaje de hierbas Xiuhui dijo algo en chino a su hijo, el niño abandonó la sala y las mujeres siguieron conversando.

Xiuhui contó que había nacido en la región de Sichuan. No tenía hermanos y siendo niña destinaron a su padre, miembro del Partido Comunista y funcionario de la administración, a Pekín. Cuando Deng Xiaoping se hizo con el control del partido el padre cayó en desgracia y fue juzgado por conspiración: le sentenciaron a quince años en la prisión de Qincheng donde murió antes de cumplir la condena. También le habló de Tiananmén, la detuvieron y como todavía era menor de edad la ingresaron durante dos años en un campo de reeducación en Xinjiang. Después la confinaron en Changchún con orden de no abandonar la ciudad hasta terminar la universidad, ni viajar fuera de la provincia durante los siguientes cinco años. Fue entonces cuando se comprometió con el activismo político contrarre-volucionario. Se decidió a estudiar español porque en las cartas de su madre, que también estaba deportada en la región de Sha-anxi, hablaba de un sacerdote español —Xiuhui buscó España en un mapa— de Cartagena, que la estaba ayudando a salir ade-lante. Finalmente la madre se convirtió al cristianismo poco an-tes de morir sin que ella llegara a verla.

Xiuhui se ofreció a preparar la tercera tetera y Merche con-sideró que había llegado el momento oportuno para marcharse. Se demoró un buen rato despidiéndose de Huan yue y, tras el último abrazo fraternal en el dintel de la puerta, se armó de va-lor y soltó lo que había estado rumiando desde la comida.

—¿Puedo hacerte una pregunta?

—Tú dirás —contestó Xiuhui, las dos mujeres sujetándose los antebrazos.

—Sobre Huan yue, su padre...

—No —cortó de inmediato Xiuhui con gesto serio—. No pienses nada. Deja las cosas como están. Tony no fue el único *homble* en mi vida.

—Pero...

—Esperaba que nunca vinieras a recoger tu *calta*, pero me ha alegrado mucho conocerte.

—Dime simplemente...

—Tu *padle* siempre te quiso. Fuiste la única *mujel* que de verdad le *impoltó*. Solo cuenta eso. Adiós Merche. —Xiuhui, que se había referido por primera vez a Tony como «tu padre», le acarició suavemente con los nudillos la mejilla donde Huan yue acababa de besarla y cerró la puerta sin esperar su reacción.

Merche tuvo tiempo suficiente para conectar la llegada del vuelo procedente de Jilin y el de regreso a España con escala en Doha. La sala VIP en el aeropuerto árabe era impresionante, casi tan grande como toda la terminal 2 de Barajas. Junto a ella dos compatriotas trajeados hablaban excitados del resultado en las elecciones: por lo visto había ganado el nuevo partido Más Madrid, pero si se unían el PP, Ciudadanos y Vox volverían a recuperar el ayuntamiento y la comunidad. En aquel momento el asunto de las elecciones no le interesaba en absoluto. La apresurada despedida de Xiuhui le había dejado un sabor agridulce y se arrepentía de haber intentado averiguar si Huan yue fue el fruto de... Había escuchado la historia de la vida de Xiuhui y sus padres como en una ensoñación sopesando la conveniencia de preguntar si Huan yue era su hermano, repitiéndose una y otra vez la máxima del *aitá*, «Ante la duda, no». Pero la curiosidad pudo más que la prudencia cuando en el enésimo y último adiós Huan yue se lanzó a su cuello y le plantó en la mejilla un beso espontáneo, largo, intenso y húmedo que rindió las defensas. Tenía ante sí un botellín de Perrier, observó las burbujas chispeantes ascendiendo sin control y tuvo la certeza de que el recuerdo de Huan yue en sus rodillas y la duda le acompañarían el resto de su vida.

5

Matar siempre es un crimen

José Javier no estaba en casa cuando regresaste de China, desapareció sin dejar rastro tras discutir con su padre a cuenta del resultado en las elecciones municipales. El detonante fue su comentario al conocerse el ganador: «Si Más Madrid ha sido el más votado lo lógico es que gobiernen ellos». Pepe lo fulminó con la mirada, pero lo que le sacó de sus casillas fue saber que ellos fueron su opción política «porque han puesto bicicletas eléctricas para no contaminar las calles». Por la boca del padre salieron toda una retahíla de insultos desde tonto hasta imbécil pasando por infantil y estúpido. José Javier perdió los nervios gritando que vivía en una «familia de mierda», y que si seguía en aquella casa era únicamente por ti. Pepe le contestó «mucho estás tardando en marcharte», le echó en cara que «comía la sopa boba» y le retó a que no amenazara tanto, que se «largara de una vez» y os dejara tranquilos. El portazo desencajó los librillos de la puerta y todo el vecindario oyó sus alaridos mientras metía un par de pantalones y tres o cuatro camisetas en una bolsa de deporte. «*Hasda* nunca», fue su despedida.

Debiste mediar, una vez más, entre padre e hijo. A Pepe intentaste hacerle ver que su hijo era un idealista, un soñador que se alimentaba de fantasías viviendo su propio mundo utópico, y que tratar con él desde la lógica o la razón estaba condenado al fracaso. «Dos hostias bien dadas a tiempo y toda esa tontería se le habría quitado. Eso es lo que hubiera hecho falta», respondió. Sonia, la propietaria del chalet con el sauce llorón, telefoneó y reveló que su hija Almudena tenía escondido a vuestro hijo en la caseta del jardín. Sentiste más tranquilidad que vergüenza y, al finalizar la conversación, tu gesto se iluminó con la mueca de una sonrisa imaginándolo entre azadas y rastrillos. Fuiste a buscarlo y le comentaste que su padre estaba atravesando un mal momento porque unos jóvenes antisistema le habían ocupado un local en Chamartín, y precisamente a quienes él dio su voto se oponían al desahucio. Tampoco con tu hijo tuviste éxito, «Es que no me *quiede*. Nunca me he sentido querido por él», pero al menos lograste que regresara a casa. Ambos se necesitan afectivamente y la relación entre ellos volverá a ser la de siempre; el problema es que padre e hijo están cegados por su orgullo impidiéndoles ver que son exactamente iguales, y tampoco son conscientes del verdadero amor que se tienen.

Con José Javier ya en casa pudiste centrarte en analizar el viaje a China. Ahora tenías una perspectiva mucho más clara de la situación y al mismo tiempo la referencia a tus tíos en aquella carta abría nuevas posibilidades. Siempre pensaste que el motivo por el que tu padre os abandonó tenía que ver única y exclusivamente con *amatxu*: una pelea de pareja, falta de madurez en unos chicos jóvenes, alguna aventura amorosa por parte de cualquiera de los dos..., pero la carta depositada en China inducía a considerar otras opciones. La referencia a tu tío Vidal lo situaba en el centro de todo el asunto. Desde el viaje a Santa Lucía tuviste claro que, más pronto que tarde, deberías tener una conversación con *amatxu*, pero ahora también resultaba inevitable sonsacar a Martín y a Vidal.

Intentaste diseñar una estrategia para decidir qué y cómo

preguntar: ¿resultaría conveniente juntarlos o por el contrario verte con cada uno por separado?; ¿sería mejor hablar con tu *amatxu* antes o después de entrevistarte con ellos?, ¿debías incluir al tío sacerdote?... No consideraste a tu padrino, el tío Javier, porque nunca «pintó mucho» en la familia y probablemente no supiera nada, pero en el último momento pensaste que tal vez pudiera proporcionar alguna pista.

Siempre sentiste un cariño especial por él. Retraído y con claras limitaciones intelectuales, creció a la sombra de los hermanos mayores y su personalidad pusilánime lo hacía pasar desapercibido. Excepto *amatxu* nadie le tuvo consideración alguna —ni tan siquiera Inacito, con quien compartió habitación hasta ingresar en el seminario— y le mantenían al margen en las decisiones importantes. Solo la tata protegía «a este pobre *gixajo*»* de las infantiles maldades de los hermanos y le depilaba el entrecejo para que los demás no le insultaran. Él, por su parte, nunca cuestionó su papel de segundón y el matrimonio con la tía Reme —también de espíritu bondadoso, hija de un chófer aragonés del *aitá*— hizo incluso más infame el ninguneo. No tuvieron hijos y durante la década de los sesenta y setenta la economía de la pareja funcionó bastante bien. El *aitá* consiguió que le nombraran «proveedor», así figuraba en el contrato, de cafeterías en cines como el Rialto, Callao, Imperial, Rex... En aquellos años, tras el NO-DO llegaba el «Descanso» para cambiar la bovina, y aparecía en la pantalla el anuncio «Visite Nuestro Bar en el Ambigú». El negocio comenzó a decaer cuando los viejos proyectores se cambiaron por máquinas de funcionamiento automático y los tráileres de películas sustituyeron al *Noticiero Dominical*. Como si el destino le gastara una broma macabra, sirvió el último refresco en el Coli-

* Alma de cántaro.

seum el mismo día que se estrenó *Cinema Paradiso* en diciembre de 1989.

Se quedó sin ingresos y Pepe pidió a un amigo que contratara a tu tío en su agencia de publicidad. Comenzó a trabajar buscando clientes para las vallas publicitarias en las autovías, pero a finales de los noventa la nueva Ley de Carreteras prohibió este tipo de anuncios comerciales y volvió a quedarse sin oficio ni beneficio. Desde entonces y hasta su jubilación anduvo dando tumbos de un lado a otro en ocupaciones inestables y mal pagadas. Les ayudabas enviando un carro del Hipercor con alimentos y productos de limpieza a primeros de mes, haciéndote cargo del pago de la comunidad, y cada diez días enviabas a Daniela para dar un repaso a la casa. Nunca preguntaste por qué no habían tenido hijos y tampoco ellos comentaron nada al respecto.

Desde hacía unos años la relación con tu padrino y la tía Reme era prácticamente inexistente. No tenías muy claro el motivo, pero sospechabas que de alguna forma la actitud huidiza tenía que ver con tu negativa a convertirte en su heredera universal. El desencuentro comenzó a macerarse, sin que ni ellos ni tú fuerais conscientes, en la boda de Inma, hija del tío Vidal. Se casó en Tarragona y ellos, también *amatxu*, viajaron con vosotros en coche. Pepe paró a repostar en Zaragoza y *amatxu* aprovechó para ir al servicio, estabais los tres dentro del vehículo cuando dejaron entrever sus intenciones de nombrarte su heredera universal. Les dijiste que de ninguna manera, la conversación se cortó con el regreso de *amatxu* y no le diste mayor importancia. El tema de la herencia no volvió a surgir, y tu único recuerdo de aquella boda es la triste sensación de que el espíritu familiar se había evaporado. Todos tus primos excusaron su ausencia, tampoco acudió el tío Fernando por temas de salud, y resultaba desoladora la imagen de la mesa correspondiente a la familia Tellechea arrinconada con tan solo siete sillas: además de vosotros cinco, Inacito que ofició la ceremonia y el tío Martín que viajó en AVE el mismo día de la ceremonia.

Cuando al año siguiente llegó el momento de la comunión de Begoña trabajaste a fondo para reunir a todos los tíos y cuantos primos con cónyuges e hijos fuera posible. Querías algo entrañable y contrataste el catering de Zalacaín para que lo sirvieran en la casa de la calle Velázquez, donde continuaba viviendo *amatxu*. Daniela y Viorica, la asistenta de la *amatxu*, pasaron toda la semana limpiando la casa e incluso conseguiste que *amatxu* saliera a la terraza cuando quisiera fumar. El día de la celebración todo resultó perfecto, fue como regresar a los años en que los Tellechea eran la familia más admirada y envidiada del barrio Marqués de Salamanca.

La única fricción pudo surgir al tratar la propiedad de aquel piso. El día anterior a la comunión comentó Pepe al acostarse que, estando todos juntos, se propiciaba una buena ocasión para resolver la propiedad del piso, todavía pendiente desde la muerte de la abuela. Te molestó el comentario y le ordenaste que ni por asomo mencionara ese tema en un día tan señalado. Él cumplió su palabra, pero lo inevitable siempre termina por ocurrir. La espoleta fue una ingenua pregunta de Azul sobre la propiedad de aquella casa, y la respuesta de Inacito confirmando que *amatxu* tenía el usufructo de por vida, pero la propiedad era de todos los hermanos a partes iguales. Entonces Leire recalcó incrédula: «¿De verdad es de todos nosotros este casoplón?», y la conversación que habías intentado evitar explotó de forma natural.

Bromeaste afirmando que como *amatxu* tenía una salud a prueba de bombas y viviría al menos cincuenta años más «hablar de esto ahora es una pérdida de tiempo». Pero no todos pensaban igual. El tío Fernando fue el primero en pronunciarse y admitió que no le vendría nada mal «recibir un dinerillo extra»; también el tío Javier, que como bien sabías a duras penas llegaba a fin de mes, se mostró dispuesto a vender su parte; Martinchu miró a Leire y por primera vez los hermanos parecieron coincidir; Adriá se dirigió a Pepe como si sospechara que algo así podía ocurrir y dijo que él «no le haría ascos a un buen trato... en un sentit o un altre». Pepe tenía todo bien estudiado: el precio de mercado en aquellos momentos era de un millón de euros, «cien mil euros arriba o abajo»; él ofrecía ciento veinticinco mil euros a cada hermano por la sexta parte que le correspondía, valorando en dos partes —doscientos cincuenta mil— el usufructo de *amatxu*. «Noi, el català sóc jo», ironizó Adriá; al tío Javier el precio le parecía un poco barato, pero como la casa se quedaba en la familia aceptaba la oferta; el tío Fernando decía que valorar en un millón «más de trescientos cincuenta metros cuadrados en lo mejor de Velázquez es tirar muy muy por lo bajo. Un regalo, una ganga, sobrino»; y Martinchu echó mano de su amistad para pedirle que se estirara un poco más porque la cantidad resultaba «indecente»; Inacito y tu *amatxu* observaban sin decir palabra. Tú te sentías triste y desconcertada por aquel mercadeo propio de trileros.

Pepe exponía con determinación las bondades de su oferta: *amatxu* era la más joven y si la naturaleza seguía su natural discurrir, fallecería la última y ningún tío recibiría «un solo euro» en vida. Serían los primos quienes heredaran, así que, por mucho que mejorara su oferta «dentro de unos límites», la subida que correspondería a cada parte sería irrisoria; «Ah, sin olvidar a Charli, que hasta que no apareciera no se podría hacer nada por aquello de la legítima». Miguel dijo que mirándolo así no le faltaba razón; Adriá habló en nombre de los cuatro Tellechea Cugat y planteó que ellos estaban dispuestos a mejorar «l'oferta de Pep substancialment» y quedarse con el «inmueble». El tío

Javier y el tío Martín, que hasta entonces no se había pronunciado, ni tan siquiera le permitieron proponer una cantidad, pues no consideraban viable ninguna otra opción que no fuera la venta a tu *amatxu*. Finalmente llegaron a un acuerdo que satisfizo a todos: cada hermano recibiría ciento cincuenta mil euros, «cien mil declarados al firmar escrituras y los otros cincuenta mil en B a final de año»; gastos de notaría y plusvalía divididos en dos partes iguales —una la pagaría Pepe, la otra entre los cinco hermanos—, y se escrituraría a nombre de *amatxu* por el menor valor posible. Evitaste discretamente unirte al brindis que rubricó el acuerdo alcanzado.

Al llegar a casa Pepe, pletórico y entusiasmado, se sirvió una generosa dosis de Jim Beam Double Oak y encendió el tercer Cohiba lancero del día. Afirmaba que habíais hecho un negocio redondo, que en las buenas zonas los precios nunca bajaban y valoró en dos millones el precio real, «incluso más cuando termine la maldita crisis», y que si le hubieran apretado habría pagado «por encima de doscientos mil euros a cada uno». Sabías por experiencia que en sus momentos de euforia te buscaba en la cama y decidiste acostarte antes de lo habitual, «estoy agotada después de un día tan largo... y además tengo una jaqueca que me está matando». Considerabas aquel piso la quinta esencia de vida, y lo ocurrido aquella tarde te había resultado obsceno y repugnante.

El tío Javier telefoneó a la mañana siguiente, hablaba él aunque se escuchaba a la tía Reme al fondo dictando lo que debía decir. Te comentó «lo guapa que estaba Begoña»; la alegría por haber conocido a los mellizos de Leire; lo ricas que estaban las vieiras, «y el solomillo tan jugoso» escuchaste, aunque él no lo repitió. «Sobrina, ¿podrías venir esta tarde? Ven sola, queremos hablar contigo». No mencionó la venta del piso, pero los conocías muy bien y sabías que su llamada tenía que ver con algo relativo a la herencia. Nada más sentarte en su salón te dijeron abiertamente lo que insinuaron durante el viaje a Tarragona: «Queremos que seas nuestra heredera universal»; «así es».

Rechazaste de nuevo su oferta y les aconsejaste que gastaran en ellos el dinero. «Nada, sobrina, nada»; «estamos bien como estamos y no necesitamos viajes, ni ropa, ni nada»; «nada de nada»; «no necesitamos nada»; «para nosotros eres como la hija que nunca tuvimos»; «eso, como la hija que nos hubiera gustado tener»; «pero Dios no quiso»; «no quiso Dios»; «ya lo hemos hablado tu tío y yo»; «y lo tenemos claro y bien claro»; «queremos dejártelo todo a ti».

Para ti la familia era más importante que el dinero y mencionaste que tus primos pensarían que te habías aprovechado. «Serán primos tuyos, pero para nosotros no son sobrinos»; «eso le digo a tu tía, peor que a extraños nos han tratado»; «ni cuando te operaron de la próstata llamaron»; «así fue»; «ni una llamada»; «no me llamaron los padres como para llamar los hijos»; «y además lo raros que son todos»; «¿qué decían que eran la Leyre y la otra, la catalana?»; «no sé, de esos que solo comen verduras»; «vaya tontería»; «será una moda»; «de toda la vida de Dios se ha comido de todo»; «seguro que en sus casas se meten buenos chuletones». «Reme, también están las hijas de tu hermana», le recordaste. «Uy, esas, peor que los de tu rama»; «años hace que no sabemos si viven o mueren»; «si las veo por la calle ni las conozco»; «para nada»; «tú has sido la única que se ha preocupado de nosotros»; «así es, solo tú»; «y ya lo hemos decidido»; «decidido y bien que decidido».

El matrimonio tenía profundas convicciones religiosas y sugeriste que lo donaran a la Iglesia. «A esos les íbamos a dejar nosotros nada, antes lo tiramos al Manzanares»; «una cosa es la Iglesia y otra los curas»; «nada que ver»; «ni loco les dejo nada a los curas»; «imagínate, dejárselo al Inacito»; «no faltaría otra cosa»; «vaya pájaro está hecho»; «un pájaro de cuidado»; «y los otros... todos iguales»; «anda que si yo te contara...»; «¡Ay hija, si te contara tu tío!»; «y mucho aparentar pero me parece que están todos en la luna de Valencia»; «mucho Martinchu, mucho Martinchu, pero llevaba el cuello de la camisa tan desgastado que se veía lo blanco»; «anda que su hermano Miguel...»; «pues no le ha caído buena con la negrita»; «la negrita dices, mil veces peor la blanquita, porque la niña bien cariñosa que es aunque no sea de la sangre»; «eso, que no es ni de la sangre»; «pero la Sole vaya p. que salió»; «nada de p., una puta con todas las letras, eso es lo que fue»; «lo fue y lo es»; «en cuanto vio los primeros problemas con la cría puso pies en polvorosa»; «y con uno mucho más joven que ella, anda que no fue pájara»; «si es que se las dan qué se yo de qué pero me parece que nada de nada»; «menos los catalanes, Reme, ahí sí que hay dinero»; «pero por parte de ella»; «decían que el padre fue somatén»; «el abuelo, el somatén fue el abuelo, no digo que el padre no fuera también, pero quien lo fue de seguro fue el abuelo»; «yo hubiera jurado que el padre»; «tu tío es que ya mezcla todo, por lo visto fue el abuelo quien entregó a Ferrer Guardia»; «a Ferrer Guardia no, a Mateo Morral»; «a Mateo Morral no, te digo que a Ferrer Guardia». «No sé quiénes son ninguna de esas personas. ¿Podríamos dejarlo ya?», pediste casi suplicando. «¿En que estábamos?»; «hablabas de tu cuñada Montse»; «ah, sí, ya la viste en la boda, más *p´allá* que *p´acá* sin parar de frotar la mesa; me dio pena la pobrecilla frota que te frota, frota que te frota»; «qué guapa era de joven»; «y se movía como una marquesa, con una elegancia...»; «siempre fue muy elegante»; «eso es verdad, a cada una lo suyo»; «pero siempre tirando para casa, nunca se fue a vivir a África cuando Vidal estuvo allí»; «y anda que no pasó años»; «vaya que si estuvo años, allí le hicieron general»; «y ella en Tarragona con los niños»; «como era hija sola y el padre tenía tanto dinero»; «por eso le han salido a Vidal los hijos como le han salido»; «normal criándose en Cataluña»; «y que te conste que si fuimos a la boda de la Inma fue porque te empeñaste en llevarnos»; «porque te empeñaste en llevarnos»; «que por nosotros nos hubiéramos quedado tranquilamente en casa»; «en casa tranquilamente»; «como hizo Fernando, que con lo de que estaba mal no levantó el culo para ir a la boda de su sobrina».

Pensaste que los chismorreos familiares estaban llegando demasiado lejos y les reprochaste estar siendo injustos con Fernando. «Lo que me faltaba por oír, que soy injusto»; «si te contara tu tío...»; «si te contara yo...»; «pues no le sacaron de pocos problemas cuando tuvo las discotecas»; «pero como era el ojo derecho de madre...»; «y de asuntos graves y bien graves»; «todo se le consentía en aquella casa»; «y esos hijos que tiene... no sé yo»; «terminarán por meterlo en una residencia, ya te digo»; «como si no hubiera pagado de sobra...»; «es que lo de la pobre Maca»; «así que ya sabes lo que vamos a hacer»; «lo tenemos bien pensado y decidido»; «así es, decidido y bien pensado»; «y no hay vuelta atrás»; «me gustaría ver la cara de Martín cuando sepa que no hay nada para sus hijos»; «ni una perra»; «pero nada de nada»; «el único bueno de aquella rama era T T»; «qué pobre»; «ese sí que era bueno»; «el mejor de todos»; «tenía un corazón que no le cabía en el pecho»; «el único que se salvaba»; «porque la culpa de todo la tuvo su padre»; «y tu hermano Vidal, no te olvides, que ese siempre fue el perejil en todas las salsas»; «es verdad, ese no se perdía una»; «es el más listo de la familia. Siempre supo escoger dónde tenía que estar»; «como cuando lo de Tejero»; «que le decía a Martín que sí, que sí, y después nada»; «a los pies de los caballos lo dejó»; «llevaba al general por donde quería»; «hombre que si lo llevaba, por donde quería lo llevaba»; «en casa mi padre, y me apena decirlo, bien poco pintaba»; «allí se hacía lo que decía tu madre»; «así era»; «nos contaron que cuando estuvieron en África la llamaban la generala»; «y el Martín pensaba que le hacía caso a él por ser el primogénito»; «pero al final Vidal siempre se salía con la suya»; «Vidal siempre fue mucho Vidal»; «otro pájaro como el Inacito». Aquella conversación te estaba resultando dolorosa. Ellos insistían en que todo fuera para ti y, si estabas de acuerdo, que su ático acabara después en José Javier. Te levantaste tan disgustada como encolerizada, «Ya está bien, me voy y será como si hoy no hubiera estado aquí. Y pensad otra cosa para la herencia, a mí no me hace ninguna falta».

No imaginabas las consecuencias de tu reacción. A partir de aquel día la relación con tu padrino y su esposa fue distante y fría por su parte. El primer indicio lo proporcionó Daniela, cuando a la semana siguiente regresó diciendo que tus tíos la habían despachado asegurándole que ya no era necesario que limpiara la casa; a comienzos de mes llamaron de Hipercor solicitando una nueva dirección de entrega para el pedido que había sido rechazado; y Pepe, por último, te informó sobre la notificación del banco comunicando que el traspaso mensual a la comunidad de vecinos de Sor Ángela de la Cruz había sido devuelto. Fue Reme quien contestó a tu llamada. Aunque intentaba trasmitir normalidad sonaba resentida al otro lado del auricular. Te dijo que como iban a cobrar su parte del piso ya no necesitaban tu ayuda. Te equivocaste al pensar que el enfado, fuera cual fuese el motivo, se pasaría con el tiempo. Intentaste reunirte con ellos pero siempre encontraban una excusa ridícula para evitarte. También rechazaron cenar con vosotros en Navidad, como era tradición, porque el médico les aconsejaba evitar las comidas copiosas. Cuando en sus cumpleaños les felicitabas por teléfono simplemente decían «gracias» y colgaban. Sí admitieron las esporádicas visitas de José Javier, obligado por ti, pero tampoco él logró averiguar el motivo del enfado.

Siete años llevabas sin ver al matrimonio y había llegado el momento de armarte de valor y visitarles si querías averiguar algo sobre tu padre. Te presentaste en su casa parapetada tras un ramo de flores para la tía Reme, y ella fue quien abrió la puerta. «Ni que hubieras visto un fantasma», acertaste a decir viendo su expresión con idénticas dosis de sorpresa y alegría. «¿Quién es?», preguntó tu tío desde el salón; «Soy yo, tío. Tu ahijada Merche». Lograste disimular la excitación y los miedos colándote literalmente hasta la cocina como si fuera tu propia casa y arreglaste el ramito de azucenas en un florero de cristal que colocaste en la mesa del salón. Todo continuaba exactamente igual que la última vez que estuviste allí: la misma cortina con el *bandeaux* tan de moda en las casas de posibles durante los setenta, el mismo sofá con su funda protectora marrón, los mismos cojines de ganchillo con flecos, el mismo televisor Emerson en la misma ubicación, la misma mesita de mármol blanco con apliques dorados, la misma alfombra que fue lo primero que entró en aquel piso cuando les entregaron las llaves... incluso el canario balanceándose nervioso en su jaula junto a la ventana parecía ser el mismo. Ellos eran lo único que había cambiado. Estaban muy envejecidos y desmejorados, se les veía achacosos, encorvados, con movimientos lentos y torpes, y su aspecto era desaliñado —la sempiterna corbata del tío con un par de lamparones y Reme parecía no haber pisado una peluquería hacía meses.

Evitaste rodeos innecesarios y preguntaste sin preámbulos por el motivo de su distanciamiento. La pareja se miró incrédula; sus miradas revelaron que ni por asomo podían imaginar tu total desconocimiento sobre qué les molestó tanto. Ninguno de los dos parecía atreverse a ser el primero en hablar. «Anda, apaga eso. Qué nos importa a nosotros si desentierran o no a Franco», ordenó Reme; «a mí sí me importa, más que el Sálvame»; «Ya ves, hija, ahora le ha dado por Franco, con eso de que van a desenterrar al pobre»; «¿Qué dices de Franco?»; «Nada, que tu sobrina pregunta por qué estamos tan disgustados con ella»; «Por el desprecio, vaya desprecio que nos hiciste»; «te dábamos todo lo que teníamos y lo despreciaste»; «ya sabemos que te sobra y que por pisos no será, pero el desprecio que nos hiciste...»; «y no creas que este piso vale poco»; «un pico vale»; «tu marido te dirá»; «ni te imaginas lo que pagaron el mes pasado por el tercero izquierda»; «y este es mucho mejor»; «dónde vas a comparar, este es un ático»; «por las nubes se le puso a tu tío el azúcar»; «un disgusto grande, sobrina, muy grande el disgusto que nos diste»; «la última persona de quien hubiéramos esperado algo así».

Intentaste hacerles comprender que en absoluto despreciabas, o rechazabas, lo que ellos te ofrecieron de todo corazón; que todo fue un mal entendido; que únicamente pretendías mostrarles que nunca te movió el interés y cuidarles había sido una forma de demostrarles el cariño que les tenías. No puedes precisar si lograste o no convencerles, pero al menos la situación se recondujo y el abrazo con cada uno de ellos les emocionó tanto como a ti. Los ojos de los dos ancianos recobraron una chispa de brillo juvenil y confesaste abiertamente que necesitabas su ayuda. Tal vez fuera aquella la primera ocasión en que se sentían útiles, y se mostraron dispuestos a entregar su propia alma si con ello solucionaban tus problemas. Habías pensado en soltar a bocajarro que conociste a tu padre y pedir a tu padrino que contara lo que supiera, pero cambiaste de estrategia en el último momento y simplemente preguntaste cómo fue tu nacimiento.

«No entiendo, ¿qué quieres decir?» «Pues eso, tío, cuando nací yo, cómo se lo tomó la familia, qué ocurrió, no sé, cualquier cosa...» «Madre mía, de eso hace ya mucho tiempo, y todo aquello es mejor olvidarlo». «A mí me gustaría saberlo, creo que tengo derecho a saberlo, no sé por qué lo habéis ocultado siempre». «A tu padrino no le metas en el mismo saco que a los otros», saltó Reme; «yo no te he ocultado nada, nunca me preguntaste». «Tío, lo estoy haciendo ahora». «La chica tiene derecho a saberlo, dile lo que sabes»; «pero si tampoco sé tanto, fueron Inacito y Vidal los que más... no sé cómo decirlo, los que estuvieron más pendientes...»; «cuéntale lo que sepas, la chica tiene derecho a saberlo». «Cualquier cosa, tío, cuéntame cualquier cosa que recuerdes».

Hay momentos en la vida en que todo se pone en contra de uno y así fue aquella semana para ti. Comenzó con tu fracaso intentando reconciliar a Pepe y José Javier tras su discusión, y lo que te contó tu padrino fue la guinda que faltaba. También te preocupaba el asunto de Simón.

Te citaste con él después de China y el encuentro resultó muy agradable, tal vez demasiado agradable; fue como un paréntesis de tranquilidad en aquellos días tan convulsos. Recordasteis el año irrepetible en la universidad, mencionasteis el Tuareg, que había cerrado, y como en una confesión revelasteis las ilusiones cumplidas y los sueños que quedaron en el camino «en la época de las grandes sinceridades, cuando no había mentiras». En cuanto a tu padre, seguía sin entender por qué durante tantos años nunca le mencionó el tema de la paternidad. Pasasteis una tarde muy agradable, demasiado agradable.

* * *

Durante el vuelo entre Madrid y Moscú ultimó la revisión de su ensayo para *Educational Sociolinguistics*. El trabajo había tenido un efecto balsámico y cerró el ordenador al sentir el leve zarandeo del avión aterrizando. En la salida de viajeros esperaba un hombre corpulento mostrando un cartel con el nombre TELACHEA. Merche había contratado un servicio de taxi que la llevaría desde el aeropuerto hasta la estación de Leningradsky para tomar a las 22.09 el último tren «Estrella Roja» con destino San Petersburgo. Allí vivía Mijaíl Lébedev, albacea de Stanislav Markelov depositario de la carta que su padre escribió en Chechenia.

Cuando Merche buscó en Google el nombre de Stanislav Markelov su corazón dio un vuelco al leer que fue asesinado en 2009. Su muerte nunca fue totalmente resuelta y estaba relacionada con la denuncia de Markelov, un luchador por los derechos humanos, contra un coronel del ejército ruso, un tal Yuri Budanov, por crímenes de guerra cometidos en Chechenia. Los temores de Merche se desvanecieron cuando el editor de la *Novaya Gazeta* le informó que un sobrino de su reportero Markelov, de nombre Mijaíl Lébedev, se había hecho cargo del legado, archivos y toda la documentación del activista político. También le proporcionó un número de teléfono y la dirección de correo electrónico del familiar que vivía en San Petersburgo garantizándole que, como Markelov era un hombre muy ordenado y meticuloso, encontraría lo que buscaba.

La conversación telefónica con Lébedev resultó embarazosa. Misha, como pidió el sobrino de Markelov que le llamara, hablaba un buen inglés, pero se mostró remiso a buscar una carta con la única referencia de «Para Merche» o «Para mi hija» entre la documentación que custodiaba. Lébedev mencionó que debería dedicar un tiempo del que no disponía y se vería obligado a emplear a algún asistente. Pese al cúmulo de inconvenientes y problemas expuestos por su interlocutor, Merche tuvo claro que la carta se podía localizar sin problema, y que se trataba únicamente de fijar un precio. Tras un intercambio de correos electrónicos acordaron un pago de mil euros como compensación por las molestias y para costear la contratación de una persona. El pago se realizaría en dos partes, una primera transferencia de trescientos euros a una cuenta bancaria y el resto cuando encontrara la carta. El ruso escribió a los tres días indicando que había recibido la primera transferencia y anunciando que había encontrado la carta; en cuanto recibiera los setecientos euros restantes la enviaría por UPS. Merche no tenía interés alguno en conocer a Misha, puesto que nada podía contarle de su padre, y su primera intención fue responder indicando que pagaría los setecientos euros contra rembolso cuando recibiera el envío. Pero no podía arriesgarse a que, por el motivo que fuere, la carta se extraviara, o, viendo el tipo de persona que era Misha Lébedev, le chantajeara pidiéndole una cantidad desorbitante tras los primeros mil euros. Con un personaje como Lébedev lo más seguro y aconsejable era viajar personalmente a San Petersburgo para recoger la carta en mano. Ideó rápidamente un plan: volaría el viernes a Moscú, se encontrarían el sábado por la mañana en su domicilio, recogería la carta entregándole los setecientos euros restantes por los gastos ocasionados, y el domingo regresaría a España. Todo quedaría resuelto en menos de cuarenta y ocho horas.

El compartimento del tren estaba equipado con una cama amplia y cómoda. El suave traqueteo, apenas perceptible, acunó a Merche que cayó dormida casi al instante. Se despertó con una luminosidad tan intensa que se alarmó pensando que debían estar a punto de llegar a San Petersburgo, pero por la ventana tan solo vio una infinita llanura hasta más allá de donde alcanzaba la vista. Las manecillas del reloj marcaban las cuatro de la madrugada, intentó seguir durmiendo pero no pudo. Colocó encima de la cama el maletín de viaje, sacó la ropa limpia que vestiría aquel día y contó por dos veces los setecientos euros del sobre que volvió a guardar en la bolsa interior de la maleta. Se lavó los dientes, se duchó y se vistió; ya estaba lista para el encuentro con Lébedev. Calentó agua en la tetera convenientemente dispuesta y preparó té recordando la conversación que había tenido con su tío Javier unos días antes.

Javier era su padrino y en la familia Tellechea nunca se le tuvo especial consideración. Tío y sobrina estuvieron distanciados durante años por temas de herencia. Felizmente todo se aclaró cuando Merche los visitó recientemente para preguntar por el día de su nacimiento. El tío prefería olvidar aquellos tiempos, pero su esposa Reme le incitó a que contara lo que supiera.

—Cualquier cosa, tío, cuéntame cualquier cosa que recuerdes —le rogó Merche.

—Fue el día que murió el Caudillo. Yo estuve junto a tu madre desde que la ambulancia llegó a casa cuando rompió aguas a eso de media tarde, hasta el domingo que le dieron el alta. No la dejé sola ni un minuto. Martín llevaba en La Paz unos cuantos días porque también habían ingresado allí al Generalísimo, y se pasó la noche entre la planta donde estaba Franco y la maternidad, subiendo y bajando, subiendo y bajando. Todos estaban pendientes de lo que ocurriría con Franco y antes de la media noche se corrió el rumor de que ya había muerto. Una comadrona era la única que se ocupaba de tu madre y repetía cada vez que entraba que nunca había visto a nadie que tardara tanto en dilatar. Tu madre estaba muy nerviosa y asustada, a fin de cuentas era una niña recién salida del cascarón, y yo la tranquilizaba cogiéndole la mano. Le preguntaba si tenía dolor y ella me respondía que un poco, aunque me parece que le dolía de verdad pero no lo confesaba por el miedo que tenía metido en el cuerpo. A eso de las cinco de la madrugada volvió a entrar la comadrona y salió al momento gritando que ya venías de camino, que se veía la cabecita. Llegaron corriendo dos enfermeros y se llevaron a tu madre en una camilla.

—¿Y el tío Vidal y el tío Fernando? ¿No estaban?

—No, Fernando no vino. No recuerdo por qué... debía tener algún asunto, pero el caso es que no vino. Antes de amanecer llegó Inacito, dijo que Vidal le había acercado al hospital. Me sorprendió saber que Vidal estaba en Madrid porque sus Regulares estaban en primera línea para frenar a los moros de la Marcha Verde. Había subido a la planta de Franco y cuando bajó le dije que no estaba bien preocuparse por Franco antes que por su hermana y él me contestó que no le tocara los cojones, que me dejara de mariconadas y que si pensaba que con lo que estaba pasando en África estaba en Madrid por Franco es que yo era todavía más tonto de lo que él creía. El caso es que se reunieron los tres y Martín preguntó que cómo había ido la cosa. Inacito comentó que bien, que Ballester se había comprometido a solucionarlo, y Vidal dijo que aquello había sido un parche y que terminaríamos por lamentarlo. Yo pregunté que qué era aquello que íbamos a lamentar y no recuerdo cuál de los tres me contestó que nada «de tu incumbencia», y me mandaron a la cafetería a traerles café. Fue allí donde escuché a unos periodistas decir que «el viejo ya la ha *palmao*», recuerdo perfectamente sus palabras porque como aquello estaba lleno de militares hablaban como si se estuvieran confesando.

—¿Pero qué había que solucionar?

—Ni idea. Si lo supiera, ahora mismo te lo decía, sobrina, pero no tengo ni idea. A eso de las siete nos avisaron de que ya habías nacido. Yo pregunté qué había sido, y cuando nos informaron que niña, Vidal dijo: «además, hembra», y se marchó. Recuerdo que a última hora de la mañana llegó Manuel Ballester y me preguntó, con aquel vozarrón que tenía, por Vidal; le dije que lo mismo estaba en la cafetería o en la planta de Franco. Me comunicó que el Caudillo ya no estaba en el hospital, que Martínez-Bordiú había dado orden de que lo amortajaran en otro sitio. Apareció entonces Inacito con Martín, que todavía no habían visto a tu madre, aunque hacía más de dos horas que ya estaba en la planta, y los tres hicieron un corrillo junto a la escalera, me dio la impresión que para que yo no escuchara lo que hablaban. Lo único que oí fue a Martín preguntar a Ballester que si podía dar por seguro que «el pajarito iba a emigrar» y Ballester respondió: «¿Alguna vez os he fallado?» y que ya no debían preocuparse por nada. Lo que más gracia me hizo fue ver a Inacito bendiciéndolo desde lo alto de la escalera.

—¿Qué quieres decir con «bendiciéndolo»?

—Sí, a Ballester. Había comenzado a bajar las escaleras, ni tan siquiera tuvo el detalle de entrar en la habitación para saludar a tu madre, y entonces el Inacito, desde la barandilla del rellano como si fuera un púlpito, le pide que se pare y lo bendice en el nombre del Padre y todo eso diciéndole que la familia Tellechea tenía a partir de ese día una deuda eterna con él, y Ballester respondió que su fidelidad al general estaba por encima de cualquier cosa, que se merecía eso y mucho más.

—¿Y después qué pasó?

—Nada. Al mediodía llegó el general, padre, quiero decir. Madre no pudo venir porque tenía una reunión en casa de los Cotoner, los marqueses de Mondéjar, para preparar un rosario o algo por el estilo... no, no, una novena en memoria de Franco, eso era, ahora lo recuerdo bien. A lo que iba. Nunca vi al general tan entusiasmado como cuando te tuvo entre sus brazos, nunca, y eso que era el día que se había muerto Franco, con todo lo que Franco significaba para él. No me lo podía creer, pero de verdad que fue así, tenía los ojos enrojecidos por la emoción y cuando alguien comentó algo de Franco fue como si estuviera sordo, solo tenía ojos para ti y decía que tenía la nieta más guapa. Eso decía, te balanceaba diciendo que eras la niña más bonita del mundo y que él se ocuparía de ti y de que nadie te hiciera daño. Y a tu madre le dijo que no se preocupara por nada, que él siempre estaría allí para defenderos a las dos. Cuando se marchó, bien pasada la media tarde, me dio cinco mil pesetas, que entonces era una fortuna, para que llenara la habitación con flores.

—No pasa un día sin acordarme del *aitá*.

—Yo creo que él fue el único que se alegró de que nacieras. Él y la tata. Nos dieron el alta el domingo por la mañana y cuando la tata te vio en casa empezó a gritar no sé qué cosas en vascuence, apretándote contra su pecho y besándote sin parar. Estaba sola en casa, los demás habían ido al Valle de los Caídos para el entierro, después comieron en El Escorial y llegaron a eso de las cinco de la tarde, cuando tu madre te estaba dando el pecho. Vidal, que como los demás te veía por primera vez, comentó que por lo menos tenías una cara graciosa. No tenía mucho tiempo porque debía coger un avión militar en Cuatro Vientos para unirse a su compañía aquella misma noche; entonces Inacito preguntó por una fecha para el bautizo y quién sería el padrino. Nadie decía nada, vi como el general y tu *amatxu* se miraban con tristeza y me ofrecí voluntario. Madre dijo que bien, que decidido, que yo sería tu padrino.

—No imaginas cómo te lo agradezco y la suerte que he tenido con que tomaras esa decisión.

—Sobrina, te voy a ser sincero, para ellos eras una vergüenza, solo por eso soy yo tu padrino.

—Estás exagerando. Mi sensación, y estoy convencida, es que el *aitá* siempre me quiso. Era su cachorrilla...

—El general no contaba, me refería a madre y los mayores.

—Si de verdad te hubieran querido —intervino por primera vez la tía Reme— tu tío no hubiera sido padrino.

—En aquel momento sentí pena por ti —continuó el tío—. Si no les importaba que yo fuera el padrino era porque tú no eras nadie en aquella familia.

—Dile, dile lo que dijo Vidal cuando pasó lo de tu sobrina Maca.

—¡Que ojalá le hubiera pasado a la otra! Eso dijo.

El tren llegó a San Petersburgo a la hora prevista. Al ser sábado por la mañana la estación estaba casi desierta. Merche se encontró en el exterior con una gran plaza de elegantes edificios uniformes rodeando un obelisco justo en el centro. Buscó una parada de taxis sin éxito, e intentó preguntar. Los escasos transeúntes que pasaban en esos momentos la ignoraron; ni tan siquiera lograba que se detuvieran y la escucharan. Tras el sexto fracaso entró de nuevo en la estación y se dirigió a la única cafetería abierta. Atendían la barra una chica joven y un señor mayor que tampoco hicieron el menor esfuerzo por entenderla cuando preguntaba cómo podía encontrar un taxi.

—¿Tiene algún problema? —oyó a su espalda en un perfecto español.

—Sí, no sé cómo puedo conseguir un taxi.

—Aquí en San Petersburgo tomar un taxi resulta un poco complicado para los turistas. Si quiere puedo ayudarla.

—Se lo agradecería mucho.

El buen samaritano resultó ser un cubano que llevaba años viviendo en Rusia. Durante el recorrido hasta la salida le puso al corriente sobre el transporte público en San Petersburgo. Los taxis antiguos no llevaban ningún indicativo, en ocasiones se trataba incluso de particulares. Todo lo que se debía hacer era levantar el brazo y alguien pararía. Merche había memorizado la dirección —Dachnyy Prospekt, 17— y no necesitó mirar sus anotaciones. Lograron finalmente detener un vehículo, el conductor parecía desconocer la calle Dachnyy y el cubano le indicó que se encontraba en el distrito de Kirovsky. Durante el trayecto el taxista miraba por el retrovisor, no paraba de hablar en ruso y meneaba la cabeza con signos de desaprobación. Cuando llegaron a la dirección indicada Merche intentó pagar con su tarjeta de crédito, pero el taxista negó con ambas manos, sonreía, y la palabra «*dollars*» parecía ser la única que conocía en inglés. Le ofreció un billete de veinte euros, el taxista lo cogió y gesticuló indicando que era insuficiente. Merche no pensaba entrar en una discusión estéril aunque el trayecto no había llegado a los diez minutos, únicamente le quedaban billetes de cincuenta y le entregó uno. El taxista no paraba de hablar en ruso y gesticulaba indicando que no tenía cambios; ella reclamó los primeros veinte euros y el asunto quedó zanjado.

La marcha del taxista parlanchín y estafador supuso un alivio. El número 17 de aquella calle parecía una colmena, era como una caja de zapatos de nueve pisos con ventanas y una fila de ridículos balcones con vocación de terraza. En la botonera de timbres pulsó el correspondiente al 4-B dispuesta a entregar los setecientos euros restantes para conseguir la carta de su padre y marcharse de allí lo antes posible. Nadie respondió, su reloj marcaba las 8.40 de la mañana; había sido el propio Lébedev quien en el último correo del jueves propuso verse en su domicilio a primera hora del sábado para completar la transacción. Merche aprovechó la salida de una anciana con su perrito para colarse en el portal. Un folio de color amarillo estaba prendido en la puerta del 4-B; leyó sin tocarlo, se disculpaba en inglés por no estar en casa y la citaba a las 12.00 frente al cuadro *La danse* de Matisse en el Hermitage y lo rubricaba «Misha». Remarcó en su móvil el número guardado y oyó sonar el teléfono en el interior. El timbre cesó en el sexto tono y su móvil repitió como un eco el mismo mensaje en inglés y ruso del contestador. Sonó el pitido para comenzar la grabación y se sintió irritada y furiosa por la sensación de impotencia más que por la evidente tomadura de pelo.

De nuevo en la calle intentó encontrar algún taxi que verdaderamente lo fuera. Apenas si había tráfico; a unos trescientos metros se veía una plaza bastante más concurrida. Aunque escrito en caracteres cirílicos reconoció el letrero de un banco, introdujo la tarjeta y actuó de forma automática intuyendo que todos los cajeros debían funcionar igual. Realizó con éxito la operación de sacar cinco mil rublos, incluso fue capaz de conseguir el justificante de la operación, como siempre le pedía y recordaba Pepe.

Pasó un tiempo indeterminado, ni corto ni largo, hasta detener un taxi oficial. Simplemente dijo Hermitage, y el taxista se puso en movimiento. Sumó 154 a la cantidad que marcaba el taxímetro y le entregó un billete de mil rublos en la misma puerta de entrada al museo. Se dirigió directamente a la consigna para dejar la maleta; antes de entregarla se guardó el sobre con el dinero y ocultó el ordenador entre la ropa. El arte francés de los siglos XIX y XX se encontraba en la segunda planta, donde las vistas a la plaza eran casi tan impresionantes como los Monet, Cézanne, Gauguin, Van Gogh... que iba superando sin dedicarles una sola mirada. Localizó la sala de Matisse, vacía en ese momento; dos cuadros ocupaban la pared central, el de la izquierda era obviamente *La danse*, a su lado otro en que los mismos personajes tocaban distintos instrumentos, se acercó y leyó la información: «Henry Matisse. *La Musique*. 1910».

Miró el reloj, faltaban dos horas largas hasta el encuentro en aquella misma sala y ya fuera por la belleza de las pinturas, o la comodidad de no tirar de la maleta, Merche recobró el ánimo por primera vez desde que llegó a San Petersburgo. Visitó otras secciones y regresó a la sala de Matisse cuando faltaban quince minutos para la hora indicada. Un grupo de turistas escuchaba con atención las explicaciones del guía sobre la importancia del color azul en el pintor francés. El grupo se dirigió como un rebaño a la siguiente sala, únicamente quedó un rezagado concentrado en un cuadro en el que un hombre de pie conversaba con una mujer sentada. Merche se situó justo frente a *La danse*, tal como Lébedev le había indicado, mirando a un lado y otro en clara actitud de espera.

—Todo el mundo se fija en *La danse* pero el mejor Matisse del Hermitage es este —dijo en inglés con forzado acento británico quien no había seguido al grupo.

—¿Disculpe? —preguntó Merche también en inglés.

—¿Eres Merche Mera?

—Sí, lo soy. ¿Es usted Mijaíl Lébedev?

—Misha, llámame Misha, mis amigos me llaman Misha. Lamento no haber estado en casa a la hora acordada, ayer me surgió un asunto en el último momento, pero espero saber compensar mi descortesía.

—No se preocupe, señor Lébedev, lo importante es que ya estamos aquí. —Merche se había acercado hasta donde se encontraba él y hablaban mirando al cuadro.

—Este cuadro se titula *La conversation*, lo pintó en 1911 y es el mismo Matisse hablando con su *épouse* Amelíe. —Su francés parecía incluso mejor que el inglés.

—Interesante —contestó Merche.

—¿De qué crees que están hablando?

—No sé, él parece que está en pijama. Mi marido tiene uno igual. No tengo ni idea.

—Sí, es un pijama. Matisse pintaba en pijama.

—¿Utilizaba la misma ropa para la cama y para el trabajo?

—Así era. Tal vez esté preguntando por el desayuno, o por la cena.

—Si fuera mi marido seguro que sí —continuó Merche con la broma—. Pero mi marido no tiene barba y está algo más grueso.

—Y tú eres mucho más bonita que la señora Matisse. —Lévedev la miró por primera vez a la cara—. No esperaba encontrar una mujer tan hermosa.

—Ella parece una mujer con mucha personalidad. —Merche ignoró el halago—. Creo que es eso lo que ha querido expresar el autor. Su fuerza interior, es ella quien tiene la autoridad en el cuadro.

—¿Eso crees?

—Desde luego. —Ahora fue Merche quien lo miró directamente a los ojos por primera vez.

Unos ojos verde oliva, muy expresivos, en una cara angulosa, masculina, en la que todo parecía proporcionado y hermoso. Los labios sonrientes sugerentemente definidos, la nariz rectilínea, la frente despejada. Su cabello, rubio cobrizo, era abundante, fuerte y ondulado, no rizado. Difícil precisar su edad; no llegaba a los cuarenta, en torno a los treinta y cinco. Superaba con creces el metro noventa de estatura, de complexión atlética, vestía un elegante traje gris de Armani con camisa blanca, sin corbata. Desde luego no era un hombre que pasara desapercibido, como tampoco pasó para ella cuando entró en la sala de Matisse aunque en ese momento el grupo de turistas la ocupara casi por completo. Lo que no apreció entonces, y sí ahora, fue el aroma de perfume caro, Chanel o Dior. Lo único extraño era que un hombre tan apuesto, elegante y aparentemente culto, viviera en el vulgar y anodino edificio de Dachnyy Prospekt, 17.

—Se nota que eres española. —El silencio de Merche le incitó a continuar—. Tuve una novia española en la universidad; bueno, medio novia y medio española, Nadia Za-bal-be-as-co-a. Me dejó en lo que tardé en pronunciar bien el apellido. Su abuelo era un niño... cómo era, cómo era... «Niño de Rusia» —dijo en español— y los republicanos lo mandaron aquí en vuestra guerra. Había nacido en Bilbao, en el «País Vasco» —de nuevo en español—. Nadia estaba muy orgullosa de tener sangre vasca.

—Mi familia es de Bilbao.

—¿Bilbao? Tony Mera era de Madrid y su familia de *Extremaindera*.

—Bueno, mi familia por parte de madre.

—Entonces también eres vasca como Nadia. «*Neska polita. Maite zaitut. Gora Euskadi Askatuta*».*

—Más que de dónde soy me preocupa quién soy. Parece que sabe cosas de Tony Mera. ¿Qué más me puede contar?

—No mucho, lo que leí en internet. He visto sus fotografías, son muy buenas. Encontré otras dos magníficas en uno de mis libros, me gusta la fotografía.

—Bueno, ¿me entrega la carta? Tengo el dinero conmigo.

—Merche, interesada únicamente en información biográfica, tenía la sensación de estar alargando la conversación más de lo necesario.

—No, no la llevo encima. Está en casa.

—Entonces vayamos por ella. Quiero regresar a Moscú esta misma tarde en el Sapsan** de las cinco.

—Primero debo compensarte por mi descortesía al no haberte recibido tal como quedamos. Me gustaría invitarte a comer.

—No es necesario, vamos a su casa, me entrega la carta, le pago, y así se librará de mí —ironizó Merche.

—Insisto, me gustaría invitarte a comer. Conozco un restaurante aquí al lado, Gogol. Te gustará, sin duda.

—Muchas gracias. Pero prefiero recoger la carta y regresar a Moscú.

—Te propongo un trato. Vamos al restaurante, está a cinco minutos de aquí, y cuando estemos allí tú decides. Hay tiempo

---

* Niña bonita. Te quiero. Viva el País Vasco libre.
** Tren rápido que enlaza Moscú y San Petersburgo.

más que de sobra para el Sapsan de las cinco, yo te acerco a la estación, además tienes otro a las seis. En el peor de los casos estarás en Moscú antes de las diez de la noche.

Aceptó la oferta para terminar lo antes posible con el tira y afloja. Lévedev tenía su Lada rojo aparcado cerca del museo y liberarse de arrastrar la maleta hasta el restaurante —que él se ofreció a llevar pero ella no consintió— fue un verdadero alivio. Efectivamente el local estaba a escasos cinco minutos a pie; era elegante, distinguido, la decoración evocaba la atmósfera zarista de comienzos de siglo, y la distribución en pequeñas y coquetas habitaciones le recordó al Lhardy de Madrid. Era temprano pero casi todas las mesas estaban ya ocupadas. El jefe de sala, que con su mirada radiografió a Merche de arriba abajo sin pudor alguno, saludó a Misha con la familiaridad y consideración que se dispensa a los buenos clientes. Estaba todo reservado, pero el encargado, dirigiéndose a ella en inglés, le aseguró que mientras Pavel —obviamente ese era su nombre— fuera el encargado siempre habría una mesa para Misha Lébedev en el Gogol. Pavel se comportaba exageradamente amable y por la razón que fuere la miraba de forma extraña, con una afectada sonrisa de complicidad. Lébedev escogió el menú sin necesidad de consultar la carta: propuso tomar caviar con un vodka de destilación exclusiva para el Gogol que los acompañó el resto de la comida, y como platos principales pollo al estilo Kiev y magret de pato macerado en vino blanco con salsa de azafrán. Mientras esperaban la comida le puso al corriente sobre su relación con Stanislav Markelov.

En realidad no eran familiares en el sentido estricto de la palabra. De hecho él no tenía familia, nunca conoció a su padre y los abuelos maternos fueron deportados a Siberia en la última purga de Stalin, dejando a su hija Irina, la madre de Lébedev, al cuidado de una hermana mayor, quien se casó años más tarde con Kirill Markelov, viudo y que ya aportaba un hijo al matrimonio, Stanislav Markelov. Irina se trasladó años después a Gorki —la actual Nizhni Nóvgorod— y comenzó a trabajar en una fábrica de armamento bélico, pero regresó a casa de los Markelov en el año 89. Traía el ojo derecho cerrado y morado, dos dientes menos, el hombro dislocado, tres costillas fracturadas y como única posesión en su vida al futuro Misha en la barriga. La había apaleado su amante, el encargado de la sección balística, una bestia alcoholizada que ya le había provocado al menos tres abortos en otras tantas palizas. Cuando su hijo cumplió seis años, Irina fue ingresada en un sanatorio psiquiátrico afectada por la enfermedad de Pick y Lébedev continuó viviendo en casa de los Markelov que se portaron como sus auténticos padres y Stanislav como si fuera su hermano mayor. También le contó que formó parte de la selección rusa de hockey sobre hielo en la olimpiada de Vancouver en 2010. Dos años después una grave lesión de ligamentos le apartó definitivamente del hockey profesional. Por suerte había estudiado Historia del Arte en la Universidad de Herzen —fue el generoso Stanislav quien corrió con todos los gastos— y comenzó a tener ingresos gracias a los turistas que visitaban el Hermitage. Últimamente las cosas habían mejorado bastante; San Petersburgo parecía estar de moda y se había procurado una buena vida trabajando como guía turístico-cultural para una clientela por lo general extranjera y con alto poder adquisitivo.

Merche se sintió conmovida por la historia de Misha, como comenzó a llamarle. Lo vio con otros ojos y la conversación fue mucho más distendida. Durante la comida continuaron hablando de música, pintura, fotografía...

—Me impresionó mucho el trabajo de tu padre. Está en la línea de Walker Evans con toques de Dorothea Lange, pero tiene fuerza y personalidad propias. Su lenguaje es distinto, está lleno de potencia y compromiso.

—Lo siento, Misha, apenas si sé algo de fotografía.

Rechazaron el postre. Merche se notaba aturdida, sin ser consciente se había excedido con aquel vodka suave como el agua. Misha pidió la cuenta y entonces ocurrió algo extraño: el encargado entregó directamente un cofrecito con la nota a Merche. Misha lo cogió de inmediato y los dos hombres hablaron en ruso, Pavel escuchaba atento con gesto de incredulidad y terminó por llevarse la minuta. Merche preguntó qué estaba ocurriendo y la explicación fue que no llevaba consigo suficiente efectivo y se había comprometido a pagar el importe al día siguiente. Merche se ofreció a hacerse cargo de la cuenta, Misha, ofendido por la propuesta, no estaba dispuesto a consentirlo. Entonces Merche sacó el sobre con los setecientos euros restantes y se lo entregó; así podría pagar y ambos saldaban sus deudas en el mismo instante. Actuó con determinación y reclamó de nuevo la presencia del encargado, que llegó cuando Merche le entregaba a Misha el dinero. Pavel adquirió un gesto compungido cuando vio los euros y, dirigiéndose a Merche, dijo en inglés que no aceptaban moneda extranjera. Ella entregó resolutiva su tarjeta, dejando claro que así quedaba zanjado el asunto del pago, y Pavel esbozó una risilla impertinente entre maliciosa y pícara. El restaurante, la comida, la conversación, el ambiente, todo había sido perfecto, pero cuando salió se sintió aliviada. Por el motivo que fuere en el restaurante tuvo la extraña sensación de sentirse continuamente observada, escudriñada, y no solo por el encargado Pavel, también por la camarera rolliza que sirvió los platos, o el presunto cosaco que recorría las mesas amenizando con su balalaica.

En la puerta del apartamento colgaba la nota de papel amarillo. Había aceptado el ofrecimiento de Misha para acercarla a la estación, donde tomaría el Sapsan de las cinco cuando recogiera la carta, y la maleta se quedó en el coche. Misha era un hombre muy atento, cuidadoso con los pequeños detalles que no pasan desapercibidos para una mujer y, sin hacer ostentación de ello, le dispensaba continuas atenciones. Sin pretenderlo Merche había arrinconado tanto el resquemor que trajo desde España, como el enojo de los primeros momentos por no encontrarlo en casa. Misha le franqueó el paso al apartamento asegurando no recordar la última vez que una mujer había cruzado aquella puerta.

El pasillo era angosto y largo, desembocaba en una sala no muy amplia pero cálida y acogedora, con moqueta, cortinas y vistas a la avenida. Un único sofá de tres plazas pegado a la pared dominada por un gran póster enmarcado anunciando el concierto de Madonna en Moscú en 2006 durante su gira *Confessions*. El ordenador portátil conectado a la red eléctrica estaba en una mesa supletoria, junto al contestador parpadeando, y una libreta con dos bolígrafos encima. A continuación un equipo de música con potentes altavoces donde se apilaban algunos CD y, colgada, una vitrina llena de trofeos, medallas y fotografías de su época de jugador de hockey. En la mesita frente al sofá un libro con fotografías en blanco y negro de gran formato, y sujeta a la pared un televisor de plasma; en el suelo, un mueble bajo con más CD y voluminosos libros de arte. Merche abrió el libro de fotografías y ojeó el contenido.

—¿Te gusta Neil Diamond? —preguntó Misha con la carátula de los éxitos del cantante americano en la mano.

—Hace cien años que no lo escucho. Ah, no más vodka —previno Merche cuando Misha colocó la botella y dos vasos en la mesa.

—No es tan suave como el del Gogol pero también está muy bueno.

—Gracias. Ya he tenido bastante vodka, incluso me siento un poco piripi.

—¿Qué quiere decir piripi? —Misha preguntaba por la palabra inglesa «dizzy» que utilizó Merche para expresar su estado.

—Que mi cabeza da vueltas. Son bonitas estas fotografías —dijo olvidándose del vodka que Misha comenzó a servir.

—Encontré dos de tu padre. Están aquí. —Misha se acercó a Merche y abrió una página previamente marcada—. Esta es muy interesante y dice mucho de cómo veía tu padre la guerra.

—La conozco.

—¿Qué ves en la foto?

—Unos niños jugando en un tanque destruido.

—¿Eso es todo?

—Sí... ¿hay algo más?

—Está tomada en la guerra del Congo y nos dice mucho sobre cómo tu padre miraba la guerra.

—Creo que me pierdo algo. —Merche se acercó más y miró con interés.

—Por supuesto. Hay mucho más. El tema que escoge tu padre dice mucho de cómo veía las guerras. Lo que él intenta capturar es la inocencia dentro de la maldad. Mejor dicho, que el bien siempre triunfa sobre el mal. El bien y el mal conviven pero al final siempre triunfa lo positivo. Un artefacto de muerte sirve para mostrarnos la inocencia de los niños. Lo primero que vemos es a los niños, riendo, contentos, alegres. Y el tanque destruido donde están jugando pasa a un segundo plano. Quien ve esta fotografía se emociona, no por el horror de la guerra, sino por ver niños jugando donde antes solo hubo tragedia.

Misha continuó hablando sobre la distancia focal, el balance de blancos, el encuadre, el fondo o el granaje. Merche no entendía una palabra de lo que él decía, pero tampoco le importaba. La cálida voz de Diamond entonando *If you go away* mezclada con el sonido envolvente de la música, el sopor producido por el exceso del vodka, y sobre todo el forzado acento de Misha hablando inglés mezclado con el aroma intenso y agradable del perfume ya fuera de Dior o Chanel, relajaron su cuerpo y su espíritu. Sin previo aviso sintió el dedo corazón de Misha recorrer lento su espalda hasta llegar a la nuca y después la mano entera masajeando cuello y cabello.

—No, Misha, por favor, no. —Le apartó la mano aunque la sensación de los dedos presionando y perdiéndose en el cabello fuera agradable—. Déjalo estar.

—Esa es una canción de los Beatles —bromeó Misha a cuenta de la expresión «Let it be» que acababa de utilizar Merche.

—No, no está bien. Soy una mujer casada.

—Shhh —dijo Misha apartando la mano y centrándose en la segunda fotografía—. Esta nos presenta una visión totalmente distinta. En fotografía lo que verdaderamente importa es su forma de mirar. Fue tomada en la guerra de los Balcanes en el 95. Aquí sí sentimos el horror de la guerra aunque ni tan siquiera vemos el fusil que sin duda tiene el soldado pegado al cuerpo, pero su gesto desencajado señalando a la mujer que huye con el hatillo en la cabeza, medio arrastrando a la niña con su muñeca y la mirada fuera de campo resulta definitiva para crear tensión.

—¿Qué quiere decir fuera de campo?

—Lo que está fuera del encuadre. La mujer mira a alguien o algo que nosotros desconocemos porque no podemos verlo. No sabemos si eso es la causa de su mirada horrorizada o por el contrario mira a alguien buscando socorro.

—Entiendo.

—Todos los detalles son impactantes, a la mujer le falta un zapato y el hatillo está a medio caerse, como la niña que parece haber tropezado y gira la cabeza mirando hacia atrás, hacia la cámara, con cara de miedo. Pero la mujer sigue adelante, pese a todo sigue adelante con la única preocupación de alejarse, de huir, llevando consigo lo único que le queda, su hija y un hatillo.

—Sigue hablando, me gusta escucharte, sigue hablando. —Merche apoyó la cara en su pecho, él la rodeó con su brazo y continuó explicando la fotografía.

—No sabemos de qué escapa; tampoco sabemos si el soldado está allí para ayudarla indicándole el camino o por el contrario es su enemigo y la señala para que alguien acabe con ella. Cualquier otro fotógrafo hubiera tomado esta instantánea justo en el punto opuesto a donde lo hizo tu padre, mostrándonos a quién está mirando la mujer que huye, y tras ella el soldado y el motivo de su huida acelerada; así todo hubiera quedado aclarado. —Misha, sin parar de hablar, le acariciaba la cara con el dorso de la mano, ella la apartaba y durante unos instantes los dedos permanecían entrelazados—. Pero el fotógrafo, tu padre, hizo justo lo contrario, ¡qué inteligente!, y se situó en el punto preciso donde se ha producido la tragedia, negándonos la posibilidad de saber y obligándonos a pensar, a imaginar el motivo del terror de aquella pobre desgraciada. Los verdaderos artistas miran al mundo desde una perspectiva que los demás ni tan siquiera somos capaces de imaginar y saben ver aquello que el resto tenemos delante sin enterarnos.

Cuando comenzaron los acordes de *Song, song blue*, Misha se levantó y tiró suavemente de ella para bailar. Merche no recordaba la última vez que había bailado con Pepe, veinte años, tal vez más, incluso pudiera ser que nunca después de casados. La sensación del balanceo suave dejándose llevar atrapada por unos brazos fuertes, la voz acompasada de Diamond, con la cara apoyada en el pecho musculoso sintiendo los latidos acompasados y potentes de los dos corazones, resultaba agradable. Misha tomó con delicadez su cara, la elevó y con su beso apenas si le rozó los labios.

—No, Misha, no. No debo. Tengo una familia —repitió con voz entrecortada, volviendo a posar el rostro en el pecho.

—Quiero regalarte algo que no olvidarás nunca.

Entonces Misha susurró algo en ruso junto a su oído, un idioma que en ese momento le sonó a Merche como el más sensual del mundo. Finalizó *Song, song blue* y comenzaron a sonar los primeros versos en español de *Canta libre* y después la parte en inglés, «I got music runnin´ in my head. Makes me feel like a young bird flyin'...», *La música suena en mi cabeza [y] me hace sentir como un joven pájaro volando.* Merche pensó cuándo fue la última vez que hizo el amor y recordó la noche de Reyes; no podía hacer tanto, pero por más que lo intentó no visualizaba ningún otro momento íntimo. Los dedos de Misha volvieron a enzarzarse en el cabello y seguía susurrando en su idioma. Pensó en Simón, en las veces que lo había rechazado, sintió pena por él, después por ella, y después por los dos. Recordó el fin de curso, sus veinte años recién estrenados y todo un mundo por descubrir y pensó cómo actuaría ahora si volviera a repetirse una situación similar. Valoró si exponerse al peligro en ese momento de su vida merecía la pena, pero en ese instante resultaba imposible encontrar una respuesta. Entonces sintió los labios de Misha besándola con la misma delicadeza que la primera vez, pero ahora el beso fue más prolongado y húmedo.

—No, Misha, no. Debo marcharme. Dame la carta y llévame a la estación.

—Shhh. Lo que ocurre en San Petersburgo permanece San Petersburgo.

—Por favor, Misha...

Apenas si cruzaron cuatro frases camino de la estación Moskovsky Vokzal. Misha preguntó si volvería a San Petersburgo y Merche contestó que jamás en la vida. Él rio y preguntó si podía visitarla en Madrid, Merche soltó una carcajada y aseguró que si lo hacía se enclaustraría en un convento. En la estación había únicamente una persona en la ventanilla de venta de billetes.

Merche pagaba con la tarjeta el pasaje en clase ejecutiva para el Sapsan de las seis que salía en quince minutos cuando oyó tras ella una voz femenina dirigiéndose a Misha en un elevado tono de agradable sorpresa.

—Misha, *caro mio. Che ci fai qui, amore?* No esperaba verte.

—Hola, Antonella, acompaño a una amiga —contestó Misha en inglés—. Hola, Caruso —añadió, frotando el *churi* que recogía sobre la cabeza los pelos del pequeño bichón maltés que Antonella sostenía en su brazo izquierdo.

—¿Una amiga? Sabina, me dijo que pensaba llamarte, por eso no te llamé yo.

—La vi ayer. Ayer estuve con ella.

—*Sei incorreggibile.* ¿Vas a Moscú?

—No, mi amiga viaja a Moscú.

—*Che peccato.* Me hubiera encantado viajar contigo. *Ho tutta la notte libera.* Podríamos haber cenado juntos.

Merche los observó desde los escasos diez metros de distancia que separaba la taquilla del lugar donde Misha quedó esperando con la maleta. La mujer tendría la edad de Pepe y vestía un elegantísimo conjunto de pantalón con una blusa color fucsia de corte italiano; iba tocada con un sombrero fedora no menos elegante que la blusa. Tras ella esperaba paciente un mozo con dos maletas Louis Vuitton. El perrito, blanco como una nube de algodón, ladró al percibir que Merche se acercaba a ellos.

—Caruso... *non essere scortese* —reprendió la dueña a su mascota.

—Merche, te presento a Antonella Scotti, una vieja conocida.

—¿Merche? *Spagnola?* —se aventuró a preguntar Antonella.

—Sí —contestó en español.

—*Sono stato a Barcellona a febbraio per la settimana della moda, la Fashion Week. Capisci l'italiano?*

—Más o menos. Que estuviste en Barcelona en febrero durante la semana de la moda.

—Antonella trabaja en el mundo de la moda —intervino Misha—, escribe para *Vogue*.

—Creo que ya es hora de irme. El tren sale en menos de diez minutos y no quisiera perderlo —apuntó Merche hablando también en inglés.

—Y yo todavía sin billete. Caruso, andiamo per il nostro biglietto. Misha, *carissimo*, te llamaré la próxima vez que venga.

—Seguro. Eso espero.

—Ciao.

—*Good bye.*

—Adiós.

Misha acompañó a Merche hasta la misma puerta de su vagón, introdujo la maleta en el descansillo y, previniendo cualquier intento de proximidad física, Merche extendió el brazo en señal de despedida.

—¿Así me vas a despedir? —preguntó Misha con gesto melancólico.

—Sí. Es lo mejor.

—Como quieras. ¿Puedo llamarte, escribirte?

—No. No lo hagas nunca. Este adiós es para siempre... y por siempre.

—Espero que seas feliz y encuentres lo que buscas.

—Me alegra haberte conocido. Has sido todo un caballero. Gracias.

Merche entró en el vagón, cogió la maleta y no volvió a mirar atrás. No supo si Misha esperó la salida del tren o, como ella, simplemente inició su camino de regreso a casa. Los vapores del vodka se habían esfumado definitivamente y se sentía relajada y agotada al mismo tiempo. No habían pasado ni diez horas desde que puso por primera vez el pie en aquella estación y la intensidad de cada minuto transcurrido propiciaba la sensación de que habían sido diez semanas. Al sonido del silbato indicando que el tren iniciaba la marcha le respondió un esbozo de ladrido desde algún asiento posterior. Merche recordó la carta de su padre introducida a toda prisa en el bolso justo antes de que Misha la acercara a la estación. Eran dos cuartillas, simple y llanamente dos cuartillas con líneas abigarradas que Misha confesó haber grapado, sin sobre ni ningún otro tipo de protección. Cuando se hizo cargo de los documentos de Markelov encontró una caja de cartón con la inscripción CHECHNYA y dentro un revoltijo de fotografías, periódicos antiguos, artículos y carpetas. En una de estas, etiquetada con Grozny, había facturas de restaurantes, billetes de transporte, tres libretas manuscritas de la primera a la última página con anotaciones sobre Yuri Budanov y un sobre cerrado con una anotación sin sentido alguno. Abrió el sobre y encontró una carta escrita en otro idioma, primero pensó en tirarla, de hecho no recordaba qué hizo con el sobre, pero finalmente la guardó en un archivador que etiquetó como «Varios».

Merche calibró la conveniencia de leer la carta en ese momento. Probablemente ni su estado de ánimo ni las circunstancias eran las más propicias. Como siempre hacía cuando dudaba pospuso la lectura para otro momento y se dirigió al vagón cafetería. Solo quedaba libre una mesa junto a la barra y la ocupó tras pedir un té verde.

—*Cara, posso sedermi.* Sentata. *Just a momento.*

—Sí, sí. —Merche, que no vio llegar a Antonella, contestó aturdida sin saber qué.

—*Grazie.* —Antonella se sentó y comenzó a hablar al perrito—: *E ora Caruso sarà bravo e prenderà le sue pillole. He is*

very old, muy *vecchio, and must take his pills for the arthritis*
—continuó informando a Merche.

—Pobrecito, no sabía que los perros tuvieran artritis.
¿Cuántos años tiene? —Merche utilizó el español.

—Anni? *Dodici*, doce, *a Natale*, en Navidad. *È un cane molto viziato. Capisci «viziato»?*

—No.

—*Spoiled.*

—Ah, que es un perro muy mimado.

—Che. *Sì. Quando uno ha molti anni, capisce che la vita è il momento buono.* Los buenos momentos, *cara*, esa es la *vita. Poi non c'è niente.* Nada hay después.

Merche entendió que lo importante era vivir el momento, pero no le preguntó si efectivamente dijo eso. Antonella pidió un botellín de agua y vertió un poco en el platillo del té. Siempre con Caruso en sus brazos preparó un rollito con lo que parecía ser jamón de york donde introdujo una pastilla azul. Puso al perro encima de la mesa, le mostró el rollito y el animal lo tragó de un bocado. Miraba a su dueña como esperando más, y ella comenzó a darle el resto de las lonchas del sobre que acababa de abrir.

—*Sei stato amica di Misha per molto tempo?*

—¿Que si soy amiga de Misha?

—*Sí. Per* mucho *tempo?*

—Realmente no soy su amiga.

—*Amiche, amiche... Nessuna di noi è veramente amica.* Ninguna somos amigas. *È un modo di dire.* Una forma de parlar. *Ma è magnifico.* Molto bueno. *Un po' caro, ma il migliore.*

—Cuidado con el perrito, va a tirar el plato con el agua —cortó Merche azorada.

—Caruso *stai attento. Non essere mascalzone.* —Antonella volvió a coger en brazos al perro y Caruso comenzó a lamerle la cara, barbilla, boca, nariz, ojos—. Ok, ok, *Caruso non è un mascalzone, Antonella adora Caruso* —hablando con el perro—. *Cara, devo andarmene. Sono contento di averti incontrato. Arrivederci.*

—Adiós.

—A Mosca conosco un *ragazzo*, un chico, *bravo quasi quanto* Misha. *Funziona a meraviglia con la lingua,* come si dice, es buenísimo con la lengua —guiñando un ojo—. *Se sei interessata ti do il numero di cellulare,* del móvil come se dice in *Spagna.*

Merche se quedó sin aliento y le faltó aire para replicar la despedida. No había entendido exactamente qué había dicho pero sí el sentido. Se quedó petrificada, boquiabierta, como si el mundo se hubiera detenido. Y así permaneció durante un tiempo indeterminado: inmóvil, sin expresión, absorta, intentaba pensar en algo pero en su cabeza solo sonaban acordes de canciones de Neil Diamond. Al rato sonrió picarona y mantenía esa misma expresión risueña cuando el camarero retiró el servicio de té. No, ese no era el momento para leer la carta de su padre.

Lo hizo sobrevolando los Alpes. En algunas cimas todavía resistían pequeñas manchas de nieve blanca. Su compañero en el asiento 1-B, con quien únicamente intercambió el saludo de cortesía, se cambió nada más despegar tres filas más atrás junto a alguien que conocía. Sacó las dos cuartillas y comenzó a leer.

Grozni, 20 de noviembre de 2000

Querida hija:

Felicidades por partida doble. Con veinticinco años ya eres madre y me has hecho abuelo, lo que daría por coger a mi nieto en brazos. Al que todavía no he visto ha sido al segundo, ¿qué has tenido, niño o niña? Salí de Madrid en primavera para cubrir la segunda intifada en Nablús, después regresé a casa pero solo por cuatro días porque pasó lo de Sierra Leona con los británicos y después surgió lo de Chechenia y me tuve que venir. La última vez que te vi tenías una barriga como un tonel, imagino que a estas alturas ya habrás dado a luz, espero que todo haya ido bien, ya me enteraré si ha sido niño o niña. Pero vamos por partes que me parece que te estoy haciendo un lío.

En verano firmé con Magnum, no es que me fuera mal con el *Times*, pero Magnum me da mucha más libertad y me permitía instalarme en España como decidí después de lo de Sarajevo y me parece que ya nunca volveré a vivir en ningún otro sitio que no sea Madrid. Aznar ganó las elecciones tres meses después de mi vuelta y pensé en regresar a París, o tal vez mudarme a Nueva York, pero lo cierto es que no ha pasado nada, en este país nunca pasa nada, lo mismo que con el rey, estaba convencido de que el Borbón iba a durar cuatro días pero ahí sigue tan tranquilo e incluso parece que la gente lo quiere, hay cosas que no puedo entender. Como dice el Rojeras, que ya no lo es tanto, por más que nos empeñemos en joderlo, este puto país sigue adelante con dos cojones, y tiene razón el bueno de Teo, que cada día está más calvo, que tenemos un país que no nos lo merecemos. De alguna forma noto que, como Teo, también yo estoy cambiando, no sé si serán los años o porque nos hemos vuelto más realistas, que debe ser otra forma de decir que poco a poco me voy haciendo viejo, o por lo que sea. Bueno, como te decía me he establecido definitivamente en España, y algunas tardes que no tengo nada mejor que hacer me acerco por tu barrio a ver si tengo suerte y te veo por el parque con el niño, comprando algo, o cuando vas a misa, así me voy enterando de cosillas tuyas. Ya sé que estás casada, no sé cómo será tu marido, y desde luego que eso es cosa tuya yo nunca te diría nada, pero a mí me gustaba Simón. Lo veo de vez en cuando, solemos ir al cine y charlamos más de lo humano que de lo divino porque dice que la filosofía es parte de su vida anterior. Aunque no ha sido claro ni yo se lo he preguntado creo que fuiste tú quien marcó la frontera entre su vida anterior, como dice él, y la que lleva ahora. Tengo la sensación de que se desequilibró cuando terminó vuestra relación, toda esa apariencia de roquero, de tipo duro, es un escudo, o mejor aún, una máscara con la que ocultar sus debilidades y sus miedos, en cuanto tenga fuerza para quitársela y ser él mismo se convertirá en otra persona, de eso no tengo ninguna duda, es un chaval excelente aunque su vida vaya un poco a la deriva y esté un poco perdido sin saber muy bien ni qué hace ni por qué lo hace y vaya dando trompicones de un sitio a otro. Le tengo mucho cariño y espero que encuentre pronto su camino, si supiera como ayudarle desde luego que lo haría. Ah, por supuesto no le he dicho que soy tu padre, y hasta que me presente a ti nunca se lo diré, solo espero que con tu marido seas tan feliz como pienso que podrías haber sido con Simón.

Ese crío tuyo, mi nieto, es un diablillo, oí que le llamabas José Javier, me gusta el nombre, y vaya genio que tiene el Javier, pues no quería que le dieras más alto y más alto en los columpios, qué puñetero, ese crío tiene mucha personalidad, ya te lo digo yo. Tengo unas fotografías suyas excelentes, es muy fotogénico, sobre todo por los ojos que parecen hablar por sí solos, aunque te parezca un presuntuoso creo que en los ojos se parece a mí, y como siempre está riendo es muy fácil conseguir buenas tomas. Me gustaría que las vieras, pero de momento eso no puede ser, lo será algún día, cualquier día de estos me presentaré en tu casa o me acercaré en el parque y te diré que soy tu padre, espero que me recibas bien, y entonces te contaré cómo ocurrió todo. Podría escribir una carta contándotelo, pero quiero que lo escuches de mis propios labios, y que preguntes todo lo que quieras y después que decidas por ti misma y si decides que no quieres volver a verme yo me apartaré de tu vida y continuará siendo como si nunca hubieras tenido padre, y si me lo pides intentaré vivir como si yo tampoco tuviera una hija y nunca más volveré a escribirte una carta, ni seguirte a ti o tus hijos sin que notes mi presencia, ni a tomarte una fotografía, nada de nada. Cualquier día me presentaré en tu casa, solo debo esperar el momento más oportuno, eso es todo.

Ahora estoy en Chechenia, no imaginas el frío que hace aquí, oficialmente la guerra terminó en abril cuando los rusos tomaron Grozni, pero eso para los rusos, porque los chechenos siguen luchando, ayer estuve con Stani en Duba-Yurt y que les digan a aquellas pobres gentes cogidas entre dos fuegos que la guerra ya ha terminado, cada día me desilusiona más el ser humano, no he visto tanto odio en las miradas como aquí y en la antigua Yugoslavia donde estuve hace cinco años. Y todo por los jodidos nacionalismos, el nacionalismo envenena a la gente, los aborrega como en las sectas y ya no ven nada más allá y lo peor de todo es que ese veneno no tiene cura, cuando uno se contagia ya no hay vuelta atrás. Y no lo digo porque lo de Yugoslavia y lo que ahora veo aquí en Grozni me haya abierto los ojos, a mí es que los nacionalismos no me han gustado nunca, y los de España tampoco, siempre moviéndose con esos aires de superioridad y son todos unos putos burgueses que siempre han explotado al pueblo, no conozco nada más burgués ni facha que los nacionalistas. No son gente solidaria, les importa dos cojones lo que les pase a los demás con tal de conseguir ellos lo que quieren, todos unos curillas revotaos y de los curas nunca te puedes fiar. Y lo más cojonudo es que nos utilizan a los que somos de izquierdas para que les lavemos la cara reconociéndolos como demócratas y luchadores por la libertad, no sé cómo cojones han podido encandilar a la gente de izquierda, desde luego que a mí no, que los tengo calados y bien calados, pero es que además los respetamos como si fueran qué se yo, porque cuando hablo con viejos camaradas y les digo lo que pienso me dicen que no se me ocurra hablar así, les digo que por qué no voy a hablar así, yo no tengo ningún complejo como ellos que los ven y tratan como si fueran nuestros hermanos mayores, como los defensores de la libertad y la democracia, y unos cojones, lobos con piel de oveja, que me lo expliquen pero no es posible ser nacionalista y de izquierdas, o se es una cosa u otra, pero las dos juntas es imposible. Así mismo se lo dije a Guerra que me tomé con él un café en el Gijón justo antes de este viaje, y me dice que no es para tanto, que hay algunos con los que sí se puede hablar y razonar, yo le dije que allá él si se quería engañar, pero que yo no me fiaría de ninguno de ellos, y que me parecía mentira escuchar aquello de su boca con lo listo que es, que Felipe tuvo que convocar elecciones porque los de Pujol lo dejaron con el culo al aire al no aprobarle los presupuestos como le habían prometido y por eso tuvo que convocar elecciones y ahora tenemos al del bigotito mandando en España. Padre siempre decía que Companys declaró la república catalana para frenar la revolución sindical que se estaba produciendo en España, y así fue por mucho que ahora nos lo quieran poner de héroe, como que la oligarquía catalana se iba a quedar con los brazos cruzados con el poder que iba cogiendo la CNT, y al final lo único que consiguieron fue unir más a los fascistas y precipitar la guerra. Imagino que no sabes lo que fue el FRAP, bueno da lo mismo, me propusieron unirme a ellos y les dije que no porque ya me rondaba la idea de la UJM por la cabeza, pero lo cierto es que no me gustaba su ideario federalista, en eso pensaba como mi padre, padre siempre decía que los federalismos solo traen desunión y que cuando uno se quiere separar es porque es un fascista racista o un burgués que cree que vivirá mejor sin tener que ayudar a los más necesitados porque se cree mejor que el otro. Ahora me alegro de no haberme unido al FRAP, conociéndome no sé qué barbaridades hubiera hecho, entonces entendía y justificaba lo que hacía ETA, y ya ves, con el PSOE siguieron matando, con el PSOE, como si no fueran demócratas, y con los Populares siguen matando, y seguirán matando venga quien venga, si es que los nacionalistas son como los Hare Krishnas, como una secta religiosa, que tienen fe ciega sin plantearse nada fuera del mantra. Te voy a confesar algo, cuando mataron a Carrero me alegré como no puedes imaginar, nos reunimos en un cineclub por la zona de Pueblo Nuevo y nos agarramos una buena cantando «Voló, voló, Carrero voló...», y lanzando hacia arriba lo que tuviéramos en la mano, yo el primero y el que más alto lanzaba el jersey. Carrero era un facha, más facha que el dictador, pero por muy asesinos que fueran uno y otro ahora me arrepiento de haber cantado celebrando que hubieran matado a un ser humano. Al principio pensaba que matar estaba justificado en algunas circunstancias, incluso que era necesario, pero en Yugoslavia y aquí no estoy viendo a soldados como en otras guerras, lo que estoy viendo son asesinos, gente sin escrúpulos que matan porque el otro es distinto, solo por eso, no imaginaba que se pudiera odiar tanto como se odian aquí unos a otros. He llegado a la conclusión que matar por defender una idea también es un crimen, qué cojones, matar siempre es un crimen, será que he visto demasiado como para dejarme engañar cuando me ponen delante una bandera como si fuera una zanahoria, o será que ahora valoro más la vida, no lo sé, pero desde luego que matar por defender unos ideales también es un crimen y quienes matan, unos criminales.

Y ya que te he mencionado a Guerra, estuvimos recordando los viejos tiempos cuando estábamos en la clandestinidad, qué buenos tiempos fueron aquellos cuando de verdad actuábamos como pensábamos y hacíamos lo que nos mandaba el corazón, me recordó cómo nos hicimos él y yo amigos, la verdad que yo ya lo tenía casi olvidado y tampoco ahora lo recuerdo muy bien. Me dice que fue en una reunión en la iglesia de Canillejas, ellos, que en Suresnes se habían hecho con el control del PSOE, organizaron una reunión con organizaciones y partidos comunistas porque querían que actuáramos unidos ya que Franco estaba en las últimas y al régimen le quedaban cuatro días, me jura que en aquella reunión les dije que eran unos putos burgueses social demócratas; yo la verdad que lo recuerdo como algo lejano pero él asegura que así fue, y que si Felipe, que entonces se llamaba camarada Isidoro, no llega a pararle me hubiera dado una buena manta de hostias. Ya ves lo que son las cosas, Felipe y él que entonces eran uña y carne ahora lo justo que se hablan. Bueno, me ha dicho Alfonso que se hablan más de lo que dice la gente, pero que no sabe muy bien qué piensa hacer Felipe. Lo ve muy decaído porque dice que todos le han traicionado, sobre todo los de dentro que con tanta corrupción y mangoneo han jodido su proyecto; no te aburro más con estas cosas, en cuanto me pongo a hablar de los fachas fascistas y los nacionalistas, que para mí son hermanos de leche, me pongo malo. Lo que estoy viendo aquí me supera, tanto odio, tanta crueldad gratuita, tanta maldad y ensañamiento con los más débiles, te prometo que nunca más volveré a hablarte de política.

Te dejo esta carta con Stanislav Markelov, es un joven increíble que me recuerda mucho a Simón, por la edad y porque los dos tienen un corazón que no les cabe en el pecho, pero Stani está mucho más centrado que Simón, ha conseguido que encarcelen a un comandante ruso, Budanov, por crímenes de guerra, imagínate lo que haría el tipo para que su propia gente lo encarcele. La carta anterior se la dejé a Poti Jiménez, un médico del IV tercio de la legión que estaba con las fuerzas españolas en Jablanica, a donde me llevó Alfonso Armada cuando me hirieron en Sarajevo.

Nunca te olvida y te quiere,

Tu padre

Pepe la esperaba como en cada viaje. Merche colocó la maleta en el asiento trasero y ocupó el del copiloto. Era domingo y apenas si había tráfico entrando a Madrid.

—¿Qué tal con el sinvergüenza ese? —preguntó Pepe besándola en la mejilla.

—Bien.

—¿Tienes la carta?

—Sí.

—¿Te pidió más dinero?

—No. Los setecientos euros fueron suficientes.

—¿Y eso fue todo?

—Sí, eso fue todo.

—¿Entonces, todo bien?

—Todo perfecto. Le di los setecientos euros y el me entregó la carta.

—¿Y la siguiente dónde está?

—Creo que en España.

6

Toda una mujer

La vorágine al finalizar el curso te mantuvo ocupada lo que restaba de junio, y la mala racha que había comenzado en mayo continuó durante julio y duró hasta el segundo día de agosto. Localizaste sin problema al doctor Hipólito —Poti— Jiménez tras regresar de Rusia. Recordaba perfectamente el episodio de Tony Mera en Bosnia escribiendo una carta y entregándosela, pero después de tantos años no tenía la menor idea de dónde podía estar guardada y, además, en esos momentos se encontraba en la base militar de Bamako en Mali y no regresaría hasta mediados de agosto. No fue el único contratiempo: te resultaba imposible reconducir la situación entre José Javier y Pepe, que desde tu regreso de Rusia se mostraba cada día más irritable y malhumorado; los chantajes sentimentales de *amatxu* reprochándote que apenas la visitabas y lo poco que te preocupabas de ella te afectaban cada día más; Daniela debió viajar a Rumanía por un asunto familiar urgente y no tenías ayuda con la casa; y en el ámbito profesional la editora de *Educational Sociolinguistics* recomendaba pequeños retoques y algunas aclaraciones que ocuparon un tiempo del que no disponías porque tenías que encargarte de las faenas domésticas. Los dos reveses más importantes llegaron la última semana de julio: José Javier anunció que ese año se quedaba en Madrid y no iría con el resto de la familia a Sancti Petri, e ingresaron de urgencia al tío Fernando con un fuerte derrame cerebral.

En el hospital estaban los tres hermanos —Claudio, Palma y Emiliano— con gesto preocupado; hacía tiempo que no coincidíais y os saludasteis con cara de circunstancias. «¿Cómo ha sido?»; «Nos han dicho en la residencia que esta mañana se levantó como siempre, desayunó bien y que fue al baño y allí le dio»; «¿Qué dice el médico?». Sonó el móvil de Emiliano, miró la pantalla, «El tío Inacito —informó—. Dime, tío... todavía no sabemos nada, lo han ingresado y no hemos visto al médico... no..., no, no... no, tío, de momento no es necesario que vengas, nosotros te avisamos con lo que sea... que no, tío, que no hace falta... bueno, si quieres venir, vienes, allá tú. Adiós, tío. Un beso. —Y colgó—. Qué cabezón, se ha empeñado en venir, que coge el primer AVE que pase por Zaragoza y se viene».

Al poco rato llegaron Martín y Vidal; los trajo Martinchu que estaba buscando aparcamiento. Preguntaste si habían avisado a tu *amatxu*; daban por hecho que eso te correspondía a ti, como al tío Javier, y lo hiciste en ese momento. Hablabas con ella cuando salió el médico con gesto serio. «Le ha dado muy fuerte, yo creo que no va a salir de esta. Si lo supera se va a quedar como un vegetal, pero vaya, lo veo muy difícil porque le ha dado muy muy fuerte». Los tres hijos, silenciosos, intentaron digerir las palabras del médico.

El tío Fernando murió esa misma tarde y los hijos decidieron incinerarlo. La misa de exequias se celebró el primero de agosto en la basílica de Nuestra Señora de Atocha. «En estas fechas ya se sabe... la gente está de vacaciones y es normal que esté casi vacía. Tenían que haberlo dejado para septiembre»; *amatxu*, apurando el cigarrillo antes de entrar, pretendía justificar la escasa asistencia de personas ajenas que asistieron al funeral. Para ti estaban quienes tenían que estar, la familia Tellechea al completo: el lugar preferente de la fila central lo ocuparon hijos y cónyuges: Claudio con Elena, Palma con José Fernando y Emiliano con Julia; detrás los hijos de los tres matrimonios, las chicas —Izaskun, Patricia y las Sheilas, una de Palma y otra de Claudio, y Macarena, la menor de Emiliano—, y justo detrás los chicos —Juan Cruz, Diego y Fernandito—. En la fila de la derecha la familia del tío Martín: Martinchu y su mujer Pilar con Martinico, Alejandro y Pilarica; tu primo Miguel con Aissata —adoptada en Burkina Faso porque su mujer Soledad se empeñó—, con quien llevaba más de tres años de médico en médico arrastrando su trastorno autista; Leire y Óscar con Azul, que además de la coleta se había dejado barba, y Luna, con el pelo rapado, los brazos totalmente tatuados y un aro en el tabique nasal. Los del tío Vidal ocuparon la bancada de la parte izquierda con Adriá y Carme junto a su hijo Pau —Oleguer y Jordi estaban en Estados Unidos y fueron, además de la tía Montse, por obvias razones, los únicos que faltaron—; Ferrán y Angie con Valentina y Martina que habían nacido en el mismo año; Inma y su marido Ariel, con Aroa de apenas dos meses en brazos, que pasó llorando todo el sermón y solo paró cuando su padre volvió a colocarla en el capazo ergonómico; y Coro sin su pareja Neus, sobrina lejana del cantante Serrat, que guardaba reposo absoluto por prescripción médica tras su tercer intento de inseminación. Begoña se colocó directamente junto a *amatxu* en el mismo banco de los tíos Javier y Reme. Tú, con Javi a tu izquierda e Iñaki a la derecha junto a Pepe, ocupaste el último banco pretenciosamente «Reservado» para familiares.

Desde allí podías observar a toda la familia sin que nadie se percatara de ello. La incipiente joroba del tío Martín era cada día más pronunciada; al tío Vidal, ya calvo, parecía temblarle la cabeza como presagiando un párkinson; Javier, encorvado, apoyado en su bastón, con sendos *sonotones* casi tan grandes como sus orejas. Quien mejor se encontraba era tu *amatxu*, fresca y lozana como un jardín en primavera. Recordaste el funeral del *aitá* cuando las coronas de laurel y otras con geranios rojos y amarillos llenaron los laterales en la catedral en Bilbao que olía a incienso, con soldados vistiendo uniforme de gala y el obispo esperando en la puerta mientras un grupo de *abertzales* protestaba hasta que la policía cargó contra ellos; también el de Maca, tan multitudinario que no pocos debieron seguir el oficio desde la calle; incluso el de la abuela, al que acudió «la flor y nata de Madrid» como no paró de repetir una y otra vez Martinchu. Nada que ver con ese funeral desolado, y te preguntaste si en eso había quedado el legado del general Bartolomé Tellechea Basterrica.

«Polvo al polvo y ceniza a las cenizas», decía el tío Inacito sin que te preocupara a cuento de qué venía, y seguiste con tus primos. Primero los del tío Martín: Martinchu pasaba el día por los despachos del PP antes y ahora en los de Vox mendigando algún carguito en cualquier ayuntamiento mientras su mujer, Pilar, vivía en su propio mundo de aparente opulencia con una bandera franquista en el salón; a Miguel lo abandonó Sole porque según ella «no era lo suficiente hombre»; Leire y su compañero Óscar eran unos iluminados convencidos hasta la médula de que solo ellos pueden hacer del mundo un lugar más justo. Después los del tío Vidal: Adriá y Carme, siempre tan dignos y estirados mirando a los demás por encima del hombro; Ferrán, engañando a su mujer con la de «grandes cuentas» como sabe de buena fuente tu marido Pepe; Inma y Ariel, unos petulantes y engreídos que en su boda colocaron la mesa de la familia Tellechea en el último rincón; Coro, con su pelo teñido de morado, dedicada a repartir carnets de demócrata y fascista. Por último los del fallecido tío Fernando: Claudio, un holgazán que cuando no está en el paro está de baja, viviendo a costa de Elena, que trabaja incluso los fines de semana para sacar adelante la casa; Palma y José Fernando, todavía juntos porque económicamente no se pueden permitir un divorcio; y Emiliano, dominado por una mujer vulgar y descarada, obsesionada por «limpiar auras», que se anuncia como «Nenúfar» en su publicidad de vidente. En cuanto a los hijos de tus primos, lo justo que identificas a cada uno por su nombre, poco más. Sabes de ellos lo que cuentan sus abuelos: a ningún nieto del tío Martín le interesó la vida militar ni tenían un trabajo «como Dios manda», y los del tío Vidal estudiaron en universidades privadas no porque fueran mejores, como decía el padre, sino porque no lograron entrar en una pública. De los nietos del difunto tío Fernando mejor era no hablar.

Pero a fin de cuentas eran los tuyos, tu familia y, aunque te vieran como una triunfadora, tampoco tú eras mejor que ellos: tu marido era más hermano que esposo; a veces tenías la sensación de haber fracasado como madre; estabas a punto de cumplir los cuarenta y cuatro y tus únicas satisfacciones las proporcionaba el trabajo... En ese momento pensaste en Simón; tenía toda la razón cuando saliendo del concierto de Morricone a comienzos de mayo dijo que la vida era un gran embuste, «*Sein zum Tode,* nacemos para morir, como decía mi amado Heidegger», y también aseguró que la mayor mentira, la gran estafa de la vida, de la naturaleza, eran los hijos.

«Daos fraternalmente la paz» fue como una contraseña para que de forma incontrolada se formara un grupo de hermanos, hijos, tíos y sobrinos abrazándose entre ellos; José Javier preguntó con la mirada si podía unirse a aquella especie de melé espontánea frente al altar y asentiste. Tú permaneciste en el sitio emocionada y pensando que los Tellechea necesitabais una muerte para reconciliaros. Comenzaste a verles de otra forma:

Inma y Ariel habían viajado más de seiscientos kilómetros con un bebé para estar junto a los suyos; también Adriá y Carme pospusieron su viaje a Bali; Ferrán y Angie interrumpieron las vacaciones en Calpe; Martinchu y Pilar honraban la memoria de la familia; Miguel sobrellevó con dignidad que su mujer lo abandonara por un compañero del trabajo nueve años más joven y de su boca nunca salió una palabra de queja por las recaídas de Aissata; Claudio y Palma tuvieron valor y fuerza suficiente para superar sus problemas con las drogas y llevaban una vida digna y honrada; Emiliano era el hombre más bondadoso que conocías; Coro y Leire no dejaban de ser dos ingenuas con buen corazón...

Al terminar los oficios salisteis de la iglesia y, como siempre ocurre en esas circunstancias durante el protocolo de las despedidas, evocasteis viejos tiempos: «¿Recordáis cuando de pequeños íbamos a la Cruz Blanca los domingos después de misa?», dijiste; «¡Qué tiempos aquellos!», exclamó Martinchu; «El general siempre pedía gambas de Palamós para todos», recordó Ferrán; «Lo mejor eran los berberechos», apuntó Claudio; «Es cierto, eran buenísimos»; «Y qué bien tiraban la cerveza de barril»; «Pues yo prefería los bígaros»; «Ni punt de comparació con las almejas»; «Y que lo digas. Cuando las abrías estaban todavía vivas»; «Y Pepe bien que te miraba ya entonces». Todos hablaban sin parar, interrumpiéndose unos a otros. «Es que ya nada es como antes —y continuaste—, si os parece tomamos algo en un bar que hay al otro lado de la calle»; «Venga, vamos todos»; «Eso, como en los viejos tiempos»; «Inma, no teníeu pressa per al tren»; «Ja n'agafarem un altre»; «Es un mesón, Mesón el Segoviano»; «Pues pedimos morcilla en vez de gambas»; «O millor botifarra»; «Con nuestro apellido, chistorra»; «Ahora, ahora que no vienen coches». Los más jóvenes encabezados por Juan Cruz y las Sheilas se lanzaron a cruzar la avenida Ciudad de Barcelona animando al resto de la manada Tellechea a seguirles, y así lo hicieron todos riendo y corriendo en desbandada en un momento sin tráfico. Tú observaste las carreras desde la acera: Pau cargaba con Aissata sobre los hombros, Pepe se trastabilló al intentar superar el artilugio de plástico que delimitaba el carril del autobús y gracias a la providencial mano de José Javier no rodó como un tonel, Leire y Coro tenían un ataque de risa porque no podían superar la barandilla de la acera, Inma y Ariel estaban muy ágiles y se intercambiaron al bebé conforme saltaron la barrera, Adriá prefirió seguir la baranda hasta donde terminaba... todos entraron en el mesón y tú acompañaste a los del «frente de juventudes», como irónicamente los llamó José Javier refiriéndose a los mayores, para cruzar por el semáforo. A esas horas el calor ya había desaparecido por completo, soplaba una leve brisa muy agradable, al día siguiente saldríais de vacaciones, y te sentiste reconciliada con el mundo.

Finalmente José Javier viajó a Sancti Petri, también *amatxu*, y a última hora se unió el tío Inacito. En la primera salida con el Mi Merche II José Javier sacó el barco del pantalán y acordó con su padre destino y ruta para seguir; Pepe le ofreció una cerveza y los dos charlaban como buenos amigos. Iñaki y Begoña, sentados en la proa con las piernas fuera de la embarcación hablaban animados de sus cosas. La mar estaba en calma, te tumbaste en una toalla, conectaste los auriculares al iPhone, seleccionaste la carpeta Morricone, y los acordes de *La Misión* te sonaron a música de ángeles.

La semana transcurrió en una calma chicha de tranquilidad y rutina. Por la mañana tu primera ocupación era comprobar si habías recibido algún correo del doctor Jiménez; lo hizo el día 19 y el asunto «Imposible encontrarla» adelantaba el contenido. En un mensaje amable y escueto informaba sobre la imposibilidad de encontrar la carta que le entregó tu padre en Yugoslavia.

Hasta tres veces leíste el correo sin dar crédito al mensaje. Habías cruzado océanos y continentes para recuperar las cartas y se había extraviado la que supuestamente debía ser más sencilla de conseguir. Eso no podía estar ocurriendo, pero cuando por la tarde salías a navegar con José Javier la realidad continuaba siendo la misma.

«Conocí al abuelo», con el timón en las manos tu hijo no entendió a qué te referías, «A mi padre, al abuelo que nunca llegaste a conocer»; «¿El de la *amatxu*? ¿El que me decíais que había muerto en un accidente de aviación? Nunca me creí esa mentira». Te descolocó la respuesta, tratabas de reaccionar cuando él continuó, «Además, en casa de *amatxu* con todas las fotografías que tiene no hay una sola de él». Intentaste justificarte contando que durante años tampoco a ti te dijeron nada por más que preguntaste, y calificaste tu mentira de «piadosa» porque entonces él era un niño. A él parecía no importarle la perorata que estabas soltando. «¿Y cómo es?»; «¿Quién?»; «El abuelo, mi abuelo»; «Está muerto»; «¿Muerto? ¿No dices que lo has conocido?»; «Lo conocí justo antes de morir. Hace unos meses»; «¿Y por qué me lo cuentas ahora?»; «Me parece el mejor momento»; «Pues vale. Tú dirás»; «¿Quieres saber cómo se llamaba?»; «Claro»; «Tony, Tony Mera. Así lo conocía todo el mundo, aunque su verdadero nombre era Antonio Sánchez Mera»; «¿Por qué se lo cambió?»; «Era fotógrafo de guerra»; «¡Fotógrafo de guerra! Buah, qué pasada»; «Me dejó escritas unas cartas. Cada cinco años, en mi cumpleaños, escribía una carta y la dejaba donde estuviera»; «¿Y qué contaba en las cartas?»; «Cómo era, cómo pensaba, no sé, muchas cosas»; «¿Y cómo era?»; «Creo que era un buen hombre, se preocupaba mucho por los demás, no sé qué más contar, ah, que era muy divertido, de izquierdas, por lo visto estuvo en la clandestinidad en tiempos de Franco, su familia era muy humilde... qué más, qué más... su padre, mi abuelo, tu bisabuelo, pasó mucho tiempo en la cárcel porque en la Guerra Civil luchó con los republicanos»; «¿En la cárcel?...»; «Pero no es solo eso, en sus cartas hay más cosas... hay mucha sensibilidad, mucho dolor, desencanto... desilusión... no sé cómo decirlo, creo que era un idealista, un soñador, un alma generosa... en cierta forma un quijote que no encontró su sitio en este mundo...»; «¿Por qué no se dio a conocer antes?»; «Creo que tenía miedo de que lo rechazara»; «¿Y lo hubieras hecho?»; «Nada he deseado más en la vida que sentir su abrazo»; «Pues por lo que cuentas a mí me hubiera gustado abrazarle a él»; «Yo nunca lo vi así. Haces que me sienta egoísta y culpable»; «Tampoco eso es nuevo. Te sientes siempre culpable por todo. Es que te gusta mucho flagelarte»; «Eso es una tontería»; «¿Y ahora qué?»; «¿A qué te refieres?»; «¿Qué vas a hacer ahora?»; «Ah, nada. Se ha perdido una carta y no podré llegar al final»; «¿A qué final?»; «A saber por qué se marchó, por qué abandonó a la abuela y por qué me abandonó a mí»; «Eso es fácil. Pregúntaselo a la *amatxu*, ella te dirá»; «Ojalá fuera tan sencillo»; «Me gustaría ver fotos del abuelo... las que hacía él en las guerras»; «Te prometo que revolveré cielo y tierra, también encontraré algunas que te hizo a ti».

Asumiste que todo había terminado, y algo debieron notar los tuyos porque comenzaron a protegerte y mimarte como nunca antes. Una noche en que los chicos habían salido y Pepe roncaba como un búfalo frente al televisor, te uniste a Inacito y la *amatxu* en la rutina de su charla en el jardín después de la cena. *Amatxu* hizo ademán de apagar el cigarrillo cuando te sentaste y tú le dijiste que podía seguir fumando. Los dos se alegraron por tu presencia y confesaron que precisamente estaban hablando de ti porque no te veían «muy cristiana», según expresión del cura refiriéndose a tu estado anímico. Amatxu pidió que te «sinceraras» y les contaras qué te estaba pasando, «¿Estás bien de salud? ¿Tienes problemas con Pepe?»; «No, *amatxu*, no es nada de eso»; «Si quieres puedo escucharte en confesión»; «No, tío, que no es nada de eso»; «Pues tú dirás, porque nos tienes a todos preocupados»; «No sé, me siento un poco rara. Hace unas semanas el tío Javier me contó cómo fue el día que nací»; «A saber qué te contaría ese viejo chocho que ya no sabe ni para qué tiene la cabeza»; «Javier, como para hacerle caso, si está más *p´allá* que *p´acá*»; «¿Por qué nunca me habéis contado nada relacionado con mi nacimiento?»; «Me parece que yo me voy a acostar que ya se va haciendo tarde»; «De eso nada, Inacito, tú te quedas aquí. La chica tiene razón, ya va siendo hora de tratar ese tema»; «Ha pasado mucho tiempo. ¿Tenemos que hablar ahora de eso?»; «Sí, tío. Ya ha llegado el momento»; «Entonces, sobrina, ¿qué quieres saber?»; «Lo que vosotros me contéis. Cómo fue mi nacimiento»; «¿Empiezas tú o lo hago yo?».

«Aquellos años no tenían nada que ver con estos. No digo ni que mejor ni que peor, para mí desde luego que infinitamente mejores porque había más orden, más respeto, más moral, no sé, se era más estricto. Ya ves, la Coro con novia y quieren tener un hijo, y cuando le pregunté a Leire que cuándo pensaba bautizar a los suyos me contestó que esperara sentado, y podía seguir contando... y todo el mundo lo ve como algo normal porque ahora hay li-ber-tad, ya ves tú, libertad, yo me pregunto para qué, ¿para hacer hijos como si fueran tarros de mermelada?»; «Tío, vamos al tema»; «Antes las cosas no eran así, no eran como ahora. Cuando tu madre se quedó embarazada, cuando se quedó embarazada tan joven y sin estar casada fue... a ver si lo digo bien... fue... la mayor mancha que le podía caer a una familia como la nuestra. Ahora no pasa nada, pero hace cincuenta años era la mayor desgracia que podía sucederle a una familia del barrio de Salamanca»; «O de Carabanchel»; «Déjame seguir, hermana»; «Te dejo, te dejo, pero no era cuestión de quién eras o dónde vivías»; «A los jóvenes de ahora les resulta imposible imaginar la desgracia que suponía para una familia que la hija se quedara embarazada sin estar casada. Era una mancha para toda la vida. Una mancha que nunca se podría borrar y que en nuestro caso ensuciaba el prestigio y el honor de seis generaciones de Tellecheas que habían derramado su sangre por España»; «Tío, deja el melodrama y vamos a lo importante»; «De melodramático nada, que Fernando incluso dijo que él conocía una dirección en Londres, imagina para qué... Por supuesto yo no iba a consentir eso y tampoco el general, que le avisó que otra más por ese camino y lo ponía delante de un pelotón»; «¿Y qué decían Martín y Vidal?»; «Eso tendrás que preguntárselo a ellos»; «Te lo pregunto a ti, Ignacio».

«Ya te lo digo yo, hija. Tus tíos querían mandarme a Bilbao con una hermana de la abuela, la tía Herminia, que te tuviera allí sin que nadie de Madrid se enterara y cuando diera a luz te entregarían a la casita»; «¿La casita?»; «Al hospicio, a la inclusa, entonces se le llamaba la casita»; «Tampoco es exactamente como dice tu madre»; «¿Cómo que no?, y a ti tampoco te parecía tan mal»; «Era porque te empeñabas en no decir quién era el padre»; «¿Y qué tenía eso que ver con dar al bebé a la casita?»; «Sabes de sobra que antes las cosas no eran tan fáciles. No removamos ropa vieja»; «Parad los dos. Aquí no estamos para discutir. ¿Por qué no acabé en la casita?»; «Por el *aitá*, hija, ha pasado casi medio siglo y lo veo como si hubiera sido esta misma tarde. Se puso de pie, sacó una pistola que guardaba en el cajoncito de la cómoda, cargó la recámara y la dejó encima de la mesa, "la sangre de mi sangre no se regala, quien tenga cojones que vuelva a mencionar la casita y saldrá de aquí con los pies por delante", y en el gallinero que había sido hasta entonces la reunión no se oía ni la respiración»; «¿Y qué decía la abuela?»; «Cuando anuncié el embarazo me dijo mirándome a los ojos "si hubieras muerto en un accidente no me habría llevado un disgusto tan grande" y se calló, ni mu hasta que el general sacó la pistola y ella calmó la situación con voz resignada "si finalmente la cosa tiene que seguir adelante que sea lo que Dios quiera", así reaccionó la abuela. ¿Verdad o mentira?»; «Todo hubiera sido más fácil si hubieras dicho quién era el padre de la criatura»; «Hermano... te voy a decir una cosa que sé desde hace años, y te la voy a decir hoy. Ahora»; «¿Qué quieres decir?»; «Al final averiguasteis quién era el padre»; «Pero, pero, pero... qué tonterías dices»; «Sabes que digo la verdad»; «Entonces di quién era, si es como dices no tendrás problema en decir quién era»; «Eso debo hablarlo primero con mi hija. Es algo que debí hacer hace muchos años»; «¿Me estás diciendo que estoy de sobra?»; «Inacito, esta conversación debo tenerla a solas con mi hija»; «Entonces... Buenas noches».

Lo mismo que la vida tiene sus malas épocas también tiene sus buenos momentos. Conectaste de nuevo el ordenador cinco días después de la conversación con el tío cura y tu *amatxu* más por rutina que por necesidad. Había mensajes de todo tipo y te preguntaste si la gente no tenía otra cosa mejor que enviar correos en vacaciones. El más reciente era de la editora del *Educational* con el OK definitivo para tu ensayo; más adelante —o anteriores, según se mire—, uno mío pidiéndote una nueva reunión en cuanto regresaras, y a continuación otro de Poti con un «¡ENCONTRADAAAAAAA!» en el asunto que te puso los pelos de punta.

El mensaje era más largo que el anterior. El médico había encontrado la carta, estaba en Valladolid, donde vivían sus padres. Dando vueltas al asunto pensó que podía haberla guardado en alguna de las novelas que leyó estando en Bosnia. Tenía por costumbre introducir facturas de restaurantes, entradas de espectáculos, resguardos de tiendas de ropa... y todo tipo de papeles entre páginas de libros y pensó que tal vez hizo lo mismo con la carta. Telefoneó a su madre para que buscara en los de su habitación y «Bingo, allí estaba. Me ha dicho que en el sobre pone PARA Merche. MI HIJA. Así que sin duda eres tú». Terminaba diciendo que visitaría a sus padres en un par de semanas, y cuando te viniera bien podías pasar a recogerla en su consulta del Gómez Ulla.

Se te heló la sangre, lo único que tenías claro era que debías hacerte con la carta lo antes posible, pero cómo. En SEUR te informaron que, aunque fuera sábado, podían recoger cualquier envío esa misma tarde en el domicilio que indicaras y entregarlo el lunes por la mañana antes del mediodía en cualquier punto de la península. Escribiste un correo al doctor Jiménez y lo contestó desde su teléfono móvil casi de inmediato. Fue muy amable y no puso objeción alguna a tu plan: un mensajero de SEUR recogería la carta en casa de sus padres por la tarde, se la entregarían a él en el hospital el lunes y podrías recogerla allí ese mismo día a las 11.30.

Hiciste público que habías conocido a tu padre cuando Inacito terminó de bendecir la mesa y Begoña llenaba los cuencos con el gazpacho, «Hay algo que algunos no sabéis. Conocí a mi padre hace unos meses, justo antes de fallecer»; «¡Sagrado Corazón de Jesús!», exclamó Inacito; «Me escribió cartas durante toda su vida y ahora las estoy recogiendo. Mañana regreso a Madrid a por una de ellas». Inacito se quedó a medio camino con una cucharada de pepino picado para mezclar con el gazpacho, Iñaki y Begoña te miraron y sonrieron sin imaginar siquiera el cambio en tu vida que estaba suponiendo todo aquello.

* * *

Merche localizó sin problema al doctor Hipólito Jiménez pese a estar destinado fuera de España. Regresó en agosto y, en un primer momento, le fue imposible encontrar la carta que Tony Mera le entregó en Bosnia. Apareció de forma casi milagrosa, cuando parecía definitivamente extraviada, entre las páginas de un libro que guardaba en casa de sus padres en Valladolid. Merche tuvo noticia del hallazgo estando de vacaciones en Sancti Petri un sábado poco antes del mediodía y concertó una reunión con el doctor Jiménez para el lunes siguiente por la mañana en el Hospital Militar Gómez Ulla.

Resultó complicado encontrar viaje a Madrid. Siendo final de semana y mes ni en el AVE ni en el avión quedaba una plaza libre. En cuanto al vehículo particular hacía años que bajaban a Cádiz en tren porque a Pepe el viaje en coche se le hacía muy pesado. Para los desplazamientos al puerto utilizaban un pequeño utilitario, pero estaba en el taller desde el viernes para cambiar la correa de la trasmisión. Entonces Javi le propuso viajar en BlaBlaCar. Ni Merche ni su marido tenían la menor idea de qué era aquello del BlaBlaCar, y mucho menos el tío cura y la *amatxu* que pasaban con ellos las vacaciones en Sancti Petri. El hijo mayor ocupó el lugar de su madre frente al ordenador y seleccionó un viaje en el que la conductora Tania había escrito: «Hola, gente, tengo flexibilidad en el lugar de recogida y de dejada, todo es hablarlo!». Apenas si tardó un par de minutos en reservar una plaza: su madre debía estar a las nueve de la mañana siguiente en la gasolinera de CEPSA frente a la avenida del Comercio.

—Ese es —dijo Pepe cuando un Seat Ibiza blanco, tal como había adelantado Javi, se estacionó en un lateral de la gasolinera a la hora acordada.

—¿Qué hago, voy o espero al AVE de mañana? —preguntó Merche sin salir del pequeño utilitario que les prestó el vecino y donde llevaban esperando más de un cuarto de hora para cerciorarse de que todo era normal.

—¡Qué quieres que te diga! Decide tú. Según tu hijo así es como viajan ahora los jóvenes.

—Mira, mira ese chico con la mochila. Le está abriendo el maletero. ¿Qué tendrá, veinte años?

—O menos.

—¡La chica está buscando a alguien! —exclamó Merche como si finalmente hubiera descubierto la oculta trama de un complot.

—Claro, te está buscando a ti que has quedado con ella a las nueve y ya es la hora.

—Es cierto, qué tonta soy —reconociendo con el tono jocoso la estupidez de su observación—. Allá voy.

Merche viajaba únicamente con el bolso y Tania le ofreció el asiento delantero. Justo antes de subir echó un último vistazo a Pepe, sin perder ojo de lo que ocurría, y dijo adiós con la mano en claro ademán de normalidad. El joven adolescente viajaba para una entrevista de trabajo el lunes a primera hora, y en la gasolinera de San Juan de Aznalfarache recogieron a un policía nacional de mediana edad, que entraba de servicio por la noche para custodiar el Congreso. Tenía un marcado acento gaditano y no paró de hablar un solo minuto desde que subió al coche; estuvo alojado en el «Piolín» cuando enviaron a su destacamento para evitar las votaciones independentistas y juraba no haber visto nunca una cosa parecida. El chico joven dijo que a él le parecía bien que los catalanes tuvieran su referéndum. Tania y el policía rebatían sus argumentos, unas veces pueriles y otras populistas, sin lograr convencerle. El policía preguntó a Merche su opinión sobre lo que estaba ocurriendo en Cataluña.

—Como decía Ortega el problema catalán no se puede solucionar, basta con poderlo sobrellevar.

—Ya veo *q'uzté* ni *ze* cuece ni *ze aza*...

—No, no eso. No se puede ignorar que más de un millón de

catalanes desean la independencia, pero eso no es lo más grave. Desde mi punto de vista lo verdaderamente preocupante es que no se reconocen españoles y nunca se reconocerán como españoles; y para resolver ese problema será necesario encontrar alguna solución.

—Lo que digo, *uzté* ni *shisha* ni *limoná*. *Ezo zí*, habla *mu biee* y *mu* fino.

—La culpa la tiene el gobierno por darles la educación y la televisión —dijo Tania.

—Eso se lo dio *Aznaa, quilla* —aseguró el policía.

—¿Aznar? Ya me extraña —respondió Tania con escepticismo.

—*Zí, quilla*. Que te digo *yho* que fue *Aznaa* —recalcó el policía—, y lo de que todos tenían que *hablá* en catalá *Aznaa* también, que te lo digo *yho, quilla*.

Guardaron un breve silencio cuando se agotó el tema catalán.

—*Zeñora*, ¿quiere que le cuente el *shiste máa* corto *der* mundo? —preguntó el policía, que prosiguió sin esperar la respuesta—: Va un *vazco* y *zale* de un bar.

—Vale, cuéntamelo.

—*Eze e-er shiste*, mi *arma*.

—¿Qué chiste?

—*Er* que acabo de *contá*: va un *vazco* y *zale* de un bar.

—No lo entiendo.

—*Puez ezo*, que *loz vazco* entran a *loz barez*, no *zalen*.

—Sigo sin entenderlo.

—¿Lo entendéis *uztede*? —preguntó a los otros dos.

Ni Tania ni el chico contestaron. El policía intentó enmendar su fracaso contando otros de leperos con bastante gracia pero sin éxito y abandonó al quinto intento. Llegaron a Madrid sin novedad a la hora prevista.

Merche buscó en el congelador algo para calentar en el microondas. No había mucho donde elegir; unas «Lentejas estofadas (27/07/19)», la comida favorita de Javi incluso en verano, y poca cosa más; se decidió por un táper de cristal etiquetado «Bonito a la riojana (24/07/19)», lo calentó en el microondas y esa fue su comida para todo el día. Se sentía extraña en la casa vacía, la sensación no era agradable ni desagradable, simplemente extraña. No le apetecía encender el televisor y a falta de algo mejor que hacer cogió el teléfono y pensó que tal vez fuera buena idea pedirle a Javi que le instalara el wasap para formar parte de Los Chas. Simón también insistía en lo mismo. Merche pensó que si tuviera wasap en el teléfono podría entretenerse viendo las fotografías que colgaban sus primos y sobrinos. El grupo de Los Chas se formó tras el funeral del tío Fernando, fallecido a finales de julio a causa de un ictus. Después de la misa la familia se reunió en un mesón frente a la iglesia; lo que en origen iba a ser una cerveza rápida terminó pasadas las once de la noche y a Javi se le ocurrió formar un grupo de wasap que bautizaron con el nombre de Los Chas. El grupo pudo tener una vida corta como consecuencia de la trifulca provocada por el vídeo que alguien colgó, en el que Pedro Sánchez afirmaba que un pacto con Podemos no le dejaría dormir. Finalmente todos se comprometieron a no incluir absolutamente nada con el mínimo matiz político o religioso. Cuando regresara a Cádiz pediría a José Javier que le cargara la aplicación.

Telefoneó a Simón en repetidas ocasiones, seis, siete, tal vez alguna más, pero su teléfono estaba «Desconectado o fuera de cobertura». El telediario informaba sobre el hallazgo del coche de Blanca Fernández Ochoa, que estaba desaparecida. La tarde transcurrió anodina y se acostó antes de las diez de la noche. Normalmente conciliaba el sueño sin problema, pero aquel día tardó en dormirse porque en su cabeza seguía remoloneando la conversación que tuvo con su madre unos días antes.

—Inacito, esta conversación debo tenerla a solas con mi hija —dijo *amatxu* pidiendo a su hermano sacerdote que las dejara.

—Entonces... Buenas noches —se despidió el cura aflojando el alzacuellos.

—Me alegra mucho que hayas sacado el tema de tu nacimiento —continuó *amatxu* cuando desapareció Inacito—. Hace tiempo que debíamos habernos sentado las dos para hablar de ello.

—Eras tú quien debías dar el primer paso —respondió Merche sin segundas intenciones.

—¿Te importa si me enciendo un cigarrillo?

—Fuma lo que quieras.

—Hija, cuando tú naciste pasé unos años muy difíciles. Ahora esas cosas están ya asumidas y no tienen importancia, pero quedarse embarazada hace cincuenta años era como una maldición.

—¿Cómo fue vuestra relación? Creo que os conocisteis en la universidad.

—Un día me equivoqué de aula y así nos conocimos. —Mantuvo por unos instantes encendida la llama del mechero antes de encender el cigarrillo en actitud de calibrar bien las palabras, y su cara iluminada en la oscuridad reveló el gesto risueño de una adolescente enamorada por primera vez—. Yo estudiaba Derecho y él trabajaba de albañil; estaba en mi facultad organizando una huelga o una protesta de estudiantes, ahora no recuerdo por qué o para qué. Después coincidimos en un autobús y quedamos citados en el Drugstore el viernes por la tarde.

—¿Qué era el Drugstore?

—Lo más de lo más en aquellos años. Estaba en la calle Fuencarral, como los VIPS de ahora. No recuerdo muy bien, pero me suena que incluso había un cine. Cuando se presentó casi no lo conocí, el pobre llevaba puesta una chaqueta dos tallas más grande que la suya y camisa con corbata. Tomamos algo y le pregunté si nos quedábamos a cenar, pero creo que no tenía dinero suficiente y dijo que mejor tomábamos unas tapas por otro sitio. Aún no he olvidado el apuro que pasé cuando salíamos y, sin darle importancia, coge un libro grande que había en un expositor, se lo pone bajo del brazo y se lo lleva sin pagar.

—¡Que robó un libro!

—Eso le dije yo. Me quedé helada. Y me dice con toda naturalidad que era de fotografía y que a él le gustaba la fotografía, y que aquello no era robar, que era un subsidio, eso dijo, el subsidio del capitalismo para un proletario. Siempre tenía una respuesta para todo. Pero no imaginas el apuro que pasé.

—¡No me lo puedo creer! —exclamó Merche a medio camino entre la sorpresa y la risa.

—Me llevó a unas tabernas donde servían callos con garbanzos, entresijos, sangrecilla encebollada, caracoles picantes que le volvían loco...

—¿Y comiste eso con lo rarita que tú eres?

—Eso y lo que me hubiera puesto delante. Estaba tan guapo; porque no imaginas lo guapo que era tu padre, guapísimo; y era tan divertido, tenía, tenía una chispa, ese algo que nos encandila a las mujeres, no sé si sabes a qué me refiero.

—Lo imagino.

—Y es que hablaba tan bien... tenía un pico de oro. Eso sí, siempre de lo mismo, de la liberación de los pueblos y la clase trabajadora. ¡Qué pesado era con lo de la clase trabajadora! Decía que cuando Franco muriera todo iba a cambiar. Que las naciones europeas no admitirían al Rey y que en uno o dos años tendríamos una nueva república. A mí me daban igual todas esas cosas suyas que eran como fantasías, pero hablaba tan bien y era tan guapo...

—Y seguisteis viéndoos...

—Por supuesto. Todas las semanas. Él estaba muy liado con sus historias de la política porque quería crear no sé qué partido para los jóvenes o alguna organización para jóvenes, algo de eso...

—La UJM.

—¿Y eso qué es?

—Unión de Juventudes Maoístas.

—Qué se yo... sería eso. A mí lo único que me importaba era estar con él, ya sabes lo tontas que nos ponemos las mujeres con el primer amor, somos capaces de las mayores tonterías, y no me interesaba su política, ni las asambleas obreras, qué pesado con las asambleas obreras, todo el día con el tema de las asambleas obreras; ni que su familia hubiera luchado con los republicanos en la guerra, ni que su padre hubiera estado preso... Por lo visto un tío suyo fue alguien importante durante la guerra.

—¿Y cuando le dijiste que tu padre era militar qué hizo?

—¡Uy, esa fue otra! Tardé bastante en decírselo. Bueno, se lo dije el mismo día que lo otro.

—¿A qué te refieres?

—Que le dije que estaba embarazada y que mi familia eran militares, el mismo día. Así, de sopetón, las dos cosas de una tirada. Yo creo que si le hubiera dicho que había nacido en Marte no le hubiera impresionado tanto. Lo de que mi padre era general, quiero decir, yo le había engañado diciéndole que mi familia tenía una ferretería... lo del embarazo no le importó lo más mínimo y dijo que no le importaba ser padre si yo era la madre. ¡Qué pico tenía!

—¿Y dónde os veíais?

—Hija, esto parece un tercer grado...

—Solo quiero saber. He estado muchos años esperando.

—Pues por muchos sitios, cada día íbamos por un sitio distinto. Venía con una Renault, una cuatro latas que le dejaba un amigo suyo, el rojillo o algo por el estilo.

—El Rojeras, Teo el Rojeras.

—Cierto, de ese nombre sí me acuerdo, Teo el Rojeras, eso es, el Rojeras, eran inseparables. A mí no me gustaba mucho la gente con la que se juntaba y cuando queríamos tener intimidad nos íbamos con la furgoneta. ¡Qué pobres desgraciados! Nunca tuvimos un sitio cómodo.

—¿Entonces me hicisteis en el asiento trasero de un coche? —preguntó Merche riendo en el mismo tono distendido y cordial de la conversación.

—Te voy a contar un secreto —*amatxu* sacó el penúltimo cigarrillo del paquete—, pero no se te ocurra contárselo a nadie —cogió el mechero— y menos a tu tío —encendió el cigarrillo—, tienes que jurarme que nunca se lo contarás a nadie —dijo después de la primera calada profunda.

—Venga, suéltalo ya.

—Yo creo que tú saliste de una sacristía, lo que te digo, de una sacristía. —*Amatxu* se aproximó para dar mayor importancia a la confidencia y a Merche le desagradó el aliento con olor a tabaco—. Nadie me quitará de la cabeza que fue en la sacristía de la iglesia de Canillejas. Las mujeres tenemos un sexto sentido para esas cosas y yo estoy convencida de que te hicimos en la sacristía. Ese día no teníamos la cuatro latas y él había estado en una reunión importante con unos sevillanos. Por lo visto la cosa medio terminó como el rosario de la aurora y con las prisas un amigo suyo dejó olvidado algo muy comprometido en la sacristía y tuvimos que ir a buscarlo. Él sabía dónde escondía el cura la llave por si la policía perseguía a alguien del grupo y necesitaba un lugar para esconderse. Recogió una bolsa del armario de las casullas y dijo que nos fuéramos. Pero, hija, no me preguntes ni cómo ni por qué pero me dio por besarlo y al final pasó lo que pasó.

—*Amatxu*, no me digas que...

—¡Qué te voy a decir, yo era joven, y cuando una es joven tiene la sangre caliente! Así que nada, en la sacristía, y mucho más cómoda que la Renault del Rojeras.

—¿Y después qué pasó?

—Ni te imaginas la que me cayó en casa por la hora. Entonces las diez de la noche era la hora de llegar a casa para las chicas y eran las once pasadas y bien pasadas cuando llegué. Aquello estaba tan lejos y como tuvimos que movernos en autobús y metro se hizo muy tarde. La que me soltó la abuela permanecerá en los anales. Todo lo que te diga es poco. Y me castigó un mes sin salir y yo me enfrenté a ella por primera vez en mi vida. Le dije que las diez era una hora ridícula para una universitaria y que a partir de entonces regresaría a casa cuando me diera la gana. Ella se levantó con intención de cruzarme la cara y yo le dije que podía pegarme, pero que aunque fuera mujer quería ser tratada como mis hermanos, que nunca tuvieron hora para llegar a casa por la noche. Entonces intervino el *aitá* y le dijo que no se le ocurriera tocarme un pelo porque las diez para una universitaria era una hora ridícula. Lo peor fue que Tono agarró un catarrazo que a punto estuvo de irse al otro mundo el probrecico mío, y pasó una semana entera en la cama.

—*Amatxu*, me refería a qué pasó cuando supiste que estabas embarazada.

—Ahhh, era eso. Solo de recordarlo se me corta el habla. Ahora no pasa nada, pero antes no puedes imaginar lo que era eso. Empecé a preocuparme a finales de marzo porque yo, como tú, siempre fui muy regular y todavía no me había bajado. En mayo empecé con las primeras náuseas y en junio ya veía yo que aquello se notaba demasiado... Mira, hija, solo de recordarlo me estoy poniendo mala; seguimos mañana.

—De ninguna manera, a mí no me dejas así.

—Y además sin tabaco, solo me queda un cigarrillo.

—Después te doy yo.

—¿Tú tienes tabaco? No me lo puedo creer.

—Vamos, sigue, después te doy unos cigarrillos.

—La que más miedo me daba era la abuela y los tíos. El *aitá* no tanto, yo notaba que conmigo era distinto que con los demás. En cuanto a Tono, porque entonces se llamaba Tono...

—Continúa. —Merche la incitó a seguir.

—Él fue el primero en saberlo. Se lo dije de sopetón: estoy embarazada. —Y guardó silencio.

—*Amatxu*, sigue, te tengo que sacar todo con tenazas.

—Hija, esto es muy difícil para mí. Aquellos fueron los momentos más terribles de mi vida. Imagínate que Begoña te cuenta mañana que está embarazada. Imagínate la papeleta. Pues ahora multiplícalo por cien... o por mil.

—Vale, tómate tu tiempo.

—Tono no pronunció palabra y apoyó los brazos en el volante sin revelar qué pensaba. Yo tampoco decía nada. Al rato me miró a los ojos y afirmó: «Así que voy a ser padre. Mira que bien». Yo no sabía si estaba de buenas o de malas y como no añadía nada más pregunté que qué hacíamos. Y me contesta tan tranquilo: «Tener al niño, qué otra cosa vamos a hacer». Yo le dije que me iba de casa, tonta de mí, que me fugaba con él pero que en casa no podía decir nada porque una de dos, o me mataban a mí o se morirían ellos del disgusto. Comentó que tampoco era para tanto y que haríamos lo que yo quisiera, pero que él podía arreglárselas para que saliéramos adelante y que no le importaba lo que hiciera mi familia aunque mi padre fuera militar y no ferretero.

—¿Qué pasó cuando lo contaste en casa?

—Hija, ya está bien, no me hagas recordar ese momento. Quería morirme. Incluso pensé en hacer una tontería... una locura, cualquier cosa en ese momento. Y pasó lo que te hemos comentado antes el tío Inacito y yo. Lo dije cuando estaban todos juntos. —Inesperadamente *amatxu* sonrió y cambió el tono—. Esto te va a hacer gracia.

—Dime.

—Fue después de comer, en el último momento. Lo solté sin atreverme a levantar la cabeza: «Tengo algo importante que deciros y no os va a gustar», y me miraron todos. «¡Que fumas, como si no lo supiéramos!», reveló Martín; «Hija, la ropa te apesta a tabaco», siguió la abuela. ¡Imagínate, pensaban que mi secreto era que fumaba! Les aseguré que no era eso —*amatxu* recuperó el tono grave—, que lo que tenía que contar era que estaba embarazada. Fue como si hubiera caído la bomba atómica... y entonces el silencio. No recuerdo un silencio como aquel. Y de repente todos comenzaron a hablar, a decir que aquello no era posible y no sé cuántas cosas más. El general me miraba y yo intentaba imaginar qué estaba pensando, pero tenía la mirada ida; la abuela también me miraba pero su expresión era distinta, como tratando de contenerse.

—No debió ser nada fácil. —Merche cogió con cariño las manos de *amatxu*.

—Terrible. Querían saber quién era el padre. Toda su obsesión era que les dijera el nombre del padre. Pero eso me lo guardaba para mí, no podía decírselo. Esos brutos hubieran sido capaces de cualquier cosa.

—Antes has dicho que finalmente se enteraron.

—Sí, se enteraron, pero eso lo supe años después. Me lo dijo tu propio padre. Recuerdo que eran unas Navidades, llamaron por teléfono, contestó la abuela y me dijo que preguntaban por mí. Reconocí su voz con solo escuchar el «Hola». Estuve a punto de colgar. Me había dejado sola durante años, sin dar señales de vida, y ahora aparecía como si tal cosa. Le pregunté qué quería y contestó que verme y conocerte. Sabía que eras una niña y que te llamabas Mercedes; él vivía en París, estaba en España porque había muerto su madre. Yo estaba tan enfadada que ni tan siquiera le di el pésame.

—¿Y?

—Le dije que nos dejara tranquilas, que no quería saber nada de él, que había sido un canalla, eso mismo le dije. La última vez que nos vimos fue el domingo anterior al día que naciste. De hecho, cumplía ese día y teníamos la canastilla y todo preparado en casa para salir pitando en cuanto rompiera aguas. Hacía un frío que no te imaginas. Tono me había jurado que nada en el mundo le impediría acompañarme durante el parto y estaba en la acera de enfrente esperando a que saliéramos para seguirnos. Llevaba el traje que se ponía algunas veces, y yo desde la ventana lo veía dando vueltas de un lado a otro como un león enjaulado y helado de frío el pobrecico. Aunque era primeriza notaba que allí no pasaba nada y que aquello iba para largo así que cogí del colgador una prenda de mis hermanos y se la bajé.

—¿Y la abuela y el *aitá* qué dijeron?

—No se enteraron. Apenas si fueron cinco minutos. La tata me ayudó a salir por la puerta de servicio y a él le hice gestos desde el portal. Cuando me vio, cruzó la calle tan acelerado que casi le atropella un taxi. Le dije que lo mejor era que se marchara porque yo no notaba nada y le di la ropa de abrigo para que no cogiera otro catarro como el de la sacristía el día que te hicimos. Se la puso y juró de nuevo que volvería al día siguiente y que nada en el mundo le impediría acompañarme durante el parto. Me besó con toda la pasión del mundo y yo le subí la capucha tapándolo hasta los ojos. Se fue corriendo porque había quedado con el amigo ese suyo que eran como uña y carne... el rojete ese.

—El Rojeras.

—Como sea. Esa fue la última vez que lo vi; y después de

siete años sin dar señales de vida me llamaba él sabría para qué. Se excusaba repitiendo sin parar que preguntara a mis hermanos, insistía en lo mismo una y otra vez. Según él, ellos dirían qué había ocurrido.

—¿Y qué tenía eso de malo?

—Yo no necesitaba excusas, ni que me entregara una carta que según él escribió en el tren cuando salió de España. Lo que yo quería oír era que me amaba como la última vez que nos vimos y que regresó a España para llevarnos con él y no porque hubiera muerto su madre.

—Creo que fuiste muy dura. ¿Qué ocurrió con la carta?

—Le dije que no hacía falta que me diera ninguna carta. Que me sentí sola y desdichada durante el parto y todo lo que él me ofrecía ahora era un papel, y repetía sin parar lo de mis hermanos y ni tan siquiera sabía el nombre. Y además qué demonios de carta, había estado sin dar señales de vida siete años, siete años que a mí me parecieron siete siglos, y aparecía así, de improviso, pidiéndome que leyera una carta. Hija, las cosas ya estaban bien y era mejor no removerlas. Él fue el único hombre a quien de verdad he querido en mi vida y nunca más volveré a querer a nadie como a él, ni siquiera a Arsenio.

—Creo que en realidad tenías miedo de volver a verle porque seguías enamorada...

—Por supuesto. Ni por un segundo había dejado de amarlo. De eso se trataba. No estaba dispuesta a que volviera a hacerme daño porque no me decía lo único que yo quería escuchar: que seguía enamorado de mí.

—Yo también tengo algo que decirte. Lo conocí.

—¿A tu padre?

—Sí. Justo antes de morir. Murió el pasado febrero.

—Sé lo de su muerte. Escuché la noticia en el telediario. Era fotógrafo, y por lo visto bastante bueno. Reconocí su cara de rasgos aniñados al segundo, aunque ahora se llamara Tony Mera y no Tono Sánchez.

—Y otra cosa. Estuvo escribiéndome cartas durante toda su vida.

—¿Cartas? Vaya faena, me he quedado sin tabaco. —*Amatxu* rebuscó las colillas en el cenicero.

—No seas asquerosa. Voy a traer los cigarrillos que te he dicho.

Inacito tenía la puerta cerrada aunque el hilo luminoso en el suelo indicaba que estaba despierto. Las habitaciones de los hijos de Merche tenían las puertas abiertas, prueba de que todavía no habían llegado. Pepe dormía encima de la cama; sin encender la luz Merche buscó en el compartimento interior de su bolso un paquete de Ducados casi entero. Al salir al jardín vio una lucecilla rosada, como una luciérnaga, *amatxu* había conseguido encontrar una colilla lo suficientemente larga como para poder encenderla.

—¿Y esto? ¿Ducados? ¿Se lo quitaste a Javi? —*Amatxu* encendió un cigarrillo y comenzó a toser—. ¿Pero qué es esto? Está seco —dijo entre toses.

—Fue de mi padre. Lo dejó olvidado en uno de sus viajes y acabó en mis manos.

—Sabe a matarratas... pero si era de él... ¿Qué me decías de las cartas?

—El día de mi cumpleaños, cada cinco años, me escribía una carta allí donde estuviera y se la dejaba a alguien. He estado en el Caribe, en México, en China y en Rusia.

—Ya apareció el peine. Ya me extrañaba que salieras tanto de viaje. Precisamente el otro día comenté con Inacito que algo te traías entre manos.

—Pero una carta que debía estar en España se ha perdido, y todo ha terminado.

—¿Y eso?

—En cada carta me decía dónde se encontraba la anterior. Así las iba consiguiendo. Esta se ha perdido y todo ha terminado.

Permanecieron un rato en silencio mirándose una a otra. La conversación parecía concluida y *amatxu* se despidió porque era tarde y quería acostarse. Su hija la siguió con la vista: caminaba levemente encorvada, con paso cansino, el tabaco seco de años le provocó otra tos seca y carrasposa que la acompañó hasta el porche.

—*Amatxu* —llamó Merche en voz alta provocando que su madre se girara—, ¿qué ocurrió por fin con la hora de llegar a casa?

—La abuela mantuvo el mes de castigo y cuando me dijo que podía volver a salir fui yo la que se negó. Como en una huelga. Y hubiera seguido sin salir los fines de semana que hubieran sido necesarios hasta que me tratara como a mis hermanos. Finalmente logré mi objetivo y me permitieron volver por la noche a la hora que considerara conveniente.

La *amatxu* que se alejaba era totalmente distinta, radicalmente diferente, de la mujer superficial, frívola y egoísta que Merche había conocido hasta ese momento. La conversación que acababan de tener le había supuesto una auténtica epifanía, incluso más reveladora que aquella lejana en el funeral de Maca. Por primera vez tuvo conciencia de cómo era realmente su madre. Donde *amatxu* fue valiente, ella se amedrentó y ahora vivía la penitencia de aquel pecado. Se juró que nunca más volvería a acobardarse.

En Madrid, Merche se despertó a la hora habitual. Cuando entró en la cocina el reloj marcaba las 07.30, preparó un té y buscó alternativas para llenar las cuatro horas hasta el momento de reunirse con el doctor Jiménez. Guardaba en su estudio una carpeta con las cartas del padre y decidió releerlas. En cierta forma cada una de ellas adquiría un nuevo sentido, una nueva significación dentro del conjunto. En cierta forma reconstruían la vida de su padre. En cierta forma mostraban cómo había ido cambiando su modo de pensar y actuar a lo largo de los años. En cierta forma también a ella la estaban cambiando. En cierta forma la vida terminaba por marcar a cada uno de una manera. Todo eso pensó.

La consulta del doctor Jiménez estaba en la cuarta planta y tomó uno de los ascensores. Llamó con los nudillos en la puerta 45 del «Coronel Dr. Hipólito Jiménez» y una voz potente desde el interior respondió que podía pasar. Era un hombre fornido, de gesto amable y sonrisa franca, en su abundante cabello comenzaban a proliferar las canas, vestía de paisano una camisa azul claro y usaba gafas de montura oscura. Se incorporó para estrecharle la mano y la invitó a sentarse.

—El envío no ha llegado todavía —dijo el médico.

—Me aseguraron que estaría antes de las doce.

—Aún falta más de media hora.

—Quería agradecerle los esfuerzos por encontrar la carta.

—De tú, de tú. Puedes llamarme Poti. Disculpa el mal rato que debiste pasar cuando te dije que no la encontraba. Me sentía culpable.

—En absoluto. No tenías ninguna culpa.

—Desde luego que sí. Esa carta era muy importante para él. No me lo dijo directamente, pero ponerse a escribir estando en su condición poco después de intervenirle... oye, a vida o muerte, aquella intervención fue mi primera a vida o muerte. Bueno, a lo que iba, cuando pasé consulta dos o tres días después de intervenirle me lo encontré incorporado escribiendo. Por supuesto le quité el papel de inmediato. Pensé que era algún testamento o algo por el estilo y me contó que era una carta para su hija.

Le contesté que solo moriría si continuaba en aquella posición y cuando lo repatriamos a los pocos días me entrega el sobre con la carta. No me había hecho ni put... ni puñetero caso.

—Un poco cabezón...

—¡Cabezón! Cabezón es poco. ¡Lo que debió sufrir aquel hombre en su condición para escribir la carta...! Sin contar la pierna, tenía en el pecho dos tajos con más de cincuenta puntos cada uno y seguro que le tiraban lo que no está en los escritos. Así que cuando me la entregó al meterlo en el avión pensé que aquella carta era algo muy importante para él. Y yo la había perdido, por eso me sentí culpable al no encontrarla.

—Ha aparecido y eso es lo importante. ¿Qué tal por Mali?

—Lo único que conozco de Mali es el campamento. Estamos todo el día acuartelados, incluso la tropa. Es como cualquier otro destino.

—Como en Sarajevo...

—En Sarajevo no estuve. Nosotros estábamos en Jablanica; mi primer destino con fuerzas desplazadas. Pero aquello fue muy distinto. Nada que ver con Mali, mucho peor. Quien estaba en Sarajevo fue tu padre, allí le hirieron. Yo lo conocí por casualidad cuando iba de Mostar a Sarajevo y paró unas horas en Jablanica.

—¿Sabes cómo le hirieron?

—Según me contaron por una locura suya. El Holiday Inn era el hotel de los periodistas en Sarajevo durante la guerra. Llevaban cinco días encerrados en él sin poder salir y tu padre se las arregló para que alguien lo llevara hasta la zona de Kovaci donde había combates. Y allí le disparó un francotirador, tenía tres orificios de entrada y dos de salida, uno en la pierna, otro grave en abdomen y otro en el pecho que estuvo a punto de matarle. Le salvó una cámara de fotos que desvió el disparo lo justo para que no le atravesara el corazón. Lo recuerdo perfectamente, era mi primera intervención grave, una bala alojada apenas a tres centímetros del corazón. En cierta forma tu padre fue mi bautismo de fuego.

—¡Madre mía!

—Un verdadero milagro. Lo trajo al hospital un periodista español, Armada me parece que se llamaba, lo subió al coche y me lo trajo más muerto que vivo. Cuando hace unos meses dijeron en televisión que había muerto sentí mucha tristeza. ¿De cáncer, no?

—Sí, cáncer de pulmón.

—Viendo la noticia le comenté a mi mujer que aquel hombre era la persona más temeraria que he conocido nunca. Yo estaba convencido de que era carne de cañón, que tarde o temprano en un país o en otro volverían a darle. Perdona que te lo diga, pero en el mundillo de los corresponsales tenía fama de ser muy arriesgado. Se metía allí donde no iba nadie... y nada de quedarse en la retaguardia, siempre en primera línea, cerca del jaleo. Al final murió en la cama de un hospital. Así es la vida.

—Así es la vida —asintió Merche.

—Decía que cada uno tiene marcado su momento desde que nace. Que una vez pensó que le mataban... y aquí en España..., me confesó, y que desde ese momento la vida comenzó a tener otro sentido para él.

—Poti.

—Dime.

—Ya son las doce y no han traído el sobre... Voy a llamar a SEUR.

Merche marcó el número de la compañía, dio la referencia y esperó. El envío había sido entregado en su destino hacía trece minutos. El doctor Jiménez contactó con recepción donde le indicaron que, efectivamente, acababan de dejar un sobre para él. Bajaron rápidamente. La recepcionista esperaba al médico con un colorido sobre grande plastificado, y él hizo ademán de que era Merche quien debía recibirlo. Se despidieron con un prolongado apretón de manos.

—Sentí lo de tu padre. No lo conocí mucho y no puedo decir si como aseguraban era un imprudente, pero lo cierto es que me pareció una buena persona, un hombre excelente y sin duda era un valiente.

—Muchas gracias, Poti. Gracias por la carta y gracias por salvar la vida a mi padre, por ganárselo a la muerte.

—Querida amiga, los médicos ganamos alguna que otra batalla, pero siempre perdemos la guerra.

—No entiendo.

—Que al final todos nuestros pacientes se mueren —rio el médico—. Es una broma, tu padre tenía sentido del humor. ¿Sabes lo que me dijo después de la operación? —Merche permaneció en silencio—. ¡Que si el zurcido se lo había hecho a tresbolillo, ¡eso me dijo! Todo un personaje.

Cuando llegó a casa Merche utilizó tijeras para cortar el plástico y se sentó a la mesa de la cocina. Las letras del sobre estaban escritas con mano temblorosa y rasgó con cuidado un lateral. También la escritura de la carta era errática y la lectura de algunas líneas y pasajes, sobre todo al final, resultaba complicada.

Jablanica, 20 de noviembre de 1995

Querida hija:

Felicidades, veinte añazos, ya te estás haciendo toda una mujer. Te escribo en un hospital de campaña, el médico me acaba de quitar la carta que estaba escribiéndote porque según él debo tener reposo absoluto pero ya se ha marchado, por suerte Alfonso me trajo suficiente papel antes de regresar a Sarajevo y puedo comenzar de nuevo.

Me hirieron en Sarajevo y según dice todo el mundo he salvado la vida de milagro, lo que sucedió fue que nos tenían a los periodistas recluidos en un hotel y lo único que veíamos de la guerra era lo que ocurría al otro lado del ventanal del hall o lo que querían enseñarnos ellos, así que decidí salir por mi cuenta y me las arreglé para llegar hasta una zona de combates. Cruzando de un edificio a otro un francotirador me metió un tiro en la pierna, fue como si me entrara un hierro a fuego, después otro en la tripa que dolió como un mordisco, y el tercero en el pecho, igual que un puñetazo, que según el médico estuvo a punto de matarme, y perdí el sentido y apenas si recuerdo algo, por lo visto me llevaron a un hospital donde me hicieron una primera cura o algo por el estilo, y Alfonso Armada que está cubriendo para *El País* se enteró de lo mío y jugándose el tipo me trajo en coche a la base española que es donde estoy ahora. Me han dicho que piensan repatriarme cuando me estabilice y no corra peligro y en estos momentos me siento como si me hubiera pateado una manada de elefantes, y me duelen los puntos que tiran y escuecen.

Esta guerra es distinta a todas en las que he estado antes, aquí no hay un frente y se matan todos entre todos, es una locura donde quienes peor lo pasan son los civiles, bueno en eso es como todas. No te aburro con más batallitas, últimamente estoy viajando a España con mucha frecuencia, en cuanto tengo días libres dejo París y me voy a Madrid, me quedo en casa de mi amigo Teo el Rojeras que amenaza con cobrarme porque utilizo su casa como una pensión, lo dice de broma porque somos como hermanos pero en el fondo tiene razón, y llevo tiempo pensando en irme definitivamente a Madrid y que pase lo que tenga que pasar. En el 82 murió mi madre y regresé por primera vez a España, estuve dando vueltas a si era o no conveniente contactar con tu madre y me decidí a llamarla por teléfono para quedar con ella y no quiso que nos viéramos, estaba dolida conmigo, en el fondo la entiendo, debió pasarlo muy mal y creo que me responsabiliza a mí por no haber estado a su lado, por haberme marchado, algún día le contaré la verdad como se lo conté en la carta del tren, que rompí, y a ti en la primera carta que dejé en Palestina, pero ahora lo haré cara a cara. Contigo me ocurrió algo parecido en un pub en la zona de Moncloa cuando se me ocurrió acercarme a ti un día que estabas con un chico y me ofrecí a tomaros unas fotografías pero tú no lo permitiste, peor que eso, me mirabas como si fuera tu peor enemigo, no puedes ni imaginar el desprecio con el que me trataste y la cara de fastidio que pusiste cuando me acerqué para darte dos besos en la despedida. Me rechazaste igual que hizo tu madre y no lo entendí entonces y sigo sin entender ahora qué daño podía hacerte que alguien tomara unas fotografías, tú lo sabrás pero yo no lo entiendo por más vueltas que le doy, espero conocer los motivos cuando me dé a conocer, lo que sí te digo es que aquello dolió más que estos tres tiros porque me había hecho la ilusión de hablar contigo por primera vez.

El chico con quien estabas se llamaba Simón y nos hemos vuelto a ver unas cuantas veces después, me ha contado que salíais juntos pero que después de aquel día ya no ha vuelto a verte y que no sabe nada de ti. Me lo estoy ganando poco a poco y comienza a tener confianza en mí, pero algo grave debió ocurrir entre vosotros que en cuanto te nombro parece que le echara una sartén de aceite hirviendo por encima y cambia rápidamente de tema y no quiero insistirle en que vuelva a verte para evitar sospechas y aunque desconozco el motivo real me huelo que yo tengo algo que ver con lo que os pasó.

Cuando Alfonso me llevaba tumbado en el asiento trasero del coche y estaba seguro de que había llegado mi hora me planteé si mi vida había merecido la pena porque no había nadie en el mundo a quien comunicar mi muerte. Nadie. Iba a morir y sería el gobierno, o alguna asociación de periodistas quienes se harían cargo de mi cadáver y ni tan siquiera sabía si me incinerarían o el lugar donde me enterrarían. Y entonces pensé en ti y eso fue lo más doloroso porque nunca sabrías nada de mí, ni por qué tuve que marcharme, ni de las cartas que te había escrito, y pensaba si no fue una equivocación vivir en el extranjero sin saber nada de ti, sin verte crecer y sin poder ayudarte si me necesitabas. Estos tres tiros que han estado a punto de matarme me han hecho replantearme mi vida y ver lo importante que eres para mí y he decidido regresar a España, no sé cuándo será, pero volveré para quedarme. Ya no puedo seguir escribiendo porque me duele mucho el pecho y justo me quedan fuerzas para decirte que la carta anterior la tiene una amiga nica que me sacó de un buen lío en la Guayana Holandesa, se llama Dora María Téllez, búscala en Nicaragua.

Te quiere y no te olvida,

TU PADRE

7

Nunca te fíes de quien no tiene sentido del humor

Tras el verano la vida recobró la sosegada rutina diaria. Daniela regresó a Madrid el mismo día que vosotros de Sancti Petri. El tío Inacito se quedó una semana con *amatxu* en el piso de Velázquez antes de volver a Betania, la residencia que los escolapios tienen en Zaragoza para sus mayores. *Amatxu* se reencontró con el habitual grupo de amigas en la rutina del café por la tarde en Vailima, el salón de té frente a la embajada francesa, y, cuando se marchó Inacito, al teatro y los conciertos del Auditórium los domingos por la mañana con Arsenio, su amigo desde hacía diez años. Pepe seguía inquieto por el tema de unos ocupas en Chamartín, pero había iniciado el proceso judicial para el desalojo y poco a poco recuperaba su talante animoso. José Javier aprobó finalmente la selectividad y se matriculó en Ciencias Empresariales; Begoña en Derecho. Iñaki comenzó a jugar en segunda división de ajedrez con el equipo Jaque Mate.

Había llegado el momento de hablar con tus tíos Martín y Vidal, que aparecían de forma recurrente en cartas y conversaciones. No sabías cómo abordar el encuentro y decidiste recurrir a Simón, con quien después de tantos años retomaste una entrañable relación. Pudiste enviarle un wasap —José Javier te instaló la aplicación— pero preferiste plantarte de improviso en su sección del libros de El Corte Inglés. Simón atendía a un clienta interesada en *Memorial de los libros naufragados* que finalmente adquirió. «No se puede negar que te apasionan los libros», dijiste a su espalda; «Vaya sorpresa —Simón reconoció tu voz y se giró—, esto sí que es una auténtica y agradable sorpresa»; «Pasaba por aquí cerca y no he podido reprimir el impulso de entrar a saludarte»; «Muy bien hecho, me parece muy bien. Yo también tengo otra sorpresa para ti»; «¿Para mí?»; «Sí, para ti. Te va a encantar»; «Tú dirás»; «Tony tenía un trastero alquilado, alguna vez me lo comentó. Repasando cosas suyas encontré un extracto del banco con el pago del alquiler, di con el sitio y logré que me lo abrieran»; «Lo que tú no consigas no lo consigue nadie»; «No creas, mis dotes de persuasión ya no son lo que eran. En este caso ha sido una buena propina»; «¿Y qué había?»; «Sorpresa. Prefiero que lo descubras por ti misma»; «Vaya misterioso te has vuelto»; «¿Te apetece un té rápido?»; «No, gracias. Tengo algo de prisa. Quería consultarte una cosilla, pero lo del trastero lo cambia todo. Estoy un poco perdida con un tema»; «Tienes que perderte antes de encontrarte»; «Venga, suéltalo ¿de cuál es esa?»; «*Ciudades de papel* de Jake Schreier»; «Ni idea, no la conozco y tampoco al director»; «Es sobre un joven que está secretamente enamorado de una compañera del instituto y cuando finalmente la consigue desaparece»; «¿El chico?»; «No, la chica»; «Mira por dónde... —sonreíste con picardía—. ¿Cuándo volvemos a vernos?»; «Cuando te venga bien. Por desgracia mi vida es más aburrida y anodina que la tuya»; «¿Te viene bien el viernes?»; «Salgo a las diez»; «Entonces mejor el sábado por la mañana»; «De acuerdo, lo arreglo para librar el sábado»; «No, no cambies nada por mí. El domingo»; «Como quieras, pero puedo saltar turno el sábado»; «El domingo a las diez»; «El trastero está en Lavapiés, cerca de donde vivía tu padre»; «¿Quedamos donde siempre?»; «Donde siempre a las diez. Allí estaré como un clavo».

La despedida no tuvo siquiera un apretón de manos. En realidad no tenías prisa ni nada mejor que hacer aquella tarde de miércoles con el verano dando sus últimas bocanadas. Deambulaste como una consumidora más por la calle del Carmen. Llegaste hasta la plaza de Callao; una tienda de Benetton ocupaba el local de la cafetería Manila donde esperó el *aitá* cuando acompañaste a la *amatxu* y la abuela para comprar tu vestido de primera comunión en Galerías Preciados, también desaparecidas como la Manila. Ni tan siquiera el cine Callao, descuartizado en pequeñas minisalas, seguía siendo el mismo. Bajaste la Gran Vía sin rumbo fijo, pensando en el contratiempo de la noche anterior con Pepe a raíz de la herencia de tu padre.

Estabais solos en el salón y comentaste, según te informó Simón, que tu padre falleció sin hacer testamento. «¿Tenía mucho?», Pepe perdió interés en la convocatoria de nuevas elecciones generales que era la noticia estrella del día; «No mucho, un piso pequeño en Lavapiés, un plan de pensiones en Bankia y unos treinta mil euros ahorrados en dos cuentas corrientes»; «Tampoco está tan mal»; «Muy poco para haberse jugado la vida por el mundo»; «Lo más importante son sus fotografías, los derechos de autor»; «¿Qué quieres decir?»; «Que con las cartas puedes demostrar que eres su hija, y si finalmente no aparece el testamento serías su heredera universal»; «¿Pero de qué estás hablando?»; «De la herencia, de tu herencia, eres su hija, si la reclamas será tuya»; «Nunca imaginé que pudieras ser tan ruin». —Te levantaste irritada y asqueada por el comentario—. «Espera un momento. Piensa en tus hijos»; «¿En mis hijos? Ellos no tienen nada que ver con esto»; «Es la herencia de su abuelo, más derecho tienen ellos a quedársela que el Sánchez este que nos está llevando a la ruina». Volviste a sentarte esperando que continuara, Pepe había apartado su mirada y tenía la vista clavada en la gran pantalla muda del televisor. «Puedo investigarlo, seguro que los royalties por derechos de autor son importantes. Yo no quiero nada para mí, para nosotros, pero a los chicos podrían venirles muy bien»; «Sigue»; «Habría que iniciar un proceso de reconocimiento de paternidad, tal vez una prueba de ADN, pero con las cartas y los testificales de ese amigo tuyo y la *amatxu* puede que ni tan siquiera eso»; «Siento arcadas solo de escucharte»; «En un año, en menos, estaría todo solventado»; «Creo que no entiendes nada. ¿Cómo puedes pedirme que reclame la paternidad únicamente para heredar...? Si lo hiciera me despreciaría a mí misma»; «No es por eso. Te lo pido para no privar a tus hijos de aquello que legalmente les pertenece». Pepe conocía tus flancos débiles y sabía cómo tratarte en situaciones comprometidas o delicadas. Tú sentías náuseas por el cariz que estaba tomando la conversación, pero por otro lado algo en tu cabeza decía que tenía razón. «Ya que te dejó sola en vida al menos que sirva de algo bueno ahora muerto»; «Eres un estúpido, te detesto. A ti y a lo que representas»; «Disculpa. He sido un grosero. No quería expresarme así. Lo que quería decir...»; «Lo que querías decir lo has dicho», no le dejaste terminar la frase; «Mujer, escúchame...»; «Ya te he escuchado. Ahora me vas a escuchar tú a mí».

Pensaste en decirle que no estabas dispuesta a entrar en ningún juego de mercadeo con la memoria de tu padre como él hizo con el piso de Velázquez; que la lectura de cada nueva carta despertaba un algo dentro de ti; que ya no eras la Merche que él había conocido y parecía no querer enterarse del cambio; que te había conducido a una vida insulsa y tenías la sensación de estar desperdiciando a su lado unos años precisos; que te sentías joven y cada día con más ganas de vivir y él se comportaba como un viejo enfadado con el mundo; que cuando todo este asunto terminara pensabas replantearte qué hacer con tu futuro. Pensaste decirle que ya no le amabas; que no le deseabas; que cada noche rezabas para que no te rozara; que si seguías con él era únicamente por los chicos; que detestabas sus bromas recurrentes y los chistes machistas repetidos una y otra vez como una letanía en cada reunión de amigos; que ya no le respetabas ni como marido ni como hombre. Todo eso pensaste pero no lo dijiste, te levantaste afirmando que recapacitarías sobre el tema de la herencia y te acostaste con el alma derretida como una chocolatina expuesta al sol del verano. Estabas arrepentida y te sentías culpable por haber dicho que le detestabas, a él y a cuanto representaba. De forma inconsciente te arrastró la ira contenida y te expresaste de forma cruelmente descarnada, y ahora te sentías miserable. Por desgracia no fue un arrebato, nunca fuiste tan sincera como al escupirle a la cara tus sentimientos.

Estos recuerdos te llevaron como una autómata hasta la plaza de España y, sin saber cómo, descendías en volandas las escalerillas mecánicas. No recordabas la última vez que tomaste un metro. Ya no existían los billetes alargados de cartón que utilizaba tu prima Maca como boquilla en sus componendas alucinatorias y recurriste a un empleado para conseguir la tarjeta de transporte, el único medio para atravesar los torniquetes de entrada. «El bono también es válido para los autobuses»; «¿Cómo llego hasta la Colonia del Viso?»; «Concha Espina o República de Argentina, la que mejor le venga»; «Concha Espina»; «Línea 9. Vaya hasta Gregorio Marañón y allí haga trasbordo a la 9 hasta Avenida de América»; «Gracias».

Cuando llegaste a casa, Daniela preparaba para cenar unas vainas, como *amatxu* llamaba a las judías verdes, y te sentaste junto a ella ayudándole a eliminar los extremos picudos de la verdura. Lleva más de cinco años trabajando en casa, es una mujer sencilla, eficiente en las tareas domésticas y excelente cocinera. Los fines de semana los pasa con una hermana que vive en Orcasitas, donde también están sus dos hijos pequeños, cada uno de un padre distinto: una niña de doce años y el mayor de dieciséis que al parecer tiene problemas con la justicia casi a diario. Es callada y reservada, nada que ver con la locuaz y desenvuelta tata; si sabes lo de su hijo es porque con relativa frecuencia te pide permiso para salir cuando su presencia es requerida en alguna comisaría.

Por fin llegó el domingo 22 de septiembre; amaneció nublado, y previendo lluvia cogiste un paraguas antes de salir. Elvis ocupaba el asiento trasero del coche de Simón y como le resultabas familiar meneó el rabo mostrando su alegría al verte. El local de los trasteros se encontraba en una zona peatonal y aparcasteis en la plaza de Tirso de Molina. El día estaba fresco e hilvanaste tu brazo en el suyo cuando bajabais por Mesón de Paredes. Los trasteros se encontraban en una calle estrecha frente a un comercio de telefonía móvil. Simón te entregó la correa de Elvis al abrir la puerta mientras el ritmo frenético de tu corazón revelaba el grado de excitación incontrolada. Difícilmente sintió Howard Carter al descubrir la tumba de Tutankamón tu emoción al entrar en aquel pequeño espacio de unos seis metros cúbicos repleto de cajas de cartón perfectamente ordenadas en las estanterías metálicas. Cada una estaba etiquetada con el año correspondiente y el listado de lugares: 1979- Nicaragua / Irán / Afganistán; 1980- Perú / El Salvador / Palestina... En algunos casos un mismo año ocupaba dos, incluso tres cajas. No sabías por dónde empezar. Cogiste una al azar, la que resultó más cómoda de extraer, correspondía al año «1992 (1)» cuando estuvo en Sierra Leona, Croacia, Transnistria y Armenia. Te arrodillaste y retiraste la tapa. «Te dejo sola», dijo Simón apoyado en el dintel de la puerta; «No, no es necesario», apenas si podías pronunciar palabra, «Por supuesto que sí. Este es tu momento. Disfrútalo». Le miraste suplicante sin saber qué suplicabas, quisiste hablar pero el nudo en la garganta te impedía pronunciar cualquier sonido, la boca seca tampoco ayudaba, intentabas parecer serena aunque notabas los brazos temblorosos; «Déjame a Elvis», lograste finalmente articular en un ahogado susurro, pero Simón se había marchado y no te oyó.

Organizaste el contenido de la caja en tres montones: uno correspondiente a los álbumes de negativos con clasificadores transparentes a modo de hojas donde estaban cuidadosamente introducidas —siete en cada página— las películas reveladas; en otro, los sobres color crema donde se guardaban las fotografías propiamente dichas, y, por último, un tercer montón con papeles, recortes de periódicos, endebles páginas de fax con los mensajes borrados por el paso del tiempo, cuadernillos de antiguos pasajes de avión con el logo de IATA, un cheque de viaje con valor de cincuenta dólares que nunca llegó a hacerse efectivo, acreditaciones periodísticas escritas en cirílico, tres botones de una guerrera junto a unos galones en un reducido envoltorio de plástico, unos pequeños recipientes negros etiquetados con los nombres de las cuatro naciones que en su momento guardaron carretes pero que ahora estaban llenos de tierra, y una flor seca que se deshizo cuando la cogiste.

Apenas si dedicaste tiempo a los negativos. Abriste el sobre correspondiente a Transnistria como informaba la etiqueta correspondiente. Ni tan siquiera sabías que hubiera un lugar en el mundo con aquel nombre. Las fotografías eran en blanco y negro, en la primera una pareja de espaldas con abrigo él y gabardina ella, paseando —o regresando a casa porque el hombre llevaba unas bolsas en su mano izquierda— en una ciudad bombardeada como reflejaban los edificios de la calle; otra estaba tomada desde el interior de una casa derruida y a través de lo que fueron tres ventanas, en el exterior, se veía gente continuando con su vida cotidiana; en otra, extendidos, el vestido arrugado de una mujer, la chaqueta de un hombre, y entre ambas prendas el pijamita de un bebé; en la cuarta dos mujeres lloraban abrazadas rodeadas de tres jóvenes mientras un militar con boina parecía intentar consolarlas... Debía haber miles de fotografías y si dedicabas a cada una de ellas el mismo tiempo que a las cuatro primeras necesitarías dos vidas para verlas todas, pero no te importó. En otra, tu propio padre posaba junto a tres adolescentes en un edificio con arcos, él abrazaba por el hombro al más joven y ambos exponían su sonrisa complaciente a la cámara, los otros dos jóvenes estaban más serios y parecían evitar el objetivo de la cámara. Dedicaste a esa incluso más tiempo que a las anteriores: ¿Cuándo había sido tomada? ¿Dónde estaba aquella especie de claustro de convento? ¿Quiénes eran esos chicos? ¿Qué fue del joven al que abrazaba tu padre? ¿Por qué estaban serios los dos mayores? ¿Cuál fue el motivo que le impulsó a posar en la foto?...

La apartaste y seguiste con el resto hasta que apareció Simón. «¿No piensas comer?»; «¿Qué dices?»; «Que si no piensas comer. Ya es más de la una»; «No me lo puedo creer, pensaba que apenas llevaba media hora»; «¡Media hora... estás tú buena!, llevas casi tres horas aquí metida»; «Pero si estoy todavía con la primera caja»; «Toma, quédate con la llave y así podrás venir cuando quieras»; «¿Y tú?»; «Hice una copia»; «Estás en todo»; «¿Te apetece una cañita?»; «¿Conoces algún sitio que preparen sangrecilla, o entresijos, o caracoles picantes?»; «Aquí cerca, en la calle Toledo, preparan los mejores caracoles de Madrid».

Elvis quedó atado a un bolardo justo frente a la puerta del local. Se trataba de una pequeña tasca abigarrada de parroquianos tomando la especialidad de la casa: caracoles en cazuelitas de barro. «Pero, bueno, ¿es que no has comido nunca caracoles?», preguntó Simón sorprendido por tu indecisión; «Imagino que alguna vez, pero no me acuerdo»; «Mira —cogió uno entre los dedos—, se chupa el caracol —introduciéndoselo en la boca—, se sorbe el líquido en el interior de la concha —schiieww—, y con un palillo se saca la carne. —Lo hizo»; «Dame ese»; «Toma»; «Está bueno»; «Te has perdido lo mejor, la salsa dentro de la concha»; «Voy a probar»; «Toda una catedrática y no sabes cómo se comen los caracoles»; «Déjameee, no seas tonto»; «Lo mismo tienes que hacer otro doctorado»; «Solo hay una persona que me puede decir lo que voy a hacer, y soy yo misma»; «Buhhh, esa es de primero de BUP, *Ciudadano Kane* del maestro Orson Wells»; «Listillo, que eres un listillo»; «Era tan fácil que no me la apunto como tanto»; «Venga, allá voy». Tu inexperiencia e inseguridad al sorber el líquido hizo que un par de gotas marcaran la blusa blanca como insignias al despropósito y la torpeza respectivamente. La contrariedad de los dos lamparones grasientos en el blanco impoluto pareció afectar más a Simón que a ti misma. Para evitar un nuevo desastre textil decidió extraer él la carne de la concha que te ofrecía, y tú comías como un bebé alimentado por su madre. «Solo te falta hacer el avión»; «Todo se andará». Cuando te acercaba la concha a la boca para que también sorbieras el jugo tenía la precaución de colocar la mano libre bajo tu barbilla en previsión de un nuevo estropicio que no llegó a producirse. Elvis, sentado en los cuartos traseros con la cabeza graciosamente inclinada, observaba atento desde la calle el juego de risas y alegres burlas que os traíais entre manos.

Comenzó a chispear de camino al coche. «Vaya, he olvidado el paraguas en el trastero»; «Seguirá allí cuando vuelvas»; «No sé cuándo será. El martes viajo a Nicaragua»; «¿Estarás muchos días?»; «Regreso el viernes. Quiero decir que salgo de Managua el jueves y el viernes ya estaré aquí»; «Viaje rápido por lo que veo»; «No sé qué me voy a encontrar»; «¿Qué quieres decir?»; «Lo único que me han dicho es que debo viajar vía Panamá, regresar por Miami, llevar una maleta roja y en el hall del aeropuerto debo sentarme a esperar junto a una especie de escultura con cabezas, o algo por el estilo»; «Vas a parecer la Gran Ramera de Babilonia»; «No te pases»; «La católica eres tú. ¿No has leído la Biblia?»; «¿Pero qué dices...?»; «Aparece en el *Apocalipsis*. La Gran Ramera de Babilonia sentada sobre una bestia con siete cabezas y diez cuernos. No es broma»; «Nunca dejas de sorprenderme. No entiendo cómo decidiste abandonar la universidad»; «Es una de las pocas cosas de las que no me arrepiento lo más mínimo»; «Pues eso, que espere sentada junto a esa escultura y alguien vendrá a recogerme»; «Parece una película de James Bond»; «Te lo tomas a broma pero yo estoy preocupada»; «Seguro que todo irá bien, ya lo verás». Te sentiste reconfortada al sentir el brazo de Simón rodear tu hombro. Elvis os lanzó una mirada lánguida y complaciente. En el teléfono sonó el bip bip anunciando la recepción de un wasap: «Mamá, ¿dónde estás? Estamos esperándote para comer». Y la lluvia comenzó a caer con tal fuerza que limpió las calles de inmundicias y gente.

* * *

Merche llegó Managua, en un vuelo de Copa Airlines procedente de Panamá, a las 7.13 pm. Llevaba consigo una maleta roja, tal como le habían exigido en los correos electrónicos enviados desde distintas direcciones y servidores, en los que indicaban hasta los mínimos detalles que debían cumplirse para consumar el encuentro con la depositaria de la carta de su padre. No resultó fácil concertar el encuentro con Dora María Téllez: había luchado en el Frente Sandinista de Liberación Nacional hasta derrocar al dictatorial régimen somocista; fue conocida como Comandante 2 y ocupó puestos importantes en la cúpula del nuevo gobierno revolucionario tras obligar al sátrapa Anastasio Somoza a exiliarse en Paraguay. En los últimos años se había distanciado de Daniel Ortega, antiguo compañero de guerrilla que ahora ocupaba la presidencia del país, acusándole de haber instaurado un nuevo régimen dictatorial. Su vida corría peligro, se veía obligada a cambiar continuamente de domicilio y toda precaución parecía poca para preservar su seguridad. Bajo la leyenda AEROPUERTO INTERNACIONAL AUGUSTO C. SANDINO un rosario de relojes marcaban la hora en distintas ciudades del mundo: Londres, La Paz, Teherán... El correspondiente a Madrid, entre Los Ángeles y Moscú, señalaba las 2.35. El jolgorio de abrazos y besos conforme los pasajeros del vuelo aparecían en la sala de espera fue amortiguándose poco a poco. Los últimos en salir fueron los miembros de la tripulación, que se dirigieron con aire pretencioso y paso altanero hacia una furgoneta aparcada en la salida.

Merche miraba continuamente a su alrededor buscando algún indicio de quien debía recogerla, pero el lobby estaba casi desierto y nadie le prestaba atención. Las manecillas del reloj de Madrid indicaban las 3.10. Escuchó por megafonía la última llamada para un tal Alfredo Vargas del vuelo de Copa con destino a San José en el mismo avión que le había traído a ella desde Panamá.

Pasaba el tiempo y nadie aparecía. Alguien bajó la persiana del cubículo correspondiente a American Express produciendo un desagradable ruido. Merche cayó en la cuenta de que no había cambiado dinero; en cualquier caso probablemente no lo necesitara porque su vuelo de regreso era para la mañana siguiente a las 10.19. Una operaria de la limpieza, junto al carrito de los utensilios, hablaba con dos personas sentadas en uno de los lados; otras tres jóvenes, empleadas de los establecimientos como se deducía por sus uniformes color rojo y azul, bromeaban despreocupadas; el dependiente de una tienda de café, apoyado en el escaparate del negocio, el único que permanecía abierto, estaba concentrado en su teléfono móvil; una pareja de uniformados con metralletas recorrían la terminal en un rutinario ir y venir; los mostradores de facturación estaban vacíos, en el número 6 alguien se había tumbado en la cinta transportadora de maletas y dormitaba con una pierna doblada.

Llevaba más de hora y media de espera y comenzaba a sentir el cansancio en los muslos y el sueño en los párpados. Afuera ya había anochecido por completo. Entró un hombre de mediana edad con bigote en forma de herradura invertida, miró a su alrededor y se dirigió directamente a los paneles de información. El correspondiente a «Llegadas» mostraba únicamente dos vuelos: uno de TACA —TA 315—, procedente de San Salvador, a las 10.20 pm; y otro de Amerijet International —M6 829— con origen Ciudad de Panamá, a las 11.55 pm. El primero en las «Salidas», todas para el día siguiente, también era de Amerijet —M6 828—, con destino a Fort Lauderdale a las 9.10 am; el cuarto de la relación era el suyo de Iberia a las 10.19 con destino Miami y para el que ya tenía la tarjeta de embarque. El hombre se dirigió después al conjunto escultórico y observó con detenimiento algunas caras; cuando estaba a la altura de Merche sacó de su bolsillo un caramelo, se metió el dulce en la boca, tiró el papel al suelo y se marchó por la misma puerta que utilizaron los miembros de la tripulación. Merche recogió el envoltorio, en cualquier otra circunstancia le hubiera llamado la atención como hacía en Madrid cuando alguien actuaba de igual forma, pero calló y lo guardó en su mano.

—Señora, no haga eso. Aquí no más limpio yo, señora. Deme el papel.

—Hay gente incívica en todos los sitios —contestó Merche lanzando directamente la bolita de papel a la gran bolsa de plástico negro del carrito.

—¿De dónde sos vos señora?

—De España.

—¡Qué linda España!

—¿Ha estado usted en España?

—Más quisiera yo. Lo justo en Matagalpa donde me tuvo mi mamá.

—¿Qué platicas? —dijo en voz alta una de las mujeres con las que había estado hablando.

—No seas tula, que la plática no va con vos —contestó la limpiadora—. Llevo un rato observándola y está que se cholla de sueño —prosiguió dirigiéndose de nuevo a Merche.

—Espero a alguien.

—Pos como la novia de Tola. Vos debiera hacer como le ordenan. A mí me dicen que limpie y limpio. También vos debería hacer como le dijeron.

La mujer comenzó a frotar la cara de una escultura con su bayeta. Merche se sintió iluminada por las palabras de la mujer, la orden era sentarse en la maleta. Tumbó la maleta roja y se sentó encima.

—Suba en el carro que está esperando en la puerta —susurró la mujer sin parar de limpiar—. ¡Dale pues! —apremió ante la mirada atónita de Merche.

Levantó la pequeña maleta por el asa sin preocuparse de los ruedines. Apenas si pesaba con un par de pantalones, un suéter, lencería para dos cambios y el neceser con las cosas de baño. Un coche en marcha, con la puerta de los asientos traseros abierta, esperaba frente a la puerta de salida más próxima. Merche lanzó la maleta al interior, entró y cerró con fuerza.

—Púchica, tiéndase en el asiento y ocúltese bajo la manta —dijo quien conducía iniciando veloz la marcha.

Merche obedeció sin decir palabra. Tiró del bulto que notaba bajo las nalgas, se tumbó y se cubrió el cuerpo y la cabeza con ella. Sintió un suave vaivén, sin detenerse el conductor intentaba taparle por completo las piernas y ella ayudó hasta quedar totalmente cubierta. Había adoptado una postura fetal con la cabeza apoyada en la maleta a modo de almohada. El monótono murmullo del motor, el cansancio acumulado y la postura inducían al sueño. Antes de caer medio dormida recordó la visita que hizo con Javi a un trastero donde su padre guardaba cajas llenas de fotografías y otros recuerdos. Fue Simón quien se lo mostró la mañana del domingo anterior; olvidó allí su paraguas y recogerlo fue la excusa que encontró para regresar aquella misma tarde acompañada de su hijo mayor.

—Joé, tía, ¡qué pasada! Esto está lleno de cajas —exclamó el hijo cuando su madre abrió la puerta y encendió la luz del pequeño trastero.

—Espera que recoja esos archivadores, he estado viendo esa caja esta mañana. —Merche introdujo con cuidado en la caja correspondiente tres montones dispuestos en el suelo.

—Mira, mira. Afganistán, Uganda, Argentina.

—¿A qué año corresponde? —preguntó Merche.

—1982.

—La guerra de las Malvinas.

—¿Qué guerra fue esa?

—Argentina invadió unas islas que pertenecían a Gran Bretaña y entraron en guerra con los ingleses.

—Y en 1983, Líbano, Ceilán, Sudán, Granada. ¿Granada?

—Es una isla que invadieron los americanos. Ceilán es la actual Sri Lanka.

—Buah, es demasiado. Qué pasada. Estuvo en todo el mundo. Guayana, Somalia, Palestina, Na-gor-no Ka-ra-bia.

—Nagorno Karabaj, fue una guerra en Rusia, pero no recuerdo muy bien. ¿En qué año fue?

—1988.

—Mira dónde estuvo el año que naciste tú.

—1998: Congo, Etiopía, Eritrea, Kosovo. Tiene dos cajas. ¡Qué fuerte! ¡Qué fuerte! Aquí hay una que no pone nada.

—Bájala y mira qué hay.

—Ropa vieja. ¿Por qué guardaría ropa vieja?

—Ponla en el suelo para que la veamos mejor.

Javi colocó la caja sin tapa en el suelo. Los dos se arrodillaron para tener mejor acceso al contenido. Merche sacó unos pantalones con una pernera rasgada de arriba abajo y más rígida de lo normal; bajo el pantalón una camisa manchada casi en su totalidad de un color parduzco que en otro momento fue el rojo de la sangre, tan solo el tejido de los hombros y el cuello, que mantenía el único botón, conservaba el azul original. En el frente dos pequeños orificios, diminutos como un garbanzo, por donde habían entrado las balas y un único orificio de salida en el paño trasero.

—Le hirieron en Sarajevo. Esta debe ser la ropa que llevaba en Sarajevo.

—¡Esto es demasiado, tía, qué fuerte! ¡Qué fuerte! ¿Y eso de abajo?

—La cámara de fotos que le salvó la vida. —Merche sacó una Leica totalmente deformada en uno de los extremos—. Desvió el disparo lo justo para que no le atravesara el corazón.

—¡Qué fuerte! ¡Qué fuerte! Esto es demasiado. Déjame la cámara.

—Ten cuidado —dijo entregándosela.

—¿Puedo quedármela?

—De verdad quieres guardarla.

—¿Que si quiero guardarla? ¿Que si quiero guardarla? Era la cámara de mi abuelo. La que le salvó la vida. Daría cualquier cosa por poder quedarme con ella.

—Si de verdad la quieres será tuya.

—¿De verdad, mamá? ¿De verdad podré quedarme con la cámara?

—Con la cámara y con todo lo que hay aquí.

—¿De verdad? Dime que no me engañas.

—Tienes mi palabra, podrás quedarte con todo esto. Era de tu abuelo y será tuyo si quieres. Pero de momento debemos dejar todo como está.

—Buah, buah, buah. ¡Qué fuerte! ¡Qué pasada!

—Mira esto. —Merche mostraba en la palma de su mano extendida lo que acababa de sacar de un pequeño contenedor negro utilizado para guardar carretes.

—Una bala, eso es una bala. Mamá, esto es muy muy fuerte.

—Mira, está deformada por el impacto con la cámara. Debe de ser la bala que estuvo a punto de matarle... No, no la cojas. —Merche cerró el puño cuando su hijo hizo ademán de atraparla con los dedos y volvió a volcarla en el contenedor.

Merche devolvió con cuidado las prendas de vestir a la caja y colocó encima de ellas la cámara fotográfica abollada. Se la entregó a su hijo para reincorporarla a su lugar original y examinaron otra. A diferencia de las anteriores en esta había únicamente sobres de color crema con el año escrito en grandes números. El primero correspondía a 1982, liberó la mariposa metálica que lo cerraba y extrajo una veintena de fotografías. Allí estaba ella, con aquel gracioso tutú que tanto le gustaba, aunque la fotografía era en blanco y negro recordaba perfectamente el color rosa de la prenda; en otra se columpiaba con las piernas extendidas para darse más impulso con la imagen borrosa de su abuelo general en el fondo. Cogió otro sobre de la caja, esta vez el del fondo, 1986. En la primera fotografía caminaba junto a su prima Maca, las dos enfundadas en sendos abriguitos con cuello de terciopelo y calcetines hasta las rodillas; también se vio con el uniforme de las escolapias; y en otra comprando chucherías a la Piru en la confluencia de Jorge Juan y Alcalá. El primer sobre de la siguiente caja correspondía a 1991. De nuevo con Maca en una barca en el estanque del Retiro, y la siguiente con el grupo de amigos junto a las magnolias del parque de Eva Perón. En otro sobre la primera estaba tomada entrando al cine Doré cogida de la mano de Simón; en unas cuantas ella sola, subiendo al autobús de la universidad, tumbada en el césped de la Complutense repasando unos apuntes... Dedicó tiempo a una con sus primos en la terraza de la cervecería Santa Bárbara; debía ser primavera porque unos vestían con ropa de abrigo y otros iban de entretiempo. Ella estaba sentada junto a su prima Maca como siempre con gesto divertido; Martinchu le decía algo a Pepe, atractivo como un galán de película; Coro sorbía con una pajita una naranjada; Charli, tenía el gesto taciturno y parecía ajeno al regocijo general; el tío Fernando, inclinando la silla hacia atrás, miraba a dos chicas cruzando el semáforo; aunque estaban de espaldas no tuvo problema en reconocer a Gabriel, Begoña y Rafael... Continuó registrando el contenido de las cajas y sobres, era como si frente a ella se desplegara toda su vida adulta: embarazada, embarazadísima, empujando el cochecito de Jané con Javi y la silleta de Bugaboo con Iñaki; impartiendo una conferencia en la sala Zayas; en la primera comunión de Begoña; otra con toga en el acto de toma de posesión de nuevos doctores en la universidad...

—Mamá, qué te pasa.

—Nada, no me pasa nada.

—Sí te pasa algo. Estás llorando.

—No, no me pasa nada.

—Sí que estás llorando, ¿por qué lloras?

—Lloro por mí. Por eso estoy llorando.

Sintió un frenazo brusco y los recuerdos se evaporaron como si hubieran sido un sueño. El coche se detuvo y se despertó por completo. Merche oyó bajo la manta que la cubría al conductor salir del vehículo y cerrar de un portazo sin desconectar el motor. No podía calcular la duración del trayecto ni el tiempo de duermevela con sus recuerdos.

—Argelio, Argelio —oyó llamar a alguien como en un fuerte susurro—; Argelio, Argelio —volvió a repetir ya en voz alta—; Argelio —terminó gritando.

Se atrevió a apartar levemente la manta y observó el exterior, la luz mortecina de una bombilla desnuda apenas si llegaba a alumbrar el nombre Rancho K pintado en letras blancas sobre una madera.

—Ya le voy, ya le voy —respondió alguien en la distancia.

Un perro ladró a lo lejos y también escuchó el sonido de lo que parecía ser un portalón abriéndose.

—Quien nació para zompopo desde chiquito es culón —recriminaba la primera voz.

El conductor volvió a introducirse en el coche, lo puso en marcha y comenzó a moverse suavemente.

—No se apure jefe, al suave. No me ponga embramado —dijo alguien cuando el coche pasaba despacio a su altura.

Un leve movimiento arriba y abajo de las ruedas delanteras primero y después de las traseras indicó que atravesaban el umbral.

—Señora, hemos llegado. Ya puede salir —informó el conductor.

Merche se incorporó como pudo; tenía el cuerpo entumecido, sintió un dolor agudo en cuello y rodillas. Miró por la ventanilla; estaba dentro de un recinto tapiado, no era pequeño pero tampoco excesivamente grande. Frente al coche la construcción de una sola planta elevada un metro sobre el suelo; se accedía a la vivienda subiendo cinco anchos escalones. Las ventanas estaban iluminadas. Salió del coche, la temperatura resultó agradable, miró su reloj, en España eran las 06.34 de la madrugada, y se encaminó hacia la vivienda.

—Señora, la maleta. Debe coger su maleta.

Vio por primera vez la cara del conductor, era el hombre con bigote en forma de herradura invertida que en el aeropuerto se interesó por los paneles de vuelos. Le entregó la maleta, inició la marcha atrás y desapareció en la oscuridad.

—Señora, la están esperando —anunció la persona encargada del portalón—, déjeme a mí su maleta.

Merche subió las escaleras y desde el porche, sin entrar en la vivienda, llamó.

—Hola, usted debe ser la señora española —dijo una mujer joven y sonriente—. Me llamo Araceli. Estamos preparando unos chilotitos tiernos, seguro que le gustan. Pase y siéntese. Dora María no tardará.

La estancia, que hacía las veces de cocina y sala de estar, era bastante grande. En una mesa habían dispuesto el servicio necesario con cubiertos, plato, servilleta y vaso. Araceli se movía con soltura y determinación por la estancia. Con una cuchara de madera probó de la olla, le añadió una pizca de sal, removió y llenó el plato con un guiso de diminutas y humeantes mazorcas de maíz troceadas y se lo entregó a Merche.

Probó, estaba sabroso pero Merche no tenía hambre y pidió agua.

—Si no le gusta el chilote tenemos nacatamal o en un momento le preparo un gallo pinto. Mire, ya está aquí Dora María.

A través de la ventana Merche vio entrar un todoterreno blanco con grandes salpicaduras de barro seco en las zonas próximas a las ruedas. Del asiento junto al conductor salió un hombre recio y de la parte trasera una mujer enjuta de aspecto frágil vistiendo camisa rosa de manga corta y pantalones vaqueros. El vehículo continuó hasta quedar aparcado en el lateral.

Dora María subió los escalones de dos en dos con la rapidez de una quinceañera; pero ni su agilidad, ni su aspecto juvenil vistiendo vaqueros, las gafas de montura al aire, y el cutis terso, lograban ocultar que ya había saltado la barrera de los sesenta como revelaba el canoso pelo corto levemente rizado, y las arrugas de la amplia frente despejada.

—Así que tú eres Merche, la hija de Tono. No imaginas cómo me alegra conocerte —manifestó abriendo los brazos para abrazarla.

—Y usted debe ser Dora María Téllez —contestó Merche entrando en el abrazo.

—No me llames de usted, hija, de vos. Bueno, de tú, como dicen por España. Espero que mi gente no la haya molestado mucho.

—Para nada, todo ha sido perfecto.

—Se preocupan demasiado por mí. Tienen miedo de que me ocurra algo malo, ya sabes a qué me refiero. Ahorita las cosas no andan muy bien por aquí.

—Sí, he leído tu blog. Entiendo perfectamente las precauciones. Es normal.

—¿No te gusta el chilote? Araceli los prepara de maravilla.

—No tengo hambre.

—¿Entonces no te importará que lo termine yo? —Tomó su plato sin esperar la respuesta—. Me dio mucha lástima lo de tu papá —continuó hablando mientras comía—. No sabía que hubiera muerto. Por lo que veo al final llegó a conocerte.

—Sí y no. Nos conocimos pero no tuvimos tiempo de hablar.

—¿Y eso?

—Lo conocí el mismo día que falleció.

—Tu papá era el mejor conversador que nunca vi. Cómo nos reíamos. Te voy a confesar algo —se acercó con gesto de confidencialidad—, yo estaba enamorada de él —rio—. Me enamoré de Tono hasta las mismitas trancas. Y nunca volví a conocer un hombre igual. Era pura vida, pura revolución.

Dora María hablaba con soltura y aplomo. Su mirada viva e

inteligente, sus movimientos, sus gestos, todo en ella mostraba a una mujer con determinación y seguridad en sí misma y en lo que hacía. Hablaba pausado con seseo, y su acento suave, sugerentemente atractivo, también transmitía tranquilidad de espíritu y firmeza en sus convicciones.

—¿Cómo llegó a entregarle la carta en la Guayana? —preguntó Merche.

—Es una historia larga, pero la haré corta. La primera vez que lo vi fue mediada la revolución en junio del setenta y nueve en una de las tomas de la Panamericana en Ciudad Darío, tu papá acompañaba a Hugo Torres. Entonces todos éramos muy jóvenes, él parecía un niño y hablaba tan hermoso, qué relindo hablaba aquel españolito y le invité a que se uniera a mi escuadra porque siempre me interesó mucho la fotografía, y además era tan guapo y tan gracioso... Al principio dudó, pero cuando le dije que planeábamos tomar León en un par de semanas aceptó con la alegría de un niño al que le regalan una bicicleta. Pensé que con el primer *rocket* somocista, al primer bazokazo, se espantaría, pero estuvo a mi lado desde el asalto de Acosasco hasta la ofensiva final en la capital. Entonces no lo sabía, pero ya llevaba en su cámara la fotografía que le haría famoso.

—¿Qué foto fue esa?

—Acosasco era un centro de tortura somocista y fue el último reducto de la Guardia Nacional en León. Cuando vieron que ya estaban perdidos intentaron huir utilizando para protegerse a civiles que estaban allí detenidos. Su foto dio la vuelta al mundo ¿No la has visto?

—Nunca.

—Espera. Araceli, búscame la fotografía de Tono. La toma de Acosasco. Entonces se llamaba Tono —continuó Dora María—. El nombre de Tony vino más tarde, le pasó como a la Guayana que ahora se llama Surinam. Bueno, te sigo con la plática. En el año noventa doña Violeta Chamorro ganó las presidenciales y se hizo con el poder. Nosotros habíamos iniciado contactos con grupos insurgentes de Latinoamérica, y sin estar en el gobierno no podíamos seguir dándoles asesoramiento ni apoyo.

—Y por eso fue a la Guayana, a Surinam.

—Así fue. Cuando llegué allí me dijeron que los cimarrones tenían en su poder a un fotógrafo español que trabajaba para el *New York Times* y querían negociar con el gobierno americano para presionar al presidente Bouterse y conseguir la liberación de quince prisioneros del Ejército de Liberación de Surinam. No sé por qué pero estaba segura de que el fotógrafo español era Tono. En Paramaribo contacté con Ronnie, que comandaba la guerrilla cimarrona, y me informó de que el fotógrafo español se llamaba Tony Mera; tenía que ser él y así fue. Ese mismo día viajé hasta Moengo donde lo tenían retenido y me lo llevé conmigo. Toda una aventura. Dime de vos.

—A qué te refieres.

—Lo que te parezca. Tu papá estaba pesaroso porque no te conocía.

—Mi vida no tiene nada de particular; es más normal que la de mi padre. Trabajo en la universidad y tengo una familia. Una vida muy convencional.

—Entonces vos no sos como tu papá.

—Nada que ver... me temo.

—Nunca volví a verle después de la Guayana, pero supe que llegó a ser un fotógrafo famoso. Yo tuve la suerte de conocerlo cuando empezaba.

—¿Cómo era entonces?

—Tenía cara de niño, eso ya te lo he dicho, pero ya era todo un hombre con ideas claras y sabía lo que quería. Yo, con veinticinco años, tenía como él la cabeza llena de ilusiones y sueños revolucionarios. Nicaragua fue su primer trabajo, creo recordar que para el *Libération* de Francia. Había comenzado a colaborar con el periódico gracias a un amigo pintor, Carlos, me parece que se llamaba y, como en una jabonería quien no cae se resbala, tuvo la suerte de que lo enviaran aquí para cubrir nuestra revolución.

—Cuéntame cómo era entonces.

—Vayaaa, todo un revolucionario. Congeniamos desde el primer momento. Decía que la liberalización de los pueblos tenía que comenzar en Latinoamérica porque Europa había caído en manos del capitalismo. En la Guayana ya no lo vi tan radical, pero aquí, en Nicaragua, despotricaba contra los comunistas españoles. Estaba desencantado con lo que estaba ocurriendo en España. Pensaba que con la muerte de Franco el pueblo se rebelaría y volvería la república, pero lo del eurocomunismo de Carrillo fue un golpe muy duro para él. Allí pasó lo mismo que aquí. Ya se sabe, quien tiene más galillo, traga más pinol. Decía que su único interés por volver a España era para conocerte.

—¿Es esta la fotografía? —preguntó Araceli entregándosela.

—Sí, es esta —dijo Dora María con solo mirarla—. Tómala. —Se la entregó a Merche.

—Es una fotografía magnífica —manifestó Merche tras observarla un rato.

—Esta fotografía lo hizo famoso y yo estaba a su lado cuando la tomó. Ninguno de los dos imaginábamos en ese momento que aquella fotografía saldría en todos los periódicos del mundo y que le cambiaría la vida.

—Entiendo que entonces todavía no se dedicaba profesionalmente al periodismo gráfico.

—Para nada. Ese fue su primer trabajo. La tomó el 7 de julio de 1979.

—Tienes buena memoria.

—No, no es por la memoria. Cuando tomamos el fortín me fijé en que llevaba el pañuelo sandinista únicamente por el lado rojo y me dijo que no era por comunista y revolucionario, que era por ser 7 de julio y que ese día se celebraban unas fiestas muy conocidas en España.

—San Fermín.

—En León celebran cada 7 de julio la toma del Fortín de Acosasco, y yo siempre recuerdo a mi españolito con su pañuelo rojo en el cuello.

Las dos mujeres siguieron hablando hasta el amanecer. Merche accedió a tomar un plato de cremosos chilotes hasta saber que uno de los ingredientes era nata, que normalmente no le sentaba muy bien. Según Dora María, aquel mes de julio del 79 en Nicaragua marcó la vida de Tono: al principio no tenía muy claro su futuro, pero el mismo día que huyó Somoza proclamó que dedicaría su vida a la fotografía en *Libération* o cualquier otro periódico que lo contratara. Si no tenía éxito le prometió regresar para vivir junto a ella una auténtica revolución.

—Dora María, ya está amaneciendo —anunció desde la puerta el mismo hombre corpulento que bajó del coche.

—Vos ves cómo tengo que andar —se lamentó Dora María con tono de circunstancias—, moviéndome como una prófuga.

—¿Y la carta? —preguntó Merche.

—Claro, la carta. Vaya cabeza tengo. La he guardado todos estos años. Y te voy a contar una cosa. Siempre he pensado que lo perdí por esta carta. Cuando después de liberarlo llegamos a Paramaribo me dije, esta es la mía, el españolito no se me vuelve a escapar, y él me pide que espere, que tenía que escribir una carta para su hija, que si acaso después de la carta. Y cuando terminó, ya era tarde. Ya conoces el dicho, no hay caldo que no se enfríe. Tómala —Dora María sacó un sobre doblado del bolsillo trasero y se lo entregó— y guarda también la fotografía.

—Está dedicada.

—A Tono le gustaría que la tuvieras tú. Es lo último que puedo hacer por él.

Merche desplegó el sobre, la misma inscripción que en todos los anteriores: «Para mi hija». Dora María se levantó y le deseó buen regreso a España; Merche, que tuviera suerte y deseó que las cosas mejoraran en Nicaragua. Las dos mujeres se abrazaron. Justo antes de marcharse Dora María se giró, levantó la mano izquierda con el puño cerrado al tiempo de decir «Patria libre»; sin saber cómo ni por qué Merche imitó su gesto y así permaneció unos segundos incluso cuando la vieja guerrillera había desaparecido definitivamente. Araceli ofreció una taza de café que Merche aceptó, tomó el primer sorbo cuando el todoterreno blanco abandonaba el Rancho K. Preguntó cómo llegaría al aeropuerto y Araceli le dijo que esperara y no se preocupara por nada; todo estaba previsto.

Extrajo la carta del sobre y estuvo tentada de leerla en ese momento, pero el agotamiento de tantas horas sin dormir hacía mella y veía la escritura borrosa. Volvió a guardar la carta en espera de mejor ocasión y también introdujo en el sobre la fotografía regalada. Cruzó los brazos sobre la mesa, apoyó la cabeza y cayó en un nuevo duermevela hasta que Araceli la sacudió informándole que su transporte ya había llegado. Había luz y preguntó la hora, las 8.30 de la mañana. Un pequeño Toyota esperaba enfilando el portalón, en el asiento posterior estaba la maleta roja. Tal como le indicó Araceli fueron hasta el hotel Camino Real, allí debía permanecer bajo la gran cubierta en la entrada del hotel donde la recogería otro coche que la llevaría hasta el mismo aeropuerto. A los cinco minutos apareció un elegante sedán negro que se detuvo frente a ella y el chófer preguntó si era la señora que había solicitado un traslado al aeropuerto. Merche no supo qué contestar y el conductor, sin bajarse del coche, le informó que era el vehículo de transporte que había solicitado.

Entró en el aeropuerto por la misma puerta que lo abandonó apenas doce horas antes. El concurrido interior nada tenía que ver con la angustiosa soledad de la noche anterior. Atravesó con determinación el conjunto escultórico y se dirigió directamente a realizar los trámites de aduana con las tarjetas de embarque para los dos vuelos hasta Madrid. El saludo de la azafata de Iberia al entrar en el avión le hizo sentir que ya estaba en casa, poco después despegaba rumbo a Miami.

Durmió durante todo el vuelo. La despertó la misma azafata del saludo de bienvenida indicándole que ya estaban desembarcando. La sala VIP de Miami estaba bien provista de comida y bebidas, pero Merche notaba el estómago revuelto; la nata de los chilotes estaba haciendo su acostumbrado efecto. Se sentía ligera al abandonar el baño, cogió una Coca-Cola sin azúcar, la bebió y el organismo recuperó la sensación de bienestar. Sacó la carta y comenzó a leer.

Paramaribo, 20 de noviembre de 1990

Querida hija:

Felicidades, ya tienes quince años; espero que celebres tu cumpleaños como merece la edad. Te escribo desde Paranaribo, en Sudamérica, gracias a la mediación de Dora, una vieja amiga nica que me ha rescatado. Vine aquí para cubrir la revuelta de los cimarrones y estuve con ellos durante unos días hasta que algo cambió y pasé de ser su invitado a prisionero. La situación podía haberse complicado si no hubiera aparecido Dora. Es una vieja amiga que conocí en Nicaragua durante su revolución, cuando empecé como fotógrafo, y siempre nos tuvimos mucho cariño. Hace poco más de una semana, después de comer, vino el jefe de la escuadra y sin previo aviso me quitó las cámaras y me encerró en un chozo. Al parecer querían utilizarme como moneda de cambio para que el gobierno liberara algunos miembros de su grupo que están encarcelados. Sin mis cámaras me sentí como si me hubieran cortado las manos, o peor, como si me hubieran sacado los ojos. No sabía qué iba a ser de mí, sin duda les resultaba más valioso vivo que muerto, así que no debía temer por mi vida, pero la situación podía haberse complicado y alargado por meses e incluso años.

Durante estos días en la jungla me he planteado si no estaba equivocado en mis convicciones políticas, por desgracia parece que el tiempo de las revoluciones ya ha pasado, al menos esa es la sensación que tengo. Hace justo un año cayó el muro de Berlín y siento que también cayó algo dentro de mí, no sé muy bien cómo decirlo, mi forma de entender la vida, de ver al ser humano. El mundo no es un lugar justo, sigo pensando que la solución contra las desigualdades, contra la opresión y explotación del proletariado es el comunismo, lo que fallan son las personas. En el viaje a Paranaribo, Dora me ha comentado la situación en Nicaragua. Cuando estuve allí en el 79 estaba convencido de que aquella revolución se extendería por Iberoamérica como la pólvora, y en apenas diez años vuelven a tener un gobierno burgués tutelado por Estados Unidos. Ha ocurrido lo mismo que en España con todos los temas de la corrupción, cuando el PSOE llegó al poder pensé que al menos las cosas cambiarían, no sé si he cambiado yo o han cambiado los demás, pero siento que día a día me alejo más del compromiso político. Luché con gente que ahora me dice que las cosas en democracia no son como cuando estábamos en la clandestinidad, que debo entender la situación actual, si entender la situación actual es renunciar a un estado republicano, a la igualdad entre los seres humanos y a la solidaridad entre los pueblos, seguiré sin entenderla los años que me queden por vivir. Con los nacionalistas nos estamos vendiendo por un plato de lentejas y tarde o temprano terminaremos por pagarlo, el nacionalismo es insolidario en su propia esencia, justo lo opuesto a ser de izquierdas.

Cuando estoy en el frente me gusta conocer a los soldados y guerrilleros, algunos son unos críos incluso más jóvenes de lo que tú eres ahora, los mandos suelen ser gente malhumorada, nunca te fíes de quien no tiene sentido del humor, sin escrúpulos y llenos de sí mismos. Durante la semana que fui invitado de los cimarrones hice amistad con Enzio, calculo que tendrá tu misma edad, tal vez 16 pero no más, y carga con un kalashnikov que le llega hasta las rodillas. Es más negro que el carbón y cuando sonríe la cara se le ilumina con la sonrisa de sus grandes dientes blancos. Como le daba cigarrillos y chocolatinas no se apartaba de mí, y llegamos a hacer buenas migas, bromeábamos, le enseñaba algunas palabras en inglés (bueno, ya hablo inglés tan bien como el francés, espero que también tú aprendas inglés algún día) y tacos españoles. Cuando de la noche a la mañana me convertí en su prisionero le encargaron a él mantenerme vigilado y entonces se terminaron las risas y las bromas, y pude ver en su mirada la absoluta determinación de dispararme si intentaba escapar. Fue una sensación muy extraña, pero lo más llamativo era que sentía más pena por el chico que por mí.

No quiero cansarte con más historias tristes, sobre todo ahora que la vida parece sonreírme. Mi nombre ya es conocido y reconocido en el mundo de la fotografía y sin resultar pretencioso creo que podría trabajar para cualquier medio de comunicación, incluso puedo permitirme el lujo de viajar solo, sin un reportero pegado al culo llamándome loco por querer ir a primera línea. Cuando estoy en medio de una refriega me siento vivo, siento que mi vida tiene un sentido, con mi trabajo quiero dar a conocer al resto del mundo la crueldad y la estupidez de las guerras, he llegado al convencimiento de que no hay ninguna guerra ideológica, solo existen guerras de intereses; quienes mueren, lo mismo si son soldados o guerrilleros, son simples marionetas de los verdaderamente poderosos, y es la gente normal la que sufre y ven sus vidas destrozadas sin entender muy bien el motivo. Cada día me interesan más los civiles que son quienes de verdad pagan las consecuencias de la guerra, son sus vidas maltratadas las que quiero reflejar con mi trabajo.

Otra cosa buena es que viajo mucho a Madrid. A veces incluso paso allí un mes entero y tengo una vida social de lo más ocupada y estoy conociendo a gente interesante. Poco antes de este viaje Almodóvar me llamó para ofrecerme la fotografía de una nueva película que va a rodar, Tacones a lo lejos o en la lejanía, algo así me dijo que sería el título, y aunque la idea me atraía después de pensarlo le respondí que no. Lo mejor fue que conocí a Victoria Abril, todavía más guapa al natural que en la pantalla, nos hemos visto unas cuantas veces y como también tiene casa en París hemos comenzado a ser más que amigos. En La Mandrágora conocí a Javier Krahe, buena gente, que me presentó a Sabina. Un tipo majo este Sabina, seguro que llegará a ser alguien importante en la música, según me dice tiene una canción que se titula *El muro de Berlín* que la escribió después de una noche en que los dos agarramos una buena y por lo visto le confesé mi desencanto con gente que conocí en mi época de clandestinidad, todavía no la he escuchado, pero viniendo de él seguro que tiene miga. También estoy leyendo mucho, ya no leo literatura política como en mi juventud, ahora prefiero novelas y poesía.

Pero lo mejor de pasar tiempo en Madrid es que puedo verte, cuando llegue el momento me daré a conocer, eso será dentro de unos años, espero que no muchos, cuando tu madre esté preparada para verme y hablar conmigo, pero de momento es mejor que las cosas sigan como hasta ahora. Me gustaría saber qué piensas de mí, en la primera carta te conté con pelos y señales los motivos por los que me vi obligado a exiliarme el día que naciste. Tal vez pienses que fui un cobarde, incluso yo me siento avergonzado por no haberles plantado cara. De todas formas esos recuerdos cada día me resultan más lejanos y daría cualquier cosa por olvidarlos. Prefiero pensar en el presente y en positivo, como cuando me hablaste el verano pasado. Estabas con tu prima Macarena, me parece que se llama así, siempre vas con ella, estabais en el estanque del Retiro y ella comenzó a vomitar, no sé si porque le sentó algo mal y estaba mareada como me dijiste cuando acerqué mi barca a la vuestra, o por el canuto que habíais fumado. Espero que lo del estanque fuera una tontería de adolescentes, no te metas en esas historias que no llevan a nada bueno, conozco a unos cuantos que se han quedado por el camino. Si vuelvo a verte haciendo una tontería de esas me daré a conocer y que ocurra lo que tenga que ocurrir, y se ponga tu madre como se ponga, pero si ella no sabe llevarte por el buen camino lo haré yo y esta vez me enfrentaré a quien sea necesario.

La carta anterior te la dejé en París, con mi prima Carmen Mera en el 86 de la Rue des Cités.

Te quiero y te siento a mi lado,

TU PADRE

Tras leer la carta Merche volvió a mirar la fotografía, el mejor regalo que pudo hacerle Dora María.

El motivo central era un jeep del ejército con una impresionante metralleta sujeta a un pequeño mástil en la parte trasera. Estaba ocupado por tres militares, dos sentados en los asientos delanteros y un tercero inclinado hacia atrás en actitud de disparar la metralleta, de la que colgaba una larga cinta de balas de gran calibre. En la parte delantera del jeep un cadáver sobre el capó servía de parapeto al comandante de los militares; este agarraba con su mano derecha por el pantalón a un detenido caminando a su lado, y en la mano izquierda blandía una pistola. Su bigote parecía el de Pancho Villa y estaba tocado con una gorra como la de Fidel; con gesto desencajado gritaba en actitud de dar órdenes. Delante del jeep, en el ángulo inferior izquierdo de la fotografía, la mitad de un carro de combate con un soldado muerto en la torreta. Rodeando el jeep unos diez civiles, con el pecho descubierto y las manos en la nuca, sirviendo de escudo humano a un número indeterminado de militares con fusiles de asalto. Todas las caras reflejaban el pánico del momento. Tras el jeep un camión con más rehenes subidos en el remolque, todos de pie, sin camisa y con las manos en la nuca, protección para cuatro soldados a quienes tan solo se les veía el casco. Rodeando el camión más soldados protegiéndose con rehenes. Al fondo se adivinaba el Fortín de Acosasco en llamas. Además del miedo, del terror, de reflejar el caos, la locura y confusión del momento, aquella fotografía captaba la crudeza y angustia irracional de quien sabe estar a punto de morir sin importar si eran militares o civiles, guardianes o prisioneros, uniformados o descamisados...

8

La vida es como un laberinto

Hasta el fallecimiento de tu *aitá* en el calendario Tellechea figuraban dos fechas solemnes: la del 12 de octubre, festividad de la Hispanidad, y el 25 de diciembre, Navidad. Tan importante la primera como la segunda y la segunda como la primera. Uno de tus recuerdos infantiles más repetido es asistir al desfile de las Fuerzas Armadas junto a Maca el día del Pilar. La actividad en el piso de Velázquez comenzaba a primera hora de la mañana: el general vestía su uniforme de gala con sus insignias; la abuela y *amatxu* siempre estrenaban algo; e incluso la tata se cardaba el pelo y usaba colorete. Llegabais con tiempo más que suficiente a las localidades reservadas en primera fila de tribuna para que antiguos camaradas del *aitá*, con la pechera cubierta de condecoraciones, y compañeros de los tíos se acercaran a saludar. Los Tellecheas, incluso los más pequeños, vivíais aquel día con especial alegría, ufanos y orgullos de la sangre familiar. Tan solo tú sentías en tu alma el agrio cosquilleo de la envidia por no tener un padre que como tus tíos comandara alguna compañía o regimiento. Pero estabas tan acostumbrada a disfrazar tus sentimientos que nunca nadie notó nada.

La celebración más íntima venía después, durante la comida en la Cámara de Oficiales de la Armada cuando en los postres el *aitá*, resaltando la solemnidad del momento poniéndose de pie, tomaba la palabra y os arengaba como si fuerais su tropa. Los discursos del *aitá* se parecían a los sermones del tío Inacito: bien estructurados, apasionados y predecibles por lo repetitivos. Con voz y gesto grave, comenzaba recordando que ya en el año 39 se organizó en Zaragoza el día de la Raza, como se llamaba entonces, y él comandó un batallón de zapadores de montaña de Jaca; años después luciendo galones de general de brigada tuvo «el gran honor» de dirigir el desfile terrestre, ese día él y la abuela comieron con Franco. También rememoraba alguna anécdota siendo general de división en África, «los tiempos más felices de mi vida», y año tras años insistía en que si regresó a la península fue «por mi obligación de servir a España» y porque se lo pidió su buen amigo Antonio Barroso, padrino del tío Fernando y «el mejor mando que nunca tuve en Regulares», a quien Franco puso al frente del Ministerio del Ejército y reformó el mapa militar en 1960, encomendando al *aitá* la nueva VI Región Militar con Capitanía General en Burgos. Finalizaba elevando su copa por encima de la cabeza, como el tío Inacito el cáliz en la consagración, y brindaba «por el ejército, por quienes valientemente derramaron su sangre por España y por todos los Tellecheas que nos precedieron a quienes debemos lo que somos»; incluso los menores os levantabais esperando la inmediata proclama final de «Viva el Ejército»; «Viva España»; «Viva el Rey»; contestados respectivamente en un unísono, contundente, y sentido, «Viva» que te emocionaba y sobrecogía el corazón.

Este año tu tío Martín desfilaría junto a cuatro compañeros de la Hermandad de Veteranos Regulares, y cuando te reuniste con él y el tío Vidal en la cafetería del centro sociodeportivo para militares de La Dehesa estaba pletórico y exultante como no lo habías visto desde hacía años. Ocupasteis una mesa no lejos de la barra y colocó orgulloso encima de la mesa el tarbush rojo, el tocado del Cuerpo de Regulares, para que sus antiguos compañeros de armas pudieran verlo. Quienes entraban o salían le saludaban con cariño y afecto, le felicitaban por el «honor» de representarles y algunos incluso le saludaban al estilo militar, aunque vistieran de paisano.

No habías vuelto a ver a tus tíos desde el funeral del tío Fernando y os pusisteis al día sobre pequeñas minucias familiares. Martín se interesó por el tema de los ocupas en el local de Pepe en Chamartín y Vidal preguntó por el verano con el tío Inacito. Hablaba con el sacerdote todas las semanas y al parecer estaba pasando una pequeña gripe, nada grave. Después se interesaron por *amatxu*, «¿Pero el Arsenio ese qué es?», preguntó el tío Martín; «¿A qué te refieres?»; «¡A qué me refiero, a qué me refiero! Bien sabes tú a qué me refiero»; «Son amigos. Van juntos al cine, a los conciertos...»; «A mí eso de la amistad entre un hombre y una mujer... no sé. Y anda que no llevan años así...», intervino Vidal; «Si tanto te interesa pregúntaselo a ella»; «Buena estás tú. Ya lo hemos hecho»; «y ella que solo es un buen amigo»; «lo que tenían que hacer es casarse»; «así es, casarse»; «¿a qué se dedicaba él?»; «Fue ingeniero en Ferrovial —respondiste—. Ahora está jubilado»; «Era viudo, ¿no?»; «Sí, tiene tres hijos, dos mujeres y un varón. Y cinco nietos»; «Pues lo que dice Vidal. Que se casen y se dejen de tonterías. Un amigo a sus años. ¡Abrase visto!»; «Eso son cosas suyas. Yo no me meto»; «Pues deberías meterte. Eres su hija. La única que tiene»; «Mira tío, yo la veo feliz y eso es lo importante»; «Bien disgustado tiene a Inacito...», volvió a intervenir Vidal; «¿Es que lo sabe?», preguntaste sorprendida; «Anda que si lo sabe. Desde hace tiempo. Habló con ella este verano pero no pudo hacerla entrar en razón»; «Tío, las cosas han cambiado. Ahora ya no es como antes»; «Habrán cambiado, pero lo que está bien siempre ha estado bien, y lo que está mal siempre ha estado mal»; «Por lo menos no están amontonados», concedió Martín; «Eso sí», admitió Vidal; «¿Qué queréis decir?»; «Que no viven juntos en la misma casa»; «Vaya par de carcas estáis hechos. Dejadla vivir su vida y que haga con ella lo que quiera»; «¡Como si no lo hiciera! Pero tiene un apellido»; «nosotros nunca hemos dado que hablar»; «Tío, no me tires de la lengua...»; «Todas las familias tienen sus cosas. Quien esté libre de pecado que tire la primera piedra».

Se acercó un hombre alto, corpulento, barrigón, felicitó efusivo a Martín y Vidal lo presentó. Se llamaba Luis Gil y siendo capitán estuvo a las órdenes de Vidal, entonces comandante en Melilla. Esperaba a un compañero para jugar al golf. Recordaron viejos tiempos y la conversación derivó a las elecciones generales del próximo 10 de noviembre. Martín mencionó con satisfacción que Martinchu ocuparía el sexto lugar en la lista de Vox y, «qué se le va a hacer», su hermana Leire era la número siete en la de Más País; ambos se presentaban en Madrid. La conversación terminó cuando llegó la persona con quien Luis iba a jugar al golf. La despedida fue más larga de lo esperado porque Martín describió al detalle cómo sería el desfile por la Castellana, quiénes le acompañarían en el jeep, mostró orgulloso la invitación para la posterior recepción en el Palacio Real y les puso al tanto de los detalles más intrascendentes. En los últimos años no había tenido muchas satisfacciones y, como él mismo sabía, tal vez aquel fuera su último momento de gloria y lo vivía plenamente incluso antes del acontecimiento.

Cuando de nuevo estuvisteis los tres solos, Vidal comentó que Luis fue su hombre de confianza en Melilla, alabó su carácter, su espíritu castrense, y por encima de todo su fidelidad incuestionable en los momentos difíciles... «Pero ya va siendo hora de que sueltes para qué querías vernos», dijo sin ningún preámbulo tras las alabanzas; «Conocí a mi padre», declaraste en el mismo tono serio que utilizó Vidal; «Ves como era para eso —se dirigió Martín a Vidal, y continuó—. Ya lo sabemos. Nos lo reveló Inacito cuando estuvo en Madrid»; «Creo que tenéis algo que contarme»; «Mira, sobrina, el pasado es pasado, dejemos las cosas como están», intervino Vidal; «Digamos que para mí el pasado se está haciendo presente»; «Esta conversación no tiene sentido. Será mejor que nos vayamos»; «De aquí no se levanta nadie hasta decirme lo que quiero saber. Tengo derecho a conocer la verdad»; «¿A qué te refieres?»; «¿Por qué se marchó de España mi padre el día que nací y por qué abandonó a mi madre?»; «Como antes decías tú, eso tendrás que preguntárselo a ella»; «Os lo pregunto a vosotros. Sé que tuvisteis algo que ver en el asunto y quiero saberlo»; «Eran otros tiempos. Tú misma lo has dicho hace un momento»; «¿Te dice algo el nombre de Tony Mera?, llegó a conocerte cuando estabas en Bosnia»; «Lo sé. Estuvo haciendo un reportaje a mi compañía en Kosovo para no sé qué periódico. Pensé que no me había reconocido»; «Te equivocaste»; «Tuve intención de hablar con él... disculparme si era necesario... pero no encontré el momento y pensé que no me había conocido... entonces pasaban esas cosas... era mejor no menear nada»; «Sé que el embarazo de *amatxu* fue un golpe muy duro para la familia y también estoy al tanto en lo referente al día que nací. Lo único que pido es la verdad sobre la marcha de mi padre»; «Por favor, sobrina, déjalo. De eso hace mucho tiempo»; «Me escribió cartas a lo largo de toda su vida. Las estoy recuperando. Es cuestión de tiempo que sepa lo ocurrido pero me gustaría... necesito conocerlo por vosotros»; «¿De qué te iba a servir? Tienes una buena vida, una familia maravillosa. ¿Qué más puedes pedir?»; «Saber por qué me abandonó mi padre. Eso es todo».

Los dos ancianos se miraron y viste en sus ojos la angustia y la inquietud de quien se siente acorralado. Nada quedaba del espíritu altivo y orgulloso de aquellos tiempos cuando su voluntad era ley y sus órdenes se cumplían como palabra divina. Sin el uniforme, sin sus galones y medallas parecían dos pobres hombres maltratados por la vida. «Estamos avergonzados, arrepentidos de aquello», comenzó Vidal; «pensábamos que hacíamos lo mejor para la hermana»; «hemos hablado cien veces sobre aquello»; «y para la familia»; «hemos pensado muchas veces en contártelo, que lo diga Martín»; «madre nunca fue la misma desde entonces»; «en aquellos años las cosas eran muy distintas»; «una joven embarazada era una deshonra para la familia»; «ni tan siquiera puedes imaginarlo, España era tan distinta...»; «¿qué dirían de nosotros?»; «una hija embarazada era como una maldición»; «el honor, el prestigio de generaciones tirado por los suelos»; «y el momento en que ocurrió»; «Franco agonizaba y nadie sabía qué podía ocurrir»; «con los moros en la Marcha Verde y ETA matando día sí y día también»; «en los cuarteles había mucha tensión, mucho nerviosismo y me imagino que nos contagiamos»; «cuando por fin dimos con la identidad del padre fue como si me arrancaran un brazo»; «¿es que no podía haber escogido alguien normal?»; «si al menos hubiera sido alguien como nosotros podría haberse arreglado», «pero aquel chico era tan distinto a nosotros»; «y su familia, lo de su familia fue la gota que colmó el vaso»; «en aquellos momentos era impensable que tu madre se casara con él, hubiera sido una locura»; «imposible que hubiera salido bien y piensa que no había divorcio»; «creíamos que eso era lo mejor para tu madre»; «pensamos únicamente en tu madre y la familia... y en ti»; «nadie podía saber qué iba a ocurrir en el futuro»; «nos equivocamos, tal vez sí, pero actuamos de buena fe»; «por si te sirve de algo te diré que los dos estamos arrepentidos»; «olvídalo, sobrina, es lo mejor para todos; también para ti». «No os reprocharé nada... pero necesito saberlo», exigiste con aplomo.

Abandonaste el complejo deportivo abatida por el sufrimiento causado a tus tíos; durante la conversación incluso te preguntaste si tuvo sentido exponerlos a una situación límite que para ellos fue como una tortura. Con el alma tibia y encogida te acompañaba un profundo sentimiento de pena y compasión por aquellos dos ancianos que terminaron sollozando como chiquillos. Parecían tan indefensos, tan vulnerables enfrentándose a un pasado en que la verdad resultaba dolorosa. Te preguntaste si había merecido la pena y cuál fue el mérito. Saber por qué se marchó y os abandonó aclaró algunas cosas y sirvió de bálsamo para aliviar la angustia pero no te proporcionó la tranquilidad y paz que pensabas encontrar. Habías perseguido aquella respuesta toda tu vida y ahora que la conocías te sentías vacía, como si en tu interior se hubiera desplomado algo que no podías definir ni entender. Parecía que los deseos formaban parte del ridículo melodrama de la vida, como si durante años hubieras vivido la ilusión de la niña que fuiste imaginando un padre ni alto ni bajo, moreno unos días y castaño o rubio en otros, de ojos grandes... y viviendo en una casa con un gran salón desde donde se veían los árboles de un parque cercano.

Siempre pensaste que cuando llegaras a conocer la respuesta te convertirías en una nueva Merche, que habría un antes y un después de ese momento, pero nada había cambiado. Conocer lo sucedido no despertó ningún sentimiento de odio o rencor, tampoco de comprensión o empatía. Seguías siendo la misma, ni más ni menos satisfecha o insatisfecha que al despertarte aquella mañana. Tan solo pensabas en seguir adelante y recuperar las dos últimas cartas para completar el viaje que habías emprendido. Debías hacerlo por ti y por tu padre... se lo debías. Sin saber cómo ni por qué te detuviste y durante un rato permaneciste inmóvil en mitad de la calle, en mitad de la nada, aislada del mundo, atrapada en tu propia burbuja de zozobra y desconcierto. «¿Le ocurre algo?», preguntó un joven repartidor al cruzarse contigo. Le dijiste que no, que te encontrabas bien.

Pasaste el resto de la mañana en manos de María Luisa, tu dentista, según tu primogénito «la mujer con los ojos más bonitos del mundo». Eran poco más de las 14.30 cuando abandonaste la consulta. Tenías cita en la peluquería a las 16.00. Habías prevenido a Daniela sobre la posibilidad de no llegar para la comida y decidiste utilizar el tiempo comprando una cámara fotográfica en El Corte Inglés de Castellana que no estaba lejos. José Javier había comenzado a interesarse por la fotografía desde la visita al trastero de tu padre: pasaba horas delante del ordenador viendo los vídeos de acceso gratuito de un tal Marc Levoy correspondientes al curso «Lectures on Digital Photography», seguía en las redes sociales algunas páginas de fotografía como Xataka Foto, y tenía intención de comprar una réflex aprovechando el Black Friday de noviembre. A diferencia de sus hermanos que nunca se preocupaban por el precio de las cosas, José Javier buscaba las mejores ofertas y promociones cuando necesitaba comprar algo. Pepe se preguntaba a quién habría salido y afirmaba con ironía que era «la oveja negra en una familia de manirrotos y derrochadores».

Enviaste un wasap a Simón pidiendo consejo sobre la compra que pensabas hacer. La respuesta tardó algo más de lo habitual y cuando lo hizo te indicó que preguntaras por Tino Soriano, el responsable de la división fotográfica en el centro de Castellana. A esa hora todas las secciones estaban medio desiertas. En la de electrónica no había ni clientes ni dependientes. Un hombre de cara afilada, escaso pelo, barba rala y rasgos suaves apareció de improviso por un pasillo lateral; preguntó si eras «la amiga de Simón», respondiste afirmativamente y él se presentó como Tino. Tu cara le resultaba familiar, aunque ninguno de los dos lograsteis encontrar un anterior punto de conexión en vuestras vidas. Te dispensó un trato especial; no por la recomendación de un compañero de trabajo, sino por ser la hija de Tony Mera, como Simón le había informado.

Era aficionado a la fotografía y hablaba de tu padre como de un auténtico héroe —«Tony Mera fue el más grande. El número Uno»—, y lo consideraba su «maestro» desde que asistió a uno de sus seminarios cuando empezaba con la afición. Como si fuera un escolar aventajado repitió alguna de las enseñanzas que aprendió de él: un principiante debía comenzar fotografiando su propio entorno para «acostumbrarte a observar más allá de lo superfluo» y ser capaz de ver lo que para el resto «es casi invisible»; para ser un buen fotógrafo resultaba imprescindible «agudizar la percepción apreciando lo novedoso en lo cotidiano». Continuó hablando durante un buen rato y con cada frase desvelaba alguna enseñanza aprendida en el seminario de tu padre. «Disculpa, te estoy aburriendo con mis batallitas», finalizó de forma súbita el relato. Aseguraste que todo lo contrario, y así era, no te hubiera importado anular la peluquería y continuar con la conversación hasta la salida del vuelo a París.

«Mi consejo es la E-M1 Mark II, el último modelo de Olympus con prestaciones superiores a su predecesora y te garantizo que va a satisfacer tus expectativas». Tino pensaba que la cámara era para ti, cuando dijiste que era para tu hijo consideró que la E-M1 era «mucha cámara» para un principiante y sugirió otra más económica. Propuso la Olympus Tough TG-6 y comenzó a enumerar las características técnicas referidas al objetivo de alta resolución, la velocidad de obturación, el sensor de imágenes... Nada de eso te importaba, estabas dispuesta a comprar la que te recomendara, tan solo prestabas atención porque te resultaba llamativo que hablara de sus cámaras con la misma pasión que Simón sobre libros.

«Me ha pedido Simón que la cargue en su cuenta y que después os arreglaréis»; «No, no. Cóbramela a mí», dijiste entregando con determinación la tarjeta del comercio; «También puedo intentar ponerla a su nombre y cobrártela a ti al contado. Así tendrás el descuento de empleados», susurró Tino en tono confidencial; «Te lo agradezco, pero prefiero pagar como cualquier cliente»; «Espero al menos que me permitas tener un detalle contigo», asentiste y te regaló un libro de fotografía. Os despedisteis cordialmente con un apretón de manos volviendo a recordarte que si finalmente tu hijo se quedaba con la cámara debía pasar a sellar la garantía.

Estando en la peluquería recibiste un wasap de Simón molesto por rechazar su oferta para el pago de la cámara. Respondiste exigiendo, ordenándole, que no volviera a decir a nadie que eras hija de Tony Mera. Richy, tu estilista, como se llama ahora a los peluqueros, te sugirió teñir las raíces, y volviste a repetir que únicamente cortar y peinar, «Mona, no me vengas como esas feministas con el pelo lleno de canas —dijo con afección—. ¡Es una ordinariez que no soporto!».

* * *

Merche viajó a París con su hijo Javi en el vuelo de Iberia 3406 a las 9.45 del viernes 11 de octubre. La decisión de acompañarla no fue pensada ni planificada de antemano, surgió de forma espontánea. Cuando comunicó que la penúltima carta estaba en Francia su hijo mostró deseo de viajar con ella y la propuesta fue aceptada de inmediato. Algo había cambiado en su hijo desde la visita al trastero de las fotografías y la madre pensó que el viaje brindaba una buena oportunidad para hablar con él.

Viajaban en clase turista, pero la tarjeta oro de Iberia les permitió acceder a la sala VIP. El chico se desenvolvía con la naturalidad de quien está acostumbrado a un tipo de vida acomodado y sin estrecheces. De sus tres hijos él era el único que le preocupaba. Se preguntaba si lo estaba educando correctamente para enfrentarse al mundo.

—¿Seguro que no quieres tomar nada? —preguntó el chico con el plato a rebosar de repostería de todo tipo.

—Estoy bien con el té —contestó la madre—. Tengo un regalo para ti.

—¿Un regalo?

—Toma. —Merche le entregó una bolsa de El Corte Inglés con un paquete en su interior.

—¡Qué chula! —exclamó Javi al comprobar que era una cámara fotográfica—. Tengo la mejor madre del mundo y se incorporó por encima de la mesa besándole la mejilla.

—¿Te gusta?

—Es chulísima. ¿Cuánto te ha costado?

—Siempre con lo mismo —dijo Merche en tono quejoso—. No te preocupes por el dinero, disfruta de las cosas.

—Ahora que lo pienso. El abuelo debía tener cámaras. Seguro que están guardadas en alguna caja del trastero.

—No. Las he visto en su casa, pero de momento no vamos a tocar nada suyo.

—¿Hasta cuándo?

—No lo sé y tampoco importa ahora. Tienes que ponerle la batería y la tarjeta de memoria que están por ahí.

—No sé si sabré. Las únicas fotografías que he hecho han sido con el móvil.

—Decía tu abuelo que estrenar una cámara fotográfica es como empezar una relación con una nueva pareja. Hay que llegar a entenderla, memorizar en lo máximo posible sus características, conocer sus reacciones en cada situación...

—¿Y tú por qué lo sabes?

—Me lo contó el empleado que me la vendió. Asistió a un seminario que impartió el abuelo.

—Lo mismo algún día hago fotografías como él —dijo con una risita nerviosa.

—No es original quien no imita a nadie, sino aquel a quien nadie puede imitar.

—¡Qué bien te ha quedado la frase!

—No es mía, era del abuelo. También decía que para llegar a ser un buen fotógrafo uno tiene que fijarse en lo más próximo, en su casa, en su calle, en los espacios cotidianos, y captar lo que otros tienen delante de sus narices y no son capaces de ver. Ah, el dependiente me regaló este libro.

—*Ayúdame a mirar: la biblia del reportaje fotográfico* —leyó—. Tiene buena pinta. «Es como si hubiera un secreto maravilloso en un determinado lugar y pudiera capturarlo. Solo yo puedo hacerlo en este momento y solo yo. Walter Evans» —continuó leyendo en la primera página.

Súbitamente Merche cayó en la cuenta de la hora, debían apresurarse o perderían el vuelo y corrieron hasta la puerta asignada. Escucharon por megafonía el último aviso para embarcar. Todos los pasajeros estaban sentados cuando entraron y la azafata comentó que un minuto más y hubieran perdido el vuelo. Javi ocupó su asiento junto a la ventanilla, introdujo la cámara en el bolsón delantero y pasó el vuelo estudiando las instrucciones de funcionamiento; Merche pidió un vaso de agua y cerró los ojos todavía agitada por la carrera y alarmada por haber estado a punto de perder el vuelo. Estaba citada con la hija de Carmen Mera, también de nombre Carmen, a las tres de la tarde en el café Le Cristal, cerca de su trabajo. Conseguir el número de Carmen Mera fue relativamente sencillo pero no estuvo exento de una buena dosis de fortuna.

En su tercera o cuarta cita Simón propuso a Merche visitar el piso de su padre y ella aceptó. Comenzaron a citarse allí de forma regular todas las semanas. Simón contaba la historia de los objetos y fotografías que había en casa de Mera y ella se sentía más próxima a su padre; también, como adultos, evocaban los años de universidad. De no haber sido por estas citas es probable que Merche nunca hubiera podido contactar con su desconocida prima. Una sana curiosidad la había llevado a explorar cajones, gavetas, repisas... como haría un inspector tratando de reconstruir un crimen y recordaba haber visto en la mesilla de noche una agenda con números de teléfono. Allí estaba, uno de ellos correspondía a Carmen Mera y llamó; contestó en francés la voz impersonal de un contestador y pasó el auricular a Simón que sí entendía ese idioma. El número ya no correspondía a ningún abonado. Continuaron intentándolo con los que por su nomenclatura resultaba claro que eran franceses. Tuvieron suerte al quinto intento cuando marcaron el número de «Tía Teresa». Contestó Colette en un español bastante decente, por supuesto que conocía a Carmen Mera y a Tony Mera: Teresa, su abuela, fue durante más de cincuenta años la compañera de Cipriano Mera y preguntó a qué Carmen se refería, si a la madre o la hija. En cualquier caso, era lo mismo, pues la madre estaba internada en una residencia y era la hija quien llevaba todos sus asuntos.

El nombre del Cipriano Mera —el tío Cipri de las cartas— se mencionó durante la reunión de Merche con sus tíos Martín y Vidal en un centro deportivo para militares un par de días antes del viaje a Francia. Sus tíos aparecían de forma recurrente en las cartas del padre en todo lo relativo a su salida de España, y había llegado el momento de verse con ellos y exigir explicaciones.

—Olvídalo, sobrina, es lo mejor para todos. También para ti —recomendó Vidal cuando Merche insistía en saber por qué se marchó su padre.

—No os reprocharé nada... pero necesito saberlo. —Merche estaba decidida a conocer la verdad.

—Nosotros podemos contarte lo que sabemos. Quien llevó todo el tema fue el comisario Manuel Ballester —admitió finalmente Martín.

—Manolo era íntimo de padre, del general, y se lo tomó de forma personal, como si aquello le hubiera ocurrido a su propia hija —continuó Vidal.

—Para nosotros el embarazo de tu madre sin estar casada fue una desgracia como no puedes imaginar. Una desgracia y una vergüenza. Entonces las cosas eran tan distintas... —se lamentaba Martín.

—La hermana se negaba a revelar el nombre por más que le preguntábamos. Cuando ya no había forma de disimular la barriga pedimos a Manolo que nos echara una mano para averiguar la identidad del padre. Estableció un dispositivo de seguimiento y en unas semanas vino con las primeras informaciones. Se estaba viendo con un chico fichado por la brigada político-social que pertenecía a uno de los grupos comunistas que entonces brotaban como setas. Pero no tenía claro que aquel chaval fuera el padre.

—Manolo pensaba que lo mismo estaba con nuestra hermana porque podían estar preparando contra padre algo como lo de Carrero. Y nos pidió más tiempo para seguir investigando.

—Y siguió pensando en un atentado contra el general hasta el último momento, hasta el día que el chico cantó que efectivamente era el padre.

—También nos dio Manolo información sobre la familia del chaval.

—Cuando escuché de quién era sobrino no me lo podía creer.

—Y también el padre.

—Eso, eso, el tío y el padre. Dos personajes de mucho cuidado. Cipriano Mera, ni más ni menos que sobrino de Cipriano

Mera, y el padre, uno que luchó en el bando comunista en nuestra guerra. Te imaginas. Si el chico aquel era el padre de lo que esperaba nuestra hermana... no sé, no sé. Es que no sé ni cómo definirlo.

—Un sin dios diría la tata. Una hija de Bartolomé Tellechea casada con un sobrino de Cipriano Mera, ¿podía haber mayor sin dios?

—Ahora sería algo normal, pero en el setenta y cinco era algo impensable, imposible. Para entenderlo tendrías que haber vivido aquellos años. Inacito incluso ofreció una misa pidiendo que un sobrino de Mera no fuera el padre.

—Y cuándo se supo que sí era el padre, ¿qué? —preguntó Merche.

—¿Tú sabes quién fue Cipriano Mera?

—Más o menos lo que acabas de decir, un militar republicano, creo que anarquista. Conozco el nombre, pero nunca me ha interesado la Guerra Civil —respondió Merche.

—Más que eso. Estuvo al frente del cuarto cuerpo del ejército republicano, su rango era equivalente a un general de brigada. Ni más ni menos que general de brigada, sobrina. Uno de los mandos militares más importantes de los rojos. Y te digo una cosa, el general le respetaba, decía que suerte que los republicanos tuvieron solo un Mera, porque con media docena como él la cosa hubiera sido mucho más difícil. La única derrota de importancia que tuvimos en la guerra fue la batalla de Guadalajara, ¿y sabes quién mandaba la XIV división republicana?, Cipriano Mera. Y mi hermana lo mismo estaba embarazada de un sobrino de Mera.

—¡No olvides lo del juicio! —cortó Martín con vehemencia y determinación. Cipriano Mera fue condenado a muerte en un juicio presidido por Pepe Fernández Álvarez, que fue como un hermano para tu bisabuelo, sobrina. ¿Cómo demonios íbamos a emparentar con el sobrino de alguien a quien Pepe había condenado a muerte? Al teniente coronel Fernández Álvarez siempre se le consideró como uno más de la familia desde que salvó la vida y el honor del abuelo Martín en el Desastre de Annual.

—¿Qué se diría en las salas de banderas? —se preguntó Vidal—. Emparentados con Cipriano Mera. Ah, y también lo del padre, lo del padre del chico, que hasta ahora no hemos dicho nada del padre. Estaba casado con una hermana de Mera, aunque me parece que entre los cuñados no se llevaban muy bien. ¿Recuerdas cómo se llamaba el padre? —La pregunta de Martín iba dirigida a su hermano, que negó indiferente con la cabeza—. El padre también luchó en el batallón del Campesino, estuvo preso en el Valle de los Caídos y cuando salió volvió a meterse en organizaciones sindicales.

—El padre se llamaba Pascual Sánchez, era originario de Acebo, un pueblo de Extremadura, y cayó prisionero en la batalla de Lérida —informó Merche.

—¿Y tú cómo sabes todo eso? —preguntó Martín.

—Lo sé —contestó su sobrina sin mayor explicación.

—A nosotros nos informaba Manolo Ballester —continuó Vidal—. Por lo visto el padre, el tal Pascual, pasaba más tiempo entre rejas que en casa. Según parece otro hijo suyo fue fundador de las Comisiones Obreras y cuando se fugó porque estaban a punto cazarlo, el padre ocupó el lugar del hijo y los de la político-social llevaban tiempo siguiéndole la pista. ¡El general consuegro de un rojo, de un sindicalista de Comisiones Obreras! En aquellos tiempos no estábamos preparados para eso.

—¿Y qué ocurrió?

—El comisario Ballester —continuó Martín— dio orden de que a la mínima detuvieran al chico, pero no fue fácil hasta que hizo algo, no me preguntes qué, que atentaba contra el orden y la moral pública. Fue dos o tres días antes de que muriera el generalísimo y el juez le aplicó la ley de vagos y maleantes.

—Entonces se llamaba de peligrosidad y rehabilitación social —corrigió Vidal.

—Como sea, el caso es que Ballester pudo llevárselo a la Puerta del Sol. Según contó, el chico era un tipo bragado que aguantó más de lo normal hasta que finalmente confesó que efectivamente él era el padre. Yo no podía salir de La Paz con todo el lío de Franco agonizando y Vidal vino desde África. A partir de ahí que te cuente él.

—No hay mucho más que contar. Inacito estaba también en Madrid, por lo de Franco, y fuimos los dos a la DGS, la Dirección General de Seguridad en la Puerta del Sol. El chico estaba en un calabozo, recuerdo que en calzoncillos, y le pedí a Manolo que le devolvieran la ropa. Cuando estuvo vestido hablamos con él. Le preguntamos por las intenciones que tenía con nuestra hermana y contestó que casarse si ella quería. Aquello era imposible y así se lo hicimos ver. Él decía que estaba enamorado y Ballester le dio un sopapo y le dijo que podía esperar hasta que las ranas criaran pelo para casarse con una hija del general Tellechea.

—Al final lo que le convenció fue lo de su tío, ¿no? —preguntó Martín que al parecer conocía lo ocurrido, pero no había estado presente.

—Así fue. Casualmente su tío Cipriano acababa de morir en Francia hacía menos de un mes. Manolo le convenció para que se marchara y pasara allí una buena temporada con la familia de su madre, todos exiliados en Francia y unos rojos como él, y pensara bien qué hacer.

—¿Y eso fue todo? —preguntó Merche tan incrédula como decepcionada—. Se fue simplemente porque se lo pedisteis.

—¡A ver! —exclamó Vidal nervioso e incómodo—. Te lo he

resumido. El chico repetía que se quedaba, a Inacito y a mí nos pareció que no había nada que hacer porque el chico estaba empeñado en casarse y nos fuimos. Manolo dijo que no nos preocupáramos y al despedirnos nos aseguró que intentaría convencerle y al final le hizo entrar en razón. De casarse con la hermana nada de nada, y que ni se le ocurriera acercarse a tu madre por lo que le pudiera pasar; además su padre estaba entonces detenido en la política de Segovia... si entraba en razón haríamos todo lo posible para que le pusieran en libertad.

—¿Y eso fue todo? ¿No preguntasteis nada más al comisario Ballester? ¿No os interesó saber nada más?

—No. Vino a La Paz cuando acababas de nacer y nos dijo que el chico ya iba camino de Francia. Eso fue todo.

—Entonces las cosas se hacían así —apuntaló Vidal.

—Sobrina, lo sentimos, lo sentimos mucho —medio sollozaba Martín con los ojos acuosos—, pero de verdad que entonces nos pareció lo mejor. Lo mejor para todos, para tu madre, para la familia, para el general, para ti... para todos. Incluso para el chico si de verdad estaba enamorado como decía. Lo de casarse con tu madre, lo de volver a verla estaba fuera de toda lógica, fuera de toda razón. No podíamos consentirlo y no estábamos dispuestos a consentirlo. Si de verdad la quería, si de verdad le preocupaba su felicidad lo mejor era que se marchara de España. Que la dejara en paz, a ella y a nosotros.

—Que comenzara una nueva vida —sentenció Vidal— y así podríamos vivir todos en paz.

—Todos menos yo —concluyó Merche.

El avión aterrizó con suavidad en las pistas del Charles de Gaulle a la hora prevista. Comieron en una *brasserie* próxima al lugar establecido para la cita: Merche tomó un sándwich vegetal y Javi probó la especialidad del local, *escargots a la Bourguignonne*, que solo sirvieron para abrirle más el apetito, y pidió un entrecot con patatas fritas. Después encontraron una mesa libre en la concurrida terraza de Le Cristal a donde llegaron con tiempo suficiente. Por intuición femenina, por el llamado de la sangre, por un sexto sentido, por la razón que fuere, Merche tuvo la certeza de que la elegante mujer vestida con un impresionante traje de chaqueta sin cuello ni solapas, que cruzaba la calle era la hija de Carmen Mera. Se incorporó y agitó la mano reclamando su atención.

—Al parecer somos primas, imagino que procede saludarnos con un beso —dijo Carmen sonriendo en un impecable español.

—Por supuesto —contestó Merche—. Este es mi hijo José Javier.

—Menos mi madre todo el mundo me llama Javi.

—Yo tengo un hijo y una hija. Edouard, el mayor, me hizo abuela el verano pasado, y Veronique vive con su amiga. Javier, ¿cuántos años tienes?

—¿No puedo creer que ya seas abuela? —intervino Merche.

—Uy, esta es la segunda. Thérèse cumplirá diez años el domingo que viene. Ya tengo sesenta y un años.

—Nadie diría que tienes una nieta de diez años. Tu aspecto es estupendo. Me parece increíble que tengas los años que dices.

Merche no mentía, ni el halago era fingido o de gratuita zalamería. Carmen podía pasar por una mujer de su misma edad, tal vez algo mayor, pero lejos de las seis décadas. Su estiloso corte de pelo, el cutis suave sin una sola arruga ni tan siquiera en el cuello, el juvenil diseño de las gafas, su mirada vivaracha y el tono entusiasta de su hablar eran los propios de una mujer joven. Merche se admiró por el perfecto dominio del español y Carmen dijo que fue su primer idioma. Comentó la suerte de que Colette continuara conservando el número de teléfono fijo de la tía Teresa, pues de otra forma hubiera resultado casi imposible encontrarlas. En Francia existe lo que se llama «apellido de familia» y tanto su madre como ella misma perdieron el suyo y tomaron el del esposo al casarse; la madre lo hizo con un vasco-francés apellidado Barturen, y ella continuaba siendo Carmen Foissard aunque llevara divorciada más de diez años. Aclarado el tema de los apellidos comenzaron a hablar del primo Tono, como le llamaban en la familia. Los recuerdos de Carmen eran precisos y minuciosos.

Recordaba perfectamente su precipitada llegada a París cuando murió Franco. También había fallecido por esas fechas el tío Cipriano, y la tía Teresa le invitó a quedarse con ellos en el piso de la Rue Jean Jaurès hasta conseguir empleo y un lugar donde quedarse. A principios de año encontró trabajo en una empresa de servicios, unos días limpiaba cristales, otros desatascaba cañerías, otros podaba jardines... y según contaba la tía Teresa parecía abatido y estaba triste. Como no tenía un franco pasaba el rato en el estudio del pintor Carlos Pradal, que resultó fundamental en su futuro. Fue Pradal quien le regaló una vieja Werlisa con su funda de cuero marrón cuando supo de su afición por la fotografía. Cada domingo Tono se colgaba la cámara al cuello y desde el punto de la mañana recorría sin rumbo las calles de Pigalle, donde alquiló una pequeña buhardilla. Según Carmen, Tony Mera debía a Tono Sánchez todo lo que llegó a ser en el mundo de la fotografía. Con los primeros ahorros compró lo necesario para poder revelar sus fotografías en casa, en aquel tiempo apenas si ganaba lo suficiente para mantenerse y no podía gastar en carretes y papel fotográfico. Pradal también habló con su amigo Jean-Paul Sartre, que había fundado *Libération* tres años antes, para que su joven compatriota español se incorporara al periódico como fotógrafo. No entró de plantilla, pero sí le publicaban alguna que otra fotografía de tanto en cuanto. La suerte quiso que a falta de alguien que hablara español le enviaran a cubrir el conflicto sandinista en Nicaragua donde los revolucionarios podían hacerse con el poder. Allí tomó la famosa fotografía de los somocistas en el jeep protegiéndose con los prisioneros, que le cambió la vida de arriba abajo. Fue admitido definitivamente como fotógrafo de plantilla, comenzó a viajar al último rincón donde hubiera un conflicto, y las principales cabeceras del mundo le tentaron con ofertas millonarias. Rechazó todas, el dinero no le preocupaba; se encontraba como pez en el agua con la forma de trabajo y gestión en *Libération* en la que todos, desde el editor jefe hasta el conserje, cobraban lo mismo y las decisiones eran asamblearias. La ruptura llegó en 1982, cuando el periódico comenzó a incluir anuncios comerciales en sus páginas.

—¿Estás diciendo que abandonó el trabajo porque el periódico comenzó a contratar publicidad? —preguntó Merche.

—Así es. En aquellos años era muy radical, después fue tranquilizándose, pero entonces ufff, no imaginas cómo era entonces. De todas formas, aquel año fue muy duro para él. Murió su madre, la tía Trini, y regresó por primera vez a España. De alguna forma aquel viaje de unos días le cambió por completo. Vio por primera vez a su hija, a ti, y algo debió ocurrir con tu madre, pero no quería hablar de ello. Como de su exilio en Francia. Bueno, exilio o lo que fuera, porque nunca aclaró los motivos por los que salió de España. Regresó muy cambiado de aquel viaje a España cuando murió la tía Trini, incluso dejó de ser Tono Sánchez y se convirtió en Tony Mera. No te digo más.

—¿Y cómo era mi abuelo? —preguntó Javi de improviso.

—Vaya pregunta —respondió Carmen—. ¿Os importa si fumo? —dijo sacando un paquete de cigarrillos del bolso.

—¿Me invitas? —pidió el joven.

—José Javier...

—Yo le quería mucho, y también le admiraba, lo veía como mi hermano mayor, así que lo mismo no soy objetiva —manifestó Carmen entregándole un cigarrillo—. Era una persona cariñosa y entrañable que caía bien a todo el mundo. Siempre dispuesto a echar una mano en las causas perdidas, ayudaba a cualquier desconocido, y era tremendamente generoso. No tenía nada por suyo. Cuando las cosas comenzaron a irle bien compró un apartamento en el mismo edificio que tenía alquilada la buhardilla y ¿sabes cómo llamaban a su casa?

—Ni idea —respondió Merche.

—La pensión de goma. Así la llamaban, la pensión de goma porque allí tenía cabida todo el mundo. Era el hombre más generoso y atento que nunca vi. Si acaso, por sacarle algún defecto que era un poco tacaño... con él mismo, no con los demás. No sé cómo decirlo, no le daba mucha importancia al dinero, y no le importaba gastar lo que hiciera falta en una buena cámara, pero por otra parte se compraba la ropa en el mercadillo de la Porte de Clignancourt, decía que era una estafa pagar más de veinte francos por comer en un restaurante, nunca llegó a comprarse coche y se movía en transporte público. Llevaba una vida muy austera consigo mismo.

—¿Por qué regresó a España? —quiso saber Merche.

—Fue en el noventa y seis, me parece. Le habían herido en Bosnia, qué bromista era, decía que pocos como él habían paseado en coche con la muerte y vivían para contarlo. Entonces trabajaba en el *Times* pero cada vez hacía más cosas de *freelance* y eso no les gustaba mucho a los americanos aunque lo permitiera su contrato. Tampoco les gustaba que desde lo de su madre pasara casi más tiempo en España que en París, así que habló con la agencia Magnum y lo recibieron encantados. Se acordaba mucho de ti y decía que como padre debía estar a tu lado por lo que pudiera ocurrir. Particularmente siempre he pensado que aquello era una excusa. Tono salió de España en el setenta y cinco, pero en el noventa y seis España seguía sin salir de Tony.

—Me hubiera gustado conocerlo y hablar con él —rompió Javi el silencio tras la última frase de Carmen.

—Y seguro que también a él le hubiera gustado hablar contigo. Era un sentimental, un hombre muy familiar, muy hogareño aunque pasara la vida de un lado a otro.

—¡Qué pena no haberle conocido! —lamentó Javi.

—¿Y la carta? —preguntó Merche.

—Ah sí, la carta de que me hablaste. La tiene mi madre, últimamente cada vez que le menciono al primo me repite la misma historia: que Tono le entregó una carta muy importante que no se podía perder, que era para su hija y que nadie podía abrir el sobre, que según le contó era la segunda carta que le escribía y tenía intención de hacer lo mismo cada cinco años, y no sé cuántas cosas más. Pero hay un problema.

—No entiendo.

—Mi madre. No está muy bien de la cabeza, tiene una demencia senil bastante avanzada. Si la cogemos en un buen día recordará hasta el detalle más íntimo, pero es un cara o cruz porque lo mismo no recuerda nada. Hay días que me reconoce, se interesa por mi trabajo y está totalmente normal, y a los cinco minutos me pregunta quién soy y se comporta como si estuviera jugando con sus hermanos en la corrala del barrio de Tetuán. Ya sabes cómo son esas cosas, mezcla el pasado y el presente, el aquí y el allí. Nunca se me ocurrió preguntarle dónde guardaba la carta de su primo. Ya ves qué tontería.

Carmen Barturen-Mera estaba ingresada en la Residence Sainte-Monique, una *maison de retraite* en el distrito 14 de París. Llegó a Francia en febrero de 1939 cruzando a pie la frontera francesa con su madre Patrocinio, la Patro. El padre formó parte de la división de su cuñado, Cipriano Mera, y cayó durante el primer enfrentamiento con el Corpo Truppe Volontarie italiano en la batalla de Guadalajara. Fue el propio Cipriano quien comunicó a la familia la muerte del cuñado y, aunque juró que sería vengado, la Patro tuvo claro que perderían la guerra y recurrió a viejos camaradas hasta lograr que los dos hijos mayores, Federico y Nicolás, viajaran en el Vapor Mexique;* pero separarse de su pequeña Carmen suponía un sufrimiento que no podía soportar. En octubre la Patro y su hija estuvieron a punto de embarcar en el Massilia atracado en el puerto de La Rochelle, y hacía allí se dirigían cuando supieron que Cipriano había logrado escapar a Orán. Sin pensarlo dos veces la Patro cambió de planes aunque por desgracia, o fortuna, le resultó imposible llegar a Marruecos y continuó con su hija en Francia. En el 42 el gobierno de Vichy entregó a las autoridades franquistas a los exiliados españoles en sus territorios de África, entre ellos a su hermano Cipriano, y la Patro dio todo por perdido. Madre e hija llegaron a París mes y medio después de ser liberada por los aliados. La madre entró a servir en casa de la familia Faure-Dumont y la hija, ya una jovencita de diecisiete años, comenzó a salir con un partisano de nombre Edouard Barturen, con quien se casó al año siguiente.

Tras ser entregado a las autoridades españolas Cipriano fue juzgado y condenado a muerte. La sentencia no llegó a materializarse al ser una de las condiciones del acuerdo entre los dos gobiernos que las vidas de quienes fueron repatriados debían estar garantizadas. Le indultaron en 1946, no le concedieron pasaporte alguno y logró fugarse a Francia donde vivió exiliado

* El barco de bandera francesa partió de Burdeos el 27 de mayo de 1937 y trasladó a México a un grupo de cerca de quinientos niños que serían conocidos como los «niños de Morelia», porque fueron alojados en dos edificios pertenecientes a la escuela España-México de Morelia, en el estado de Michoacán.

hasta su muerte en octubre de 1975. Su hermana Patro había muerto en 1970 con la única pena de no haber conseguido que Trini, la hermana menor, emigrara a Francia para que los tres hubieran estado juntos. El sueño de Patro era imposible, y no por impedimentos de tipo legal. En casa de Trini nombrar a Cipriano estaba prohibido; Pascual, el marido, nunca perdonó a su cuñado el apoyo prestado al golpe de Estado de Segismundo Casado contra el gobierno de Negrín cuando la Guerra Civil ya estaba irremediablemente perdida para los republicanos.

Javi escuchaba boquiabierto las historias que narraba Carmen, y el grado de complicidad y empatía llegó al punto de incitarle a coger un cigarrillo del paquete sobre la mesa sin pedir permiso. La conversación se interrumpió por el fuerte griterío que se escuchaba al final de la calle. Se trataba de un grupo de chalecos amarillos manifestándose. Los de cabeza portaban una pancarta con el lema QUI SÈME LA MISÈRE, RÉCOLTE LA COLÈRE, quien siembra miseria, cosecha ira. Algunos clientes de la terraza parecieron alarmarse y se largaron al instante. Carmen miró con cierto desdén y dijo que lo mejor sería marcharse porque podían surgir altercados en cualquier momento.

—Yo voy a hacer unas fotos —declaró Javi entusiasmado.

—José Javier, tú te quedas aquí, y en cuanto el camarero traiga la vuelta nos vamos.

—Regreso en un minuto —aseguró el hijo ignorando la orden de su madre.

—Si te parece bien nos vemos mañana a las diez en la puerta de la residencia —se apresuró a despedirse Carmen—. Está en el 66 de la Rue des Plantes. Residence de Sainte-Monique. Te lo escribo.

—No es necesario. Residence de Sainte-Monique en el 66 de la Rue des Plantes. Resulta fácil de recordar.

—Lo mejor es que vayáis en metro. Con esta gente —dijo

mirando a los chalecos amarillos que ya estaban a su altura— no sabes nunca dónde la van a montar y lo mejor es moverse en metro. Las paradas más próximas son Alésia o la Porte d'Orléans. Las dos en la línea cuatro.

Los camareros se afanaron en recoger rápidamente el mobiliario de la terraza y Merche se recostó contra la pared. Desde su posición podía ver a su hijo disparando su cámara recién estrenada. Comprobaba cada fotografía en la pantalla digital, manipulaba el mecanismo y volvía a disparar. Así con cada toma. Lo veía tan feliz como con la primera bicicleta que le trajeron los Reyes de Oriente. Recordaba aquel lejano día como si hubiera acontecido la semana anterior.

Javi abrió su regalo y, aunque estaba helando como es natural a comienzos de enero, se lanzó a dar sus primeras pedaladas en la calle. Pepe se empeñó en trotar junto al chico en las idas y venidas para protegerlo ante una eventual caída. Le insistía en que fuera despacio, pero el niño hacía oídos sordos a las recomendaciones y aceleraba conforme iba sintiéndose más seguro en cada recorrido. En uno de ellos el niño giró repentinamente el manillar, Pepe se tropezó con la rueda delantera derribando la bicicleta y sus cien kilos estuvieron a punto de caer sobre su hijo, pero tuvo la suficiente agilidad para evitarlo. Retorciéndose por el dolor del gran golpe recibido comenzó a soltarle una buena por no hacerle caso y correr como un loco, y el niño lloraba desconsolado asustado por la regañina del padre más que por otra cosa. El incidente de la bicicleta reflejaba en buena medida cómo fue siempre la relación entre los dos: el padre malparado por intentar protegerle y el hijo llorando porque no podía ser él mismo. El incidente también retrató a la madre. Cuando desde la puerta del chalet vio la caída corrió con el alma en un hilo hasta el montón que formaban adulto, niño y bicicleta, preocupada únicamente por lo que pudiera haberle ocurrido a su

José Javier. Lo que sentía por aquel hijo no podía definirse, tan solo sabía que le faltaban horas al día para acaparar todo el amor que sentía por él, lo cogió en brazos y ni tan siquiera preguntó al marido si estaba bien.

El metro de París resultó sencillo de entender para madre e hijo y coincidieron con Carmen en la salida de la parada de Porte d'Orléans. Habían viajado en el mismo convoy pero en distintos vagones, y subieron juntos los boulevards des Maréchaux hasta la calle donde se encontraba la residencia. La empleada saludó a Carmen y fue a buscar a su madre.

—*Qui est-tu? Pourquoi m'embrasses tu* —preguntó la anciana sorprendida en su silla de ruedas cuando Carmen la besaba.

—*Je suis Carmen, maman. Ta fille* —intentó hacerle recordar la hija.

—*Je n'ai pas de fille.*

—*Oui maman. Tu as deux fils et deux filles. Federico, Nicolas, Terese et moi même.*

—*Où est Nicolas? Ce garçon est un dèmon. Dès que vous nègligez, il s'échappe. Il fait la même chose tous le jours et maman est très en colère.*

—Está confundiendo a su hijo Nicolás con su hermano Nicolás. Poco a poco irá recordando, ya veréis —apuntó Carmen—, en cuanto empiece a hablar en español —y volvió a dirigirse a su madre—: *Pas maman. Nicolás ne s'est pas échappé. Cela arrivera sous peu.*

—¡Maruchi, Maruchi, por fin has venido! —exclamó intentando abandonar la silla de ruedas para abrazar a Merche—. Cómo me alegra volver a verte.

—¿Quién es Maruchi, mamá?

—Pues quién va a ser... esta —señalando a Merche—. Mi prima Maruchi. A veces es que pareces tonta. Anda que no hemos jugado veces a la rayuela.

—No me has hablado de tu prima Maruchi. ¿Quién era?

—Hija, me parece que quien está mal de la cabeza eres tú. Mi prima Maruchi, la hija de Pascual y la tía Trini. Toda la vida viviendo puerta con puerta en Bravo Murillo y ahora ni tan siquiera conoces a la prima Maruchi. Eres una descastada. ¿Te has salido de monja? —preguntó a Merche.

—Lo mejor será que le sigas la corriente —propuso la hija.

—Sí, Carmen. Hace años —admitió Merche.

—Me alegro, porque nuestra familia nunca comulgó con misas ni sotanas. Por lo que veo te has casado. ¿Es ese tu marido?

—Sí, me casé, pero este no es mi marido, es mi hijo. Se llama José Javier. —Merche fulminó con la mirada a Javi cuando en voz baja sugirió guasón que respondiera afirmativamente.

—Ya me perdonarás, prima. Es que la cabeza... a veces... Además está claro que no puede ser tu marido, tiene que ser tu hijo porque tiene la misma cara que tu hermano Antonio.

—¿Te acuerdas de Antonio? ¿De Tono? —preguntó la hija.

—Me parece que quien está mal de la cabeza eres tú. Cómo no voy a acordarme del primo Tono si vivió con la tía Teresa cuando tuvo que marcharse de España —y volvió a dirigirse a Merche—: Cuéntame Maruchi, cuéntame de tu hermano. ¿Cómo le va por España?

—Murió hace unos meses. De cáncer.

—Pero qué me dices. Tono muerto. No me lo puedo creer. Seguro que cáncer de pulmón, fumaba sin parar. —La anciana introdujo su mano en el bolsillo de la bata sacó un pañuelo blanco y se secó los ojos—. ¡Qué bueno era tu hermano! Todo el mundo le quería. ¿Llegó a conocer a su hija?

—Sí, Carmen, al final llegó a conocerla.

—¿Cómo se llamaba? No me recuerdo cómo se llamaba.

—Merche, Mercedes.

—No, no era Mercedes, era el nombre de otra virgen. Begoña me parece, eso, Begoña. No sabes cómo me alegro que al final se solucionara. Es que no podía quitarse de la cabeza lo que le pasó cuando el funeral de la Trini. La última vez que hablé con él pensaba regresar a España y le pregunté por lo de la hija. Me dijo que se presentaría a la primera oportunidad. —La anciana miró a los lados y susurró en confidencialidad—: Es que, ¿sabes?, él tenía miedo que también lo rechazara. Si al final venció el miedo y llegó a conocerla seguro que murió feliz.

—He venido precisamente para preguntarte sobre mi hermano.

—¿No vienes a jugar a la rayuela?

—No. He venido para preguntarte si recuerdas que tu primo Tono te entregó una carta.

—Claro que lo recuerdo. Me dio una carta para que la guardara y se la entregara a su hija cuando ella viniera a buscarla. En casa siempre se celebró el día que murió Franco, y me la entregó ese día, vino antes de la cena y me lo contó todo.

—¿Qué te contó?

—Me contó por qué se fue de España.

—¿Por qué se fue? —preguntó Merche.

—Se fue, se fue... —La anciana hacía claros esfuerzos por recordar pero su memoria no respondía.

—¿Y recuerdas donde guardaste la carta? —intervino su hija.

—Perfectamente, en el costurero. Cuando me la dio cosía un botón en la camisa de tu padre. Una muy bonita de cuadros azules con bolsillo que le compré por su cumpleaños en las Galerías Lafayette de la Rue de Provence. La dependienta era una joven de la Bretaña que también pensaba comprar una para su novio, según me dijo. Era la favorita de tu padre, se la ponía solo en ocasiones especiales, y tenía un botón en la manga a punto de caerse. Tono llegó cuando lo estaba cosiendo. Me entregó la carta y la guardé en el fondo del costurero. Allí debe estar todavía. Pero solo se la puedo entregar a su hija, me lo hizo jurar. Eso y que solo su hija podía leerla.

—Es que su hija quiere recuperarla y no puede venir —retomó Merche el hilo.

—No me digas que está en la cárcel.

—No, no es por eso... —Merche no supo cómo continuar.

—Quiero escribir la historia de la familia —intervino Javi con la espontaneidad y desparpajo que solo tienen los jóvenes— y la tía Merche me dijo que su padre te había dejado una carta y que podía recogerla yo. Por eso hemos venido.

—Siendo así... Si su hija te ha dado permiso para que se la recojas... Maruchi, no me engañará tu hijo, que estos jóvenes ya se sabe...

—Te prometo que tiene todas las bendiciones de Mercedes para recoger la carta.

—Digo yo que habiendo sido monja dirás la verdad. Esperad un poco que voy por el costurero. A ver si lo encuentro porque a veces no sé dónde dejo las cosas.

—No te preocupes mamá, ya lo buscaremos nosotras.

—Carmén, *je pensé que ta mère doit être fatiguée* —apuntó la misma empleada que había traído a la madre—. *Et le repas commence dans quinze minutes.*

—*Oui, Madeleine. Nous terminons dans une moment.* Mamá, tenemos que irnos. Se está haciendo tarde y es la hora de la comida.

—¿Y cuándo volverás?

—La próxima semana. Mañana vendrá Teresa con Marcel. Ponte bien guapa que ya sabes cómo es Teresa.

—¿Y tú Maruchi vendrás también?

—No. Yo no podré. Tengo que regresar a España. Pero prometo volver otro día.

—Entonces no vamos a jugar a la rayuela. Dale un beso fuerte a tu hermano Tono, y dile que lo quiero mucho, y que me acuerdo mucho de él, y que guardo la carta, y que también me alegro por lo de su hija Begoña, y que ...

Continuó con más mensajes para su primo Tono hasta que Merche la abrazó y besó con ternura y su hijo la imitó sin reparos. La anciana volvió a alabar el parecido del chico asegurando que era como si Tono tuviera un hermano gemelo, y Javier sonrió jactancioso. La empleada se la llevó mientras la anciana comentaba, en francés, que su prima Maruchi era muy buena jugando a la rayuela y que debía encontrar una tiza y un tejo para tener todo listo la próxima vez que la visitara. Carmen propuso ir entonces mismo al antiguo domicilio de la madre en la Rue des Cités. No llevaba la llave consigo, pero cuando el estado mental les obligó a ingresarla entregaron una copia a la señora Margaux, la vecina de la planta baja, y podrían acceder sin problema.

Durante el trayecto Carmen le preguntó si sabía algo de los hermanos de Tony en América y le sugirió que entrara en contacto con quienes estaban a cargo de la Memoria Histórica. Gracias a ellos encontró en México a descendientes de los tíos que salieron durante la guerra siendo niños. Cuando llegaron al edificio donde había vivido Carmen no utilizó el telefonillo, golpeó suavemente el cristal en una de las ventanas del bajo.

—*Ma petite Carmén, quelle joie de te voi. Je vais ouvrir la porte.*

—*Madame Margaux, comment allez-vous?* —preguntó Carmen cuando la mujer franqueó la entrada a los pocos segundos.

—*Mieux ne pas demander, ma fille. Mes os, mes os, me tuant* —se quejó tocándose las articulaciones de los codos—. *Commet va ta mére?*

—*Comme ci, comme ça. Elle a ses jours. J'ai besoin des clés de l'appartement, Madame Margaux.*

Madame Margaux le entregó la llave y excusó acompañarlos quejándose de su artritis. El piso, justo encima del de la señora Margaux, olía a cerrado, a viejo. El cuadro eléctrico estaba tras la puerta y al activarlo se encendieron las luces en todas las habitaciones.

—Voy a abrir las ventanas para ventilar esto. Aquí no ha entrado aire fresco en los últimos cinco años. Los hermanos decidimos dejarlo tal y como estaba hasta que pase lo que tenga que pasar con madre. Lo único que hicimos fue dar de baja el agua y el gas. No tengo ni idea de dónde podría guardar esa mujer el costurero.

Parecía como si en este piso, como en el de su padrino Javier, se hubiera detenido el tiempo en el mismo instante: el sofá también tenía su funda, también era ovalada la mesa del comedor, también tenían *bandeaux* las cortinas del salón, también flecos los cojines... Fue Javi quien dio con el costurero. Lo encontró en un sifonier de madera en el pasillo, bajo un gran mapa de España con un horrible marco dorado en el que la provincia de Santander era el balcón de Castilla la Vieja al Cantábrico. El costurero parecía una de esas cajas de herramientas que utilizan los mecánicos, pero en madera. Se abría por el centro en dos alas laterales dejando visible y accesible la parte central. El interior hacía honor a la expresión cajón de sastre: había todo tipo de agujas, ganchillos en la funda metálica de un puro marca La Flor de Cano, dos viejos huevos de madera para los zurcidos, tijeras grandes y pequeñas, tijeras de bordar, ovillos de lana de todos los colores, dedales metálicos, bovinas de hilo, cintas enrolladas y desenrolladas, botones de todo tipo, tamaño y material... pero ninguna carta. Tampoco en los dos habitáculos rectangulares de la apertura lateral. Entonces Carmen sonrió y con mirada astuta levantó la parte inferior, en realidad se trataba de una bandeja, dejando al descubierto el verdadero fondo. Y allí estaba la carta, tal y como se guardó hacía más de treinta años, sin que nadie la hubiera tocado.

Al despedirse Carmen volvió a recomendar a Merche que entrara en contacto con la gente de la Memoria Histórica; el abrazo fue prolongado y emocionado. Ya en el hotel Merche propuso a su hijo abrir el sobre y leer juntos la carta del abuelo. Javi reaccionó como Simón en el trastero, le dijo que la carta iba dirigida a ella y debía leerla a solas; la besó y salió para continuar con sus fotografías.

París, 20 de noviembre de 1985

Querida hija:

Hoy cumples diez años y se me ha ocurrido volver a escribirte tal como hice hace cinco años. Fue algo que surgió de forma casual, en 1980 el gobierno israelí declaró a Jerusalén capital de la nación y fui a cubrir los disturbios en la franja de Gaza, llevaba toda la tarde esperando a que unos palestinos me recogieran y caí en la cuenta de que hacía justamente cinco años que había salido de España cuando mi hijo o mi hija estaba naciendo, y recordé que en el tren que me alejaba de mi país escribí una carta a tu madre. En la carta le contaba todo lo que ocurrió en la DGS y por qué no estuve a su lado durante el parto como le había jurado y por qué me tuve que marchar a Francia, pero entre una cosa y otra nunca llegué a enviar aquella carta. Estaba convencido que Juan Carlos no aguantaría la presión internacional y de la clase trabajadora española, tendríamos república antes del verano y podría entregársela en mano. Cuando en el 77 Carrillo se inventó la patraña esa del eurocomunismo tuve claro que a la III república le quedaban unos cuantos años de espera y ni me acordé de la carta. Cuando hace tres años murió tu abuela, que se llamaba Trini, regresé a España para su funeral y entonces sí que recordé la carta para tu madre, se la entregaría personalmente y entonces ella entendería todo. La llamé por teléfono, quería proporcionarle la única prueba que tenía para demostrarle que si no estuve a su lado fue contra mi voluntad y que pensé en ella cada segundo del viaje. Ella no quiso que nos viéramos, imaginé que tal vez había rehecho su vida con otro hombre y rompí la carta aquella misma noche en casa de un amigo. No sé si fue o no fue buena idea romper aquella carta que era la única prueba de lo que siempre sentí por ella, pero ahora ya no tiene remedio, las cosas son como son y es tontería lamentarse.

Como te contaba, mientras esperaba a que llegaran los palestinos, hace de eso cinco años, se me ocurrió volver a escribir a tu madre preguntándole por mi hijo (que al final fuiste hija), pero mientras escribía pensé que no era a ella sino a ti a quien debía dirigir mi carta para explicarte que no te abandoné por mi voluntad y para decirte que todos las mañanas mi primer pensamiento al despertarme era para ti. Cuando escribí la dirección caí en la cuenta de que a tu edad nunca la recibirías, sería tu madre o algún familiar quien la abriría y la haría desaparecer, así que decidí entregársela a mi contacto palestino para que la enviara si tenía noticia de mi muerte.

Hace unos minutos ha ocurrido algo parecido, en el noticiario han mencionado los diez años de la muerte del dictador Franco, he recordado la carta de Palestina que tenía olvidada y sin pensarlo dos veces me he decidido a escribirte de nuevo. A veces me pregunto qué te habrán contado de tu padre y si pensarás que soy un monstruo, esos tíos tuyos son capaces de cualquier cosa y a saber qué historia habrán inventado. Ya no soy el mismo que salió de España hace diez años y tampoco el mismo que te escribió en Jerusalén, me noto cambiado, distinto, las cosas no siempre ocurren como uno planea cuando es joven, espero que no tardes tanto como yo en aprender a distinguir entre los sueños y la realidad, a mí me ha costado muchos sufrimientos y no hay día que pase sin preguntarme si mereció la pena la lucha de aquellos tiempos con Franco mandando. Entonces tenía la cabeza llena de pájaros y soñaba con utopías en las que todos los hombres vivían en libertad e igualdad en una sociedad justa sin clases, pero la vida acaba por enseñarte que el mundo lleva su propio ritmo y las pocas cosas que cambian lo hacen para que todo continúe siendo igual y los poderosos sigan aprovechándose del trabajo de los más débiles. Antes creía en las organizaciones políticas, los sindicatos, las asambleas... pero ahora ya no lo tengo tan claro, los intereses de quienes mandan acaban por imponerse en todas las organizaciones, incluso en las más revolucionarias, aprender eso me ha cambiado la vida y me ha resultado muy doloroso. Ahora me siento realmente libre sin estar sujeto a nada ni a nadie, mi única fidelidad es conmigo mismo y me he jurado que así será lo que me quede de vida, con una hora viviendo una guerra llegas a conocer cómo es el ser humano más que durante una década como chupatintas.

Voy a cambiar de tema porque esta no es la carta que se escribe a una niña de diez años y además mi intención al hacerlo es que me vayas conociendo. Sé que fuiste niña y que te llamas Mercedes, también sé que vives con tu madre en casa de tu abuelo, el general, en la calle Velázquez, y cuando voy a España suelo darme un paseo por la zona para probar suerte por si te veo, en alguna ocasión ha salido bien la cosa y sin que nadie lo note tomo alguna fotografía tuya. Soy reportero gráfico y voy a tomar fotografías allí donde hay un conflicto bélico, nunca pensé que viviría de esto, al principio trabajaba en lo que salía, pero un buen amigo pintor que se llama Carlos Pradal me regaló una máquina de fotografiar y me ayudó a publicar mis primeros trabajos. En Nicaragua tuve la suerte de tomar una buena instantánea que salió en todo el mundo y desde entonces me dedico a esto profesionalmente. No puedo quejarme, me va mucho mejor de lo que yo hubiera pensado y probablemente merezco, pero así son las cosas, como se suele decir más vale llegar a tiempo que rondar mil años, y parece que yo siempre llego en el momento oportuno, para lo bueno y para lo malo.

Algún día volveré definitivamente a España y te conoceré, el único miedo que tengo es que te hayan emponzoñado contra mí y reacciones como hizo tu madre. Si por mí fuera ya me conocerías, pero bueno, creo que de momento tu madre no piensa lo mismo y como ha sido ella quien te ha cuidado no haré nada sin que ella esté de acuerdo. También en esto he cambiado, al principio me revelaba contra la realidad y cuando tu madre no quiso hablar conmigo pensé en locuras como secuestrarte y traerte conmigo a Francia, ¡qué locura! Ahora, diez años después de exiliarme, comienzo a asumir que la vida es como un laberinto del que encontramos una salida solo porque hemos tenido suerte. Aquella carta de hace cinco años la escribí no sé muy bien por qué, esta de hoy también tiene su parte de casualidad, pero a partir de esta juro que volveré a hacerlo cada cinco años hasta que me conozcas en persona, estas cartas te probarán que nunca me olvidé de ti, y que en mi vida nunca hubo nada ni nadie tan importante como tú. Tu madre se negó a escucharme y leer la carta que le escribí al salir de España el mismo día que tú naciste. Nunca he creído en Dios, solo creo en el destino y si el destino quiere que llegues a leer estas cartas se lo agradeceré, si por el contrario se pierden y nunca llegan a tus manos será porque es así como debía ser y nunca debieron ser escritas.

Esta se la voy a entregar a mi prima Carmen, como todos los años cuando estoy en París iré a cenar con ellos para celebrar el día que murió Franco, a su padre lo mataron en la guerra y su madre tuvo que exiliarse en Francia, también irán los hijos y nietos de mi tío Cipri; su compañera la tía Teresa me acogió en su casa cuando llegué hace diez años. Si también estuvieras tú sería el hombre más feliz del mundo.

Al final no te he dicho dónde dejé la primera carta en la que, como a tu madre, también a ti te cuento lo que ocurrió el día que naciste. Se la entregué a un palestino de Gaza llamado Abdelaziz al-Rantisi, estudió medicina en Egipto y es muy activo políticamente, un tipo muy listo que llegará a ser alguien importante en la política de su país, así que pase lo que pase no te resultará difícil localizarlo si alguna vez llegas a leer esta carta que te escribo con todo mi amor.

Nunca te olvidaré.

Tu padre

9

La carta perdida

José Javier se presentó una tarde alegre y eufórico vistiendo una vieja trenca encontrada en una de las cajas del trastero. Halló en un bolsillo un viejo pasaporte a nombre de Antonio Sánchez Mera, y la fotografía en blanco y negro reflejaba un asombroso parecido entre los dos. Tal era así, que al verla Begoña pensó que se trataba de otra ocurrencia del hermano, pero no era ninguna broma. Iñaki, observador como siempre, mencionó que el documento había sido expedido el 20 de noviembre de 1975, el mismo día de tu nacimiento. Daniela servía la cena, y mientras el pasaporte pasaba de mano en mano tu hijo confesó que llevaba días sin pisar la facultad y manifestó su intención de abandonar la universidad para dedicarse a la fotografía. Pepe dijo con ironía que le parecía muy bien y le preguntó dónde pensaba vivir, porque en su casa no había sitio para vagos. Tu hijo tenía prevista una reacción así y respondió que no necesitaba su dinero, había encontrado trabajo en un Burger King.

«¿Y cuánto te van a pagar?», preguntó en tono despectivo; «Cinco sesenta la hora»; «¡Vaya fortuna! Si necesito un crédito ya sé a quién acudir», continuó con sarcasmo; «¡Pepe!», le recriminaste enojada mientras José Javier se marchó a su habitación sin decir palabra. «Mira el señorito, se pone digno y todo —dijo mirando a quienes continuaban en la mesa—. A ver si tiene la dignidad de mantenerse solito y no comer la sopa boba», prosiguió elevando el tono para ser escuchado en toda la casa; «Papá, te empeñas en que estudie y a Javi no le gusta estudiar. Eso no es lo suyo», intervino Begoña defendiendo al hermano; «Está claro que aquí el malo siempre soy yo. Por lo que veo también tú te pones de su parte»; «No es cuestión de ponerse de parte de nadie. Javi nunca terminará la carrera, eso lo ve hasta un ciego», incluso Iñaki de naturaleza reservada participó en la polémica; «Pues a cinco sesenta la hora se comerá los mocos», afirmó tu marido con el gesto desencajado. «Daniela, recogeré yo la mesa. Puede retirarse —y continuaste cuando la asistenta ya no estaba—: Creo que tu hijo te acaba de dar una lección»; «La que faltaba. Te recuerdo que también es hijo tuyo, y dice que va a dejar la carrera para dedicarse a la fotografía y a ti te parece tan normal. Pues nada... ancha es Castilla»; «Paso de estos rollos», dijo Begoña levantándose; «Y yo, es lo mismo de siempre», la siguió Iñaki; «De acuerdo, marchaos todos si queréis. Lo dicho, el malo siempre es el mismo. Es que tiene narices el tema...»; «¿Al final qué has conseguido?», y sin esperar respuesta comenzaste a recoger la mesa.

Conocías a tu esposo y sabías que en ese estado de enfado y agitación resultaba imposible razonar. Pepe veía únicamente las imperfecciones de su hijo mayor y no sus posibilidades, además no tenía tacto cuando hablaba con él y le perdían tanto las palabras como las formas. Padre e hijo darían la vida el uno por el otro, eran iguales en todo excepto en que José Javier era un idealista soñador y probablemente lo sería toda su vida, y Pepe era un hombre pragmático con los pies en la tierra. Con una pila de platos te fuiste a la cocina mientras Pepe proseguía con su monólogo de lamentos, quejas e improperios contra el mundo y contra sí mismo. Maldecía su estupidez al procurar una vida acomodada para la familia cuando debía haber pensado únicamente en él, porque nadie le agradecía nada. Retiraste el mantel de hilo y las servilletas de algodón sin prestar atención a su perorata pensando en cómo abordar el tema con José Javier. Que abandonara la universidad no era una buena noticia, pero por otra parte la química de ese hijo con los libros era como la del aceite con el agua. Debías hablar con él y preguntarle qué pensaba hacer con su vida; era joven, pero iba llegando la hora de marcarse un objetivo realista para el futuro.

Pepe encendió un Cohiba, sirvió un bourbon sin hielo, se dejó caer en la butaca como si él solo cargara con el peso del universo, y encendió el televisor: la campaña electoral de las elecciones del 10 de noviembre comenzaba en un par de días. Rodeado por una nube de humo denso lanzó mil improperios contra los políticos de uno y otro signo, asegurando que eran todos iguales. En esos momentos no hubieras podido precisar si te molestaba más el humo del cigarro, las aburridas noticias políticas o la actitud despótica de tu esposo, y buscaste refugio en la cocina. Utilizas las tareas domésticas para reflexionar, unas veces sirven de evasión y otras, de inspiración. Nos hicimos unas buenas risas cuando me contaste que estando perdida en aquel ensayo sobre la masculinidad del lenguaje preparaste lasaña y pechugas a la Villeroy para un regimiento; si algún tema te inquieta limpias los cristales de toda la casa, y cuando debes tomar una decisión comprometida reorganizas armarios y cajones... esa noche decidiste fregar platos y cucharas. Lo hiciste a mano en vez de utilizar el lavavajillas, así dispondrías de más tiempo para pensar.

Abriste el grifo y te quitaste la alianza. Sopesaste el anillo en la palma de la mano y leíste la inscripción del interior *Para siempre. Por siempre (22-11-1997)*. El «Para siempre» fue ocurrencia de Pepe y tú añadiste el «Por siempre». Recordabas cada detalle del día de tu boda desfilando hasta el altar del brazo de tu tío Martín en uniforme de gala. Tú propusiste al tío Javier como padrino, pero era la primera boda en décadas de una Tellechea, y Martín resultaba más apropiado. Entonces todavía no entendías los silogismos y la lógica de tu propia familia. La fecha del anillo te hizo recapacitar sobre esa extraña cualidad del tiempo por la que unos acontecimientos lejanos resultan próximos, otros próximos lejanos, e incluso algunos eternos. En tus recientes citas con Simón unas veces has tenido la impresión de que aquel año de universidad durante vuestra primera historia de amor ocurrió hacía siglos, y en otros encuentros parecía que acabaras de escuchar a la Durán explicando la autobiografía femenina en clase de literatura. También tenías la sensación de haber dedicado tu vida a encontrar las cartas de tu padre cuando apenas si llevabas con ese cometido desde el mes de febrero. Colocaste la alianza en lugar seguro. Ya no te preguntas por qué te casaste con Pepe desde que comprendiste que no existe una respuesta definitiva. Pudo ser por amor, tienes claro que te casaste enamorada, pero también piensas si no fue porque eso era lo que la familia esperaba de ti, así de simple. Sentiste la quemazón del agua caliente y en vez de equilibrar la temperatura entre fría y caliente cortaste el paso de inmediato. Te preguntaste si ocurría lo mismo con el amor, que cuando se termina simplemente deja de fluir sin previo aviso como al cortar el agua, o por el contrario se desvanecía poco a poco. Activaste de nuevo el flujo cerciorándote de la correcta combinación entre fría y caliente, empapaste la esponjilla, aplicaste detergente y comenzaste a fregar.

«¿Qué haces fregando?», preguntó Iñaki a tu espalda; «Nada en especial. ¿Me ayudas a secar los platos?»; «Que lo haga Daniela, para eso está»; «¿Y si me apetece hacerlo a mí?»; «Pues lo haces tú, pero a mí no me metas»; «¿Qué vienes, a saquear el frigo?», bromeaste; «¿Queda yogur líquido?»; «De fresa»; «Otra vez de fresa. Dile a Daniela que compre de sabor a coco»; «Había seis envases de sabor a coco pero se han terminado en dos días y solo tú tomas de coco»; «Pues entonces no quiero nada. Me voy a la cama»; «¿No hay un beso de buenas noches para tu madre?», te quejaste; «Vaaale. Pero dile a Daniela que compre con sabor a coco»; «Salgo de viaje pasado mañana». Iñaki no contestó, así era él. Sufres como madre su frialdad afectiva, pero al mismo tiempo piensas que es una suerte ser de esa clase de personas con los sentimientos en eterna hibernación.

Begoña entró en la cocina. «¿Qué haces fregando?», preguntó sorprendida; «Me apetece fregar, no es pecado»; «Con todo el lío no te he dicho que *amatxu* —también Begoña utilizaba *amatxu* para su abuela— me ha pedido que la acompañe a Bilbao por Todos los Santos»; «¿Y?»; «Nada, para que lo sepas. Nos llevará Arsenio»; «¿Qué tal te llevas con él?»; «Muy bien, es muy atento con *amatxu*, siempre pendiente de ella. Yo la animo a que vivan juntos y ella contesta que está muy bien como está. Arsenio no se queda nunca a dormir cuando estoy yo»; «¿Y cuándo no estás?»; «Me parece que sí, pero pienso que nunca ha pasado nada entre ellos. Ya sabes a qué me refiero. Son solo amigos»; «*Amatxu* es muy suya con su vida»; «Oye, mamá, otra cosa»; «Dime»; «Javi no va a terminar nunca la carrera, lo sabes, ¿no?»; «¿Por qué lo dices?»; «Tendrías que hablar con papá. Javi sirve para relaciones públicas o algo así, pero es que por más que se esfuerza no llega. Y papá no quiere verlo»; «Tengo más de una conversación pendiente con tu padre, pero ahora no es el momento»; «Me voy a la cama. ¿Cuándo vuelves a viajar?»; «Pasado mañana»; «Espero que tengas suerte y encuentres lo que buscas», y te dio las buenas noches con un beso.

Continuaste fregando con el mismo cuidado y delicadeza que cepillabas la cabellera larga de tu hija hasta que *amatxu* te pidió, cuando su nieta comenzó a hacerse mujer, que pasara los fines de semana en su casa. Tienen entre las dos una relación especial que solo ellas entienden y pueden descifrar, una conexión que tú nunca llegaste a sentir como hija ni como madre con ninguno de tus tres hijos, ni siquiera José Javier. El único referente de tu infancia fue el *aitá*, fue él quien te proporcionó las herramientas necesarias para enfrentarte al mundo. Con él sí sentiste ese algo especial que ahora ves entre *amatxu* y Begoña, incluso entre Pepe y José Javier pese a sus continuos desencuentros y peleas. Enjuagaste el último vaso; debías hablar con tu hijo y explicarle la reacción del padre. No lo hacías por Pepe, en realidad sus sentimientos te preocupaban solo en lo concerniente a no dañarle, sino por él, por tu hijo. José Javier tiene auténtica devoción, adoración por el padre y estaba sufriendo mucho más de lo que él mismo era capaz de reconocer, ese era el motivo del inmenso dolor que también tú sentías. Terminaste de recoger la cocina; Pepe roncaba en el salón con el televisor encendido. Llamaste suavemente con los nudillos en la habitación de José Javier y abriste sin esperar respuesta.

La luz estaba apagada y tu hijo vuelto de espaldas. «¿Qué quieres?», dijo con voz de estar despierto; «¿Estás bien?», preguntaste con la puerta entreabierta; «Sí. No pasa nada»; «¿Quieres que hablemos?»; «No. Da igual. Es lo mismo de siempre»; «Tu padre te quiere. Él quiere lo mejor para ti»; «No, mamá. Él quiere lo mejor para él»; «Bueno, ya hablaremos en otro momento —dijiste disponiéndote a cerrar la puerta»; «Espera, espera, espera. —José Javier giró la cabeza y te miró—. ¿Y a ti qué te parece?»; «¿A qué te refieres?»; «A que deje la carrera y me dedique a la fotografía como el abuelo»; «No sé. Me ha pillado de sorpresa. No he tenido tiempo de pensarlo. Es una decisión muy delicada»; «Ves, tampoco a ti te parece bien»; «Yo no he dicho eso»; «Si hubieras estado de acuerdo lo dirías claramente. Si dudas es que no te parece bien o que no confías en mí»; «Te apoyaré tomes la decisión que tomes y hagas lo que hagas»; «Déjalo. Como dices ya lo hablaremos en otro momento. Buenas noches»; «Buenas noches. Te quiero»; «Yo también te quiero».

Cerraste la puerta, pero sin llegar a soltar la manilla volviste a abrirla, te tumbaste encima de la cama acurrucándote contra él y le abrazaste. «¿Me haces un sitio? —Te acoplaste a su espalda y le abrazaste por la cintura—. Vas a ser el mejor fotógrafo del mundo»; «Gracias, mamá», respondió sin girarse y acomodándose para sentir mejor el contacto; «Nada de gracias. Deberás invitarme a las hamburguesas que me coma cuando vaya a tu Burger»; «Espero que no sean muchas, porque una hamburguesa vale más que una hora de trabajo mía», dijo en tono distendido; «La pediré sin kétchup para que te salga más barata», bromeaste; «Por eso no hacen descuento»; «¿Y si la tomo sin cebolla ni pepinillo?»; «Mamá»; «¿Qué?»; «El abuelo tiene la mirada triste en la fotografía del pasaporte. Le pasaba algo. Estoy seguro»; «No me he fijado bien. Me pasó como a Begoña, creía que eras tú, el parecido es asombroso y no puse atención en los detalles»; «Mamá»; «¿Qué?»; «Estoy pensando en meter un colchón en el trastero del abuelo y dormir allí. No quiero vivir en esta casa»; «Ahora no es el mejor momento para tomar decisiones. ¿De dónde has sacado la trenca?»; «Estaba doblada en una caja»; «Si quieres quedarte con la trenca la llevas a la limpieza que huele a perro muerto»; «También había un billete de mil pesetas en el otro bolsillo»; «Date prisa en cambiarlo porque no sé si es este año o el que viene el último para cambiar las pesetas a euros»; «Estás locas si piensas que voy a cambiar un billete que fue del abuelo. Me pregunto por qué tendría esas mil pesetas»; «Eso ya no lo sabrás nunca, es imposible saberlo»; «Mamá»; «¿Qué?»; «También tengo que decirte otra cosa»; «Dime»; «Estoy saliendo con Almudena —no hiciste ningún comentario y continuó— desde hace casi un mes»; «Lo que hagas con tu vida es cosa tuya y más en asuntos de amores»; «Mamá»; «¿Qué?»; «Me gustaría ir contigo a Israel. Es pasado mañana ¿no?»; «Sí. Pasado mañana. En este viaje no sé muy bien a dónde voy. Me gustaría llevarte, pero no es posible».

* * *

Merche aterrizó en el aeropuerto Ben Gurion de Tel Aviv sin garantía de encontrar a alguien próximo a Al-Rantisi. Preparar el viaje a la franja de Gaza resultó mucho más complicado de lo imaginable. Los conductos oficiales se cerraban en cuanto mencionaba el nombre de Abdelaziz al-Rantisi. Tampoco tuvieron éxito sus estratagemas: envió correos enmascarando su identidad a la sección de contactos en la web de Hamas que no fueron respondidos, y nadie contestó al mail enviado a la supuesta dirección electrónica de uno de los seis hijos de Rantisi.

Tal como pronosticó su padre, Rantisi se convirtió en una figura política de primer orden y encontró abundante información sobre él en internet: fue uno de los fundadores de Hamas, incluso dirigió el grupo tras la muerte del líder Sheikh Ahmed Yassin en 2004. Yassin fue «eliminado en un ataque selectivo», en terminología oficial, con misiles lanzados contra su vehículo desde un helicóptero israelí, y le sucedió Al-Rantisi. El gobierno israelita acusó a Rantisi de ser el causante de cientos de muertes, y cuando apenas llevaba un mes al frente de la organización hicieron con él lo mismo que con su precursor Yassin. La editorial del periódico *Haaretz*, atípicamente favorable a las negociaciones entre israelíes y palestinos, consideró un error su eliminación, pues su radicalismo inicial había derivado en los últimos tiempos hacia posiciones moderadas, y con su muerte el gobierno hebreo cerraba una importante vía de posible diálogo.

También fue muy complicado conseguir un visado especial para entrar en la franja de Gaza, a donde únicamente se podía acceder perteneciendo a una ONG, o siendo diplomático o periodista. Pensó que tal vez la embajada española pudiera ayudar como ocurrió en China, pero el cónsul, un tal Fernando Calvo-Noguerol, atendió la llamada sin ningún entusiasmo ni intención de cooperar, y ante su insistencia respondió en tono despótico y prepotente que las embajadas no estaban para satisfacer los caprichos de nadie por muy catedrática que fuera y colgó.

De la forma más inesperada el destino tendió su mano para ayudarle a conseguir el obligado visado para entrar en Gaza. El bocarrana, como llamaba Pepe a un compañero del mus en el Argos, conocía a Francisco Marhuenda, director de *La Razón*, y le concertó una reunión para aquella misma tarde en el periódico. Al periodista la historia de su padre le resultó fascinante y en un par de días Paco, como pidió que le llamara, le entregó las credenciales necesarias para realizar un reportaje periodístico en la franja de Gaza.

Los trámites aduaneros con visado de periodista fueron largos y tediosos. Algunas preguntas eran más propias de un interrogatorio que de un procedimiento regulado. La pareja de agentes, un hombre y una mujer, hacían bien su trabajo y a punto estuvo de ser rechazada su entrada en Israel, pero se hizo bueno el dicho «no hay mal que por bien no venga». Un par de días antes del viaje José Javier manifestó su deseo de abandonar la carrera y dedicarse a la fotografía; el asunto generó una fuerte discusión con su padre. En su intento de consolar al hijo desdeñado, Merche se quedó dormida junto al chico sin taparse y la consecuencia fue un fuerte resfriado que se evidenciaba en las ojeras y un demacrado aspecto general. Los oficiales creyeron sus excusas achacando las respuestas imprecisas al malestar general, y la fiebre, que resultaba obvia por el sudor de la frente, junto a toda una batería de medicamentos que encontraron en su bolso durante la inspección rutinaria. Finalmente permitieron su entrada al país recomendándole que se acostara y visitara un médico en caso de no mejorar.

Tomó un taxi y entró en una especie de somnolencia que le acompañó hasta ocupar su habitación en el hotel de Tel Aviv. Se desprendió de la ropa como una autómata sin preocuparse de doblarla, tomó dos nolotiles y antes de las seis de la tarde se acostó con el estado de ánimo por los suelos. Todo lo que había podido conseguir desde España fue un contacto por mediación de Joe Sacco, un singular artista entre fotógrafo y dibujante de cómic. Un amigo de Simón había editado en España la publicación más conocida de Sacco, *Notas al pie de Gaza* y *Palestina*, y sugirió su nombre por la estrecha relación que mantenía con grupos palestinos. Merche localizó al dibujante al primer intento, él reconoció de inmediato el nombre de Tony Mera y se mostró dispuesto a ayudar en cuanto pudiera. Vivía en Estados Unidos y hacía años que no viajaba a Palestina, pero mantenía relación con Ahmed Yabri, militante desde la creación de Hamas a finales de los ochenta, quien tal vez pudiera ayudarla. Contactó con Yabri al día siguiente, Sacco ya le había informado de que recibiría una llamada de una española. El veterano guerrillero, en un inglés muy rudimentario, le pidió que volviera a telefonearle cuando se encontrara en Palestina.

Merche se despertó a media noche empapada en sudor, cambió el camisón por una camiseta y durmió durante otras siete horas seguidas; cuando despertó su estado de salud no era óptimo pero se sentía considerablemente mejor. Telefoneó a Ahmed

Yabri tal como habían acordado y esta vez resultó más comunicativo. No sin cierta dificultad logró entender que se encontrarían en el paso fronterizo de Erez a las 12.00 horas. Tenía tiempo suficiente, eran poco más de las 9.00 y la recepcionista de padres argentinos le informó sobre los pormenores del viaje: la distancia era de setenta kilómetros por la autopista 4 y saliendo a las 10.30, sin tráfico, tardaría unos cuarenta minutos, menos de una hora en las peores circunstancias.

El taxista condujo hasta donde les estaba permitido a los vehículos privados. El control de pasaportes y visados en el lado israelí parecía una terminal de autobuses. El procedimiento resultó más sencillo y ágil que para entrar al país. Con la documentación en regla tomó un transporte gratuito que la condujo por lo que parecía ser tierra de nadie hasta la zona palestina. La única pregunta del oficial árabe fue relativa a la persona que iba a visitar y cuánto tiempo permanecería en Gaza; Merche dijo el nombre de Ahmed Yabri, que tan solo permanecería en la franja unas horas, y eso fue suficiente para permitir el paso.

A ese lado de la frontera había un ambiente de ordenado caos: mujeres de llamativos vestidos con grandes bultos en la cabeza caminaban entre remolques tirados por burros; hombres cargando paquetes y cajas de cartón en furgonetas mientras otros conductores impacientes hacían sonar el claxon; vendedores ambulantes empujando carretones con todo tipo de mercancías intentando salir del laberinto que ellos mismos formaban...

—¿Eres la española que espera Ahmed? —preguntó un hombre de mediana edad, moreno de piel y pelo, con cuidada barba, en un buen español.

—Sí —contestó Merche atónita por el espectáculo humano de aquel cruce.

—Por favor, acompáñame al coche.

Obedeció y le siguió hasta lo que parecía ser un aparcamiento, sorteando puestos ambulantes, un enjambre de niños ociosos, muchos descalzos, y un buen número de mirones observando quien cruzaba del lado judío. El coche era un viejo Mercedes destartalado y polvoriento con más años que el propietario, no funcionaba la manilla exterior y espero que le abriera la portezuela desde el interior.

—¿Dónde está el señor Yabri? —preguntó Merche ya en el interior del vehículo.

—Nos reuniremos con él en la ciudad de Gaza. ¿Ha tenido problemas con los sionistas?

—No. He dicho que era periodista y venía por un reportaje y no ha habido ningún problema. ¿Cómo te llamas?

—Nazmi.

—Yo me llamo Merche. Hablas muy buen español.

—Enseño idiomas en la universidad.

—¡Qué casualidad, yo también soy profesora de universidad!

La alegría de Merche al encontrar un punto de conexión con su interlocutor se desvaneció de inmediato; Nazmi no concedió importancia a la coincidencia, sacó su teléfono móvil y marcó con un ojo en el aparato y otro en la carretera. Hablaba en árabe, unas veces con tono serio y otras reía. Merche dedujo que hablaban de ella porque creyó escuchar repetidamente la palabra *Spanje* o algo similar.

—¿Qué quieres exactamente? —preguntó Nazmi olvidándose del teléfono—. Según Yabri, fue Joe Sacco quien te dio el contacto y buscas algo que tenía Rantisi.

—Saber quién guarda la documentación que Al-Rantisi dejó tras su muerte.

—No entiendo. Cuando fue asesinado no dejó ningún documento.

—Mi padre conoció a Rantisi en 1980 y le entregó una carta para mí.

—Yo nací ese año. ¿Por qué le entregó una carta para ti?

—Es una historia muy larga pero así fue. En 1980 le dejó una carta para mí, eso es todo. Y me gustaría recuperar esa carta.

—Este es el campo de refugiados de Jabalia —dijo Nazmi desviándose de la ruta principal.

La mayor parte de los edificios habían sufrido ataques de artillería pesada, algunos estaban totalmente derruidos, de otros quedaba el esqueleto y su aspecto era idéntico a los de cualquier otra guerra inmortalizada por su padre en las fotografías del trastero. Las fachadas que quedaban en pie estaban pintadas con grafitis en árabe o con la cara de quienes habían dado su vida por la causa. Grandes pancartas colgaban en la carretera de lado a lado, y en las calles algunas personas deambulaban entre ruinas y escombros sin que Merche alcanzara a entender a dónde podían dirigirse. Poco a poco comenzaron a aparecer construcciones que no habían sufrido ataques; Nazmi le informó que era la ciudad de Jabalia y sin indicación de haber atravesado delimitación alguna dijo que ya estaban en la ciudad de Gaza.

En Al Galaa Street, una calle ancha y con mucha actividad, nada sugería que se encontraba en uno de los territorios más conflictivos del mundo. Algunos comercios se anunciaban en inglés: Al-Basheer Supermarket, Oscar Shoes; más adelante una tienda de electrónica; en el cruce una autoescuela, una joyería y la farmacia Muslim; incluso había una agencia de envíos DHL. La calle terminaba sin solución de continuidad excepto a izquierda o derecha y esta dirección tomó Nazmi. Casi de inmediato llegaron a una plazoleta engalanada con banderines colgantes que confluían en el centro en una especie de obelisco.

Nazmi aparcó frente a la escalinata de un moderno edificio

de seis plantas bien cuidado y Merche asumió que aquel era su destino. Los logos y emblemas del vestíbulo eran de la Islamic University of Gaza, tomaron el ascensor al tercer piso, la puerta del despacho perteneciente al «Prof. Nazmi Al-Masri. Department of Education» estaba abierta. Dentro había dos personas esperando: una mujer con hijab, como todas las que había visto en Gaza, y Ahmed Yabri, que se disculpó por su inglés deficiente. Además de guía y chófer, Nazmi sería el traductor.

Yabri comenzó su relato; conoció a Rantisi e incluso fueron buenos amigos, pero nunca le escuchó hablar de una carta o de algún fotógrafo español. Todo indicaba que resultaría imposible lograr la mínima información, pero Merche se obstinaba en negar lo evidente resistiéndose a darse por vencida; expuso cuantas posibilidades se le ocurrían, unas ilógicas, otras irracionales, ninguna de ellas posible. Sus esfuerzos por encontrar algún vericueto olvidado resultaban estériles; desde el primer momento quedó claro que Rantisi no había dejado ningún legado escrito, ni suyo ni de nadie. Nada se salvó cuando su casa fue demolida, como hacía el gobierno israelí con las posesiones de quienes ellos consideraban terroristas.

—Si Rantisi conservaba la carta de tu padre después de tantos años, desapareció tras su asesinato.

—¿Seguro que nadie de su familia guarda ninguna pertenencia?

Los tres palestinos se miraron en la complicidad de quien es conocedor de algo ignorado por el resto.

—La familia se queda con lo que llevan puesto. Sin ninguna otra pertenencia. Así es como actúa el ejército sionista. Además de asesinar dejan a la familia de la víctima sin nada.

—¿Y qué hacen esas familias?

—Se les ayuda en lo que se puede gracias a la *Dawa,* el precepto musulmán que obliga a ayudar a los más necesitados.

—Tengo una dirección electrónica supuestamente de uno de sus hijos, pero nunca contestó a mis correos. ¿Sería posible contactar con alguno de ellos?

—No sabemos cómo —respondió Nazmi tras consultar en árabe con Ahmed y la mujer, que negaba con la cabeza—, algunos viven en Egipto, pero no creo que puedan ayudarte. Imposible.

—Entiendo que no hay nada que hacer. Que la probabilidad de encontrar esa carta es prácticamente cero.

—Así es, cero posibilidades —remachó Nazmi.

—Entonces ya está todo hablado —dijo con determinación Merche—. ¿Cómo puedo regresar a Tel Aviv?

—Nos gustaría invitarte a comer. Después te llevaré de regreso a Erez y allí podrás tomar un autobús o un taxi.

Yabri no les acompañaría en el almuerzo, y en la despedida definitiva lamentó no poder ayudarla. Nazmi condujo hasta la playa y comieron en el Lolo Rose, un pequeño barco de pescadores varado en la playa y convertido en restaurante con media docena de mesas en la cubierta. Aquel era un restaurante caro para los estándares palestinos, sin duda la invitación suponía cierto esfuerzo económico, y ocupó su asiento sin decir nada aunque por su salud hubiera preferido un lugar cerrado. Fracasó un nuevo intento para forzar el milagro... tan solo quedaba disfrutar la comida. Nazmi recomendó el maqluba —un plato a base de pollo, berenjenas y arroz condimentado con distintas especias— y eso fue lo que tomó Merche; la mujer, de nombre Fátima y que tan solo hablaba árabe, pidió faláfel. Nazmi se mostró hablador y comunicativo durante la comida. Comentó que aprendió español en Granada y que viajaba con cierta frecuencia a Almería gracias a un convenio interuniversitario. Merche oía sin prestar atención. Le sorprendía la normalidad que se respiraba en aquel restaurante coqueto y cómo, pese a las adversidades, la vida discurría con normalidad: en la mesa de al lado tres hombres reían y vociferaban; en otra una pareja comía con sus hijos pequeños, ruidosos como es natural a esa edad; dos chicas estudiaban la carta y preguntaban al camarero que esperaba la comanda... todo tan habitual y cotidiano como en cualquier otro restaurante del mundo. Tras la comida la condujeron de vuelta a la frontera; durante el breve recorrido fue consciente por primera vez de que nunca encontraría la última carta de su padre. La fiebre volvía a hacer mella y cayó en una somnolencia que mitigó su desolación.

Los policías palestinos la dejaron pasar directamente. Los problemas volvieron a surgir en el lado israelí. La interrogaba una joven agente cuando el comandante del puesto se acercó y comenzó a estudiar el pasaporte.

—De la madre patria —dijo en español examinando sellos y visados.

—Española —contestó Merche lacónica.

—Yo nací en Chile, Valparaíso. —Levantó la vista—. La vi cruzar esta mañana. Viaje rápido por lo que veo.

—Me documento para escribir un reportaje sobre universidades por el mundo y una será la de Gaza —improvisó Merche—. Trabajo para el periódico *La Razón* de Madrid.

—Un reportaje sin fotografías ni grabaciones —observó señalando el contenido del bolso esparcido sobre el mostrador.

—Tengo buena memoria y las fotografías se consiguen en internet.

—Por lo que veo ha viajado mucho.

—Como le he dicho trabajo en un reportaje sobre universidades por el mundo.

—¿Dónde se aloja en Jerusalén o Tel Aviv?

—En Tel Aviv, hotel Shenkin.

—Buen hotel. ¿Regresará de nuevo a la franja?

—No. Ya no es necesario.

—¿A quién ha visto en Gaza?

—Al profesor Nazmi Al-Masri, enseña idiomas en la Universidad Islámica.

—¿Cuánto tiempo permanecerá en Israel?

—Tengo intención de marcharme mañana por la tarde.

—No me importaría acompañarla. Espero poder visitar Toledo algún día —comentó en tono amable devolviéndole el pasaporte—. ¿Ha visitado Jerusalén?

—Ha sido un viaje muy rápido. No he tenido tiempo —contestó Merche volviendo a introducir apresuradamente sus pertenencias en el bolso—. ¿Puedo marcharme ya?

—Sí, sí. Por supuesto. Espero que disfrute el tiempo que esté entre nosotros.

—Gracias. —Se despidió cargando el gran bolso al hombro y dirigiéndose a la salida.

—Señorita, señora —gritó el comandante cuando Merche estaba a punto de salir—, ustedes también nos expulsaron de España, ahora ya no tiene importancia pero también nos expulsaron.

Merche sintió un escalofrío, no por la frase del comandante del puesto, sino porque la brisa marina durante la comida al aire libre había reactivado la fiebre. Abandonó la aduana cuando la mortecina luz del ocaso confería un tono melancólico al día. Sin saber cómo se vio rodeada por una marabunta de personas que le ofrecían hoteles, taxi hasta Tel Aviv, Jerusalén o Nablus, intentaban venderle botellines de agua, palos selfie, fundas para el móvil, crucifijos de madera y abalorios de todo tipo. Logró finalmente desprenderse de ellos y negoció con un hombre de gran bigote blanco la vuelta a Tel Aviv por el mismo precio que le cobraron en el viaje de ida.

Durante el regreso le acompañó una inquietante sensación

de tristeza y decaimiento. No encontrar la carta representaba el final de su búsqueda, y el futuro inmediato se dibujaba tan vacío como su espíritu en ese momento. Había oscurecido por completo, cerró los ojos y se imaginó a Sigrid sonriente tomando el sol en el trópico; vio a Papachín ayudando a las pobres gentes que perseguían la utopía de una ilusión; recordó con cariño a Xiuhui y su vivaracho hijito; se preguntó quién sería la última occidental adinerada complacida por Misha; a quién habría ayudado el doctor Jiménez, y dónde dormiría aquella noche Dora María; pensó en telefonear a su prima Carmen cuando regresara a España. En Tel Aviv el tráfico era intenso y permanecieron parados frente a la Gran Sinagoga durante un buen rato. No le importó, mejor cuanto más tardara en llegar a su destino. Abrió los ojos al reiniciar marcha. La calle estaba muy iluminada y salvo por la forma de vestir de la gente, lo que vio era parecido a la ciudad de Gaza: la librería Harper's, el café Allenby, la joyería Rashbel, un grupo de jóvenes frente a Pizza and Tortilla en el cruce con la calle Maze, y después Smart Mobile justo antes de girar a la calle Brenner, donde estaba el hotel.

La sorpresa al llegar al destino fue mayúscula, en el bolso no encontró ni el pasaporte ni la cartera... le habían robado en el pequeño alboroto al salir de la aduana. La misma recepcionista de la mañana la escuchó con cara de sorpresa y le entregó sin dudar los 325 shekels que debía al taxista. Al menos se salvó el teléfono guardado en el bolsillo delantero del pantalón, y el ordenador portátil que prefirió dejar en el hotel. Telefoneó a Pepe desde la habitación y le puso rápidamente al corriente del desastre que estaba resultando aquel viaje urgiéndole a anular la American Express y las dos Visas con las que habitualmente viajaba. Se conectó con la página web de la embajada española y leyó con atención cómo proceder en un caso de robo o pérdida de pasaporte. Telefoneó al número indicado y se calmó al saber que en situaciones como la suya se expedía de urgencia un salvoconducto de regreso.

Más tranquila, pero todavía acelerada por el contratiempo, telefoneó a Simón en la seguridad de que él sabría escucharla. Comenzó a hablar sin coherencia ni lógica hasta que su amigo logró serenarla. Volvió a repetir que le habían robado y tumbada en la cama relató el ambiente en el paso de Erez, el encuentro con Yabri, la comida en la cubierta del barco... Le habló de Nazmi y Fátima —seguía sin entender la presencia de la mujer—, del agente de aduanas chileno, y la recepcionista de padre argentinos... Intentaron juntos encontrar algún camino, abrir alguna puerta que siguiera alimentando la esperanza de dar con el paradero de la carta, pero ni tan siquiera existían puertas donde llamar. Simón sabía cómo trasmitir optimismo y confianza, antes y ahora, y logró tranquilizarla. No podía precisar si se le ocurrió a ella o fue una sugerencia de él, pero entendió que el punto donde se encontraba no era el final del camino, como fue su sensación en el taxi, sino la línea de salida. Debía recuperar al cincuenta por ciento de su familia que todavía no conocía, tal vez quedaba algún pariente en Acebo, y no resultaría difícil localizar a Maruchi si seguía viva, y a sus tíos Benito y Juani que emigraron a Argentina en tiempos de Franco, o al menos a sus descendientes. También hablaría con quienes conocieron a su padre, con Alfonso Guerra, con Juan Luis Cebrián, con Pedro Almodóvar, con Joaquín Sabina... Había recuperado la euforia, pero el mal del resfriado no abandonaba su cuerpo. Había hablado con Simón 57.29 minutos; tomó otros dos nolotiles y se acostó.

La despertó la luz del día, notó la nariz obstruida y la cabeza cargada. El analgésico volvió a proporcionarle un buen sueño pero no lograba vencer la batalla contra el virus. En la recepción, la joven de padres argentinos había sido sustituida por otra de origen etíope y nombre Meklit con un singular acento inglés. Preguntó si la embajada española en la calle Daniel Frisch estaba lejos del hotel; si no quedaba lejos prefería caminar en vez de volver a pedir prestado. Meklit le informó de un servicio gratuito de bicicletas de paseo que ofrecía el hotel, no tardaría más de diez o quince minutos. Merche pedaleó toda la avenida King Georges y el resto de calles y plazas hasta su destino, un edificio conocido como The Tower.

Era una horrible construcción de cristales negros sin personalidad y con más pisos de los que se podían contar sin equivocarse. Encadenó la bicicleta y en el ascensor pulsó el botón de la planta 18. Excepto la llave del candado nada llevaba consigo para escanear y atravesó el arco de seguridad impoluta como un ángel. Entro en una dependencia, que por sus reducidas dimensiones era más cubículo que habitación, y se sentó en la única silla frente a una gruesa mampara de cristal que permitía ver una amplia estancia donde trabajaban media docena de funcionarios. Lo que ocurrió a partir de entonces fue una pesadilla.

El cónsul, responsable de tramitar salvoconductos, no había llegado todavía y tendría que esperar. Merche preguntó si se trataba de Fernando Calvo-Noguerol, la respuesta fue afirmativa. En cualquier caso, necesitaba dos fotografías, al otro lado de la calle había un fotomatón donde podía conseguirlas mientras llegaba el señor Calvo. No tenía un solo shekel, solicitó ayuda económica, pero sin autorizarlo el cónsul nada se podía hacer. Le avergonzaba pedir dinero, pero no encontraba otra opción y salió al descansillo. Una pareja hablando español esperaba la llegada del ascensor; entró con ellos en la cabina, se presentó y les expuso su problema. Sin titubear el hombre le entregó quinientos shekels que llevaba en la cartera y preguntó si estaba emparentada con los Tellechea de Bermeo. Merche aseguró que con una décima parte de lo que le ofrecía tendría de sobra para el fotomatón, pero el hombre insistió en que los aceptara.

Resultó fácil encontrar la cabina y, como si todo hubiera ocurrido en lo que se tarda en decir ya, ascendía de nuevo a la planta 18 con una tira de cuatro fotografías todavía húmedas y 455 shekels en el bolsillo.

—Lo siento mucho —lamentó la misma persona que la había atendido—, el señor cónsul vino mientras usted estaba fuera y ha debido ausentarse por un asunto urgente.

—No es posible —se quejó Merche—, apenas hace un cuarto de hora estaba sentada en esta misma silla.

—Pero no debe preocuparse; rellene este formulario y podrá recoger el salvoconducto mañana.

—Eso no es posible. Mi vuelo sale esta tarde. Esperaré a que regrese.

—Como quiera, pero no hay ninguna garantía.

—¿Quiere decir que no volverá hoy?

—Tal vez regrese a última hora de la mañana, pero no es seguro.

—¿Le ha dicho que estaba aquí y que necesito un salvoconducto?

—Por supuesto, me ha comentado que le telefoneó desde España, y estaba informado de su llamada al número de emergencias.

—Quisiera hablar con él —solicitó Merche molesta.

—Eso es imposible. Puede esperar por si regresa a mediodía, es la única solución que veo.

—¿No tiene móvil?

—Le repito que no se puede. Si quiere espere y tal vez tenga suerte a última hora de la mañana.

—No estoy pidiendo hablar con Dios, soy ciudadana española y solo quiero hablar con un funcionario español.

—Aquí el cónsul Calvo es Dios. Rellene el formulario y mañana tendrá listo el salvoconducto.

La mujer volvió a desaparecer mientras Merche, derrotada, cumplimentaba el documento. Llegaron risas desde la zona de despachos, sentía el calor de la impotencia e indignación en las mejillas mientras rellenaba las casillas. Otra funcionaria cruzó por delante de la infame mampara y Merche le preguntó si sabía cuándo regresaría el cónsul.

—¿Qué quiere decir con cuándo regresará el cónsul? Está aquí.

—Pensaba que había salido urgentemente.

—Sería un doble, porque lo acabo de ver en su despacho —aseguró ajena a todo lo anterior.

—Le estaría muy agradecida si le dijera que estoy esperándole.

—Deme un minuto para archivar estos papeles y le aviso que le espera —comentó con naturalidad—. ¿Cómo se llama?

—Mercedes Tellechea Tellaeche.

—Voy a escribirlo que esos apellidos no son fáciles de recordar —sonrió y desapareció por la puerta con sus papeles y la nota del nombre.

No tardó en regresar con aspecto preocupado y se disculpó por el error cometido. Había confundido a otro compañero con el cónsul Calvo que, efectivamente, no estaba en el edificio. Merche vio el embuste en sus ojos y en la vergüenza del gesto y, sin saber cómo ni por qué, se puso de pie y comenzó a repetir cada vez más alto «Quiero ver al cónsul», «Quiero ver al cónsul», «Quiero ver al cónsul». El agente de seguridad apareció pidiéndole que bajara la voz, «Quiero ver al cónsul»; la funcionaria parecía una estatua de sal al otro lado de la mampara,

«Quiero ver al cónsul»; algunos trabajadores se acercaron al reclamo de las voces, «Quiero ver al cónsul»; y después miraban en dirección a la zona de despachos, «Quiero ver al cónsul». Finalmente apareció Fernando Calvo-Noguerol recriminándole el escándalo que estaba formando. Merche no podía creer lo que escuchaba, la había humillado, le había mentido, se había reído de ella y ahora le reñía como a una colegiala por alzar la voz. Aquella fue la gota que colmó el vaso y se encaró con él. Le llamó señorito andaluz porque dirigía aquellas oficinas como si fueran su cortijo, también tipejo y mequetrefe; le acusó de ser un cobarde por su mezquindad y mezquino por su cobardía; le dijo que gente endiosada como él eran la vergüenza de la diplomacia española, y que no era digno de representar a España; finalizó amenazándole con una querella y no moverse de allí hasta conseguir el salvoconducto que necesitaba.

El cónsul no esperaba esa respuesta visceral, tenía la cara enrojecida, la respiración acelerada y permanecía inmóvil al otro lado de la mampara; los empleados del consulado congregados esperaban la reacción de su jefe; el agente de seguridad no sabía muy bien su obligación en aquella tesitura; quien inocentemente reveló el engaño no se atrevía a girar la cabeza sabiendo que Calvo estaba a su lado; Merche le aguantaba la mirada sin parpadear decidida a conseguir el documento. Al cabo de unos segundos cargados de ira, expectación, desconcierto, temor o indignación, según a quien se preguntara, el cónsul dio media vuelta y se dirigió a su despacho sin pronunciar palabra. El espectáculo había terminado. La funcionaria respiró aliviada, el guarda de seguridad continuó en el habitáculo, el resto regresó a su trabajo.

Merche sentía la respiración entrecortada y en las sienes, los latidos del corazón, y volvió a sentarse sin saber muy bien por qué o para qué. No tardó en tener en sus manos el salvoconducto sellado y firmado. Lo miró con indiferencia, era una simple hoja de papel encabezada en francés —*Laissez Passer*— con el membrete de la Corona en el centro y su fotografía en un lado. Merche hizo un gesto de aceptación con la cabeza a quien se lo acababa de entregar y se disponía a salir cuando la funcionaria indicó con la mano que se acercara. Le agradeció en nombre de todos que hubiera puesto en su sitio al cónsul porque, efectivamente, actuaba como si el consulado fuera su cortijo. Merche forzó la sonrisa y se marchó sin responder.

Reintegró al hotel los 325 shekels prestados y llegó al aeropuerto con tres horas de antelación a la salida del avión. La previsión resultó innecesaria, el *Laissez Passer* fue tan efectivo como el propio pasaporte. Buscó su puerta de embarque, ocupó un asiento y esperó, todavía sobresaltada por lo ocurrido hacía un par de horas en el consulado. No por Calvo-Noguerol, un ser despreciable y déspota; lo que verdaderamente le sobrecogía había sido su propia reacción: no se reconocía a ella misma. Siempre intentó pasar desapercibida evitando exponerse a situaciones que implicaran el mínimo protagonismo. Ante cualquier problema, cualquier contratiempo o conflicto, no le importaba ceder, aunque la razón la acompañara, para evitar la tensión de un enfrentamiento. No era del tipo de personas que para sentirse seguras necesitan hacer valer su voluntad y si nueve meses antes alguien le hubiera dicho que iba a protagonizar una escena como la del consulado se hubiera reído a carcajadas.

Se preguntó si tanto había cambiado desde que Simón apareció un viernes de febrero comunicándole que su padre quería verla. Se preguntó si tras aquellos nueve meses había nacido una nueva Merche. Se preguntó por qué la vida nos pone continuamente a prueba obligándonos a tomar decisiones ante circunstancias que no hemos buscado. Se preguntó qué sería lo mejor para sus hijos, para Pepe y para ella. Se preguntó si debía replantearse su futuro con Pepe. Se preguntó por las consecuencias de tomar una decisión equivocada. No tenía respuestas y en ese momento tampoco sabía dónde buscarlas.

FIN

Epílogo

Una carta para *amatxu*

Qué pena que no hayamos coincidido, querido Joaquín. He pasado toda la mañana en el notario reclamando el legado de mi padre y, como he decidido no recurrir a Pepe, el engorro del papeleo me supera. Lo de las flores ha sido todo un detalle, no eran necesarias, pero te lo agradezco y te debo la invitación que corresponde a un día como hoy. Muy bonitas tus palabras en la entrañable nota de felicitación. Efectivamente, me encuentro de maravilla con cuarenta y cuatro años, además los capicúas siempre fueron buenos años para mí. No recuerdo qué me ocurrió a los once, pero me quedé embarazada de José Javier con veintidós y saqué la cátedra con treinta y tres, así que algo importante sucederá en los próximos trescientos sesenta y seis días. Seguro.

Comencé a leer el manuscrito en cuanto me lo entregaste y no pude parar hasta llegar al final. He pensado mucho en tus palabras cuando me lo diste y no, no siento que me hayas utilizado para realizar tu sueño de escribir una novela. Estamos igualados en ese aspecto porque de alguna forma también yo te he «utilizado» a ti, unas veces buscando complicidad, otras porque hablando contigo ordenaba mi mente, y confieso que también en alguna ocasión fuiste el cubo donde arrojé la basura. Creo que el proceso de tu novela nos ha venido muy bien a los dos y con eso me quedo. Me sienta bien tener un buen amigo como tú, querido Joaquín, espero que también yo te sea de utilidad.

Llevo meditando desde el día de las elecciones qué hacer respecto a lo que viene a continuación. Una parte de mí decía que tenía la obligación moral de contártelo; otra que no era necesario porque ya has conseguido lo que buscabas y nada pasaba si no conocías el resto. La crónica de mi padre —o la mía, porque ya no sé muy bien dónde termina y empieza la historia de cada uno— no concluye con el FIN en el aeropuerto de Tel Aviv. No sé, querido amigo, si actúo de forma correcta contándote el verdadero final, pero aquí va, en este correo electrónico. Tal vez revelártelo me evite vivir con el sentido de culpa que probablemente me acompañaría durante años, o puede que no hacerlo sea cerrar en falso esta historia —y no para ti, sino para mí misma—. He decidido escribirlo en vez de contártelo como hasta ahora porque tengo el firme propósito de no volver a hablar del tema con nadie. Tampoco contigo. Así que aquí va el último episodio de mi padre, que es al mismo tiempo el primero de mi propia existencia. Confío en que respetes mi decisión y no vuelvas a preguntar. Nunca. Este es el punto final definitivo.

El sábado anterior a las elecciones, el día de reflexión, me llamó Simón por teléfono. Cuando vi su nombre en la pantalla imaginé que se trataba de algo importante porque acordamos no telefonear cuando yo estuviera en casa y siempre cumplió a rajatabla. Como se acercaba mi cumpleaños contactó con gente que conoció a mi padre buscando algún objeto especial que le hubiera pertenecido con intención de regalármelo y darme una sorpresa como has hecho tú hoy con las flores. Encontró algo importante, demasiado importante como para estar diez días sin decirme nada: Teo el Rojeras guardaba la carta que mi padre escribió a *amatxu* en el tren que le llevaba a Francia hoy hace justo cuarenta y cuatro años. Se citaron para el día siguiente al mediodía —el único rato en que Teo podía escaparse de la sede en Ferraz donde pasaría la jornada electoral— en casa de mi padre, me pedía que acudiera para que Teo me entregara personalmente la carta.

Cuando llegué estaban los dos esperando, me retrasé porque Begoña olvidó en casa documentación del partido y tuve que acercársela a la mesa electoral donde estaba de interventora. Teo me abrazó como si me conociera de toda la vida diciéndome que había oído hablar tanto de mí que ya era como una sobrina. Me disculpé por el retraso y para romper el fuego hablamos de cómo iban elecciones. Él llevaba una escarapela de interventor del PSOE colgando del cuello, igual que la del PP que le dieron a mi hija, lo único que en la suya predominaba el rojo y en la de Begoña el azul, y me preguntó a quién había votado. Le dije que todavía a nadie, pero que por la tarde lo haría por Casado. Se rio y afirmó que «nadie es perfecto». Por el tono parecía estar de broma y como últimamente me estoy volviendo tan descarada que ni yo misma me conozco, le contesté que tenía razón, que las *peperas* no somos perfectas, pero que todavía era peor ser un mentiroso sin escrúpulos como Sánchez capaz de vender a su propio partido y a España para ser presidente. Simón distendió el ambiente acusando a Teo de «rojo y masón» y a mí me preguntó que cuándo pensaba abandonar la «derechita cobarde» y juntarme con él, que había votado a Vox, porque de nosotros tres era el «único patriota» que de verdad se preocupaba por España. Nos reímos por su impostura y el asunto político quedó zanjado.

Pero vuelvo a lo importante, que me voy por las ramas con cualquier excusa como haces en tu novela. Teo me contó cómo llegó a sus manos la carta que mi padre escribió en el tren camino de París:

«La primera vez que Tono vino a España después de marcharse a Francia fue cuando murió su madre y se alojó en mi casa que la tuvo durante años como una especie de residencia cuando venía a Madrid hasta que decidió quedarse a vivir en el país de forma permanente y compró este piso. A su madre, a tu abuela Trini, la enterraron junto a su marido Pascual para que descansaran juntos y aunque era en el cementerio civil, Maruchi, su hermana monja, rezó un padrenuestro y Tono dijo unas palabras muy sentidas y entrañables. Si quieres visitar a tus abuelos los encontrarás con solo preguntar dónde está la Pasionaria y cuando estés frente a la losa de mármol blanco miras a la izquierda junto al muro de ladrillo y allí están los dos enterrados.

»Después del funeral volvimos a casa y Tono estaba muy nervioso porque pensaba llamar a tu madre y temblaba como un flan intentando encontrar la mejor manera de empezar la conversación después de siete años sin dar señales de vida ni saber nada de ella y cuando le pregunté que qué pensaba decirla me dijo que nada en particular solo quería hablar con ella y contarla qué ocurrió el día que tuvo que marcharse y por supuesto conocerte y si ella quería él estaba dispuesto a regresar a España para formar una familia normal. Así que después de dar vueltas por la casa como un león enjaulado cogió el teléfono y llamó y charlaron durante un rato la conversación fue corta de unos dos o como mucho tres minutos y no sé de qué hablaron porque no me lo contó y tampoco se lo pregunté pero cuando colgó adiviné por su cara que la cosa no había ido muy bien porque estaba hundido y abatido como no lo vi ni durante el entierro de su madre y le pregunté si podía ayudarle en algo y me contestó que tu madre no quería saber nada de él y que desgraciadamente no había nada que hacer.

»Entonces sacó un papel del bolsillo y me dijo que era una

carta para tu madre que había escrito durante el viaje a París el día que se marchó y que en ella la contaba todo lo que había pasado y entre una cosa y otra nunca llegó a enviar aquella carta ya que después de escribirla pensó que lo mismo nunca llegaría a sus manos porque se la podían quedar sus hermanos y además pensaba estar de regreso en España antes de un año cuando se derrocara al rey y se instaurara la tercera república, así que la guardó con la intención de dársela en persona para que viera que el día que se exilió solo estaba pensando en ella y que si no estuvo a su lado no fue porque ya no la amara sino por otras razones bien distintas. Había guardado la carta durante todos aquellos años y después de volver a contarme los motivos de siempre por los que se fue exiliado la rompió por la mitad y la dejó encima de la mesa junto al cenicero y el tabaco, yo le dije que por qué lo hacía y él me contestó que ya no tenía nada que hacer con tu madre y que la relación entre ellos se había acabado para siempre.

»Estábamos en esas cuando sonó el timbre de la puerta y me levanté para ver quién era porque no esperaba a nadie, eran Ouka Leele, Ceesepe, el Hortelano* y el pintor Javier de Juan que se habían enterado de que Tono estaba en España y querían conocer al autor de la fotografía del jeep en Nicaragua. Entonces las cosas se hacían así y cuando querías ver a alguien ibas a su casa sin necesidad de avisar y como yo conocía al Hortelano porque estaba en todo el lío del *Viejo Topo*** que iban a cerrar se presentaron de improviso en comandita. Después de las presen-

* Ceesepe (Carlos Sánchez Pérez, 1958-2018) y el Hortelano (José Alfonso Morera Ortiz, 1954-2016), pintores y destacados protagonistas de la Movida Madrileña.
** Revista de contenido cultural y político referencial para la izquierda española tras el franquismo que publicó 69 números en su primera época (1976-1982).

taciones y la coincidencia de que Tono y el Hortelano hubieran nacido en el mismo año y fueran los mayores comenzaron a hablar del arte pop y del realismo social y de que si la fotografía debía ser como una poesía visual o algo por el estilo y como a mí aquellos temas no me interesaban me fui a la cocina para preparar algo de picoteo. Llamé a Ceesepe para que me ayudara a poner la mesa y le di el mantel y los cubiertos mientras yo preparaba unos platos con embutidos y queso de tetilla de mi tierra y en origen eso fue todo lo que pasó en aquella visita inesperada que terminó a las tantas de la noche después de habernos bebido no sé cuántas botellas de vino y hasta el orujo que guardaba para las navidades y con el piso que parecía Londres por el humo de los cigarrillos.

»Yo siempre he sido muy dejado y no me preocupé de quitar el mantel hasta días después de que Tono regresara a Francia y cuando lo hice encontré la carta rota que se había quedado olvidada debajo cuando el Ceesepe o quien fuera puso la mesa. Si te digo que mi primera intención fue tirarla te engañaría porque en ese mismo momento junté los trozos y la leí, ya sé que no debí hacerlo, pero lo hice y vaya sorpresa que me llevé cuando supe que el Tono era padre y lo había mantenido en secreto todos aquellos años, incluso a mí que era su mejor amigo me lo mantuvo en secreto. Me impresionó tanto aquella carta que decidí guardarla, aunque de momento no le diría ni palabra de que la había leído y sabía lo de su paternidad, sería mi regalo para el día que volviera con tu madre porque después de leerla estaba seguro que un amor así no podía terminar nunca y acabaría volviendo con ella».

Cuando Teo el Rojeras terminó de contar cómo se hizo con la carta yo estaba levitando. Él se levantó y fue al perchero de la entrada donde tenía colgado su abrigo, sacó un sobre con el logo de la Federación del Metal de la UGT y me lo entregó.

Dentro estaba la carta. Es una cuartilla de papel rota en dos partes unidas con celo, la escritura está abigarrada y me ha resultado imposible descifrar las dos líneas —una en el anverso y su correspondiente en el reverso— de la rasgadura. Teo me preguntó si no pensaba leerla entonces mismo y le contesté que siempre leí las cartas de mi padre estando sola y también prefería hacerlo así con esta. Se levantó con intención de marcharse, pero le pedí que me contara algo de mi padre. No mostró mucho entusiasmo y se excusó diciendo que tenía prisa porque estarían llegando a Ferraz los datos de participación. Recordé entonces que mi padre lo mencionaba en la carta de China. «Al menos podría decirme cómo se conocieron mis padres. En una carta mi padre me contó lo de la facultad y el autobús, cuando usted se molestó porque habló con ella». Tenía el abrigo puesto y estaba despidiéndose de Simón, pero quiso saber qué me había contado mi padre, «No mucho, que conoció a mi madre en la facultad por casualidad mientras preparaban una huelga y también sé que cuando comenzaron a salir usted les prestaba una furgoneta». Se le iluminó la cara e incluso pareció emocionarse porque los ojos se le pusieron acuosos. Volvió a sentarse, aseguró que no era tan viejo como para tratarle de usted, y me habló de aquellos años:

«Rocinante llamábamos a la Renault y recuerdo que se la compré de tercera o cuarta mano a uno de Pamplona que era nuestro enlace en la explotación minera de Potasas por tres mil quinientas pesetas y que tenía matrícula de Navarra 24269 pagaría lo que me pidieran por recuperarla si supiera donde para aquella cuatro latas porque ese coche sabía de lo que fue la lucha contra el dictador mil veces más que muchos de los que ahora vienen dándosela de ellos sabrán qué. Yo a tu madre la llamaba la princesa porque el día que apareció de repente en un aula donde estábamos reunidos preparando una huelga iba vestida como si fuera una princesa pero tenía un carácter que no veas porque se enfrentó a la molotov que entonces era medio novia de Tono. Digo lo de medio novia porque Tono estaba hecho un don Juan que se las llevaba a todas de calle con aquel pico y aquella gracia que tenía pero la princesa me refiero a tu madre lo encandiló de tal forma que ya solo tenía ojos para ella y se olvidó de la molotov y de todas las demás.

»Tono era un tipo como no había otro la persona más legal y más amiga de sus amigos que nunca he conocido en eso nadie podía superarlo y no hay quien se lo quite y nadie puede decir que le fallara dejándole en la estacada aunque se jugara el pellejo por ayudarle y le costara lo que le costara. Me recuerdo de una locura que hizo un sábado después de una reunión en la iglesia de Canillejas cuando subieron desde Sevilla unos abogados laboralistas que según se decía acababan de hacerse en Francia con el control del partido socialista y organizaron una asamblea con gente del PCE, del Frente Revolucionario Antifascista y Patriota, de Comisiones, de la Liga Comunista Revolucionaria... qué sé yo cuántos estábamos allí calculo que más de treinta todos de ideología comunista pero cada uno de su madre y de su padre y los sevillanos habían convocado la reunión porque querían que formáramos un frente común para luchar juntos contra el franquismo porque ya veíamos que el dictador no iba a durar mucho. Aquello acabó como el rosario de la aurora con los del FRAP acusando a los del PCE de no sé qué traición los de Comisiones una bronca tremenda con los de la Liga y Tono a punto estuvo de llegar a las manos con Alfonso Guerra que era uno de los sevillanos porque los dos tenían un carácter muy fuerte y la cosa se caldeó como no imaginas y no alcanzamos ningún acuerdo y cada uno se fue por donde vino con su música a otra parte. En el FRAP había uno al que llamábamos Stalin porque el tío tenía unos bigotes como Stalin y como había militado con tu abuelo Pascual en el PC marxista leninista conocía mucho a Tono y antes de empezar la reunión nos dice que salgamos afuera a fumar un cigarrillo y nos enseña una bolsa de deportes con dos pipas dentro "por lo que pudiera pasar" dijo el tío y la escondió en el armario de la sacristía donde estaban las casullas. Yo era la primera vez que veía una pistola y lo mismo Tono y lo peor fue que el cabronazo del Stalin se las dejó olvidadas con toda la bronca de la reunión tú crees que es normal que el pollo lleve un par de pistolas a una reunión y se olvide de ellas pues eso fue lo que pasó. Espera que me estoy adelantando porque el caso es que cuando terminamos la reunión me dice el Tono que le preste a Rocinante que había quedado con la princesa porque el día de antes había sido San Valentín y yo le dije que se fuera a tomar por el culo y que la cuatro latas no estaba para esas mariconadas burguesas. Y entonces le dice al Stalin que justo entonces estaba arrancando su Guzzi que si no le importaba acercarle hasta la calle de Velázquez porque había quedado y que como el autobús pasaba de pascuas a ramos y después tenía que coger el metro no iba a llegar a tiempo. Yo le dije que si estaba loco y que ni se le ocurriera ir en la moto porque hacía un frío que se cagaba la perra como era normal en febrero y como solo llevaba puesto un traje que usaba para cuando iba a ese tipo de reuniones y así los grises pensaban que era un facha y no lo paraban seguro que cogía un catarro de muchos cojones. No hubo forma de hacerle razonar porque el día de antes le había dado palabra a la princesa perdona chica a tu madre quiero decir de que esa tarde saldrían juntos y celebrarían el día de los enamorados y antes dejaba que le cortaran un dedo que faltar a la palabra que había dado y el Stalin le dijo que si la cosa era tan importante le acercaba hasta donde le dijera. Según me contó Tono después fue como si los callos picantes que estaba comiéndose con tu madre por la zona de Malasaña le hubieran iluminado de repente porque de buenas a primeras y sin saber por qué cayó en la cuenta que Stalin no llevaba en la moto la bolsa con las pistolas y si alguien la encontraba en la sacristía y se le ocurría llamar a la policía podía meter en un lío gordo al padre Llanos. Dejó a medias los callos y le dijo a la princ... y le dijo a tu madre que tenía que irse cagando leches a la iglesia de Canillejas a recoger una cosa que se había dejado un amigo y va ella y le dice que le acompaña. Imagínate el lío tan gordo en que se podía haber metido si le llegan a pescar con la bolsa del Stalin y encuentran las pistolas, de momento a la cárcel y según lo que se hubiera hecho con aquellas pistolas podían haberle *empapelao* bien *empapelao* por unos cuantos años porque eso no era ninguna tontería en aquellos tiempos. Así era él. Yo le tengo en un pedestal.»

Teo el Rojeras había referido el mismo episodio que me contó *amatxu* en Cádiz y le costó el castigo de un mes sin salir. Simón, que desde la broma de haber votado a Vox estuvo callado, pidió a Teo que contara «lo otro». Teo contestó que lo de entregarme la carta era su obligación y tuvo claro que debía hacerlo desde que me conoció en el Ateneo, pero lo que ocurrió cuando lo detuvieron era «harina de otro costal». Simón insistió y Teo dijo que de ninguna manera porque únicamente lograría hacerme pasar un mal rato. Ante la insistencia de Simón, Teo respondió que lo contara él si quería, y lamentó su metedura de pata por irse de la lengua mientras me esperaban, porque Tono le hizo jurar que se llevaría aquel secreto con él a la tumba. Simón aceptó contarlo, pero pidió que se quedara por si olvidaba algún detalle y prometió ser breve y que podría marcharse pronto. Comenzó hablando sobre la tarde de vinos cuando mi padre fue detenido porque estaba orinando en la calle y que los de la social se lo llevaron a la DGS. Su narración era errática, sin seguir un orden lógico y el relato resultaba enmarañado. Entonces intervino Teo sin previo aviso:

«Anda, déjame a mí que estás liando todo. Tono llevaba unos días más nervioso de lo normal pero todos estábamos así porque ya se mascaba en el aire que Paquito no iba a comer el turrón aquel año y no le di mayor importancia pensando que siendo él como era seguro que estaba urdiendo algo para cuando llegara el momento. El domingo anterior a la muerte de Franco el camarada Intxausti convocó una asamblea en Canillejas para estudiar acciones contra el Borbón antes de que controlara las estructuras del Estado y se ganara al ejército porque cuanto más se tardara iba a ser más difícil y costaría más tiempo derrocarle. Tono no apareció en toda la mañana y a primera hora de la tarde entra por la puerta con una trenca como la que llevaban los pijos del barrio de Salamanca y él se nos enfrenta diciendo que prefería parecer un facha calentito que ser un comunista helado de frío por gilipollas y todos nos reímos y preguntó a qué acuerdos habíamos llegado y le dijimos que pensábamos llevar a cabo alguna acción como las que ejecutaba ETA y él que lo escucha dice que eso sería un error de estrategia política y que está de acuerdo en que había que hacer algo pero sin víctimas. Algunos defendían que un atentado era la única forma de tener repercusión internacional y que si se hacía coincidir con el funeral del dictador sería una forma de decirle al mundo que en España había una oposición democrática y si la cosa salía bien la ORT se convertiría en el referente para toda la izquierda española barriendo incluso al PCE. Tono se oponía a cualquier acción que supusiera mancharnos de sangre porque acabaría volviéndose en nuestra contra y aseguró que si se decidía hacer algo como lo de ETA en la cafetería de la calle Rolando en septiembre él dejaba el partido en ese mismo momento porque todas las víctimas fueron gente trabajadora que era la que siempre acababa pagando por todo y que la repercusión internacional sería mucho más efectiva si no había víctimas y se ofreció para volar el Arco del Triunfo en Moncloa. Lo tenía todo pensado aunque no dio muchas pistas solo que la dinamita y amonal podían proporcionárnosla los compañeros mineros de Mieres o los de Potasas y que cuando lo tuvieran preparado yo podía subir en la Renault con la molotov como si fuéramos de viaje de novios y traer los explosivos a Madrid. La idea se debatió y como el camarada Intxausti también pensaba que era mejor hacer algo sin víctimas se aprobó y la molotov dijo que ella prefería participar con Tono en la voladura en vez de subir conmigo al norte pero él dijo que ya tenía pensadas las personas idóneas para esa acción pero no dijo los nombres para protegerlos por si había alguna detención.

»Después volvimos al barrio y antes de irnos a casa tomamos unos vinos en Felisín y allí estaba Pedro el Máquinas que le llamaban así porque arreglaba máquinas de escribir y me preguntó si podía acercarle con la cuatro latas a la glorieta de Cuatro Caminos a recoger unos encargos y le dije que Rocinante no tenía alfalfa porque nos acababa de dejar tirados por la gasolina y Tono dijo que ya le ayudábamos a traer lo que fuera. Los tres nos fuimos andando hasta Cuatro Caminos y el máquinas subió a un piso y nosotros esperamos abajo y el Tono que iba más contento de lo normal se fijó en que había olvidado la trenca en Felisín y me dijo que su vida estaba a punto de cambiar y yo le dije que volar el Arco del Triunfo le cambiaba la vida a él y al mismísimo sursuncorda. Entonces le entraron ganas de mear y se la sacó y empezó a aliviarse y dos tíos que pasaban por allí se fijan y escuché que uno decía "Vaya suerte. Mira quién está allí" y el otro contestó "Ya ha aparecido el pajarito" y resultó que eran dos de la social que llevaban toda la tarde buscándole. El más bajo de ellos le pone la pipa en la cabeza y el Tono le dice que espere a que acabe de mear para matarle porque no quería entrar en el infierno con los pantalones *meaos* y el secreta no hacía más que preguntarle que qué había hecho ese día y el Tono con la chorra en la mano le dijo que estuvo con su novia y después tomando unos vinos con los amigos y que eso había sido todo y el de la social le dice que ya sabían lo de la novia y que querían saber hasta cuándo estuvo en casa de la novia y Tono dijo que apenas cinco minutos y ellos no le creían. Por lo visto le vigilaban y le vieron entrar al portal pero no salir y les contó lo de la trenca para el frío olvidada en el bar Felisín de la calle General Margallo y el que le apuntaba con la pistola dijo "manda güevos, así que el de la trenca eras tú". El otro que tenía la mano en el costado con gesto de sacar la pistola a la mínima empezó conmigo y me preguntó si yo era el que llamaban el Rojeras y les dije que no sabía de qué estaban hablando y que me llamaban el Chispas porque trabajaba en electricidad Moreno de la calle de la Balsa y que si no me creían podían ir a preguntar. Me dijo que yo no les interesaba de momento y me recomendó que me andara con mucho cuidadito porque Ballester iba detrás de mí y ese donde ponía el ojo ponía la bala y le dijeron a Tono que se lo llevaban detenido por "desorden público" y él dijo que mear no era un desorden público pero no le hicieron caso y lo metieron en un coche camuflado y se lo llevaron.

»No puedes ni imaginar lo que supuso la detención de tu padre y no porque la voladura del Arco del Triunfo se fue al traste lo peligroso de verdad era que si le hacían cantar iba a caer todo el rojerío de Madrid y no solo en nuestro partido también gente de la Liga y del Partido Obrero de Unificación Marxista y bueno no sé cuantos más caerían porque conocía a todo el rojerío de Madrid y los únicos que se librarían serían los nacionalistas porque nunca se relacionó con ellos decía que en cuanto se le rascaba la costra a un nacionalista salía el burgués insolidario que todos llevan dentro y nunca le cayeron bien porque lo de ser nacionalista y de izquierdas resultaba imposible... ¿a dónde iba yo?... ah sí que si tu padre cantaba se montaba una buena. Yo sabía que eso no ocurriría nunca porque Tono antes se dejaba desollar que traicionar a un camarada y aunque yo lo repetía a diestro y siniestro hubo una buena desbandada de sindicalistas y comunistas que no durmieron en sus casas al menos durante una semana. A mí lo que de verdad me preocupaba era lo de que Ballester andara detrás de mí porque era un hijo de puta con muy mala baba de esa clase de personas que necesitan destrozar las vidas de otros para sentirse poderosos y que como no tenía escrúpulos disfrutaba torturando a la gente obligándoles a andar en cuclillas con las manos atadas, que según se rumoreaba lo había inventado él.

»La Sauquillo se presentó al día siguiente en la DGS preguntando por Tono y le dijeron que le habían aplicado la ley de vagos y maleantes por mear en la calle y ella dijo que era su abogada y el detenido tenía derecho a tener asistencia legal y la contestaron que de eso nada y que si acaso ya la llamarían después de interrogarle y por más que insistió no hubo forma de que la dejaran verle y muchos pensamos que se les había ido la mano torturándole porque él no les habría dicho ni palabra y estaría en el fondo de cualquier pantano. La Paca que siempre ha sido muy persistente iba todos los días al punto de la mañana a la Puerta del Sol fíjate como sería que se enteró allí de que Franco había muerto y la retuvieron durante unas horas porque cuando un gris le dijo que si no sabía que Franco acababa de morir se le ocurrió comentar que a todo cerdo le llega su San Martín. Lo más llamativo del caso fue que cuando la soltaron a media mañana y Paca firmó en el libro de salidas vio que el nombre de Tono estaba dos cuadros por encima y volvió a preguntar y le dijeron que efectivamente acababan de soltar a Antonio Sánchez Mera y como había visto su firma con sus propios ojos supo que le estaban diciendo la verdad. Nos dedicamos todo el día a buscarle y no hubo forma de dar con él y era como si se lo hubiera tragado la tierra y pensamos que lo mismo se había ido a la política de Segovia porque allí estaba encerrado su padre desde hacía un mes. Al día siguiente Intxausti dijo que Tono le había telefoneado desde París y que estaba en casa de una tía suya y que nadie tenía que preocuparse porque no había revelado un solo nombre y que regresaría en cuanto empezara a moverse la cosa por España pero que de momento debía quedarse en Francia».

Pensé que eso era todo porque Teo se levantó y le agradecí haberme contado aquella historia. De alguna forma su narración completaba lo que ya conocía por *amatxu* y mis tíos de aquel 20 de noviembre de 1975 cuando nací. Estaba equivocada en lo referente a que Teo había terminado, se levantaba para quitarse de nuevo el abrigo y estar más cómodo. Entonces recriminó a Simón lo mal anfitrión que era por no ofrecerle ni una miserable aceituna sin hueso. Como lo único que tenemos allí son el agua con gas que toma él y las Coca-Colas para mí, decidió bajar al chino a comprar y consultó a Teo si traía vino o cerveza, le respondió que cualquier cosa pero que se fuera ya. Cuando Simón cerró la puerta, Teo me preguntó si quería escuchar toda la historia pasara lo que pasara. Le contesté que sí y él recalcó que era muy duro lo que quedaba y yo volví a insistir que adelante. Continuó con el relato:

«Lo que te voy a contar es solo para ti a Simón se lo he contado por encima sin entrar en más detalles pero a ti te lo voy a contar todo y cuando conozcas la verdad lo mismo esta tarde votas otra cosa. Así que escucha bien lo que ocurrió.

»Desde que encontré la carta rota bajo el mantel tenía yo la espinita de que Tono no me dijera que tenía un hijo con toda la confianza que teníamos que era como si fuéramos hermanos y sobre todo que estando dispuestos a dar la vida el uno por el otro no me contara por qué se fue de verdad. Un buen día vino a casa después de haber estado en Kosovo haciendo un reportaje para *El País* me parece y yo le noté que algo le pasaba porque como te he dicho cuando algo le reconcomía por dentro se revolvía como un león enjaulado y le pregunté que qué le había pasado en la antigua Yugoslavia. Al principio no quería hablar y remoloneaba diciendo frases sueltas en el sentido de que si había revivido el peor momento de su vida y que si esto y que si lo otro hasta soltar que reconoció al mando de las tropas españolas como uno de los que participó en lo que ocurrió en la DGS de la Puerta del Sol el día que tuvo que irse de España. Estaba no sé cómo decirlo... como bajo de fuerzas o algo por el estilo y un sexto sentido o lo que fuera me hizo ver que ese era el momento que había esperado tanto tiempo para preguntarle abiertamente qué ocurrió ese día y le dije que nunca me creí lo de que se marchó sin avisar el día que murió Franco porque le acojonó lo de volar el Arco de Moncloa como me dijo cuando le pregunté qué había pasado porque él tenía cojones para volar el Arco de Moncloa y el Bernabéu si hacía falta y que me parecía mentira que siendo como hermanos no me hubiera contado el verdadero motivo de por qué se fue. Reconoció que yo tenía razón y que estaba dispuesto a contarme todo con pelos y señales si le juraba que me llevaría su secreto a la tumba y se lo juré y como los dos nos estábamos abriendo de corazón yo también fui sincero con él y antes de que empezara le dije que había leído la carta que escribió a la princesa en el tren a París y que sabía que tenía un hijo pero él pareció no darle mayor importancia me dijo que era una hija lo que tenía y que confiaba en que no se lo contara a nadie y empezó a hablar.

»Los de la social le llevaron a la DGS le desnudaron y le metieron en un calabozo del sótano sin ventanas ni ningún tipo de mobiliario ni luz y no pasó nada más lo único que no pudo dormir del frío que tenía y estuvo toda la noche a oscuras acurrucado en un rincón preparándose mentalmente en el sentido de que se dejaría matar antes de denunciar a ningún camarada y en la suerte que tuvo al despistar a los policías con la trenca porque si le llegan a seguir hubieran cogido a todos los que estábamos en la asamblea de Canillejas. A la mañana siguiente le dieron un tazón grande de café con leche y tres magdalenas para desayunar y siguió a oscuras hasta que llegó el comisario Ballester y para su sorpresa estuvo amable con él y pidió a uno de los secretas que trajeran dos sillas y le devolvieran el calzoncillo y que cuando se lo puso tuvo la sensación de que se ponía un abrigo de pieles y se quedaron los dos solos en la celda sentado uno frente al otro. Lo más extraño de todo fue que el Ballester estaba únicamente interesado en el general Tellechea que era el padre de la princesa y ahora que caigo... tu abuelo y le preguntaba una y otra vez que si estaba ayudando a los de la ETA a preparar otro atentado como el de Carrero Blanco y todas las preguntas tenían que ver con el militar. A Tono todo aquello le rompió el esquema mental que tenía preparado porque Ballester llevaba anotado en una libreta cada vez que había ido a la calle de Velázquez a recoger a la princesa y los bares por donde se habían movido y un montón de cosas más de los últimos meses pero nada de las asambleas ni de la iglesia de Canillejas. A Tono le pareció gracioso que pensaran de él que estaba preparando un atentado contra Tellechea cuando lo que en realidad hacía era cortejar a su hija y eso le tranquilizó lo que no está en los escritos pero como no quería meterla a ella en nada dijo que simplemente iba por aquella calle porque le tenía echado el ojo a una joyería y pensaba asaltarla como el Lute. Ballester dijo que le estaba engañando pero que se lo perdonaba porque quería que fueran amigos y entonces nombró a tu madre y le preguntó cómo la había conocido y él contestó que en un autobús y después le preguntó que si él era el padre del hijo que esperaba y en ese momento tuvo claro Tono que su detención tenía que ver con el hijo que estaban esperando y como tu madre no había dicho nada pensó que tampoco él diría nada que pudiera comprometerla y respondió que no que solo eran amigos y que lo único que sabía del padre era que era un compañero de su clase en la universidad. Ballester le pidió el nombre del padre y el Tono se inventó un nombre pero que el apellido no lo sabía y como tenía esa imaginación que él tenía incluso lo adornó con un relato de que lo había visto solo una vez y que era moreno y alto y que vivía por la Prosperidad y no sé cuántas cosas más se inventó porque pensaba que diciéndole todo aquello lo dejarían en libertad. Ballester pareció creerle porque le dio amablemente las gracias por la información y ordenó al policía que estaba en la puerta que le devolvieran la ropa y le trajeran algo de comer y le llevaron un bocadillo de salchichón y también metieron un camastro en la celda para que pudiera dormir y Ballester dijo que volvería al día siguiente y que si todo era como él había dicho le dejarían en libertad y que esperaba que así fuera porque si había vuelto a mentirle como con lo de asaltar una joyería como el Lute se iba a "enfadar mucho". Lo único malo fue que esta vez dejaron la luz encendida día y noche y era una luz muy fuerte pero como estaba tan cansado de la noche anterior sí que pudo dormir mal que bien y eso fue todo lo que ocurrió el primer día que estuvo preso.

»Al día siguiente volvió Ballester como había prometido y la cosa cambió desde el primer momento y lo primero que hizo nada más entrar en el calabozo fue pegarle una hostia y le dijo que de él no se reía ni su puta madre y que ya traía el culo pelado de Valencia como para que ahora viniera un niñato de los cojones a tomarle el pelo porque habían investigado y nadie en clase de la princesa se llamaba como les había dicho ni nadie en aquella clase ni en la Facultad de Derecho tenía un Simca 1000 de color azul como se inventó ni de ningún otro color y en esa facultad tampoco había ningún equipo de balonmano en el que el supuesto padre jugaba de portero. Ordenó que se llevaran el camastro y la silla de la habitación y a un policía al que llamó "boxeador" le dijo que ya sabía lo que tenía que hacer y lo desnudaron y esposaron y tuvo que recorrer la sala haciendo el pato y cada vez que perdía el equilibrio y se caía le pegaban patadas por todo el cuerpo. Ballester fumaba tranquilamente en un rincón y no participaba en las palizas simplemente le preguntaba si era "el papi del niño" y como Tono no decía nada les ordenaba al boxeador y al otro policía que le acompañaba que "dieran otra vuelta al tiovivo" y cuando el Tono volvía a caerse más hostias y más patadas y así hasta que al final perdió el conocimiento no sabía si por los golpes o por el dolor tan intenso en los brazos y las piernas que era incluso peor que los golpes.

»Tono pensaba que cuando se despertó debía ser el tercer día porque volvieron a llevarle café con leche y magdalenas que fue lo primero que comía desde el bocadillo de salchichón y le dolía tanto todo el cuerpo que apenas si tenía fuerza para tragar las magdalenas empapadas en el café. El primero en llegar fue el boxeador y riéndose de él le dijo que estaba muy sucio y que tenían que darle un buen baño para "quedarle limpito" así que de momento se iban a olvidar del pato para adecentarle en "la bañera". Cuando el Tono oyó lo que le esperaba ese día se le soltó el esfínter del miedo y se lo hizo todo encima y el boxeador se rio de él diciendo que "el nene se había hecho popó" y entonces llegó Ballester y nada más entrar en la celda la olor le echó para atrás y ordenó que alguien limpiara la inmundicia. Lo de la bañera consistía en meterte la cabeza en un cubo de agua hasta que sentías que te ahogabas y el Tono sabía que eso no podría superarlo porque de pequeño estuvo a punto de ahogarse en una poza en Acebo y tenía tal trauma con lo del agua y no poder respirar que prefería un hierro al rojo vivo que la bañera. Mientras limpiaban el suelo de excrementos y orines Tono estaba en un rincón y Ballester ordenó al policía que le diera también a él con la fregona por los muslos porque tenía chorretones de mierda pero eso era lo que menos le importaba en ese momento. Después pusieron un barreño grande en el suelo y lo llenaron de agua y cuando le empujaron para que se arrodillara se vino abajo y confesó que él era el padre del niño que esperaba la hija del general.

»Ballester que además de ser un hijo de la gran puta era un cínico le frotó la cabeza como a un niño pequeño y le pidió que le creyera cuando le decía que él había sufrido con cada uno de los golpes como si también le hubieran pateado las costillas y que podía haber terminado con el sufrimiento de los dos si hubiera confesado antes la verdad porque quienes iban con la verdad por delante nunca tenían nada que temer. Le preguntó entonces que qué pensaba hacer y Tono contestó que su intención era vivir con la hija del general que la quería y que no le importaba quien fuera su familia y que ya lo tenían hablado y que se haría cargo de todo y que si el general quería ver a su nieto él no pensaba poner ningún problema porque sabía lo importante que era la familia para tu madre. Ballester le contestó que ya le diría algo y le pidió "por favor" que le esperara allí fíjate si sería cabrón que le pide "por favor" que le espere allí como si el Tono estuviera libre para irse a donde quisiera y es que aquella gente además de maltratarte físicamente también sabían cómo hundirte la moral y lo dejó allí sentado en calzoncillos con otro bocadillo de salchichón.

»Cuando Tono volvió a quedarse solo empezó a llorar como un niño por no haber sido lo suficientemente hombre como para resistirse a la bañera y también lloraba porque pensaba que de alguna forma había traicionado a su chica y no sabía las consecuencias que podía tener para ella o para el hijo que estaban esperando. Así pasó bastante rato según él unas cuantas horas aunque allí resultaba imposible medir el tiempo pero piensa que al menos dos o tres horas aunque pudieron ser seis e incluso diez y no sabía si era por la mañana por la tarde o por la noche hasta que volvió a escuchar gente hablando en el pasillo y entró el boxeador y le giró la silla de manera que diera la espalda a la puerta. No pudo precisar el número de personas que estaban a sus espaldas y uno de ellos le dijo a Ballester que le devolvieran la ropa porque volvía a estar en calzoncillos y también preguntó si no había por allí una capucha o algo para ponérsela en la cabeza y primero trajeron un capuchón y después la ropa y él se vistió con el capuchón en la cabeza y lo peor era que con el capuchón no podía respirar bien.

»Ballester le pidió que volviera a repetir lo de la paternidad y sus intenciones de formar una familia como la de cualquier hijo de vecino y Tono dijo que estaba muy enamorado y que sacaría adelante a su hijo ya que trabajo no le iba a faltar porque en todas las obras en las que había estado le decían que era de los que no se arrugaban cuando había que subir cemento al tajo o tirar de pala para desescombrar o lo que fuera. Entonces alguien dijo que eso no podía ser porque era imposible que un sobrino de Mera se casara con una hija del "zorro de Lérida" y aunque no entendió lo del zorro de Lérida supo que se estaban refiriendo al general Tellechea y contestó que en una pareja lo importante era quererse y que todo podría superarse después. Entonces esa misma voz se le acercó y le dijo al oído que ya podía ir quitándose de la cabeza esa estupidez porque en su puta vida se casaría con su hermana y que eso se lo juraba él por sus santos cojones. Después habló otro y dijo que aunque Dios hubiera «consentido» en «engendrar» una nueva vida lo de crear una familia como él pretendía era algo «contranatura» y que lo mejor sería que se fuera olvidando de esa tontería y a Tono le llamó la atención como la voz alargaba la letra ese del final cuando pronunciaba la palabra Dios. Ya no le pegaban y solo Ballester le daba de vez en cuando algún bofetón o manotazo por detrás de la cabeza que le causaba más sorpresa que dolor porque llegaba de forma inesperada y no tendría problema en resistir así todo el tiempo que fuera necesario antes de jurar que renunciaba a su hijo y a seguir con tu madre como ellos pretendían.

»Conforme pasaba el tiempo Tono notaba que ellos estaban cada vez más nerviosos y él más tranquilo hasta que Ballester dijo que como aquello no tenía solución lo mejor era hacerle como al chico del Frente de Liberación Popular y que con todo el lío de Franco incluso pasaría desapercibido. El que alargaba la ese cuando pronunciaba Dios preguntó que a qué se refería con lo del Felipe y le contestó que se lo diría después pero Tono sabía que se estaba refiriendo a lo de Enrique Ruano, el estudiante de derecho y se acojonó, pero tuvo claro que no le volverían a fallar las piernas si le hacían la bañera y estaba dispuesto a morir si era necesario antes que renunciar a su hijo y la mujer que amaba. Entonces escuchó el sonido de la bala entrando en la recámara al montar una pistola y le subieron el capuchón a la altura de la nariz y le metieron el cañón en la boca y el de la pistola dijo que ya estaba hasta los cojones de tanta mariconada y que se lo iba a cargar allá mismo y así se acababa el problema. Tono estaba seguro de que iba a matarle en ese momento y en lo único que pensó fue en el hijo que nunca conocería y si él sabría algún día quién fue su padre, y volvió a sentir aflojarse el esfínter y se centró en no hacérselo como antes porque no quería que ellos pensaran que habían matado a un cobarde que se cagaba y meaba encima. Ballester dijo que adelante que ya buscaría él la forma de arreglarlo y el otro solo exclamaba «Por Dioss, por Dioss, ¿es que os habéis vuelto locos?» y consiguió que le sacaran a Tono la pistola de la boca y por unos instantes se pudo escuchar el aleteo de una mosca en aquella habitación hasta que la voz de la pistola dijo "Manolo confío en que tú soluciones esto" y Ballester contestó que lo dejaran en sus manos y se fueran tranquilos que como que se llamaba Manuel Ballester que encontraría la solución.

»Volvió a quedarse solo en el calabozo sin que nadie se preocupara en retirarle el capuchón de la cabeza y así estuvo durante un rato no muy largo hasta que regresó Ballester y le quitó el capuchón que para Tono fue un verdadero alivio porque por fin pudo respirar de manera normal y le presentó como si el día anterior no le hubiera pateado los riñones y la cabeza a su "amigo el boxeador" que se rio entre dientes. A continuación aseguró que los dos refiriéndose a Tono y el boxeador iban a ser "buenos amigos" y que no tenía la menor duda de que sería así y se despidió diciendo que se iba a Segovia a hacer una "visita de cortesía" al padre. Tono gritó que su padre no tenía nada que ver en todo aquello y que lo dejaran tranquilo porque ni tan siquiera sabía que iba a ser abuelo y Ballester contestó que de él dependía que a su padre no le ocurriera ningún accidente en la cárcel o que se pudriera entre rejas lo que le quedaba de vida o que por el contrario saliera "feliz como una perdiz" y sin saber de dónde Tono sacó fuerza para llamarle hijo de puta y miserable y también le dijo que era la persona más despreciable y rastrera del mundo pero Ballester sonreía haciendo gestos con la mano como indicando que continuara con los insultos porque no le importaban lo más mínimo. Cuando por fin terminó Tono de soltar todo lo que llevaba dentro Ballester le frotó la cabeza como había hecho antes y se puso de cuclillas para estar a su altura y le dijo que pensara bien si prefería irse tranquilamente a París donde tenía familia o seguir haciendo desgraciados a quienes le rodeaban e incluso a él mismo y a la madre de su hijo y desde la puerta le aseguró que solo volvería a verle cuando aceptara marcharse a Francia para no regresar nunca más.

»El boxeador volvió a ponerle la capucha y comenzó a canturrear "Soy Minero" mientras introducía algo en el calabozo hasta que cuando tuvo todo listo le llamó "cariño" y dijo que había llegado el momento de "ir a lo suyo". Lo levantó y le empujó la espalda hasta que tuvo el pecho contra lo que indudablemente era una mesa y le puso unos grilletes sujetando cada muñeca a cada pata del otro lado de la mesa, y Tono pensaba que le iba a pegar de nuevo pero no lo hizo, le bajó los pantalones y el calzoncillo hasta los tobillos y escuchó como también él se bajaba los pantalones. Se inclinó encima suyo y como estaba muy gordo Tono casi no podía respirar sintiendo el peso de aquella bestia en sus espaldas y le pidió por favor que le quitara la capucha y el boxeador le dijo "sí cariño" y le quitó la capucha con una mano mientras con un dedo de la otra intentaba entrarle por detrás. Tono comenzó a gritar "no no no" al sentir el dolor del dedo entrando en su interior y el boxeador le hablaba junto al oído diciéndole que a él también le gustaban los «agujeritos» que la única diferencia estaba en los cinco centímetros de distancia entre «el agujerito» que le gustaba a uno y al otro y que le contara como se folló a la hija del general. Tono continuaba gritando y el peso que tenía encima le aseguraba que le iba a gustar y alguien golpeó la puerta y preguntó a cuento de qué venían los gritos y el boxeador gritó cagándose en Dios y dijo que no le molestara nadie y le tapó con la boca con su manaza grande como una raqueta de tenis y Tono apenas si podía respirar y pensó que era mejor no gritar porque no servía de nada. Notó en las nalgas como el miembro del boxeador se hacía más grande mientras le decía que ni se acordaba de la última vez que «desvirgó un pichoncito» entonces se incorporó y Tono pudo respirar más tranquilo pero al instante notó que le agarró la cadera e intentó penetrarle. No tuvo éxito y el boxeador le susurró al oído «no te preocupes cariño que tengo todo previsto» y escuchó como trajinaba en la ropa y a continuación sintió como le introducía un líquido viscoso frío por el ano y volvió a intentarlo y tampoco tuvo éxito esta vez y comenzó a jurar cagándose en Dios y en la Virgen y en todos los santos y Tono tuvo miedo porque cada vez lo notaba más alterado. Fue entonces cuando habló por primera vez para decirle que le quitara los pantalones de los tobillos y así podría "hacerlo mejor" y el boxeador le hizo caso y él abrió más las piernas y sintió como si todo en su interior se desgarrara y notó de nuevo el peso que no le dejaba respirar encima y en esta ocasión con empellones por detrás y Tono intentó coordinar su respiración con cada embestida pero peor que los empujones por detrás que le provocaban dolor en los muslos al golpear con el borde de la mesa era sentir la lengua del boxeador chupándole el cuello y las orejas mientras le pedía por favor que le dijera que le gustaba pero Tono no volvió a decir palabra. Apenas un minuto después resultaba imposible acompasar respiración y empellones porque el boxeador estaba muy excitado, el dolor en los brazos era soportable porque podía subirlos y bajarlos acoplándose sin problema al movimiento pero los grilletes en las muñecas estaban muy apretados y apenas si sentía las manos y pensó en pedirle que se los aflojara cuando por los jadeos resultó claro que estaba a punto de eyacular y sintió perfectamente en su interior unos espasmos calientes que le produjeron arcadas y comenzó a vomitar. Todo terminó de repente el peso en la espalda el dolor desgarrador en su interior e incluso le soltó los grilletes y la sangre volvió a las manos pero el Tono todavía no tenía fuerzas para incorporarse y siguió un buen rato con el pecho sobre la mesa con la mirada clavada en los trozos rosados de salchichón a medio digerir en el suelo sucio. El boxeador le dijo que no se preocupara, que la próxima vez ya no le dolería y acabaría gustándole.

»Cuando se quedó solo comenzó a llorar como un niño llamó al policía de guardia y pidió que avisaran a Ballester de que estaba dispuesto a marcharse a Francia y cuando llegó Ballester ordenó que le llevaran a las duchas para que se aseara y le dieran un buen desayuno y de allí fueron a hacerle un pasaporte para que pudiera coger el Francisco de Goya que hacía la ruta Madrid-París entrando a Francia por Hendaya. El policía que le sacó la foto para el pasaporte fue quien le dijo que Franco acababa de morir y Tono que había soñado durante años con aquella noticia lo escuchó como un sonámbulo igual que si hubiera pasado un carro. El tren salía de la estación de Chamartín que acababa de ser estrenada y durante la media hora que esperó hasta la salida Ballester se portaba con él como si fueran amigos de toda la vida preocupándose de que llevara bien puesto el traje preguntándole si quería tomar un café ofreciéndole cigarrillos o un chicle y le entregó el billete que le acababa de comprar comentándole la suerte de que su asiento fuera junto a la ventana porque parecía que mirando el paisaje el tiempo pasaba más rápido. También le juró que había dado orden de sacar a su padre Pascual de la política de Segovia y que si todavía no estaba libre era por todo el papeleo y la burocracia que siendo el día que era estaba todo patas arriba pero le prometió que su padre saldría la semana siguiente como muy tarde y aprovechó el momento para pedirle que firmara un papel y Tono lo hizo sin pestañear siquiera aunque vio por encima que se trataba de una declaración en la que decía que había estado detenido y que durante ese tiempo no sufrió malos tratos. Cuando se anunció la salida del tren bajaron al andén y Ballester lo dejó al cargo de la pareja de la Guardia Civil que entonces viajaba en todos los trenes y justo entonces llegó corriendo el policía bajito que le apuntó con la pistola cuando estaba meando en Cuatro Caminos y le enseñó una trenca que encontraron en el bar Felisín cuando comprobaban si era verdad lo que les había contado de la tarde de su detención y le preguntó si era suya y Tono asintió con la cabeza y se la entregó. El tren pitó avisando que se ponía en marcha y Tono habló por primera vez desde cuando pidió en los calabozos que llamaran a Ballester y preguntó que qué había pasado con tu madre durante los tres días que estuvo encerrado porque quería saber si habías nacido ya y si todo había ido bien durante el parto y si había tenido un hijo o una hija y Ballester le dio un abrazo de despedida y le dijo al oído sin que nadie le escuchara "mira hijo de puta lo de Begoñita ya no es asunto tuyo y como vuelva a verte la jeta lo que te pasó ayer te parecerá el día de tu primera comunión". El tren pitó de nuevo y Ballester sacó un billete de mil pesetas y sonriendo se lo ofreció a Tono para que comprara tabaco o comida durante el viaje pero como él no hizo ademán de cogerlo se lo metió en el bolsillo de la trenca que colgaba del brazo "para que luego no digas que te largamos con una mano delante y otra detrás" y le dio un beso en cada mejilla deseándole buen viaje».

Simón apareció en ese momento cargando dos bolsas con vino, cerveza, patatas fritas, un par de latas de aceitunas y no sé qué más cosas. Teo comentó que se había hecho muy tarde y además ya no le apetecía tomar nada y se marchó. Por mi parte tampoco tenía el ánimo para hablar con nadie y lo único que quería era estar sola para pensar en lo que había contado Teo. Cuando me marché Simón dijo que no entendía por qué no me quedaba un rato y preguntó cuándo volveríamos a vernos; le respondí que ya le llamaría pero todavía no lo he hecho. Imagino que lo haré cualquier día de estos cuando pase la tempestad y vuelva la calma, así es la naturaleza humana. Me está viniendo muy bien escribirte estas líneas y te lo voy a agradecer escaneando para ti la carta de mi padre a su querida Begoña, a mi *amatxu*.

La vida, la existencia, es un verdadero misterio. Cuando se materializa aquello que hemos soñado, no ocurre nada, absolutamente nada. Me siento apática, vacía, mi estado de ánimo es parecido al día que hablé con mis tíos. Imagino que ellos sabían más de lo que contaron y prefiero pensar que si conscientemente ocultaron algo fue para no hacerme sufrir. Poco importa si estoy o no engañándome, la realidad es que soy una Tellechea como ellos y despreciarlos sería como despreciar mi propia sangre, despreciar todo lo que he sido y todo lo que soy. Cuando por la tarde voté al Partido Popular recordé la despedida de Teo el Rojeras, «Ahora ya sabes lo que hacían los tuyos». He pensado mucho en aquella frase y he decidido no buscar familiares Mera ni en Acebo ni en la Argentina ni en ningún otro lugar del mundo. Al menos de momento. ¿Para qué serviría? ¿Qué encontraría? ¿Sería para bien o para mal? ¿Resolvería o cambiaría algo? Sinceramente no lo sé y como decía mi abuelo general «ante la duda, no». Me vendría bien tener alguien a quien culpar, y me pregunto si realmente hay algún responsable de lo ocurrido. O son todos o no es ninguno, no lo sé muy bien. Unos y otros fueron víctimas de un momento, de una situación, lo mismo mi padre que *amatxu*.

Comentaste cuando me entregaste tu manuscrito que consideraste un final alternativo, más melodramático en el que la protagonista lloraba por su padre dando sentido al título de tu novela. Me pregunto si a lo largo de este viaje iniciático he conocido a alguien por quien no mereciera la pena llorar. Cada mañana al levantarme me pregunto si tu protagonista no tendría que llorar también por su madre, o sus tíos, y me refiero tanto a los pobres desgraciados que llevan años pagando aquí su penitencia por lo que hicieron, como a quienes emigraron a la Argentina. No solo eso, ¿no debería llorar también por Maca y por TT?, ¿y por Xiuhui y su pequeño que nunca conocerá a su padre, y por tantos otros...? También se debería llorar por los jóvenes centroamericanos en el albergue de Papachín; o por la madre con sus hijos muertos en una choza perdida en África; incluso Misha merece que se llore por él.

Pero en realidad no es eso lo que te preocupa a ti. No es esa la respuesta por la que venderías tu alma de escritor. Te ha traicionado la última frase de tu novela, querido Joaquín, «No tenía respuestas y en ese momento tampoco sabía dónde buscarlas». Eres tú quien no encuentra la respuesta ni tienes la menor idea de dónde encontrarlas. Los dos sabemos que todo se resume en saber si debiera llorar por mi padre o, como se preguntaba él, si pienso que hubiera debido pedirme perdón.

No, nada tengo que perdonar a mi padre. En lo referente al otro asunto, tu protagonista llora en la novela viendo en el trastero las fotografías que Tony le tomó desde la infancia. Todo muy tierno y acaramelado, casi lograste emocionarme incluso a mí misma, pero sabes de sobra que ese pasaje no representa la respuesta que buscas. Aquí te la regalo sin cobrarme tu alma ni como persona real ni como personaje. Me siento tan víctima y tan culpable como cualquier otro personaje de tu novela, incluida la propia Merche. Mi padre únicamente hubiera superado lo ocurrido en los calabozos de la DGS si mi madre le hubiera admitido tras su regreso a España. Su rechazo le marcó incluso más que el miserable boxeador, la marioneta de Ballester, y por eso nunca tuvo la suficiente valentía para plantarse frente a mí y decir quién era. Jugarse la vida en sus guerras era una forma de intentar redimir su cobardía para enfrentar sus sentimientos con la realidad y sus cartas eran un bálsamo para aplacar esa misma cobardía. Me pregunto si esas cartas me las escribía a mí o se las escribía a él. Yo no soy mejor que él, si acaso peor, porque soy plenamente consciente de que debo encarar un dilema prácticamente igual al suyo y nada hago por resolverlo. Mi padre tenía sus guerras y sus cartas como escapatoria y lo mismo hago yo con mis conferencias y mis libros.

No sé hasta qué punto decidimos nuestro futuro o es el futuro quien decide por nosotros. El de mi padre y el mío pudieron cambiar en el mismo momento y en el mismo lugar, en un pub de Moncloa, si él hubiera tenido el valor de revelar sin rodeos que era mi padre o si yo hubiera tenido el valor de apostar por mí misma en vez de comportarme como una mojigata acobardada. Decide tú si como el resto de tus personajes también yo soy una víctima más o tan culpable como ellos.

Querida Begoña:

Te escribo en un tren camino de Francia. No es el sitio donde deberia estar porque te jure que estaria a tu lado durante el parto pero me han obligado a marcharme. Voy en el compartimiento con una señora de soria que me ha invitado a jamón y queso y un vendedor de mantas zamoranas que es el que me ha dado la hoja en la que te estoy escribiendo. En el pasillo hay una pareja de la Guardia Cibil con orden de bigilarme hasta la frontera francesa. De momento se han portado bien uno me ha invitado a un Celtas pero apenas si he fumado la mitad porque no me ha gustado el sabor del tabaco y lo e tirado cuando e empezado a toser. El otro me ha dejado el boligrafo para escribirte esta carta.

No se muy bien por donde empezar y lo que si quiero que sepas es que te quiero y siempre te querré y que en mi vida no abrá nunca otra mujer. Te doy mi palabra de honor. Me detuvieron el domingo y me llevaron a la dirección general de seguridad en la puerta del Sol y allí me han tenido tres dias y me hubieran tenido todo el tiempo que hubiera sido necesario hasta que jurara no volver a verte a ti ni a nuestro hijo. Ahora que lo pienso no te he preguntado por nuestro hijo porque me imagino que ya habrás parido. Me gustaria tanto saber si ha sido niño o niña.

Nunca llegamos a hablar del nombre que le pondriamos. Si es niño a mi me hubiera gustado llamarle Pascual como mi padre pero el nombre que le pongas seguro que estará bien. En la puerta del Sol me pegaron hasta que les dije que yo era el padre del niño que esperabamos. Pero lo peor vino cuando les dije que no renunciaria a ti y que mi intención era crear una familia como teníamos hablado. Vino un hombre, bueno vinieron por lo menos dos, y uno me dijo que mientras el viviera podia olbidarme de casarme con su hermana y pensé que me ivan a matar. Pero estaba más fuerte que cuando me preguntaban si era el padre de tu hijo y me dio lo mismo si me mataban o no. Lo único era que no iba a conocer a mi hijo y lo mismo el tampoco sabria nunca quien fue su padre. Pero por suerte tu nunca harías algo así y le dirás quien soy, porque yo creo que no conocer a un padre es lo peor que le puede pasar a cualquier hijo. Dile a nuestro hijo que siempre estaré a su lado aunque no me vea.

En el calabozo me amenazaron con que mi padre se pudriria en la carcel y también aguanté eso y me sentía con fuerzas hasta que paso lo del boseador cuando me bajó xxxxxxxxxxxxxxxxxxxxxxxxxxxxxxxxxxxxxxxxxxxxxxxxxxxxxxxxxx y eso hizo que me derrumbara y aceptara el trato de marcharme a París.

Pero mi amor no tienes porque preocuparte porque volveremos a estar juntos antes de lo que crees. Hoy se ha muerto Franco y el borbon no durara mucho. Ya verás como en los prosimos San isidro vamos a ir con nuestro bebé al baile de las Vistillas y todo esto nos parecerá un mal sueño. Somos muchos los que emos estado esperando este dia y en cuanto se entierre al dictador comenzaran las huelgas. Y también nos apollarán otras naciones estranjeras y habrá levantamientos en las fabricas y en el campo y en las universidades. Estoy seguro que va a pasar todo eso tienes que creerme porque seguro que será asín.

A mi no me importa que tu padre sea general. En la nueva España que vamos a crear habrá sitio para todos porque será un

Pais donde se vivirá en LIBERTAD Y DEMOCRACIA. Y todo el mundo podrá decir lo que piense sin miedo a que le metan en la cárcel o le condenen a muerte. Quienes no tendrán sitio serán los desalmados como el comisario Ballester, a esos los esterminaremos como a las ratas asín que mejor será que se vallan. No tienes que creerte lo que cuentan del comunismo y los rojos. Tu me conoces de sobra y como ves no tengo cuernos ni nada que se le parezca. Lo unico que queremos los comunistas es vivir en una sociedad de hombres y mujeres LIBRES sin que aya ricos ni pobres ni unos esploten a los otros. Ah, una cosa que se me olvidaba. Si quieres bautizar a nuestro hijo a mi no me importa porque aunque yo no soy creyente se que para ti eso es importante y lo respeto.

Cuando el boseador me hacía lo que te he dicho yo estaba pensando en ti y lo feliz que me has hecho. Solo espero haberte hecho yo tan feliz como tu a mi. Si lo he conseguido seré el hombre más feliz del mundo. Ni te imaginas lo que estoy pensando en este momento. Estoy hechando cuentas y si nuestro hijo ha nacido en estos dias según mis calculos fue el dia que lo hicimos en la sacristía, asín que es como si estuviéramos casados. Hecha cuentas y veras como coinciden las fechas porque estábamos celebrando san Valentín.

Todavia no se muy bien que hare en Paris. De momento me quedaré en casa de mi tía Carmen o donde mi tío Cipri que murió hace unas semanas. Me hubiera gustado conocerlo y conocer su versión de lo que ocurrió en la guerra con padre, porque en la vida todo tiene dos versiones. Que pena que mi padre y el no se reconciliaran porque xxxxxxxxxxxxxxxxxxxxxxxxxxxxxxxxxxxxxxxxxxxxxxxxxxxxxxxxxxxxxx y eso no es motivo para que dos familiares dejen de hablarse. No se porque los comunistas o los rojos, porque a mi no me importa decir que soy rojo, andamos siempre luchando entre nosotros.

No puedes imaginarte como me gustaria tenerte a mi lado en este momento y oler tu perfume que uele tan rico. Te amo tanto que a veces hasta me duele que sea asín. En este momento siento que eres lo unico que tengo. Bueno y nuestro pequeño. Dile que luchare para que su mundo no sea tan triste y feo como el nuestro. Y dile también que pensar en el será lo primero que haga cada dia al levantarme. Te hago este juramento por lo más sagrado. Juro que cada dia mi primer pensamiento será para esa personita de la que hoy me están alejando.

Ya no me queda casi papel. Solo quiero decirte una vez más y con todo mi corazón gracias por quererme tanto. Gracias por haber aparecido en mi vida. Gracias porque te siento junto a mi en estos momentos tan dificiles. Gracias por ser como eres. Un beso enorme de quien te quiere con todas sus fuerzas.

TONO

Nota del autor

Lo que acaba de leer es una obra de ficción en la que cualquier parecido con la realidad ha sido intencionado y buscado. Se trata literalmente de eso, de un parecido, porque todos y cada uno de los hechos narrados son fruto exclusivo de la imaginación de quien los ha escrito.

Mi agradecimiento para quienes voluntariamente me han ayudado proporcionándome información de todo tipo. También a quienes lo han hecho de forma involuntaria: los personajes públicos y reales que he debido utilizar. En su intervención novelada sí que se puede aplicar, más allá del nombre, que cualquier parecido con la realidad es pura coincidencia.

Por último, todo mi respeto y consideración para quienes terminaron su vida de forma trágica y son referenciados. Esta novela es un homenaje de consideración hacia ellos y al mencionarlos únicamente he pretendido honrar su memoria.

JAG

Índice

1. Ninguna mujer llorará por mí   9

2. El vacío de la existencia   41

3. La buena gente del mundo   67

4. El recuerdo más doloroso 106

5. Matar siempre es un crimen 154

6. Toda una mujer 200

7. Nunca te fíes de quien no tiene sentido del humor 235

8. La vida es como un laberinto 266

9. La carta perdida 303

Epílogo: Una carta para *amatxu* 329